光文社古典新訳文庫

説得

オースティン

廣野由美子訳

光文社

Title : PERSUASION
1818
Author : Jane Austen

目次

訳者まえがき——訳注について

ジェイン・オースティンの小説は、フランス革命や産業革命の時代に続く、イギリスの激動期、十九世紀初頭ごろの不安定な時代を舞台としている。しかし、もっぱら平凡な日常生活を題材とした彼女の小説世界では、激しい出来事はほとんど起こらない。同時代に流行したゴシック小説にしばしば登場する怪事件や犯罪などとは、無縁の世界である。にもかかわらず彼女の小説では、物語の筋立てや描かれる人間関係などが複雑に入り組み、「謎」が巧みに仕掛けられているという特徴がある。

女主人公の悲恋をめぐる「語られざる過去の物語」を多く含んだ晩年の作品『説得』は、オースティンの小説のなかでも、ことにミステリー的要素が大きい。第一は、その過去の追想がしばしば現在に混ざり合うなど、複数の時間が交錯していることが、その一因である。第二は、全知の語り手による三人称形式の小説であるにもかかわらず、大部分が女主人公アンの視点をとおして描かれ、語り手が読者に与える情報を制限していることも、影響を及ぼしていると言えるだろう。それゆえ、この作品のテキストには、数多くの謎掛けや謎解きの手がかりが、埋め込まれているのだ。

そこで訳注（本文中の左頁の余白に付す）では、たんに歴史的事項等に関する知識を補うための説明のみならず、そうしたミステリー的要素への注意を喚起する「解釈注」も含めることとした。したがって、謎解きの楽しみを残しておきたいと思われる読者には、★印を付した「解釈注」の部分を読み飛ばしていただくことをお勧めしたい。興味に応じて、あるいは再読のおりなどに随時ご参照いただき、作品の解釈を深めるための一助としていただければ幸いである。

説得

第1章

サマセット州のケリンチ屋敷の当主サー・ウォルター・エリオットが、楽しみのために手に取る本といえば、『准男爵名鑑』[1]しかない。暇なときにはそれを読んでだらだらと時間を過ごせるし、気分が落ち込んでいるときには慰めになった。それを見ながら、准男爵位という称号が定められたごく初期のころに、これを授与された者の子孫はいまでは限られているのだと思うと[2]、この称号への賛嘆と敬意の念が湧き上がり、元気が出てくる。それさえあれば、家庭の事情で気分が浮かないときにも、些細なことだと気にせずにいられた。前世紀に授与された無数の准男爵位を網羅したページをめくっていると、よそはどうでもいいとしても、自分の経歴について書かれた箇所だけは、何度読み返しても興味が尽きない。このお気に入りの本を手に取るとき、いつも最初に開くのが、このページだった。

ケリンチ屋敷のエリオット

ウォルター・エリオット、一七六〇年三月一日生まれ。グロスター州サウス・パークの郷士[3]ジェイムズ・スティーヴンソンの娘エリザベスと、一七八四年七月十五日に結婚。同夫人（一八〇〇年没）との間に、一七八五年六月一日にエリザベス、一七八七年八月九日にアン、一七八九年十一月五日に男児（死産）、一七九一年十一月二十日にメアリが誕生。

印刷されている原文は、以上のとおりであるが、サー・ウォルターは、自分と自分

1　ジョン・デブレット編『イングランド准男爵名鑑』（一八〇八）を指すものと推定されている。准男爵は、男爵の下でナイトの上に位置する世襲位階で、貴族ではない。★サー・ウォルターが貴族気取りで自惚れているわりに、世襲位階のなかでは最下級に属するというところに皮肉がある。冒頭早々、脇役の強烈な属性が描かれることにより、階級にまつわる人間の俗物性が、この作品を支配する雰囲気を決定づけていることが暗示される。

2　准男爵は、一六一一年にジェイムズ一世により、アイルランド北部の軍隊用の資金を調達するために、称号を売って財源を確保する必要性から作られた。

3　郷士（Esquire）は、名の通った地主など、紳士階級の人物にしばしば付けられる非公式の称号。公式の称号で最下位はナイト。ナイトに仕えた地主を中世にSquireと呼んだことに由来する。

の家族についての情報を更新すべく、メアリの生年月日のあとに、「一八一〇年十二月十六日、サマセット州のアパークロス地方の郷士チャールズ・マスグローヴの跡取り息子チャールズと結婚」という文言を書き足して補っていた。そして、自分の妻が亡くなった日付も正確に書き込んであった。

続く部分には、この由緒ある名家の歴史と繁栄が、ありふれた言い回しで記されていた。初代がチェシャー州に居を定めたこと。ダグデイルが編纂した貴族目録で[4]エリオット家が取り上げられたこと。州長官の役職に就き、[5]選挙区を代表する国会議員を三期務め、[6]国王に忠誠を尽くして、チャールズ二世即位の年に、准男爵の位を賜ったこと。[7]そして、代々の当主の妻たちの名前、メアリやエリザベス等々が記載されている。こうして立派な十二折判でたっぷり二ページにわたって記録が続き、最後に紋章と銘(モットー)「主たる地所、サマセット州のケリンチ屋敷」が掲載されている。そして、その掉尾(ちょうび)を飾るべく、サー・ウォルター・エリオットの筆跡で、「推定相続人は、郷士ウィリアム・ウォルター・エリオット。二代目サー・ウォルターの曾孫に当たる者」[8]と書き加えられている。

サー・ウォルター・エリオットは、自惚(うぬぼ)れの塊のような人間で、容貌と地位についての自惚れが彼のすべてだった。若いときは、目立ってハンサムだったが、五十四歳になったいまも、実に男前だった。女でも、彼ほど自分の容貌のことを気にかける者は、めったにいない。主人が貴族になりたてだという召使いでも、これほどまでに自分の社会的地位を嬉しがることはないだろう。彼にとっては、美貌に恵まれるということは、准男爵の地位に恵まれることに次いで、大切なことなのだ。だから、この二つの恵みを兼ね備えたサー・ウォルター・エリオットは、みずからがつねに熱烈な敬

4　サー・ウィリアム・ダグデイル（一六〇五―八六）は、十七世紀の貴族名鑑を編纂した。それには、准男爵を含めた称号所持者のリストが含まれていた。

5　州長官は地方の行事のために国王が定めた役職で、毎年主要な地主のなかから選ばれた。これに任ぜられることは、一家の名誉となった。

6　選挙とはいっても、当時の参政権は著しく限られていた。

7　国王と議会とが対立した市民革命の時代、エリオット家は国王の側につき、チャールズ二世のもとでの王政復古期に、褒美として准男爵の爵位を授かったということ。

8　サー・ウォルター・エリオットとウィリアム・ウォルター・エリオットとの正確な関係は、本作品中では説明されていない。ウィリアムがエリオット姓を名乗っていること、またこのあと明らかになるとおり、准男爵継承権を持っていることから、本作に登場する（三代目）サー・ウォルターの弟の息子（甥）ではないかと推定される。訳中では、両者の混乱を避けるため、以後、原則として、前者をサー・ウォルター、後者（原文ではMr. Eliot）をウィリアムとする。

意と忠誠を捧げられるべき対象だと思っていた。

容貌と地位が優れていることを彼が好むのももっともだ、と言える理由がひとつはあった。そのおかげで、自分の価値をはるかに上回るような女性と結婚できたからだ。妻となったレディー・エリオットは、[9] 思慮深く気立てのよい、すばらしい女性だった。若いときにのぼせあがってレディー・エリオットなんぞになってしまったということを除けば、あとはその判断力や行動に、過ちとして見咎めるようなことは何もない。彼女は夫の欠点を適当にあしらったり隠したりしながら、十七年間にわたり、夫の中身も立派に仕立てようと努めてきた。本人は幸せいっぱいというわけにはいかなかったが、自分の義務や、親しい人たち、そして子供たちのなかに生きがいを見出し、やがて神に召されて去っていくときには、この世が名残惜しかった。三人の娘たちのうち、長女は十六歳で次女が十四歳だったが、この子たちをあとに残していくのは、母親にとってはとても辛いことだった。[10] 自惚れの強い愚かな父親の権威と指導のもとに娘たちを託すというのは、心残りとしか言いようがない。

ただ、レディー・エリオットには、とても親しくしていた思慮深い立派な女友達がいて、この人が彼女を慕ってケリンチ村に引っ越してきて、すぐ近くに住んでいた。レディー・エリオットは、この女友達の好意と助言を、何よりも当てにしていた。これまで精一杯娘たちを育てながら、正しく導こうと教え諭してきたが、きっと彼女がそれを引き継いで、力になってくれるにちがいないと考えたのだ。

この女友達とサー・ウォルターは、周囲でいろいろと取り沙汰されたけれども、再婚しなかった。レディー・エリオットが亡くなってから、十三年経ったが、彼らはいまでも互いに近所同士で、親しい知り合いとしてつき合っていて、一方はやもめ、もう一方は寡婦のままだった。

女友達、つまりレディー・ラッセル[11]のほうは、もう年齢的にも落ち着き、性格的にもしっかりしていて、経済的にもじゅうぶん豊かだったので、再婚する気はなく、し

9 准男爵夫人は、姓の前にレディー（Lady）を付けて呼ばれる。

10 レディー・エリオットの没年が『准男爵名鑑』の記載（↓9頁）どおり一八〇〇年であるとして計算すると、結婚生活は十六年間で、長女エリザベスは十五歳、次女アンは十三歳だということになり、本段落の記述とはそれぞれ一年誤差が生じる。したがってレディー・エリオットの正確な没年は一八〇一年であると推定される。そうすれば、「レディー・エリオットが亡くなってから、十三年経った」という二段落後の記述も、現在が「一八一四年の夏」（21頁）という記述と合致することになる。

11 第2章（↓28頁）で、ラッセル夫人はナイトの寡婦であると述べられている。ナイトは、准男爵のひとつ下位の位階。ナイトの妻にも、レディーの称号が付けられる。

たがって、世の中に対して言い訳する必要もなかった。世の中というのは、女性が再婚しないときよりも再婚したときに、なぜか文句をつけたがるものなのだ。

しかし、サー・ウォルターが独身を続けることに関しては、ひと言説明が必要だろう。サー・ウォルターが、よき父親として、(ひどく無分別な求婚をして、密かに気落ちしたことも、一、二度あったが)可愛い娘[12]のために独身を通すことを誇りに思っていたということは、言っておこう。娘とは長女エリザベスのことだが、この娘のためならば、彼は何だって、不承不承ではあっても、あきらめることができた。

エリザベスは、十六歳にして、母親のものだった権利と権威を可能なかぎり引き継いだ。彼女はたいへんな美人で、父親にそっくりだったので、つねに絶大な影響力を振るい、父娘二人はこのうえなく仲睦まじかった。下の二人の娘たちは、ほとんど価値のない存在だった。三女メアリは結婚してミセス・チャールズ・マスグローヴになって、なんとか格好がついた。[13]しかし、次女アンは、気品のある心と優しい性質を備えているがゆえに、本当にものわかった人には、尊重されていたものの、父や姉にとっては、取るに足りない存在だった。アンの言うことは軽んじられ、アンの都合はいつも後回しにされた。彼女はただのアンにすぎないのだから。

レディー・ラッセルにとっては、アンは最愛の名付け娘で、いちばんのお気に入りであり、家族のような存在だった。レディー・ラッセルは三人とも可愛がったけれども、生前の母親の面影をとどめていると思えるのは、アンだけだった。

二、三年前には、アン・エリオットはとても美しい娘だったのだが、いまや彼女の花盛りは早くも過ぎていた[14]。彼女が最高に美しかったときでさえ、父親はたいしたことはないと思っていた（アンの繊細な顔立ちや優しい黒い目は、彼とは全然似ていなかったから）。肌の色も褪せ、痩せてしまったいまとなっては、もはや彼が感心するようなものは、何もない。サー・ウォルターのお気に入りの本の別のページにアンの名前[15]を見ることになるだろうとは、もともとほとんど期待していなかったが、いまで

12　★dear daughters' sake ではなく、dear daughter's sake という単数表現になっている。単数は誤植で複数が正しいとする説もあるが、このあと明らかになるように、サー・ウォルターは、三人の娘のうち長女エリザベスのことしか、大切に思っていない。したがって、単数のほうが皮肉がきついということになる。

13　メアリは既婚婦人にはなれたものの、結婚相手が准男爵ではないので、自分の名前に「レディー」ではなく「ミセス」しか付かず、サー・ウォルターとしては不満だった。

14　★女主人公がすでに結婚適齢期を過ぎているという設定は、通常の恋愛小説や、オースティンの他の小説とは異なる。この小説では、人生の明るい部分だけではなく、「影」の部分も描かれるのではないかと、読者に予想させる。

は期待は皆無である。准男爵家に釣り合う縁組の可能性は、長女エリザベスひとりにかかっている。三女メアリは、せいぜい金持ちの田舎の旧家程度に嫁いだにすぎない。その結婚は、先方にあらゆる名誉を与えるばかりで、こちらにとっては何の名誉にもならない。だがエリザベスなら、そのうちいつか、准男爵家に相応しい結婚をしてくれるだろう。

二十九歳になった女性が、十年前よりも美人だということも、時にはある。一般的に言って、健康を損ねているとか悩みがあるとかいうわけでなければ、二十九歳というのは、魅力が失われるような年齢ではない。[16]エリザベスの場合はそうだった。母親が亡くなった十三年前ごろからずっと、ミス・エリオット[17]は美人のままだった。だから、サー・ウォルターがついエリザベスの年を忘れてしまうのも、無理からぬことである。自分とエリザベスだけがいつまでも美貌で輝き、周りは誰も彼も容貌が衰えて見るも無残な有様だというような考え方をしたとしても、完全にばかだとも言い切れないだろう。ほかの身内や知り合いたちがだんだん老けていっているのが、彼にはすぐに見てとれたからだ。アンはやつれているし、メアリは肌が荒れているし、近所の者たちの顔はどれもこれもひどくなっていく。レディー・ラッセルのこめかみ辺りの目尻の皺が急に増えてきたことも、見るに堪えなくなって久しい。

エリザベスのほうは、父と同じように自分の容貌に満足していたわけではない。十三年間ケリンチ屋敷の女主人役を務めてきて、どっしり構えて采配を振り、指示を与えてきたのだから、自分が実際以上に若いとは思えなかった。十三年間というもの、我が家では客をもてなす役を務め、使用人たちを取りしきり、四頭立ての馬車にいちばんに乗り込んできたし、よその家の居間や食堂に出入りするときには、レディー・ラッセルのすぐあとを歩いてきた。[18] 霜の降りる冬の季節が十三度巡ってきて、この近所では珍しい舞踏会が立派な屋敷で開かれるたび、彼女は先頭に立って踊った。[19] 春の

15　アンが肩書のある男性と結婚して『准男爵名鑑』の別の家系の項目で、夫人として名前が記載されること。

16　★まだ二十七歳のアンの容貌が衰えてきたのには、何か病気か悩みなどの原因があったのだろうかという疑問が、ここで生じてくる。冒頭部で早くも、アンの過去に微かな影が差しているが、その理由はのちに明かされる（→第4章）。

17　原則として、――家の最年長の未婚の娘を、「ミス・――」と呼ぶのが、当時の慣習だった。

18　エリザベスは、家庭内では女主人として上位にあり、他の家を訪問するさいには、ナイトの寡婦、つまり既婚婦人であるレディー・ラッセルのほうが上位になる。エリオット家の長女であるエリザベスと、ミセス・マスグローヴとして既婚婦人になったメアリとの間では、どちらのほうが上位かという問題でもめがちである。

花は十三度咲き、そのたびに彼女は父とともにロンドンへ旅立ち、毎年二、三週間、華やかな社交界で楽しんだ。[20]

彼女は、こういうことをすべて記憶していた。だから、自分が二十九歳だということは、残念ながら、そして不安を覚えつつ、意識せざるをえなかったのだ。自分がいまでもずっと美人であり続けていることには、じゅうぶん満足していた。しかし、だんだん危険な年頃が近づいていることは感じていたので、これから一、二年以内に准男爵の家柄の男性からちゃんと求婚されるのなら嬉しいところだった。そうすれば、彼女も若いころと同じように、またあのすばらしい本を手に取って楽しめただろう。でも、いまは『准男爵名鑑』は好きではない。いつ見ても、自分の誕生日が書かれていて、そのあとに続く結婚についての記述は、末の妹のものしかないのだから、嫌な本に思えてしまう。父がエリザベスのそばのテーブルの上に、本を開きっ放しにしていると、彼女がそれを閉じて、目を背けながら向こうへ押しやったことも、一度ならずある。

それに、エリザベスには、一度失望した経験があり、その本の、とりわけエリオット家の歴史に関する部分を見ると、そのことを思い出してしまうのだ。彼女の父がかくも寛大にその権利を保証している推定相続人、郷士ウィリアム・ウォルター・エリオット張本人が、彼女を失望させたのである。

彼女は、まだ少女のころ、もし弟が生まれなければ、ウィリアムが未来の准男爵になると知ったそのときから、ゆくゆくは彼と結婚するつもりだった。父もずっと、娘にそうさせるつもりでいた。少年のころのウィリアムのことはよく知らなかったが、レディー・エリオットが亡くなって間もなく、サー・ウォルターは彼に交際を求めた。その申し出は歓迎されなかったが、サー・ウォルターは若さゆえの遠慮であろうと大目に見て、さらに交際を求め続けた。そして、エリザベスが年頃になりかけたころ、ある春に父娘がロンドンに赴いたさい、ウィリアムは無理やり二人に紹介されることになったのである。

ウィリアムはその頃まだかなり若くて、法律を学んでいるところだった。エリザベスも、とても感じのいい男性だと思ったので、彼をもてなすための計画がいろいろ立てられた。ウィリアムはケリンチ屋敷に招かれ、その年はずっと彼の噂でもちきりで、

19 最初の踊りの先頭に立つ女性の役は、通常、最も身分の高い未婚の淑女が務めるべきとされ、この近隣ではいつもエリザベスがそれを務めることになった。

20 春はロンドンの社交シーズンで、上流階級の人々や地方の紳士階級の人々がさまざまな楽しみのために群れ集った。

きっと来るものと期待していたのに、彼はとうとうやって来なかった。翌年の春にロンドンで再会したときにも、やはり感じのいい青年のままだったので、今度こそぜひにと屋敷に招待して待っていたのに、彼はまたもやって来なかった。次に耳にしたのは、ウィリアムが結婚したという知らせだった。准男爵家の跡継ぎになるという輝かしい幸運の道へと進む代わりに、生まれのよくない金持ちの女性と結婚して、自立を手に入れたのである。[21]

サー・ウォルターは憤慨した。一族の当主として、自分には相談があってしかるべきだと思った。何と言っても、公然と若者の手をとって親しくしていたあとなのだから。「われわれがいっしょにいるところは、もう人目についているにちがいない」と彼は言った。「タッターソールの馬市場でも一度、議会の下院のロビーでは二度もね」[22]サー・ウォルターは遺憾の意を表明したが、相手はほとんど気にも留めていない様子だった。ウィリアムは謝ろうともせず、それ以上親戚扱いしてもらわなくてもけっこう、というような態度だった。サー・ウォルターのほうでも、親戚扱いしてやる価値のない人間と見なし、両者のつき合いは、こうして断ち切れてしまったのだ。

ウィリアムとのこの気まずい経緯のことを考えると、あれから数年も経っているにもかかわらず、エリザベスはいまだに怒りを覚えた。彼女はウィリアム本人のことも気に入っていたし、それ以上に、彼が父の跡継ぎであることを好ましく思っていた。家柄に関してプライドの高い彼女には、サー・ウォルター・エリオットの長女にふさわしい結婚相手は彼しかいないと思えたのだ。『准男爵名鑑』のAからZまで並んでいる名前を見ても、ウィリアムほど自分とぴったり釣り合う男性はほかにいない。それなのに、彼はあんなにもひどい態度をとったのだ。エリザベスはいま（一八一四年の夏）[23]ウィリアムの亡くなった妻のために黒いリボンを付けてはいたけれども、[24]彼のことはもう二度と考えてやる値打ちもない男だと見切りをつけていた。最初の結婚は不名誉なものではあったが、どうやら子供にも恵まれなかったらしい

21　★導入部で出てくるウィリアム・エリオットの人物像は、謎めいている。ウィリアムの好ましくない態度は、サー・ウォルターとエリザベスの俗物的視点から描かれているからである。しかし、彼らの偏見が交ざっているとはいえ、自立を「手に入れる」という表現に purchase という動詞が用いられていることから、ウィリアムが金目当ての結婚をしたというニュアンスが伝わってくる。

22　タッターソールは、馬の競売場で、紳士が賭け事をする行楽所でもあった。サー・ウォルターは、親類の若者を下院のロビーでもてなしてやったらしいが、彼自身は下院議員ではなく、下院議員の知り合いがいたのではないかと推測される。

ので、彼がこれ以上よくないことをしでかしさえしなければ、水に流すこともできたかもしれない。ところが、よくあることだが、お節介な知り合いが親切心から、彼に関するこんな情報をもたらしたのだ。すなわちウィリアムはエリオット家の人々のことを悪し様に言い、自分が属している家系や、自分が今後継ぐことになる准男爵という名誉ある地位のことを、軽んじてばかにしきったような態度をとっているという。これは、とうてい許しがたいことだった。

エリザベス・エリオットの心模様は、以上のようなものだった。優雅だが単調で、成功していても退屈な彼女の人生模様に入り込んでくる悩みや、変化をもたらす動揺といえば、この程度のものでしかなかった。長らく田舎にこもって変化に乏しい生活を続けていると、こういう気分も刺激にはなった。家の外では人の役に立つ習慣もなく、かといって家の中で磨く才能も特技もないという彼女の空虚な生活を埋めるのには、ちょうどよかった。

しかし、いまやこれに加えて、心を占めることになる憂慮すべき問題がもうひとつ生じた。父が金銭問題に悩まされるようになったのである。父がいま『准男爵名鑑』を手に取っているのは、商売人たちから送られてくる大量の請求書、そして、当家の代理人である法律家シェパード氏の好ましからざるほのめかしを追い払うためだといいうことが、エリザベスにはわかっていた。

ケリンチ屋敷の財産はかなりのものではあるが、サー・ウォルターがその所有者に似つかわしいと考えている豪華な暮らしぶりには届かなかった。レディー・エリオットの存命中には、規律や節度、節約といったものがあり、そのおかげで、彼も自分の収入に見合う範囲内で遣り繰りしていた。しかし、彼女の死とともに、そのような良識もすべて消え去り、その頃から、サー・ウォルターはつねに収入を上回る生活をしてきたのである。支出を減らすことは、彼にはできなかった。自分としては、ただサー・ウォルター・エリオットとして当然やるべきことをやっているだけなのだ。しかし、彼に非はなくとも、彼はひどい借金に陥ったばかりか、たびたびそれが人の噂にものぼるようになったので、これ以上娘に隠していることもできなくなり、少し耳

23 ★オースティンの作品のなかで、物語の背景となる時代が絶対年代で明らかにされているものは珍しい。本作品では、冒頭から『准男爵名鑑』が引用され、主要な登場人物の生年月日が明らかにされるなど、年代に関する言及が多く、「時」がテーマに関わる重要な要素であることが暗示される。ちなみに、オースティンが『説得』の執筆を開始したのは、翌年一八一五年の夏である。

24 遠い親戚が喪に服すときには、黒いリボンをつける。

に入れざるをえなくなった。

そこで、昨年の春、二人でロンドンに行ったとき、エリザベスにこの件について少しほのめかした。「何か節約できるだろうか？　節約できるものが、何かひとつでも思いつくかね？」とさえ、彼は言ったのだ。するとエリザベスのほうもちゃんと、女性らしい驚きで心を痛め、何ができるだろうかと真剣に考えてみて、結局、二つほど節約の手立てを提案したのだ。それは、不要な慈善活動[25]をいくつか打ち切ることと、居間に新しい家具を備えるのをやめることだった。彼女はそのあと、もうひとついい考えを思いついて、付け足した。それは、毎年の習慣で、妹アンにロンドン土産[26]を渡していたのだが、それをやめることだった。

これらの方策が、それ自体いかによい案であったとしても、深刻な経済的危機を解決するには、そんなことだけではとうてい及ばない。そこで、実情がいかなるものであるかを、サー・ウォルターはすぐにでも、娘にすべて打ち明けざるをえなくなった。エリザベスは、これ以上効力のあることは、何も提案できなかった。彼女は父親と同様、自分が不当な目に遭わされ、不運だと思った。二人とも、自らの出費を減らす方法を工夫することはできなかった。そんなことをすれば、自分の威厳が損なわれてしまうし、耐え難いほど自分の快適さを犠牲にしなければならなくなってしまう。

サー・ウォルターが売却できる地所はほんのわずかしかなかった。[27] 土地を全部売却できたとしても、どうにもならない。彼は自分の権限の及ぶ土地を抵当に入れることには妥協したが、売却することは承知しなかった。そこまで名を汚すことは決してできない。ケリンチの地所は自分が引き継いだときのままますべて、次の当主に引き渡さなければならないと。

父娘にとって信頼できる知り合いは、レディー・ラッセルと、隣の市場町に住んでいるシェパード氏の二人だけだったので、まずはこの二人を呼んで助言してもらおうということになった。贅沢(ぜいたく)ができなくなったり、プライドを傷つけられたりすること

---

25 ★慈善活動は、有力な地主などの上流階級の人々が果たすべきとされていた役割のひとつである。「不要な」という修飾語から、エリザベスはたんに形骸化した義務として行っているだけで、本来の慈善の心がないことがほのめかされる。

26 サー・ウォルターとエリザベスは社交シーズンに二人だけでロンドンで過ごし、アンには留守番をさせていたことがわかる。

27 当時のイギリスでは、土地が長男に譲渡される「長子相続権」や、土地を相続する者が、それを分割したり売却したりせず、そこから上がる収入を自分のものにするという条件を定めた「限嗣相続」が、法的基盤になっていた。

なしに、自分たちの心配を取り除き、支出を減らすような案を、二人のうちどちらかが考え出してくれるだろうと、父娘ともに期待していた。

第2章

シェパード氏は、礼儀正しく慎重な弁護士だったので、自分がサー・ウォルターに対していかに影響力を持っていようとも、また、本心ではサー・ウォルターのことをどう思っていようとも、不愉快な提案をするのは自分ではなく、ほかの誰かにしてもらいたかった。だから、「私からは何も申し上げられそうにもないので、レディー・ラッセルの優れた判断を参考にされたらいかがでしょうか」と言うにとどめておいた。現状を切り抜けるには決然たる策を講じなければならないことはわかっていたが、良識あるレディー・ラッセルなら、きっとそういう進言をしてくれるものと、シェパード氏は期待していたのである。

レディー・ラッセルは、この問題に熱心に取り組み、懸命に知恵を絞った。彼女は頭が切れるというよりは、健全な心の持ち主と言うべき人だった。ただ今回は、何を決めるにしても、二つの主要な原則が相対立してしまうため、大いに頭を悩ますことになった。彼女は、名誉の問題に関しては、わずかなことでも気になり、誠実さを貫く人間だった。しかし、サー・ウォルターの感情に傷をつけたくないという思いや、エリオット家の信用に関する心配、上流階級である彼らへの敬意といったことにも、その分別や名誉心が許すかぎり心を注いでしまうのだった。

レディー・ラッセルは心が優しく、思いやり深い善良な女性で、愛情も豊かだった。行いはまさに正しく、礼儀正しさにおいても徹底していて、行儀作法では育ちのよさのお手本のような人だった。教養もあり、全般的に筋が通っていて、考えが一貫していると言えた。ただ、あまりにも家柄を重んじすぎる点が玉に瑕（きず）だった。社会的地位に価値を置くあまり、それを備えている人たちの欠点に対しては、つい見方が甘くなる。自分自身、ナイトの寡婦にすぎない身分なので、それより一段上の准男爵は偉いのだと思い敬意を払っていた。サー・ウォルターは、古くからの知り合いであるばかりか、親切な隣人で、世話になっている地主でもあり、親友の夫、そして、アンとその姉妹たちの父親でもある。そのサー・ウォルターがいま窮状に陥っているのだから、親身になって知恵を絞るのは当然のことだと、彼女には思えたのだ。

エリオット家が経費を節減しなければならないことは確かだった。しかし、サー・ウォルターとエリザベスにできるだけ辛い思いをさせずにそれができればと、レディー・ラッセルは切に願っていた。彼女は家計の遣り繰りの計画を立て、正確な数字を出して計算してもみた。

そして彼女は、次女のアンに相談するという、誰も思いつかないようなことまでしたのである。アンは、この問題に関わりがあるとは誰からも思われていない人間だったのに、である。レディー・ラッセルはアンに相談し、いくらかその影響を受けて修正を施したうえで、経費節減計画書をサー・ウォルターに示した。アンの修正案というのはすべて、家の格式よりも誠実さを重んじる側に立つものだった。アンはもっと思い切った方策を講じて、徹底した改革を行い、もっと早く借金を払い終えて、正義と公正さ以外のすべてのものに対して無関心な態度でありたいと願っていた。

「お父様を説得して、これを全部了解していただければ、ずいぶんよくなるでしょう」と、レディー・ラッセルは計画書に目を通しながら言った。「ここで決めたとおりにしていただければ、七年間で問題は解決するでしょう。こういう削減をしたからといって、ケリンチが立派なお屋敷であることには何ら影響しないということは、お父様とエリザベスさんには、わかっていただきたいわ。サー・ウォルター・エリオットが高潔な振る舞いをなさることによって、その威厳がいささかでも損なわれるなんていうふうに、ものの分かった人の目に映るわけがないもの。お父様がいまなさろうとしていることは、一流の家系の方たちもみなやってきたことなのだから、そうなさるべきでしょ？　お父様がそうなさっても、何らおかしいことではないわ。私たちが何かをしようと思うとき、いちばん苦しいのは、変だと思うせいだからなのよね。きっと何とかやり通せると思うの。そのためには、真剣に心を決めなければね。やっぱり、借金をした人は、返済しなければならないのだから。あなたのお父様のように、紳士で、一家の当主でもある方のお気持ちとしては、たいへんなことでしょうけれども、誠実な人間としての評判は、もっと大切ですからね」

これこそ、アンが父に遂行してもらいたいと願い、周囲の人々もぜひそうしてもらいたいと望んでいた信義たるものだった。債権者に速やかに返済することは、絶対に果たすべき義務であり、そのためには全面的に経費を削減しなければならないというのが、アンの考えだった。それが果たせないようでは、名家の威厳も何もあったものではない。これで決定となり、そのとおりにすることが義務なのだと思ってほしいと、彼女は願った。アンはレディー・ラッセルの影響力を高く評価していた。生活を簡素にすることに関しては、自分の良心としては当然のことだと思ったし、父や姉を説得する場合には、全部節約させるのも半分節約させるのも、難しさは同じだろうと予想した。アンが知るかぎり、あの二人にとっては、馬を二頭減らすことは、四頭減らすことと同じくらい辛いことなのだと、レディー・ラッセルの手ぬるい節約計画書に目を通しながら、アンは考えた。

しかし、アンのもっと厳しい計画書が提示されていたらどうなったかについては、考えてみるまでもなかった。レディー・ラッセルの計画書でさえ、我慢ならないとんでもないものとして、突っ返されたのだから。「なんと！　生活のなかから快適さをすべて締め出せだって！　旅行、ロンドンでの暮らし、使用人、馬、食卓——これじゃあ、どこもかしこも制限と節約だらけじゃないか。ふつうの紳士としてのたしなみすらなしに、生きろと！　ここでこんな恥ずかしい生活をするぐらいなら、いますぐにでもケリンチ屋敷から出ていったほうがまだましだ」

「ケリンチ屋敷から出る」シェパード氏は、サー・ウォルターのこの言葉に、すぐさま飛びついた。シェパード氏は、サー・ウォルターが節約することには現実味がないと思っていたので、住まいを変えでもしなければ、どうにもならないだろうと思っていた。「そのお考えが、ご指示を仰ぐべきご本人様から出たのですから、私といたしましても、それに全面的に賛成申し上げることに、ためらいを覚えません」と彼は言った。「いまのようにお客様を迎え、代々の格式ある伝統をお守りにならねばならないお屋敷にお住まいですと、サー・ウォルターも、実際に生活様式をお変えになることができないのではないかと存じます。ですが、ほかの場所でなら、サー・ウォルターがご自身でご判断なさることが可能でしょう。どんなふうに住み方を変えられましても、生活様式を調整なさったものというように、世間から敬意を払われるのではないでしょうか」

サー・ウォルターはケリンチ屋敷を出ることにした。さらにその後の数日間は迷いもあり、心が決まらなかったが、住居をどこにするかという大問題も片づき、この重大な方針の概略が定まった。

転居先としては、ロンドンかバースか、あるいはいまいる地域の別の家、という三つの選択肢があった。アンは心から、三番目の選択肢を望んでいた。ここから近い場所に住めば、レディー・ラッセルとのつき合いも続けられるし、メアリの家にも近くなるうえに、時々ケリンチ屋敷の芝生や木立を見て楽しめるというのが、彼女の願いの理由だった。しかし、いつも自分の気持ちとは正反対の決定がくだされるというのが、アンの運命で、今回もそうだった。アンはバースが嫌いで、自分には合わない場所だと思っていたのに、バースに住むことに決まったのである。

サー・ウォルターははじめ、ロンドンのほうが気に入っていたのだが、シェパード氏は、サー・ウォルターがロンドンで節約できるとは思えなかったので、巧みに誘導してロンドンよりもバースのほうがよいという気にさせたのだ。サー・ウォルターのような苦境にある紳士にとっては、バースのほうがずっと安全な場所であるし、バースにいれば、比較的わずかな出費でも、偉い人だということがわかる。ロンドンよりもバースのほうが実質的に便利であるという二つの理由も、もちろん重視された。すなわち、バースならケリンチ屋敷からたった八十キロ[1]だし、レディー・ラッセルも毎年、冬の一時期をそこで過ごしていたからだ。夫人はこの転居計画の話が出た当初から、バースを勧めていた。そういうわけで、サー・ウォルターとエリザベスも、バースに住めば、社会的地位と楽しみの両方ともに、失わずに済むという気になったのだ。レディー・ラッセルは、大切なアンの願いを知りつつも、それには反対せざるをえないと感じた。サー・ウォルターがいまの屋敷近くにとどまったまま、小さな家に住むほど落ちぶれてしまうのは、見るにしのびなかったからである。アン自身も、本人が予想している以上に屈辱感を味わうことになるだろうし、サー・ウォルターにとって耐えがたい苦痛になることは間違いない。アンがバースを嫌っていることについては、レディー・ラッセルはたんなる先入観か思い違いだろうと高をくっていた。母

1　原文では五十マイル。以下、マイルはメートル法で示す。

親が亡くなった後の三年間をバースで過ごして、最初にそこが嫌いになったうえに、その後そこでレディー・ラッセルと過ごした冬に、たまたま気分が不安定だったということが重なって、そう思っているだけなのではないかと。[2]

つまり、レディー・ラッセルは自分がバースを気に入っているので、その場所がほかの人たちにも合うにちがいないと思ったのである。アンの健康については、暖かい季節には自分の家であるケリンチ・ロッジでいっしょに過ごすことにすれば、何の心配もないだろう。そうすれば、実際のところ、心身ともによい影響をもたらす気分転換にもなる。アンは家から出ることも、人前に出ることも少なすぎて、元気がない。もっとつき合いが広がれば、元気になるのではないか。レディー・ラッセルは、アンをもっと多くの人々に知ってもらいたかった。

サー・ウォルターが、ケリンチ屋敷の近くで別の家に住むという選択肢を嫌がったのには、大きな理由があった。もともとこの案に組み込まれていたある重要な計画が、気に入らなかったからである。彼はただ屋敷を出ていくだけではなく、それを他人の手に預けるところを見なければならないことになっていた。サー・ウォルターよりもしっかりとした頭の持ち主にとってさえ、それは相当の忍耐が試されることだ。ケリンチ屋敷を貸す！　そんなことは、極秘にしなければならない。ごく内輪でしか囁けないことだ。

屋敷を貸すつもりであることが知られてしまうのは、サー・ウォルターにとっては耐えがたい屈辱だった。シェパード氏は、一度「広告」[3]という言葉を口に出したが、その後は二度と言わないようにした。どんな形であれ、こちらから申し出るというような考え方を、サー・ウォルターはいっさい撥(は)ねつけた。彼のほうにそんなつもりがあるとは、微塵も漏らしてはならない。彼の言葉を借りるなら、「それなりの人に、向こうからどうしてもと希(こいねが)われたなら」、特別に貸してやってもいいというだけのことなのだ。

2　バースは温泉地で、十八世紀をとおして主要なリゾート地として栄えた。入浴したり鉱水を飲んだりして療養する人々ばかりでなく、社交と娯楽を求める人々も訪れた。★アンがバースを嫌う理由は、何か過去の出来事と結びついているのかもしれないことが、読者にほのめかされる。二度目の滞在のさいに、アンの気分が不安定だったのは、レディー・ラッセルの思っているように「たまたま」だったのか、それとも、何かほかの原因があったのかは、のちに明かされることになる（↓第4章60頁、および注2）。

3　当時は、日刊紙や週刊紙などさまざまな新聞が普及していて、広告はそのなかのかなりの部分を占めていた。

それにしても、人は自分の気に入ったものに賛成するとき、すぐにも理由を見つけるものだ。サー・ウォルターの一家がこの地域を離れることになったとき、レディー・ラッセルは大いに満足したが、そこにはもうひとつ立派な理由があった。エリザベスが最近始めたあるつき合いを、彼女はぜひともやめさせたいと思っていたのである。相手は、シェパード氏の娘クレイ夫人だった。この女性は、不幸な結婚のあと寡婦となり、二人の子供という荷物をかかえて実家に戻っていたのである。人のご機嫌を取るわざ、わけてもケリンチ屋敷の人々のご機嫌を取るわざを心得た賢い若い女性で、エリザベスには特に受けがよくて、すでに一度ならず屋敷に滞在させてもらったことがあった。親しくするには不適切な相手だと思ったレディー・ラッセルは、用心して交際を控えるようにと何度もほのめかしたのだが、エリザベスはまったく言うことを聞こうとはしなかったのである。

実際のところレディー・ラッセルは、エリザベスに対してはほとんど影響力を持たなかった。レディー・ラッセルは一見エリザベスに愛情を抱いているようではあったが、愛情をかけるに値する相手だからというよりも、そうすべきだと思ってそうしているようなところがあった。エリザベスは、上辺で気を遣っているだけで、レディー・ラッセルは彼女から儀礼以上のものを受け取ったことがなかった。エリザベスにその気がなければ、レディー・ラッセルの思いどおりに事が運んだためしがなかった。ロンドン旅行にアンを連れていってあげてほしいと繰り返し頼んで、アンを仲間外れにするような利己的なやり方が、どんなに不当で不名誉であるかということを説いた。

また、エリザベスに対して、こうしたほうがよいと、自分の判断や経験から言ってみたことも時々あったが、それが受け入れられたことはなかった。エリザベスは、自分の思いどおりにしようとした。そして、クレイ夫人を交際相手に選ぶことに関しては、これまで以上に頑とした態度で、レディー・ラッセルに逆らった。大切にすべき妹アンのことには見向きもせず、関係の薄いクレイ夫人に愛情と信頼を注いだのだ。

クレイ夫人は、レディー・ラッセルの判断によれば、社会的立場という点でもまったく釣り合わないし、人柄という点ではことに危険な人物に思えた。[4] だから、転居によってクレイ夫人を遠ざけて、もっと相応しい交際ができる環境へエリザベスを連れ

4　★ここでレディー・ラッセルがクレイ夫人に危険を感じているのは、クレイ夫人が紳士階級に属さない弁護士の娘で、エリオット家より階級が低いというだけにはとどまらないようだ。ご機嫌取りのわざを心得た、したたかな若い女性クレイ夫人は、男やもめのサー・ウォルターにも接近しかねないという危険を、レディー・ラッセルは察知していたものと推測できる。

出せるということが、とりわけ重要だったのである。

第3章

「恐れながら、申し上げます、サー・ウォルター」ある朝、シェパード氏はケリンチ屋敷で言った。「ただいまの情勢は、私どもにとって有利でございます。このたびの和平によって、わが英国海軍の裕福な将校たちは、みな陸(おか)に戻ってまいります。[1] 彼らはみな、住む家が必要になるでしょう。借り手、とりわけ信頼できる借り手を選ぶには、絶好のチャンスと言えるのではないでしょうか、サー・ウォルター。戦争中に、相当な財産を築いた将校も、大勢おります。サー・ウォルター、もし金持ちの提督に出会えましたら――」

「そいつは、実に幸運な人間だな、シェパード」サー・ウォルターは答えた。「そう

1　一八一四年四月、同盟がナポレオンを退位させ、エルバ島に追放したこと。ここは、その三か月後の場面。

としか言いようがない。ケリンチ屋敷は、そういう人間にとっては、まさに勝った褒美のようなものだな。それまでにたくさん手に入れてきたなかでも、今回のはいちばん大きな戦利品のはずだ。[2]そうだろ、シェパード？」

シェパード氏はここで笑わなければならないと心得ていたので、笑った。それから付け加えた。

「サー・ウォルター、ビジネスということに関しましては、海軍の紳士たちは、よい取り引き相手だと申せましょう。彼らの取り引きの仕方については、私はいくらか心得ております。実を申しますと、彼らは実に気前がよくて、借り手としては、誰よりも望ましい相手なのです。ですから、サー・ウォルター、僭越ながら、あなた様のお心づもりが噂となって外に出てしまいました場合――と申しますのも、あるお方たちのお振る舞いやご計画が、他人に注目され、興味を持たれるのは、避けがたいことですので、そういうことがあり得るものと想定しなければなりません。なにしろ、社会的地位のある方にとって、それは税金みたいなものですから。私、ジョン・シェパードならば、家の事情を隠そうと思えば隠せます。私のことを見守る価値があるとは誰も思いませんから。しかし、サー・ウォルターが注目を浴びるのは、どうしても避けがたいことです。ですから敢えて申し上げるのですが、どんなに用心したところで、本当のことが噂で知られてしまうことがあっても、私はさほど驚きません。そういうことを想定しました場合、先ほども申し上げようとしたところですが、必ずや申し込みがいくつかあるでしょう。とりわけ、裕福な海軍司令官からの問い合わせには、応じてもよいのではないかと存じます。返答などの雑用に関しましては、お申し付けくだされば、私がいつでも二時間で参上いたしますので、お任せいただければ幸いです」

これに対してサー・ウォルターは頷いただけだった。しかし、そのあとすぐに立ち上がって部屋を歩き回りながら、皮肉っぽく言った。

「海軍紳士どもは、こんな立派な屋敷に入ったら、びっくりするだろうな」

「きっと、きょろきょろ見回して、自分の幸運に感謝しますわ」と、その場にいたクレイ夫人は言った。シェパード氏が、娘をケリンチ屋敷まで馬車に乗せてやれば健康によいだろうと思って、連れてきていたのである。「でも、海軍軍人が借り手としてとても望ましいという点では、私も父とまったく同感ですわ。私はあの職の人たちのことをよく知っています。あの人たちは気前がいいだけじゃなくて、何に関してもき

2　提督や艦長は、捕らえた船の所有者となり、その中にあるものを競売にかけることができた。

ちんとしていて、注意が行き届いていますから。サー・ウォルター、こういう貴重な絵画を置いていかれましても大丈夫ですから、ご安心できますよ。屋敷の中も周辺も、しっかり手入れされるでしょう。お庭や生け垣も、いままでどおりのまま保たれると思います。ミス・エリオット、あなたの花園もほったらかしにされるご心配はありませんわ」

「そういうことはまだ早い」サー・ウォルターは冷ややかに答えた。「かりに屋敷を貸すとしても、屋敷に付随する特権に関しては、まだ決めたわけではない。私は借り手に特権を与えるつもりはない。もちろん庭園は好きに使わせるつもりだ。海軍将校にしろ何にしろ、こんな広い庭園を持つのは初めてだろう。だが、趣味のための場所にどんな使用制限をかけるかは、別問題だ。私の植え込みにいつでも近づかれるなんて、考えられない。エリザベスも、自分の花園については気をつけたほうがいい。私は、ケリンチ屋敷の借り手に、並外れた恩恵を与える気はない。海軍軍人であろうと、陸軍軍人であろうとね」

しばらく沈黙が続いたあと、シェパード氏は敢えて言った。

「いずれにしましても、地主と借り手との関係を明快かつ円滑にする慣例というものがございます。サー・ウォルター、あなた様のご利益に関しましては、私がしっかり承りますので、ご安心を。借り手が正当な権利以上のことを行使することがなきように注意いたしますので、お任せください。サー・ウォルターの権利をお守りするのは、ご自身よりも、私ジョン・シェパードの領分であります」

ここでアンが言った。

「私たちの国のためにあんなに大きな功績を果たしてくださった海軍の方たちには、家がもたらすどんな快適さだって特権だって、持つ資格が誰にも劣らずあると思いますわ。海軍軍人はじゅうぶんな働きをしたのですから、快適さを求めてもいいのだと、みんなが認めなければなりません」

「まったくそのとおり。アン様がおっしゃるとおりです」とシェパード氏は答えた。

「ええ、たしかに！」と娘のクレイ夫人が言った。しかし、そのあとすぐサー・ウォルターは言った。

「海軍は役に立つが、自分の知り合いには、ああいう仕事をしてほしくない」[3]

3　一八〇五年、ナポレオンはブーローニュからイギリスへの侵略を図ったが、ネルソンが率いるイギリス海軍が、トラファルガー岬沖でフランスとスペインの艦隊を打ち破った。一八〇六年、イギリスをヨーロッパから孤立させるために封鎖を試みたが、首相ピットによって再編されたイギリス海軍は、封鎖を打破し、フランス海軍を寄せつけなかった。

「そうなんですか」と驚きの返事が、父娘から返ってきた。

「うん、二つの点で私は気に入らない。あれが嫌な職業だという強力な理由が、二つある。第一は、どこの馬の骨ともわからんようなやつを、不相応に偉くしてしまうことだ。父親や祖父の代には夢にも思わなかったような名誉ある階級にまで引き上げてしまう。第二に、あれは若さや活力を駄目にしてしまうからね。海軍軍人は、誰よりも早く老ける。ずっとその様子を私は見てきたよ。海軍にいると、父親なんかは口をきくのもはばかられるような身分の低い人間の息子が出世して、そんなやつに侮辱されることになるかもしれない。それに、ほかのどんな職業に就くよりも早く老けて、見るもおぞましい姿になってしまうという危険がある。わかりやすい例を挙げるとだね、この前の春のいつだったか、ロンドンで二人の男に会ったんだ。そのうちの一人はロード・セイント・アイヴズだが、あれの父親は田舎の副牧師で、食うにも困るほどの貧乏人だったってことは、みな知っている。そのロード・セイント・アイヴズやボールドウィン提督とやらに、私は席を譲らざるをえなかったのだ。ボールドウィン提督は、どうにもならないぐらいひどい容貌の御仁でね、顔は赤褐色、肌はざらざら、あばた面で、皺だらけ。顔の片側に白髪が九本ぐらい、頭の天辺にちょっと髪粉をふりかけただけ。『いったい、あの年寄りは誰なんだね？』と、私は近くに立っていた知り合いのサー・ベイジル・モーリーに訊いたんだ。『年寄りだって?』と、サー・ベイジルは言った。『ボールドウィン提督だよ。彼のことをいったい何歳だと思っているんだ?』それで私は答えた。『六十歳。いや、六十二歳かな』とね。『四十歳だよ。四十は超えていない』とサー・ベイジルは言ったんだ。どんなに私が驚いたか想像してくれよ。ボールドウィン提督のことは、ちょっと忘れられそうもない。船旅生活をしているとどんなことになるか、あんなに悲惨な例は見たことがないね。だが、ある程度、あいつらはみな同じだ。みな波に揺さぶられて、あらゆる気候、天候に晒されて、ついには二目と見られない顔になってしまう。ボールドウィン提督の年になるまでに、頭をガンとやられて死んでしまったほうがましだよ」

「いいえ、サー・ウォルター」クレイ夫人が声を上げた。「それは、あんまりですわ。お気の毒な方を少しは哀れんであげてください。誰もがみなハンサムに生まれついているわけではないのです。たしかに、海は人を綺麗にするものではありません。海軍軍人は、すぐに老けてしまいますわ。それは私もたびたび見てまいりました。あの人たちって、若さをなくしてしまうんですよね。でも、それはほかの多くの職業についても言えることじゃございませんか? たぶん、たいがいの職がそうですわ。陸軍軍人だって、軍務に就いているときには、同じです。もっと静かな仕事でも、いろいろ煩わしいことがあって、体は疲れなくても心がくたびれてしまいますから、なかなかふつうの年齢どおりには見えないものですわ。弁護士だって、気苦労の多いしんどい仕事なんですよ。医者は二十四時間営業で、どんな天候でも出かけていかなければなりません。牧師だって――」彼女は一瞬言葉を止めて、牧師については何が言えるか考えてみた。「牧師だって、伝染病患者のいる部屋に入っていって、有毒な空気に身を晒して、健康と容貌を損なう危険がありますわね。実際、私はずっと思ってきたんですけれども、職業っていうのは、それぞれ必要で立派なものではあります。ですが、どんな職にも就かずに済む方たち、つまり、田舎で規則正しい生活をして、自分の好きなように時間を使えて、自分の好きなことができて、収入を増やそうと苦労しなくても自分の財産で生活していける――そういう方々だけが、健康と美貌を最大限に保つという特権的な運命に恵まれていらっしゃるのです。それ以外は誰だって、年をとれば、多少は容貌が衰えてしまうものですわ」

シェパード氏が前もってサー・ウォルターに、海軍将校を借り手にしてもよいという気にさせておいたのは、先見の明があったようだ。屋敷を借りたいと最初に申し出てきたのが、クロフト提督だったからである。彼とは、その後間もなくトーントンの四季裁判所[4]で出会ったのだが、実はシェパード氏は、手紙のやり取りをしているロンドンの知り合いから、クロフト提督のことを聞いていたのである。

シェパード氏がケリンチ屋敷に馳せ参じて報告したところによると、クロフト提督はサマセット州の出身で、かなりの財産を築き、自分の出身地に定住したいと思っている。そこで、その辺りで広告に出ていた場所をいくつか見ようと思ってトーントンに来てみたのだが、どこも満足できない。そこへ偶然聞いた話によれば——「サー・ウォルターに関する秘密は保たれないと、私が先に申したとおりでございましょう」とシェパード氏は言った——ケリンチ屋敷を借りることが可能であるとのこと。それで、シェパード氏が屋敷の所有者とつながりがあると知って、尋ねたいことがあると自己紹介してきたというわけだった。けっこう長時間にわたって面談した結果、説明を聞いただけで、ぜひ屋敷を借りたいという希望を表明した。そのうえ、提督は自分自身のことも包み隠さず話し、シェパード氏が見たところ、実に責任感があり、借り手として望ましい相手であるとのことだった。

「それで、クロフト提督というのは、何者なんだ?」サー・ウォルターは冷ややかに

4 四季裁判所(quarter session)は、通常、州全体を含む地方行政官の会合で、三か月ごとに開かれ、多くの法的事件を処理した。

疑うような調子で言った。

シェパード氏は、提督が紳士階級に属する人だということを保証し、出身地の名前を言った。しばらく沈黙が続いたあとで、アンは付け足した。

「白艦隊の海軍少将（リア・アドミラル）です。[5] トラファルガーの海戦にも加わり、その後は東インド諸島におられて、そこに数年間駐在しておられたのだと思います」

「だったら、当然その男の顔は、うちの従僕の制服の袖口や肩マントみたいにオレンジ色だろうな」とサー・ウォルターは言った。

シェパード氏は、クロフト提督は、たいへん矍鑠（かくしゃく）とした、お元気な、見栄えのいい方で、たしかに少々日焼けはしておられるが、さほどでもないと、急いで念を押した。おっしゃることも物腰もまさに紳士的で、条件に関しては、まったく難色を示しそうもなく、ただただ居心地のよい家を望んでおられて、できるだけ早く入居したいと思っておられること。快適さにはそれ相応の支払いが必要であり、家具付きのこんな立派なお屋敷に対して、どれだけの家賃を払わなければならないかということも、ちゃんと心得ておられる。サー・ウォルターがさらなる金額をお求めになっても、驚かれないだろう。領地のこともお尋ねになった。領地で狩猟をする権利をいただければ、たしかに嬉しいが、それはどうでもいいし、銃を使うことはあっても、殺しはしない——というように、本当に紳士的な方なのです、と。

シェパード氏は、クロフト提督に関して雄弁に語った。提督の家族に関する状況もことごとく取り上げて、その点でも彼が借り手としてとりわけ望ましいことを説明した。提督は既婚者だが、子供はいない。これこそまさに望ましい点だ。シェパード氏が言うには、奥様がいなければ、屋敷の手入れは決してうまくいかない。奥様がいなかったり、子供がたくさんいたりすると、家具が傷まないともかぎらない。だから、子供のいない奥様が、いちばん家具を大切にする。クロフト夫人にも会った。夫人はトーントンで提督に同伴されていて、この件について話をしている間もずっといっしょにおられた。

「クロフト夫人は、お話が上手く、上品で、頭のいい方のようでした」とシェパード氏は続けた。「夫人は、屋敷や契約条件、税金などについて、提督ご自身よりもたくさん質問され、実務に精通しておられるようでした。そのうえ、夫人はご主人と同様、この土地と無縁な方ではないということが、わかったのです、サー・ウォルター。つ

5　海軍の艦隊は赤、白、青の順で三つに等級分けされていた。少将（rear admiral）の上が中将（vice-admiral）、その上が提督（admiral）。★アンがなぜクロフト提督について詳しい情報を知っているのかは、この時点では謎であるが、父サー・ウォルターはその点には関心を示さない。

まり、夫人は、かつてこの辺りに住んでいたある紳士の姉上なのです。数年前にマンクフォードに住んでいた紳士の姉上なのですよ。えっと、なんという名前の紳士でしたかね？　ごく最近聞いたばかりなのに、ど忘れしてしまって。ねえ、ペネロペ、マンクフォードに住んでいた紳士の名前は何だったかな？　クロフト夫人の弟だよ」

ところが、クレイ夫人はミス・エリオットと熱心に話し込んでいたので、父親の言葉が耳に届かなかった。

「誰のことを言っているのか、さっぱりわからん、シェパード。トレント老総督のあと、マンクフォードに住んでいた紳士なんか、覚えておらん」

「はて、おかしいですね。これでは、自分の名前も忘れてしまいかねませんね。よく知っている名前なんですがね。お会いしてよく知っている紳士なんですよ。何回も会ったことがあって。一度、近隣の不法侵入の件で、私に相談に来られたこともありました。農家の使用人が果樹園に侵入してきて——壁は崩れ落ちるし、林檎は盗まれるし——で、現行犯で捕まったんです。ですが、その後は、私の予想に反して、穏やかな示談で終わりました。それにしても、どうして名前を思い出せないのか」

一瞬置いて、アンが言った。

「ウェントワースさんではありませんか」

シェパード氏は大いに感謝した。

「そうです、ウェントワース氏でした。少し前に、二、三年間、マンクフォードの副牧師をやっていた方ですよ、サー・ウォルター。一八〇五年ごろに赴任されたんだと思います。きっと覚えておられますよね」

「ウェントワースだって？　ああ、マンクフォードで副牧師をやっていたウェントワース氏のことか。紳士なんて言うから、勘違いしたんだ。誰か財産のある人のことを言っているのかと思ったのさ。ウェントワース氏が何者でもないことは、覚えている。ろくな親戚もいないし、ストラフォード家[6]とは何の関係もない。もともと高貴な名前だったのにありふれた名前に成り下がったものが、ずいぶんあるもんだな」

　クロフト夫妻の親戚の話をしても、サー・ウォルターには何ら効果がないということがわかったので、シェパード氏は、その話をやめた。借り手として、クロフト夫妻がいかに条件がそろっているかという話に戻って、彼らの年齢や夫婦二人暮らしであ

6　ストラフォード家は、チャールズ一世の大臣として重責を果たし、伯爵の称号を得たトマス・ウェントワースの子孫の家系。この初代ストラフォード伯爵は、一六四一年、議会によって反逆罪に問われて死刑となる。これが発端のひとつとなって清教徒革命へとつながり、その結果チャールズ一世も処刑される。

ること、財産、そして、彼らがケリンチ屋敷を理想の屋敷だと考えていること、それを借りることができればどんなにいいかと切に願っていることなどを、熱を込めて説明した。サー・ウォルターから借りるということこそ、彼らは最高の幸せだと思っているのだ、というような話しぶりもした。もしサー・ウォルターが借り手の権利についてどんな考え方をするかという心の内を知ったうえで借りたがっているなら、クロフト夫妻は異常な趣味の持ち主だということになるだろう。

しかし、話はうまく運んだ。サー・ウォルターは、ケリンチ屋敷に住みたがっている人間に対しては、誰であれ、意地悪な見方しかできず、いくら高い家賃を払ってでも、そこを貸してもらえる人間はものすごく幸運なのだ、というふうに考えずにはいられなかったが、結局は、シェパード氏に言いくるめられて、交渉を進める許可を出した。そして、トーントンで答えを待っているクロフト提督を訪ねて、屋敷の見学の日取りを決める権限を、シェパード氏に与えたのだった。

サー・ウォルターは頭があまりよくなかったが、世の中の経験はある程度あったので、総合すると、クロフト提督ほど申し分のない借り手はめったに見つからないだろうということは察しがつき、そこまでは理解できた。あと、自分の虚栄心を満足させるうえで、気に入る点がもうひとつあった。それは、提督の地位が、ちょうどいい高さて、高すぎはしないということだった。「クロフト提督に屋敷を貸しているんだよ」というと、聞こえがよい。ただの「ミスター誰それ」に貸しているというよりはずっといい。「ミスター」というと、国で六人ぐらいの例外を別とすれば、必ず何かしらの説明が必要になる。提督といえば、自ずと立派な身分だとはわかるが、それでいて、准男爵を小物に見せるようなこともない。人と交渉したりつき合ったりするときにはいつだって、サー・ウォルターは自分が上位に立たずにはいられないのだった。

　エリザベスに相談せずには、何事も決められない。しかし、彼女は引っ越したいという気持ちが強くなっていたので、手近の借り手でいいから、早く取り決めをしてほしかった。決定を引き延ばすような反論は、彼女からは一言も出なかった。

　こうして、シェパード氏は全権を委任されて行動にかかることになった。この結論に到達すると、それまで話の一部始終を注意深く聞いていたアンは、部屋を出て、涼しい空気で頰のほてりを冷まそうとした。お気に入りの木立にそって歩きながら、彼女は静かにため息をついて言った。「二、三か月もしたら、たぶんあの人もここを歩くことになるのだわ[7]」

7 ★ここで初めて、語りの焦点がアンに移るが、この結びの独白によって、アンがそれまで父の聞くに堪えない話にずっと耳を傾けていたことがわかる。彼女の頬がほてっているのは、室内が暑かったからかもしれないが、ため息とともに漏らされた「あの人」（原文では、*he* とイタリックで強調されている）と関わりがあるのかもしれない。アンが三度口を挟んださいの台詞の内容からすると、それがクロフト家ゆかりの人物である可能性が浮かび上がってくる。

第4章

「あの人」というのは、ウェントワース氏、つまり、マンクフォードの元牧師のことではなかった。紛らわしいようだが、彼の弟である海軍軍人フレデリック・ウェントワースのことを指していたのだ。フレデリックはサントドミンゴの戦い[1]で、海軍中佐に昇進したが、一八〇六年の夏には、まだ任務が定まっていなかったので、サマセット州に来ていた。両親がすでに亡くなっていたため、半年間、マンクフォードの兄の家に身を寄せていたのだ。

フレデリックは当時、目立ってハンサムな若者で、元気に溢れ、知性で輝いていた。アンはとても美しく、しとやかで控え目で、気品があり、心豊かな乙女だった。恋に落ちるには、両者ともに、この半分の魅力でもじゅうぶんだったかもしれない。男性の側にはする仕事がなく、女性の側にはほかに恋する相手がいなかったのだから。あり余るほど長所のある者同士が出会ったのだから、恋に落ちないわけがない。二人は次第に互いに知り合うようになり、いったん親しくなると、たちまち深く愛し合った。どちらのほうが、相手の完璧さをわかっていたのか、どちらのほうがより幸せだったのかは、定かではない。ウェントワースから愛を告白され求婚されたときのアンのほうだったのか、求婚を受け入れてもらったときの彼のほうだったのか。

それに続く幸福の絶頂の期間は短かった。間もなく面倒な事態が生じたのである。サー・ウォルターは、ウェントワースに結婚の許しを請われたとき、同意できないとも、断じて許さないとも言わず、ただただ驚き、冷ややかに黙り込むという全否定の態度を示して、自分は娘のためには何もしてやらないという決断を告げたのだった。娘が身を落とす結婚をすることが、彼にとっては屈辱的だったのだ。レディー・ラッセルはもっと穏やかで、そこまでひどい態度ではなかったものの、やはりずいぶん残念な結婚だと感じた。美人で気立てもよいアン・エリオットが、十九歳にして我が身を捨生まれもよく、

1 ナポレオン戦争中の一八〇六年二月、アメリカのスペイン領植民地でフランスに占領されていたサントドミンゴの南岸において、イギリス海軍はフランス軍を撃退して勝利した。★ウェントワースは中佐に出世したものの、この年の夏の時点では乗る船がすぐには決まらなかったため、半年間失業していたことが、本章後半でわかる。

てしまうとは。ウェントワースという青年は、本人に見どころがあるという以外、何も持っていなくて、軍人というきわめて不安定な職業で運に身を任せる以外に財産を築く見込みもなく、出世するように取り立ててくれるコネもない。そんな男と、十九歳にして抜き差しならない関係になってしまったりしたら、本当に我が身を捨てるも同然で、レディー・ラッセルには嘆かわしいことに思えた。アン・エリオットは、まだ若くて、これから社交界に出るというときなのだ。それなのに、たいした縁故もなく財産もない見知らぬ男にさらわれていく。さもなくば、さんざん待たされて、疲労と不安で消耗しきって、若さを失ってしまうような状況に引きずりおろされてしまうのだ。レディー・ラッセルは、これまで親しくつき合ってきた身としては口出ししたくなり、母親のような愛情と権限を持つ身として反対したくなった。妨げることができるものならば、そういう危険は、断じて食い止めたかったのである。

ウェントワースには財産がなかった。海軍という職においては運がよかったが、入ってきた金はどんどん使ってしまい、貯えがない。それでいて、自分は間もなく金持ちになるはずだという自信があった。活力と熱意に溢れていたので、そのうち自分の船を持ち、何でも欲しいものが手に入るような地位に就けるだろうと思っていた。これまでもずっと幸運だったのだから、これからもそのはずだと。力強い自信に溢れ、それを口にするときの機知に富んだ言い回しも魅力的だったから、アンにとってはそれだけでじゅうぶんだった。

しかし、レディー・ラッセルの見方は、それとはまったく違った。ウェントワースが快活な性質で、恐れを知らない精神を持っていることが、彼女には逆の作用を及ぼした。それこそが、不幸の原因になると思ったのである。彼の性格がますます危険なものに思えた。彼は才気煥発で無鉄砲な男だったが、レディー・ラッセルは、機知などというものは好きではなかった。無分別に近いようなことには、ぞっとした。あらゆる面から、彼女はこの結婚に異を唱えたのである。

こういう気持ちから反対されると、アンとしては争いようがなかった。彼女は若くて柔和ではあったが、父の嫌味に対してなら逆らうこともできただろう。姉が好意的なひと言や、思いやりのある眼差しを向けてくれなかったとしても。しかし、レディー・ラッセルは、アンがこれまでずっと愛し、信頼してきた人だったから、そういう人からはっきりとした見解を、優しい態度でこんこんと説かれては、耳を傾けないわけにはいかなかった。

アンは説得されて、この婚約は間違っている、無分別で、不適切で、うまくいきそうもない、続ける価値のない婚約なのだ、と思うようになった。しかし、アンが婚約解消に踏み切ったのは、ただ利己的な警戒心からだけではない。自分よりもむしろウェントワースの幸せのために、彼のことをあきらめたのである。誰よりもあの人のために、私は分別を持って自己抑制するのだと信じることで、彼女は最後の別れの辛さをこらえたのだ。彼女には慰めが必要だった。ウェントワースから、まったく納得できないし到底受け入れられないと言われ、こんなふうに無理やりあきらめさせられるなんてひどい扱いだと思われてしまったため、アンの苦しみがいっそう増したからである。そのあげく、ウェントワースはその地を去っていった。

二人が知り合ってから別れるまでの期間は、数か月ほどだった。しかし、そこから生じたアンの苦しみは、数か月では終わらなかった。執着と後悔とが、長い間、彼女の青春のいっさいの喜びにかげりを与えることになった。そのために、美貌の輝きや若々しい生気を早々と失うことになってしまったのだ。

この悲しい経験が終わりを告げてから、七年以上の月日が経っていた。時は苦しみをかなり和らげてくれた。ウェントワースに対する特別な恋心は、ほぼ鎮まったと言えたかもしれない。しかし、アンは時の力だけに頼りすぎていた。場所を移して気分転換をはかることもなく――ただし、一度、婚約解消の直後にバースを訪ねたことはあったが[2]――新たな人との出会いや交際範囲の拡大によって、元気を回復することもなかった。ケリンチ屋敷の周辺では、アンの思い出のなかのフレデリック・ウェントワースに匹敵するほどの人が現れることはなかった。若い頃というのは、二度目の恋が、最初の恋の痛手を自然に優しく癒やす治療となるのだが、心が繊細で誰彼となくつき合うことのできないアンにとって、手の届く狭い交際範囲内ではそれもかなわなかった。

アンは二十二歳頃、ひとりの若い男性から妻になってほしいと請われたのだが、彼は間もなく、彼女の妹メアリのほうが乗り気であることに気づいた。レディー・ラッセルは、アンが求婚を断ったことを残念がった。相手のチャールズ・マスグローヴは、この地域ではサー・ウォルターに次ぎ二番目によい家柄で土地を持つ財産家の長男であり、性格も見た目もよい男性だったからだ。アンがまだ十九歳ならばレディー・ラッセルももっと高望みしたかもしれないが、二十二歳ともなると、この立派な結婚によって、父の家で不公平で不当な扱いを受ける立場から解放され、これから先もずっと自分の近くに住むことになると思って嬉しかったのだ。

---

2 ★アンがバースを好きでない理由（→第2章32～34頁）は、バースが婚約解消後の傷心の思い出と結びつく地であったためであると推測される。

しかし今回は、アンは、助言の余地を与えず、独りで判断した。レディー・ラッセルは、自分の思慮分別に確かな自信を持っていたので、過去にウェントワースとの結婚に反対したことについては後悔していなかった。しかし、アンには有能で自活力のある男性と家庭生活を営む気がないのではないかと、だんだん心配になり、半ば望みを失いかけていた。温かい愛情と家庭的な性質を持つアンには、家庭生活がぴったりだと思えただけに、レディー・ラッセルには気がかりだったのである。

ウェントワースの求婚を断ったことは、アンの人生のなかで最大の出来事だったが、それに関する考えがその後も変わらなかったのか、あるいは変わったのか、アンとレディー・ラッセルは互いの考えを知らなかった。二度とその話題には触れなかったからである。しかし、いま二十七歳になったアンは、十九歳のときに納得させられたのとは違った考え方をするようになった。昔のことでレディー・ラッセルを責めるつもりはないし、彼女の言うとおりにした自分を責める気もない。しかし、もしそれと似た状況にある若い人から相談されたなら、どうなるかわからない将来の幸福について、あんなに惨めな思いをしなければならないような助言はしないだろうと思った。

家でどんなに反対されて不利益を被っても、相手の男性の職業に不安が伴い、恐怖や先延ばし、失望を経験する可能性があったとしても、婚約を犠牲にするよりは、それを続けていたほうが、自分は幸せになったはずだと確信していた。たとえそういう心配や不安を二人が人並み程度に、いや、人並み以上に募らせたとしても、実際の結果がどうなったとしても、やはり婚約を続けていたほうがよかったのだ。予想以上に、早々と運が好転することだってありえたのだから。

実際には、ウェントワースが楽観的に期待したとおりになり、彼の自信が正しかったことが立証されたのである。彼の才能と熱意は、自分の前に成功者の道が広がっていることを予測し、それを思いどおりに切り開いていっているかのようだった。婚約解消後間もなく、勤務先が決まり、そのあともすべて、彼が彼女に言っていたとおりになった。ウェントワースは抜群に優秀で、早々に大佐に昇進し、続けて捕獲物を得てかなりの財産を築いた。[3] アンには『海軍要覧』と新聞しか知る手立てはなかったが、ウェントワースが金持ちになったことは間違いなかった。[4] そして、彼はあれほど一途だったのだから、結婚しているとは思えなかった。

いまならアン・エリオットは、熱烈な恋をし、将来に対して明るい自信を抱いてい

3　ウェントワースは中佐から大佐に昇進したことにより、海軍裁判所の定めに従い、海上で拿捕した敵船および船荷の代価のうち大半の分け前にあずかることになった。

る若い人を激励したいところだった。人の努力を侮辱し、神意を疑うような行き過ぎた用心をすることに対して、大いに異を唱えたかった。彼女は若いときに分別を無理強いされたが、年齢を重ねるにつれてロマンスを学んだのである。不自然から始まって、自然な結果に至ったわけだ。

このような状況や思い出、心情があったため、ウェントワース大佐の姉がケリンチ屋敷に住むことになりそうだと聞いたとき、アンのなかで以前の心の痛みが蘇ってしまったのである。そこから生じた不安を追い払うためには、ずいぶん歩き回ったり、ため息を漏らしたりせずにはいられなかった。それは愚かなことだと、アンは自分に向かって何度も言い聞かせ、ようやく心を引き締めて、クロフト提督夫妻や契約の話題が続いても平気になった。

しかし、周囲の三人が、こうした過去の秘密にまったく無関心で、まるで何も覚えていないかのような様子であることにも、アンは助けられた。父や姉はともかく、レディー・ラッセルの場合は、意図して何も覚えていないふりをしてくれているのだと、アンは感謝した。レディー・ラッセルの冷静な思いやりのある気遣いがありがたかった。ともかく、理由は何であれ、三人があのことを忘れてしまっているという雰囲気が、重要なのだ。過去の経緯を知っているのは、自分の身内ではこの三人だけだということが、アンにはこれまでもずっと救いだったのだが、クロフト提督が実際にケリンチ屋敷を借りる段となったいま、そう思えることに、彼女は改めて安堵した。この三人なら、決してひと言も他言することはないはずだ。

ウェントワース側で、短い婚約期間について知らされていたのは、彼がそのとき身を寄せていた兄だけのはずだ。その牧師ウェントワース氏は、ずいぶん前にこの地を去ってしまっているし、賢明な人で、しかも当時独身だったので、その人の口からこの秘密が漏れることもなく、誰も知っている人はいないだろうと、アンは思ってほっとしていた。

ウェントワースの姉クロフト夫人は、当時イギリスを離れ、夫に同伴して外国の駐屯地にいた。アンの妹メアリも、事が起こったときには、ずっと寄宿学校に行っていたので、何も事情を知らない。その後も、身内では、家柄上のプライドからか、もしくは繊細な気遣いからか、メアリにその話をする者はいなかった。

---

4 『海軍要覧』は、毎年発行されていた海軍士官と現行の鑑船についての公式目録。これにより、ケリンチ屋敷の借り手となるクロフト提督の役職や経歴もわかったはずである。★この一文から、アンがその後もウェントワースに関心を持ち続けていたことがわかる。『准男爵名鑑』を愛読している父と同様、名簿を頼りにしている点が皮肉である。

このような状況に支えられて、アンは、自分とクロフト家との間で交際が始まることを予想し、レディー・ラッセルがいまもケリンチに、そしてメアリが五キロたらずしか離れていないところに住んではいるけれども、特に気まずいことにはならないだろうと思った。

第5章

クロフト提督夫妻がケリンチ屋敷を見に来る予定になっていた日の朝、アンは、自分は契約が終わるまでは席を外したほうがよいだろうと思い、レディー・ラッセルの家に歩いていった。それと同時に、クロフト夫妻に会う機会を逃すのは残念だという気持ちも、当然ながらあった。

両家の面談は実にうまく運び、ただちに契約が交わされた。両家の女性、つまりクロフト夫人とミス・エリオットは、もともとこの話に賛成する気だったので、もはや相手の礼儀作法がよいかどうかということばかりに目をやっていた。男性陣のほうは、提督が上機嫌で、おおらかで、人を疑わない気前のよさを示したので、サー・ウォルターにもよい影響を与えずにはおかなかった。それにサー・ウォルターは、「ご主人様が育ちのよさの模範のような方だということは、提督の耳にも入っていますよ」とシェパード氏から聞かされていたので、洗練された完璧な振る舞いを見せざるをえなかったのだ。

クロフト夫妻のほうは、屋敷も庭も家具も気に入ったし、サー・ウォルターのほうも、クロフト夫妻を借り手として承認した。契約条件や期間、持ち物も人品もすべて、問題なし。そこで、シェパード氏の部下の事務員たちは、早速契約書の作成に取りかかった。あらかじめ用意されていた契約書案には、まったく修正の必要がなく、「契約内容は、以下に定められたとおりである」という前文に続く項目のままとなった。

「クロフト提督は、私がこれまでに会ったことのある海軍軍人のなかで、いちばんの美男子だ」と、サー・ウォルターはためらうことなく言った。さらには、「うちの使用人に提督の髪を整えさせたなら、私は彼といっしょにいるところをどこで見られても恥ずかしくない」とまで言ったのである。クロフト提督のほうでも、馬車を走らせて屋敷の敷地を通り抜けながら、妻に向かって、サー・ウォルターへの温かい好意の気持ちを述べた。「すぐに契約が成立するだろうね。まあ、トーントンでは、いろいろな噂を聞いたけれども。[1]あの准男爵は、世間を驚かせるようなぱっとしたこともしないだろうけれど、特に害もなさそうだ」つまり、互いに対する褒め言葉はおあいこといったところだった。

クロフト夫妻は、ミカエル祭[2]の九月二十九日に引っ越してくる予定だったが、サー・ウォルターがその前の月のうちにバースに移りたいと言い出したので、一刻も早くあれこれの準備に取りかからねばならなかった。

レディー・ラッセルは、どうせアンは、新居を選ぶさいに、何らかの役目を任されたり、意見を尊重されたりすることはないだろうと予想していたので、急いで彼女をバースに行かせたくはなかった。できることならば、ケリンチにもう少しの間引き止めておいて、クリスマスを過ぎたあとにでも、自分でアンをバースに連れていきたいと考えたのである。

しかし、夫人は、自分自身がケリンチを数週間離れなければならない約束があったため、望みどおり、アンを自分の家に滞在させることができなかった。アンは、日光がぎらぎらと照りつける九月のバースの暑さを恐れていたし[3]、故郷ケリンチの秋の甘

1　★クロフト提督は、サー・ウォルターの気位の高さや愚かさを、人伝に聞いて、難しい契約相手であると予想していたものと、推測される。

2　イギリスでは、ミカエル祭（九月二十九日）、クリスマス（十二月二十五日）、レディー・デイ（三月二十五日）、ミッドサマー・デイ（六月二十四日）の四日が、四季支払い日とされ、家を借りるさいには、このうちのいずれかの日から開始されるのが、標準とされた。

3　バースでは多くの建物が薄い黄色の石で造られ、日光が反射しやすい状態で、木陰も少なかった。

美で悲しげな趣を味わえないのは辛かったけれども、いろいろ考え合わせると、ここにとどまりたいとは思わなかった。だから、家族といっしょにバースに行くことが、いちばん正しくて賢明なのだろうし、苦しみもいちばん少ないにちがいないと思った。[4]

しかし、ここでアンには別の用事が生じることになった。妹のメアリは、体調が優れないことが多く、いつも自分の不調のことばかり気にしていて、何か困ったことがあると、アンに何とかしてほしいと言う癖があったのだが、またもや加減が悪くなったのだ。きっと秋の間中、一日も元気に過ごせる日はないだろうと予想したメアリは、アパークロスの自分の家に来てほしいと、アンに求めたのである。バースに行く代わりに、自分がいてほしいと思うだけいっしょにいてもらいたいというわけで、お願いするというほど下手に出るわけではなく、むしろ要求のような感じだった。

「アンがいないと、私は無理」というのが、メアリの言い分だった。それに対してエリザベスは、「じゃあ、アンはここに残ったらいいわ。バースでは、誰もアンが必要だとは思わないもの」と答えた。

ずいぶんな言い方ではあっても、役に立つと言われたほうが、まったく役に立たないと言って拒絶されるよりはましだ。アンは、何らかの役に立つと思われたこと、はっきりとした自分の務めがあることが嬉しかったし、自分の好きなこの地でそういう状況になるのも悪くないと思ったので、喜んでこのままとどまることに同意した。

メアリの招待のおかげで、レディー・ラッセルが抱えていた問題も解決した。そこで、アンはレディー・ラッセルに同伴してもらうまではバースには行かず、それまでの期間は、まずはメアリの家アパークロス・コテージで、そのあとレディー・ラッセルの家ケリンチ・ロッジで過ごすことになった。

ここまでのところは、とてもうまくいった。しかし、ケリンチ屋敷側の計画の一部にいただけないことが含まれていると知って、レディー・ラッセルはひどく驚いた。クレイ夫人が、バース滞在中のエリザベスの付き添い役という重要な任務を負って、サー・ウォルターとエリザベスに同伴するという話が耳に入ったのである。レディー・ラッセルには、そもそもこんな手段が講じられることが、嘆かわしかった。いったいどういうことなのかと、悲しいような恐ろしいような気持ちにさえなった。クレイ夫人のことがそんなにも大事で、妹のアンは役に立たないというのは、アンに対する侮辱であるとも思えて、大いに腹が立った。

アン自身は、そのような侮辱には慣れていた。しかし、こういう取り決めが軽率で

4 ★「苦しみ」のなかには、ウェントワースと再会する予見も含まれている可能性がある。

あることは、レディー・ラッセルと同様に痛感した。父親の性格がどのようなものであるかを静かに観察し、不本意ながらもそれを知りすぎていたアンは、父がクレイ夫人と親しくなった場合、家族にとって由々しき結果になる可能性が大いにあると思ったのだ。アンも、いまの段階で父がそんな考えを持っているとは想像できなかった。クレイ夫人はそばかすだらけで、出っ歯で、手首の形がよくない。サー・ウォルターはそういうことを、本人のいない所で、しょっちゅう厳しく指摘していたのである。

そうはいっても、クレイ夫人は若いし、全体の感じとしては綺麗なほうだ。そのうえ頭が切れて、一生懸命感じよく振る舞おうとしているという点で、ただ容貌がよいだけというよりもはるかに危険な魅力があった。アンは、その危険が気になってしかたなかったので、何とかして姉にもそれをわからせなければと考えた。言っても無駄のようではあったが、万一そんな不運なことになれば、エリザベスだってアン以上に惨めな思いをすることになる。そうなったとき、どうして警告してくれなかったのかと、あとで姉に責められずに済むようにしておきたい。

アンはこのことを話したが、ただ相手の機嫌を損ねただけのようだった。エリザベスは、どうしてそんなばかげた疑いを持つのかわからない、二人とも自分の立場というものをじゅうぶんわきまえているわよ、と言って怒った。

「クレイさんはね」エリザベスは、熱を込めて言った。「自分の身の程というものを忘れる人じゃないわよ。私はあなたよりもあの人の気持ちがわかるから、あの人が結婚問題に関してはしっかり心得ていて、身分の不釣り合いな結婚には、誰よりも反対する人だと、言い切れるわ。お父様だって、私たちのために長い間ずっと独身を続けてくださったのだもの、いまさら疑ってかかる必要はないでしょ。そりゃあ、もしクレイさんがたいへんな美人だとでもいうなら、たしかにこんなにしょっちゅうつき合うのはよくないかもしれないわよ。別に、お父様が身を落とすような再婚をする気になるだろうという意味じゃなくて、お父様が不幸せになるかもしれないってことだけれどもね。でも、お気の毒に、クレイさんは、あれだけよくできた人だけれども、お綺麗だとはとても言えないでしょ。クレイさんがここにいっしょにいても、まったく安全なはずよ。あなたの話を聞いていると、まるでお父様があの人の顔の欠点について口にしたのを聞いたことがないとでもいうみたいじゃないの。五十回ぐらいは聞いているはずでしょ。クレイさんの歯、それに、そばかす。そばかすは、私はそんなに気にならないけれども、お父様には我慢ならないものなのよ。少しくらいそばかすがあったって、それほど台無しになってない顔を、私は知っているけれども、お父様はとにかくそばかすが大嫌いなの。お父様がクレイさんのそばかすのことを言っているのは、あなたも聞いて知っているはずでしょ」

「どんな顔の欠点でも、感じのいい態度なら、だんだんよく見えてくるものだわ」と

アンは答えた。

「私はそれとは考え方がまったく違うの」エリザベスは切り捨てるように言った。

「感じのいい態度は、美しい顔を引き立てはするけれども、不細工な顔には効き目が

ないわ。とにかく、この点でいちばん危ない目に遭うのは私なんだから、あなたに忠

告してもらわなくたって、けっこうよ」

アンは言うべきことは言った。言っておいてほっとしたし、これがひょっとして役

に立つかもしれないとも思った。エリザベスは、アンの邪推に憤慨はしているものの、

これをきっかけに用心するようになるかもしれない。

このあと売却される予定の四頭立ての馬車は、サー・ウォルターとミス・エリオッ

ト、クレイ夫人を乗せてバースへ向かい、最後の務めを果たした。三人は、上機嫌で

出発した。もしかしたら借地人や小作人たちが別れを惜しんで見送りに出てきている

かもしれないので、サー・ウォルターは会釈して応えてやろうと身構えた。その頃ア

ンは、わびしさを感じつつも心静かに、ケリンチ・ロッジに歩いて向かった。最初の

一週間は、レディー・ラッセルの家で過ごすことになっていたからだ。

レディー・ラッセルもアンと同様、元気がなかった。彼女は、エリオット家がこういう形でちりぢりになってしまうことを、たいへん残念に思った。エリオット家の名誉は、彼女にとっては、自分の名誉も同然だった。一家と毎日のように交際することは、レディー・ラッセルにとっても大切な日課になっていた。エリオット家の人々が去ったあとの屋敷を見るのは辛いし、それが新しい人の手に渡ってしまうのだと思うと、なおのことやりきれなかった。変わり果てたこの村で一人ぼっちになって気分が滅入るのを避けたかったし、クロフト提督夫妻が到着したときには、その場に居合わせたくなかったので、アンがアパークロスに向かう日に、自分も家を立ち去ることに取り決めたのだった。そういうわけで、二人いっしょに出発することになり、レディー・ラッセルの道中、最初の宿駅となったアパークロスで、アンは馬車から降ろしてもらった。[5]

アパークロスは大きからず小さからずといった中くらいの村で、数年前まではごく昔ながらのイギリスらしい趣の土地で、自作農(ヨーマン)[6]や小作人の家よりも見た目に立派な家

5 当時は、馬車の旅のさい、約十マイル(十六キロ)ごとに馬を取り替える必要があったので、宿駅ごとにいったん休憩することになっていた。

は二軒しかなかった。そのうちの一軒は、郷士マスグローヴ家の屋敷で、ぐるりを高い塀に囲まれ、堂々たる門構えで、古い木々の立ち並ぶ、がっしりとした旧式の館。もう一軒は、こぢんまりとした牧師館で、小綺麗な庭に囲まれ、窓の周囲には葡萄のつたが這い、梨の木が植えられていた。しかし、マスグローヴ家の長男が結婚したさい、若夫婦の新居として、一軒の農家がコテージに改造され、立派な家がひとつ増えた。このアパークロス・コテージは、ベランダやフランス風の窓などがあるしゃれた建物で、四百メートルほど離れたところにある本家の由緒ある大きな屋敷にも劣らず、道行く人々の目を引いた。

アンはこれまでにも、アパークロス・コテージに滞在したことがよくあった。彼女はアパークロスのしきたりを、自宅のケリンチ屋敷のしきたりと同じくらい心得ていた。本家とコテージの両家は、しょっちゅう行き来し、互いの家でいっしょに過ごす習慣になっていた。だから、コテージに着いたとき、メアリが独りきりでいるのを見て、アンは驚いたくらいだった。しかし、体調が悪くて気分が優れないと言っているメアリが、いま独りでいるのも、当然といえば当然だった。

メアリはアンより丈夫な体質だったが、アンほどの知性や繊細さを備えてはいなかった。体調がよくて楽しく、自分がじゅうぶん人から気遣われていると感じるときには、機嫌がよく元気いっぱいなのだが、ちょっとでも気分が優れないと、すっかり落ち込んでしまい、ひとりではなすすべもなくなってしまう。そのうえ、エリオット家特有の尊大さをしっかり受け継いでいるので、自分がなおざりにされてひどい扱いを受けているという妄想に陥り、ますます滅入りがちだ。容貌という点では、メアリは二人の姉たちよりも劣っていて、花盛りの娘時代にも、せいぜい「いい娘さん」と言われる程度だった。メアリはいま、綺麗な小さな客間で、色褪せたソファーに横になっていた。以前は優雅だった調度も、夏が四度過ぎ、子供が二人できる間に、だんだん傷んできていたのだ。アンが姿を現すと、メアリはこんな挨拶で迎えた。

「やっと来てくれたのね！ もう会えないのかと思いかけていたところよ。私、具合が悪くて、ほとんど話ができないの。午前中は誰にも会っていないのよ！」

「あなたが元気じゃなくて、残念だわ」アンは答えた。「木曜日には、元気だっていう手紙をくれたところだったのに！」

「そういうふうにできるだけ努力したのよ。私はいつもそうしているの。あのとき

6　ヨーマンは、自身の小さな農地を所有し、農業を営んでいる人々で、農地を借りて耕す小作人よりは上位であるが、マスグローヴ家のような大地主より身分が低い。

だって、全然元気じゃなかったのよ。今朝はずっと体調が悪くて、これまでこんなに辛いのは初めてだわ。独りきりでほうっておかれるような状態じゃないことは、確かよ。もし突然ひどい病状になって、呼び鈴も鳴らせなくなったら、どうするのよ。じゃあ、レディー・ラッセルは馬車から降りようともしなかったわけね。あの人、この夏三度もこの家に来てないんじゃないかしら」

アンは適当に答えて、ご主人はどうしているのかと尋ねた。

「あら、チャールズなら、狩りに出かけているわ。朝七時から、あの人に会っていないもの。私がこんなに体調が悪いと言っているのに、あの人、出かけてしまって。そんなに長くはかからないって言っていたのに戻って来なくて、もう一時よ。だから、午前中、ずっと誰にも会っていないわけ」

「坊やが二人、いっしょにいたんじゃないの？」

「そうよ、あの二人がやかましくするのに我慢できる間はね。全然言うことを聞かないから、二人がいるとかえって困るのよ。チャールズ坊やは、私の言うことをちっとも聞かないし、ウォルターもだんだん同じようになってきたし」

「まあ、あなたもすぐに元気になるわよ」アンは明るく答えた。「私が来たら、いつも病気が治るでしょ。本家の皆様はお元気？」

「何とも言えないわね。今日は、あそこの家の人には誰にも会っていないから。マスグローヴのお義父様がちょっと立ち寄って、馬から下りもせずに、窓越しに話していっただけよ。お義父様には、私の体調が悪いって話しておいたのに、あそこの家の人たちは、誰ひとり様子を見にも来ないの。マスグローヴのお嬢さん方は、都合がつかないんでしょうね。人のために尽くすなんてこと、しない人たちだから」
「たぶん、昼食の時間までには会いにきてくださるんじゃない？　まだ、早いから」[8]
「私、あの人たちには会いたくないのよ。あの人たち、おしゃべりをしたり笑ったりばかりして、騒々しいんだもの。ああアン、私、本当に具合が悪いのよ。お姉さん、木曜日に来てくれたらよかったのに、不親切ね」
「まあ、メアリったら、元気だっていう手紙をくれたじゃないの！　手紙では明るい様子だったし、元気だから急いで来る必要はないって。私がレディー・ラッセルと最

7　メアリは夫チャールズと区別して、長男を Little Charles と呼んでいる。長男は父親と同名に名付ける風習があった。

8　原文には"before the morning is gone"とある。モーニングはしばしば朝食と正餐の間の時間を指し、当時の正餐は午後三時か四時を過ぎてから取られることが多かった。メアリは「もう一時」（前頁）と言っているが、まだモーニングだということになる。

後までいっしょにいてあげたかったということ、あなたもわかっているんでしょ？それに、レディー・ラッセルのためばかりじゃなくて、私、本当に忙しくて、しなければならないことがたくさんあったから、これより早くケリンチを出てくる都合がつかなかったのよ」

「まあ、お姉さんがしなければならないことなんてあったの？」

「たくさんあったのよ。すぐには全部思い出せないほどだわ。たとえば、お父様の本や絵画の目録を写さなければならないでしょ。庭師のマッケンジーといっしょに何度も庭を歩き回って、エリザベス姉さんの植物のうちどれをレディー・ラッセルに差し上げるのか確認して、伝えておく必要もあったわ。自分の細々(こまごま)としたものも整理しなければならなかったし——本だとか楽譜だとかを分けて、自分のトランクに詰め直したりしていたの。荷馬車をどうするかわからなかったから、[9]あとでやり直しになってしまって。それからね、メアリ、もうひとつ辛い仕事があったのよ。教区の家を一軒一軒回って、お別れの挨拶をしなければならなかったの。皆さん、そうしてもらいたがっているって、聞いていたから。こういうことをいろいろ済ますのに、すごく時間がかかったのよ」

「あら、そうなの」一瞬おいてからメアリは続けた。「昨日のプール家でのディナーのことは、ひと言も聞いてくれないのね」

「あなた、行ったの？　パーティーには具合悪くて行けなかったものと思い込んでいたから、尋ねなかったのよ」

「ええ、行ったわよ。昨日はとても体調がよかったもの。今朝までは、まったく問題なかったの。私が行かないほうが、おかしいわよ」

「元気でよかったわ。楽しいパーティーだったでしょうね」

「特にどうってことないわ。どんな食事で、誰が来るのか、前もってわかっているもの。それにしても、自分の馬車を持っていないっていうのは不便なものね。[10] マスグローヴの両親が馬車に乗せてくださったけれど、ぎゅうぎゅう詰めだったのよ！　お二人とも大柄で、ずいぶん場所を取るんだもの！　それにお義父様はいつも前の席に

9　荷馬車（wagon）は、陸上で荷物を運送する主要な手段。当時のイギリスでは、大都市間で定期的な荷馬車業務が行われていた。この場合は、エリオット家の所有物をバースへ運ぼうとしていた。

10　★チャールズは、二頭立て二輪馬車（curricle）を持っていることが、あとでわかる（↓第6章注5）。これは小さな屋根のない二人乗りの馬車で、夜会用の衣装を来た女性が乗るには相応しくなかったので、ここではチャールズだけが自分の馬車で出かけたらしい。

座るから、私はヘンリエッタとルイーザといっしょに後部席に押し込まれるわけ。今日、私の体調が悪いのも、そのせいだと思うわ」

アンがしばらく我慢を続けて、陽気な様子を装っていると、メアリの不調が治りかけてきた。メアリはすぐにソファーから起き上がって座ると、食事までにはソファーを離れられるかもしれないと言った。そう言ったのも忘れて、彼女は部屋の向こうの端まで歩いていって花束を整え、冷製の肉を食べると、元気になって、「ちょっと散歩をしない？」と言い出した。

「どこに行く？」出かける準備ができると、メアリは言った。「あちらから挨拶に来るまでは、本家には行きたくないでしょうね？」

「私はそんなことは、ちっともこだわらないわ」アンは答えた。「マスグローヴご夫妻みたいによく知っている人となら、もっと略式でもけっこうよ」

「あら、でも、あちらからできるだけ早く挨拶に来るべきよ。私のお姉様なのだから、あちらからちゃんと礼を尽くすべきでしょ？　でも、ちょっと行って、あの人たちといっしょに腰を下ろすぐらいなら、してもいいかもしれないわね。それが済んでから、散歩をしてもいいし」

アンはこういうつき合いの流儀が実にばかばかしいとつねに思っていたが、それを敢えてやめさせようとは思わなくなっていた。この交際が互いに不愉快の種となりつつも、両家ともにそれなしではやっていけなくなっていたからだ。

そういうわけで、二人はマスグローヴ本家の屋敷を訪ねていき、旧式の方形の居間で、たっぷり三十分ほど腰かけていた。小さな絨毯（じゅうたん）が敷かれたぴかぴか光った床に、この家の娘たちが、グランドピアノやハープ、フラワースタンド[11]や小さなテーブルなどをあちらこちらに向けて置くものだから、乱雑な雰囲気に様変わりした。羽目板に飾られた先祖の肖像画たち——昔風の茶色のビロードの服を着た紳士たちや、青いサテンを身にまとった淑女たち——がこの有様を見たら、整然たる秩序が乱されていることに、さぞ驚いたことだろう！　肖像画たちは、目を瞠（みは）っているように見えた。

マスグローヴ家の家風は、屋敷のなかの様子と同様に変わりつつあったが、おそらくそれはよい方向への変化だった。父と母は昔ながらのイギリス人気質だったが、子供の代は、新しい世代の雰囲気を帯びていた。マスグローヴ夫妻は実にいい人たちだった。愛想がとてもよく、親切に人をもてなし、あまり教養もなく、上品でもない。

11　十八世紀半ば以降、室内で植物を飾ることが流行し、フラワースタンドは、花を飾るための標準的なインテリアとして用いられた。花を置く段がたくさん付いたものや、凝ったデザインを施されたものなどがある。

子供たちのほうは、考え方も振る舞いも、もっと現代風だった。子沢山で大家族だが、大人の年齢に達しているのは、長男のチャールズを除くと、ヘンリエッタとルイーザの二人だけだった。

娘たちはそれぞれ二十歳と十九歳になっていたが、エクスターの学校でありきたりの技芸を身につけて帰ってきて、いまでは、大方の若い淑女と同様、流行を追う楽しい毎日を送っていた。二人とも、着ている服はあかぬけているし、顔立ちもまあまあ綺麗だし、元気に溢れ、物腰は気後れすることなく感じがよかった。家では尊重され、家の外でも好かれていた。アンはいつも、彼女たちのことを、自分の知り合いのなかでは、いちばん幸せな人たちだと思っていた。とはいえ、幸い私たちはみな、自分に対する自尊心の手前、人と交代したいとまでは思わないもので、アンも、自分の品位と教養を、彼女たちの楽しい生活と交換したいとは思わなかった。ただひとつだけ羨ましかったのは、姉妹たちが互いに相手の気持ちを理解し、よく気が合って、優しい愛情で結ばれているように見えることだった。アン自身は、姉とも妹とも、そういう関係になれたことはほとんどなかったからだ。

アンとメアリは大歓迎された。本家の一家には、何も悪いところはないように見え、たいがいはけちをつけるようなことは何もないということが、アンにはわかっていた。

おしゃべりをしているうちに、三十分は楽しく過ぎた。そのあげく、ヘンリエッタとルイーザは、メアリに誘われていっしょに散歩をすることになり、アンは案の定だと思った。

第6章

所変われば品変わる。たとえたった五キロほど移動しただけでも、人々の話題、意見からものの考え方に至るまで、がらりと変わってしまうことがよくある。アンがこのことを知ったのは、今回のアパークロス訪問が初めてではなかった。これまでにも、ここで過ごすたびに、アンはあまりの違いに驚いていた。父や姉も一度アパークロスへ来てみれば、ケリンチ屋敷では当然のこととして知られ、関心を持たれていることでも、ここでは誰も知らなかったり、無視されていたりすることがわかるのに、と思った。

しかし、これまでにもじゅうぶん思い知っていたにもかかわらず、また新たな教訓を学ぶことになった。つまり、自分の居場所からいったん外に出ると、自分は何者でもなくなってしまうということだ。ケリンチのエリオット家とレディー・ラッセルは、何週間もの間、引っ越しの話題で頭がいっぱいだったので、アンもまた、アパークロスの人々がそのことにもっと関心を持ち、同情してくれるものと予想してしまっていた。

ところが、マスグローヴ夫妻は「じゃあ、サー・ウォルターとお姉様は行ってしまわれたんですね、ミス・アン。バースのどの辺りにお住まいになるんですか？」と別々に同じようなことを尋ねただけだった。娘たちはアンの答えを待とうともせずに、「私たちも、冬にはバースに行きたいわ。でも、お父さん、行くからには、いい場所がいいわ。お父さんのお気に入りのクイーン・スクエア[1]なんて嫌よ！」と続けて言う。そしてメアリは、不安げに付け加えた。「みんながバースで楽しんでいる間、私はひとり取り残されて、元気にやっていけるっていうの？」

アンは、この先彼らのように自分勝手な想いに耽るのはやめようと思うしかなかった。そして、レディー・ラッセルのように、心から親身になってくれる人が身近にいて、自分は本当に幸せだという感謝の思いを噛みしめた。

マスグローヴ家の父と息子は、自分の領地の動物を保護したり撃ってみたり、馬や

1　クイーン・スクエアーは、バースの名所のひとつ。一七三〇年代に建設され、そこに立ち並ぶ豪奢な家には、主に富裕な人々が住んでいた。しかし、それ以後に北や東方向へ向けて開発された新しい区域のほうが、住む場所として流行するようになっていった。

犬の世話をしたり、新聞を読んだりしながら過ごしている。女性たちは、家事や近所づき合い、着るものやダンス、音楽といったありきたりのことにかかずらっていた。アンは、どんな小さな人間集団にも、それぞれ自分たちに相応しい関心事というものがあるものだと思った。だから、自分も今回移ってきた場所の一員としてそれに馴染もうと、間もなく思うようになった。少なくとも二か月はここで過ごすことになるだろうと思っていたので、自分の想像も記憶も考え方も、できるだけアパークロス風に染める必要があった。

彼女はその二か月を恐れてはいなかった。メアリはエリザベスほど冷淡な態度ではなく、少しは妹らしいところもあったし、アンの言うことをまったく聞こうとしないわけでもない。アパークロス・コテージのなかに、居心地悪く感じる要素は何もなかった。メアリの夫のチャールズとは、いつも仲良くしていた。子供たちも、自分の母親と同じくらいなついていて、むしろアンのほうに敬意を払ってくれているくらいだったので、アンとしては、子供たちこそ、興味と気晴らし、骨を折って世話のし甲斐のある対象になっていた。

チャールズ・マスグローヴは、礼儀正しい感じのいい人物で、良識という点でも気質という点でも、間違いなく妻より優れた人間だった。しかし、彼は才覚に乏しく、会話に精彩を欠き、上品でもなかったので、アンは過去に彼との結婚話があったことを思い出しても悔いることはなかった。ただ、もっと相応しい女性と結婚していたら、チャールズはずっと優れた人になっていただろうという点では、アンの思いはレディー・ラッセルと一致していた。本物の知性ある女性と結婚していたら、彼はもっと威厳のある人物になっていて、彼の生活の習慣や毎日の過ごし方も、もっと有益で、頭を使う、洗練されたものになっていただろうと思えたのだ。

ところが現状では、狩りをする以外には、チャールズには何も熱意を傾けるものがなかった。それ以外の時間は、読書やその他の趣味で自分を磨くこともせず、だらだらと過ごしていた。彼はとても陽気だったので、妻が時々不調でも、たいして影響を受けなかった。妻が筋の通らないことを言っても、よく我慢しているので、アンも時おり感心するほどだった。

夫婦の間では、始終小さな意見の不一致はあったものの（そういうとき、アンは不本意ながらも、双方から訴えられて、夫婦の問題に立ち入らざるをえないことがあった）全般としては、二人は仲のよい夫婦として通っていた。お金が足りないことと、父のマスグローヴ氏がたっぷりお金をくれたらいいのにという強い要望という点では、夫婦ともに意見がぴったりと一致していた。しかし、この一致点に関しても、ほかの大方の話題の場合と同様、夫のほうがましな考え方を示していた。メアリは、お金をもらえないことを、ひどく残念がるばかりだったが、チャールズは、「父はほかにもいろいろとお金のかかることがあるのだし、自分のお金を好きなように使う権利がある」と言って、いつも父をかばったからである。

子育てに関しては、チャールズの方針のほうが、妻の方針よりもまともだったし、実践という点でも悪くはなかった。「メアリの干渉がなければ、ぼくは子供たちを上手く扱えるんですけれどもね」と彼が言うのをしょっちゅう聞いて、アンもそのとおりだと思った。しかし、「チャールズが子供たちを甘やかすから、子供たちが私の言うことを全然聞かなくなるのよ」とメアリが非難するのを聞く番になると、アンは「そのとおりね」と言う気には全然なれなかった。

アパークロス滞在中にアンがいちばん困るのは、自分が方々から秘密を打ち明けられすぎて、両家の愚痴を自分ひとりの胸におさめておかなければならないことだった。妹メアリに対して影響力があるはずだと思われて、アンには力の及ばないことまで、何とかしてほしいと頼まれたり、それとなくほのめかされたりする。「自分が病気だと勝手な想像ばかりするのはやめるようにと、お義姉(ねえ)さんからメアリに言い聞かせていただけませんか」と、チャールズからは言われる。メアリのほうは、暗い調子でこう愚痴る。「チャールズは、私が死にそうになっていても、大丈夫だって思うような人なのよ。アン、私の病状が本当に悪いってことを、あの人にわからせてくれないかしら。自分で言っているよりも、私はずっと具合が悪いのよ」

また、メアリはこうも訴えかけていた。「お義母さんがしょっちゅう孫に会いたがるんだけれど、私は子供たちを本家に行かせるのが嫌なの。だって、あの子たちの機嫌をとって甘やかしてばかりで、得体のしれない甘いお菓子をたくさん与えるものだから、子供たちは帰ってきたときには体調が悪くなっていて、その日じゅう不機嫌なのよ」

それに対してマスグローヴ夫人のほうは、アンと二人きりになる機会を見つけるやいなや、こう言うのだ。「あら、ミス・アン！ チャールズのお嫁さんが子供たちの扱い方について、ちょっとはあなたを見習ってくれればいいのですけれども。あなたといっしょにいるときは、あの子たちは、すっかり違う生き物みたいにいい子になるんですもの！ 本当に、いつも甘やかされてばかりなんですよ！ 子供たちの躾け方を、あなたから妹さんに叩き込んでいただけるといいのですけれどねえ。孫可愛さで言うんじゃないですけれども、あの子たち、本当に元気でいい子なんですよ。妹さんは子供の扱い方がわかっていないんです！ あの子たちが時々手に負えなくなるのも、当然ですよね！　実はね、ミス・アン、私もあの子たちをしょっちゅう家に呼ぶのには、うんざりしているんですよ。きっと彼女は、私がもっと頻繁に孫を呼ばないのが、気に入らないのでしょうけれどもね。でも、子供がそばにいるとたいへんなんですよ。たえず目が離せなくて、『これは駄目、あれは駄目』と言い続けなくちゃなりませんからね。きちんとさせようと思えば、お菓子をあげてばっかりになりますし」

また、アンはメアリからこんな話も聞かされる。「お義母さんは、自分のところの使用人がみんなしっかりしていると思っているから、私がちょっとでも口を出そうものなら、許せないって態度なの。でも、大げさに言うわけじゃないけれど、あそこの女中頭と洗濯女は、一日中、仕事もせずに、村をぶらついているのよ。どこへ行っても、あの二人に会うんだもの。我が家の子供部屋に二度行けば、必ず一度は、二人のうちどちらかがいるのよ。もしうちのメイドのジェマイマがあれほど信頼できるしっかり者でなければ、悪い影響を受けてしまうところよ。ジェマイマの話では、いっしょに出歩かないかって、しょっちゅう誘ってくるそうだもの」

他方、マスグローヴ夫人の側の言い分はこうだ。「私は、義理の娘のことには、干渉しないことにしているんです。そういうことをすると、うまくいきませんからね。でも、ミス・アン、あなたならきちんと対応してくださると思うから言うんですけれども、私は嫁のところの子供部屋の女中のことを、あまりよく思っていないんですよ。あの女中のことでは、妙な話を聞いているんです。いつも遊び歩いていて、私の知る限りでは、ずいぶん派手に着飾っているから、あんな女に近づいたら、使用人はみな真似をして身を滅ぼしてしまいますよ。嫁はずいぶん信頼しているみたいですけれどもね。でも、あなたはしっかり見張っておいてくださいね。何か具合の悪いことを見かけたら、あなたから注意していただけると思いますので」

メアリはこうも愚痴る。「お義母さんは、本家で食事をするときに、当然私が上座に座るべきなのに、そうさせようとしないのよ。どうして私がそんなに軽い扱いをされなければならないのか、さっぱりわからないわ[2]」

そしてある日、アンがマスグローヴ家の姉妹と三人で散歩をしているとき、姉妹の一方が、身分や、身分の高い人たち、身分に関する嫉妬といった話題が出たあと、こう言ったのだった。「自分のほうが地位が上だというようなことをうるさく言う人って、ずいぶんばかげているわね。あなたは身分にこだわらない人だってわかっているて、

2　食事のさいの席順は、社会的身分や複雑な規則に基づいて定められていた。メアリはマスグローヴ家の長男の嫁ではあるが、准男爵の娘であるため、称号のない田舎紳士マスグローヴ氏の妻よりも上位とされた。

から、安心して話せるんだけれども。メアリにあんまり我を通さないほうがいいって、誰かがそれとなく言ってくれればいいのに。特に、お母さんの座るべき場所に、いつも自分が座ろうとするのは、やめてほしいわ。メアリ義姉さんのほうがお母さんより優先権があるってことは、みんなわかっているけれども、いつも主張しなくたっていいんじゃないかしら。お母さんは、そんなこと、ちっとも気にしていないけれども、人目につ いちゃうんだもの」

こうしたさまざまな打ち明け話を、アンはいったいどうすれば全部解決できただろうか？ 彼女にはそれぞれの話を辛抱強く聞いて、その不満を和らげ、非難されている相手をかばうことぐらいしかできなかった。こんなに近所に住んでいる家族なのだから、辛抱も必要なのだということを、できるだけメアリのためになるようにほのめかすのが、やっとだった。

そのほかの点では、アンのアパークロスでの生活ははじめから順調に進んでいた。ケリンチ屋敷から五キロほど離れて、場所と話題が変わることによって、彼女自身も元気を回復することができた。つねに同伴者がいてくれるので、メアリの体調もよくなった。毎日本家に出かけていくことは、コテージでじっとしているよりも、むしろプラスになった。コテージにいても、より優れた愛情や信頼が育まれるというわけでもなく、特にすることもなかったからだ。とにかく両家の交際は頻繁で、毎朝のように本家の屋敷を訪ねていくし、夜も別々に過ごすことはめったにない。しかし、こういうつき合いができるのも、マスグローヴ夫妻がいつもの場所にどっしり構えていてくれて、マスグローヴ家の娘たちの話し声や笑い声、歌声で場がなごんでいるおかげなのだと、アンは思っていた。

アンは、マスグローヴ姉妹たちよりも断然ピアノ演奏が得意だった。しかし、歌は上手くなく、ハープも弾けず、そばで演奏を聴いて喜んでくれるような親もいないので、自分のピアノ演奏は、たんなる礼儀上か、一座を活気づけるため以外は、誰からも注意を払われていないということを、自覚していた。自分がピアノを弾いているとき、楽しんでいるのは自分だけなのだということが、彼女にはわかっていた。でも、そう感じるのは、いまに始まったことではない。人生の短い一時期を除いて、愛する母を失った十四歳のとき以来、正しい鑑賞力や本物の趣味を持った人にじっくり聴いてもらう喜びを感じたことはなかった。[3] 音楽に関しては、自分はひとりぼっちなのだと、アンはいつも感じていた。マスグローヴ夫妻が自分の娘たちの演奏を聴きたがり、ほかの人間の演奏には無関心であっても、それでいいのだと思ってあげられたし、屈辱を覚えるようなこともなかった。

本家でのパーティーには、時々別の客が加わることもあった。近隣での交際範囲は広くなかったが、誰もがマスグローヴ家を訪れた。ほかのどの家よりも、頻繁にディナー・パーティーが行われ、招待客や、たまたまやって来た客などで、にぎわっていた。マスグローヴ家は、とびきり人気があったのである。

マスグローヴ家の娘たちは、ダンスが大好きだった。夕食が終わったあとは、舞踏会へという流れになることも、時々あった。アパークロスから歩いていけるくらいのところに、マスグローヴ家の親戚が住んでいた。この親戚は、あまり裕福ではなく、楽しみといえば、何でもマスグローヴ家の世話になろうと、しょっちゅう屋敷にやって来て、望まれればどんな遊びにも加わるし、いつでもダンスにもつき合った。

アンは、踊る役よりも、音楽を演奏する役に回るほうがずっとよかったので、みんなのためにカントリー・ダンスの曲を、一時間にわたって弾くこともあった。[4] このような親切な態度に接するたびに、マスグローヴ夫妻は喜び、アンの音楽の才能に感心して、「上手いですねえ、ミス・アン！ 本当にお上手です！ すごいですね！ あなたの細い指がよく飛び回ること！」と褒めるのだった。

こうして最初の三週間が過ぎた。ミカエル祭の日がやって来ると、アンの心はまたケリンチ屋敷に戻った。大好きな家が他人の手に渡ってしまうのだ。部屋や調度品、木立、景色といった大切なものがすべて、他人に見られたり、手に触れられたり足を踏み入れられたりしてしまう。九月二十九日というこの日について、アンはそれ以外の考え方はできなかった。その日の夜、たまたま日付を書く必要があったときに、メアリがこう言って、同調してくれた。「あら、今日はクロフト夫妻がケリンチ屋敷に引っ越してくる日じゃなかった？　いままで忘れていてよかったわ。でなきゃ、気分が落ち込むもの！」

クロフト夫妻は、いかにも海軍軍人らしくてきぱきと引っ越しを済ませ、挨拶の訪問を受け入れようとしていた。メアリは挨拶に行きたくないと愚痴った。「私がどんなに辛い思いをしているか、誰にもわからないでしょうね。できるだけ先に延ばしたいわ」ところがメアリは、夫チャールズに、早いうちに馬車で連れていってと言わな

3　★「人生の短い一時期」とはいつを指すのかについては、この時点では謎である。作品の終わり近くで、「ウェントワース大佐は音楽が大好き」（→第19章346頁）という言及があることから、アンが彼と交際していた十九歳の数か月間を指しているものと推測される。

4　カントリー・ダンスは、当時、イギリスで最も人気のあった踊り。通常、男女が向かい合い、長い二列になって行われる形式。軽快な音楽なので、ピアノ演奏者は指を忙しく動かさなければならなかった。

ければ落ち着いていられず、挨拶から帰ってきたときには、活気づき、想像していた不安も吹き飛んで、元気そうだった。

いっしょに馬車に乗れなかったアンは、[5]挨拶に行かずに済んで、心からほっとした。でも、クロフト夫妻には会いたかったので、夫妻からの返礼の訪問があるときには、自分も加わることを楽しみにしていた。一家の主人チャールズは留守にしていたが、アンとメアリは家にいた。クロフト提督がメアリのそばに座って、愛想よく坊やたちのお相手をしている間、アンはクロフト夫人の相手をすることとなったので、似ているところがないか観察することができた。[6]顔立ちは似ていなかったとしても、声や感じ方やものの言い方のなかに、それを探そうとしてみた。

クロフト夫人は背が高くもなく、太ってもいなかったが、がっしりとしていて姿勢がよく、活力が漲（みなぎ）っていて、堂々としていた。目は黒く、歯がきれいで、感じのよい顔立ちだった。まだ三十八歳だったが、これまで夫に付き添って海に出ていたことが多かったので、日焼けして顔が赤らんでいて、実際よりもいくらか年をとっているように見えた。自分に自信があり、自分の行いに迷いがないという人らしく、率直で人当たりがよく、態度がはっきりとしていて、いつも品位を保っていて、ユーモアも備えていた。

ケリンチ屋敷に関わることでは、何かとアンに気遣ってくれるので、アンはクロフト夫人に感謝した。特に嬉しかったのは、会ってから最初の三十分の間、紹介されたときにも、クロフト夫人の側に、過去の経緯について知っている徴候や、何かこだわりがある節がまったくうかがわれなかったことである。その点に関して、アンはすっかり気楽になり、おかげで力も勇気も湧いてきた。ところが、クロフト夫人が急にこう言った瞬間、ショックで固まってしまったのである。

「弟がこの地方にいたとき、お知り合いになったのは、妹さんではなくて、あなただったのですね」

アンは、顔を赤らめるほど若くはないと思いたかったが、感情が波立つ年齢を過ぎてはいなかった。

「弟は結婚しましたが、おそらくそのことはご存じないでしょうね」とクロフト夫人は付け加えた。

5　チャールズの馬車は、二頭立て二輪馬車（curricle）で、二人しか乗れない。

6　★テキストでは、「似ているところ（a likeness）」と漠然と示されているだけで、誰との類似であるか特定されていないが、ここでアンがクロフト夫人のなかに、弟ウェントワースの面影を探し求めようとしていることは、推測に難くない。

アンはやっとまともに返事ができた。そして、クロフト夫人が次に放った言葉から、彼女が話題にしているのは、長男ウェントワース氏のほうであるとわかったときには、兄でも弟でも、どちらでも当たり障りのないようなことを言っておいてよかったと、ほっとした。クロフト夫人が弟のフレデリックではなく、兄のエドワードのことを思いついて話すのは、ごく当然だということに、アンはすぐ気づいた。そのことを忘れていた自分を恥ずかしく思いつつ、アンは以前近くに住んでいたエドワードの近況に注意を傾けて、それらしい興味を示そうとした。

そのほかはすべて平穏に過ぎた。しかし、クロフト夫妻がちょうど立ち去ろうとしているとき、提督がメアリに向かって次のように言っているのを、アンは耳にした。

「家内の弟が、もうすぐこちらへ来るんですよ。弟の名前はご存じでしょうね」

このとき男の子たちが猛烈な勢いで走ってきて、昔からの知り合いであるかのように提督にしがみつき、「帰らないで」とだだをこねたので、話はそこで途切れてしまった。子供たちに「ポケットに入れて連れていって」とせがまれて、そちらに気を取られてしまった提督は、さっき言いかけたことの続きが話せずじまいになった。アンは、きっと前に話の出た兄のエドワードのことなのだろうと、自分に言い聞かせようとした。しかし確信が持てなかったので、クロフト夫妻がアパークロス・コテージへ立ち寄る前に本家を訪ねたとき、この件について何か話が出たのかどうかが、気になってしかたなかった。

その日の夜、本家の人たちはアパークロス・コテージで過ごす予定だった。肌寒いこの時期、徒歩で来るにはもう遅すぎる時間になっていた。すると、馬車の近づく音が聞こえたかと思うと、マスグローヴ姉妹の妹のほうが入ってきた。ルイーザは、今夜はもう自宅で過ごすと謝りに来たのだろうと思ったメアリは、失礼だと気を悪くしかけた。しかし、ルイーザが、ハープを馬車に載せるのに一人分の場所を取るので、自分だけ歩いてきたのだと訳を説明したので、メアリも納得した。

「こういうことなの」とルイーザは話を続けた。「お父さんとお母さんが、今夜は元気をなくしているってことを、前もって私からお伝えしておきたくて。特にお母さんのほうがね。可哀相なリチャード兄さんのことを思い出して、お母さんは落ち込んでしまっているの！　それで、ハープを聴かせてあげるのが、いちばんかなって。お母さんは、ピアノよりもハープを聴くほうが好きだから。どうして、お母さんが元気をなくしちゃったかというとね、今朝、クロフト夫妻が訪ねてこられたことがきっかけなの――そのあと、ご夫妻はこちらにも挨拶に来られたんじゃない？　ご夫妻がたまたま、奥様の弟さんのウェントワース大佐がちょうどイギリスに帰ってくるっていう話をされたのよね。除隊したのだったか、何だったか知らないけれども、とにかくこっちに戻ったら、すぐにご夫妻のところへ会いにくるんですって。そう言ってご夫妻が帰ったあとに、お母さんはまずいことに、ウェントワースか何かそういう名前の人が、一時、リチャード兄さんの乗っていた船の艦長だったことを思い出してしまったの。いつどこでの話なのか、私はよく知らないけれども、可哀想に兄さんが亡くなるよりだいぶ前のことらしいわ。お母さんは、兄さんからの手紙や何かを調べてみて、そうだってわかったのよ。しかも、このウェントワース大佐と同一人物だってことが確実になったの。だからもうお母さんの頭は可哀相なリチャード兄さんのことでいっぱい！　お母さんがそんな暗いことを考えてくよくよしないように、みんなで楽しくしなければね」

悲しい家族の物語の実相を明かすと、こうだった。マスグローヴ家には、不運にも、どうしようもない厄介者の息子がひとりいて、その息子が、二十歳になる前に亡くなって、やれやれというところだったのである。陸にいても、出来が悪くて使い物にならないので、海に出され、家族からほとんど構われないままになっても、しかたのないようなありさまだった。ほとんど音沙汰無しだったところ、二年ほど前に、外国で亡くなったという知らせがアパークロスに届いたのだが、実家では誰も悲しむ者もいなかったという次第である。[7]

妹たちもいまでは「可哀相なリチャード兄さん」などと呼んでいるが、実際のところ彼は、頭ののろい鈍感で役立たずのディック・マスグローヴにすぎず、生きていたときも死んだ後も、愛称でディックと呼ばれる以外の何者でもなかった。[8]

リチャードは数年間海に出ていたが、海軍士官候補生によくあるように、何度か配置換えがあった。ことにリチャードは、艦長の誰もがすぐに厄介払いしたくなるような候補生だったので、船から船への異動が多かったが、そのうち六か月間、フレデリック・ウェントワース艦長のフリゲート艦[9]ラコニア号に乗っていたことがあった。その時期に、リチャードは艦長に感化されて両親に二通の手紙を送ってきたのだが、

7　★現代の読者をいささか驚かせるこのくだりには、十八世紀の文学にしばしば見られるタフな皮肉癖（シニシズム）の名残が見られる。

8　ディックはリチャードの愛称だが、ディックには俗語で「ばか」という意味もある。オースティンは『ノーサンガー・アビー』の冒頭で、女主人公キャサリンの父親について、「名前はリチャードだが、立派な」牧師であると紹介していて、この名を揶揄している。

9　海軍の船には、小さい順に、スループ型帆船、フリゲート艦（快速帆船）、戦列艦の主に三種があった。

息子の不在中に両親が受け取った手紙はこの二通きりだった。つまり、それ以外の手紙はお金を無心するものばかりだったので、欲得絡みでない手紙は、この二通のみということである。

それらの手紙のなかで、リチャードはウェントワース艦長のことを盛んに褒めていたのだが、マスグローヴ夫妻にとってはどうでもよかったので、人や船の名前には無関心で注意を払わず、そのころにはほとんど記憶にもとどめていなかった。今日になって、マスグローヴ夫人がウェントワースという名前を急に思い出したのは、時として起こる不思議な頭の作用によるものだった。

マスグローヴ夫人が手紙を確かめてみると、やはり思ったとおりだった。ずいぶん久しぶりに手紙を読み返してみると、哀れな息子はもはや永遠に帰らぬ人となっていて、そのひどい欠点も忘れてしまったいまになって、夫人の心は高ぶり、息子の死を初めて知ったとき以上に、悲しみがこみあげてきたのである。夫人ほどではなかったが、マスグローヴ氏も悲しくなってきた。アパークロス・コテージに到着したときには、二人はこの話を改めて人に聞いてもらいたいという気持ちになっていた。そして、陽気な親類たちから大いに慰めてもらう必要があったのである。

マスグローヴ夫妻はウェントワース大佐のことをずいぶん話し、その名前を繰り返し口にしながら頭を悩ませているうちに、自分たちがクリフトンから戻ってきたあとで、一、二度会ったことのあるウェントワース艦長のことを思い出し、もしかしたらその人と同一人物かもしれない、いや、たぶんそうだろうというところまで、話は辿り着いた。とても立派な若い人だったが、その人に会ったのが、七年前か八年前かということまでは覚えていない。

　こういう話を聞かされることは、アンにとっては新たな試練となって、心に刺さった。しかし、自分はそれに慣れなければならないと、アンは思った。ウェントワース大佐が実際にこの地にやって来るのだから、いちいち神経を尖らせているわけにはいかない。ウェントワース大佐が間もなくやって来るというだけでは済みそうになかった。マスグローヴ夫妻は、彼の到着の知らせを聞いたら、すぐにも名乗り出て、親しくつき合いたいという気になっていたのである。何しろ、ウェントワース大佐は可哀相なディックに親切にしてくれた上司なのだ。それに、可哀相なディックが六か月もお世話になり、「とても格好いいけど、教師に関してはこだわりの強い人です」と、綴りを間違いながらも力強く褒めていたことが印象に残っていたので、きっと立派な人物であろうと敬意も抱き、懇意にしたいと思ったのだ。

　ぜひそうしようと心に決めることで、その晩マスグローヴ夫妻は心が慰められたのである。

10 海軍では、海軍士官候補生が教師の指導により教育されることが望ましいとされていた。しかし、教師のいない船では軍隊専属牧師や艦長自らがその役割を果たすこともあり、どの程度の教育が行われるかは艦長次第だった。リチャードの手紙によれば、ウェントワース艦長は教育熱心だったらしい。

第7章

　それから数日経つと、ウェントワース大佐がケリンチ屋敷に来ているということがわかった。本家のマスグローヴ氏は早速ケリンチ屋敷に彼を訪ねていき、家に戻ってきたときには、しきりにウェントワース大佐のことを褒め称えた。来週末まではクロフト家の人たちをこちらに招いて食事をする約束をしてきたという。もっと早く招待したかったと、マスグローヴ氏は残念がった。ウェントワース大佐を我が家に迎え、ワイン貯蔵室にしまってあるなかでも極上の旨いワインを振る舞って、感謝の気持ちを示したくてたまらなかったのである。しかし、あと一週間も待たなければならない。アンにとっては、たったの一週間だった。一週間経ったら、私たちは顔を合わすことになる。でも、たった一週間でも、それまでは安全なのだと思えるようになった。

　ところが、ウェントワース大佐は、マスグローヴ氏の丁重な挨拶のお返しにと、すぐさまやって来た。アンはちょうど同じ時間帯に本家に行くところだったのである！

アンとメアリが本家へ向かおうとしていたまさにそのとき、メアリの上の男の子が木から落ちて家に運び込まれてきたので、外出は取りやめになったのだが、もしそうでなかったら、本家でウェントワース大佐と鉢合わせしていたところだったことを、彼女はあとになって知った。子供の怪我が気がかりで、出かけるどころではなくなったのだが、子供のことを心配しながらも、アンは会見を免れたことをあとで知って、胸を撫で下ろさずにはいられなかった。

子供の鎖骨が外れてしまっていることがわかり、背中の怪我も、予想外に深刻なものだった。その午後は大騒動だったが、アンはすぐにできることにはすべて手を打った。薬剤医師[1]を呼びにやり、父親チャールズにも事故の知らせを伝えさせ、母親メアリを支えてヒステリーを起こさないようにさせ、使用人たちに指図し、下の子供をその場から追い払い、可哀相な怪我人に付き添って慰めてやった。そのあと、本家にも知らせておかなければと思い、すぐに使いを送った。その結果、どやどやとやって来た本家の人たちは、おろおろして容態について尋ねるばかりで、何の役にも立たない

1 薬剤医師（Apothecary）は、医療専門家で、本来は薬の調剤が専門だったが、薬の処方と医療上の助言を与えることも、次第に仕事の内容に含まれるようになった。

という始末だった。

アンにとっていちばん助かったのは、チャールズが戻ってきて、妻メアリの面倒をみてくれたことである。次にありがたかったのは、薬剤医師のロビンソン氏が到着したことだ。専門家が診てくれるまでは、はっきりしたことがわからず心配が募る一方だった。大怪我のようだが、どこが悪いのかわからなかったのだ。しかし、鎖骨は間もなくもとどおりになり、ロビンソン氏はしきりに手で触ったりさすったりして、深刻な表情で父親チャールズと伯母アンに低い声で話をしていたが、きっと大丈夫だろうということでみな安心し、本家の人たちも家に帰って落ち着いて食事ができそうだ、というところまで漕ぎ着けた。

ちょうど帰り際になって、二人の若い叔母ヘンリエッタとルイーザは、甥っ子の怪我のことを脇において、ウェントワース大佐が訪ねてきたという話をし始めた。両親が先に家に帰ったあと五分ほどとどまって、ウェントワース大佐に会えてすごく嬉しかった、というような話を熱く語ったのである。前にいいと思っていたどんな男性よりも、ウェントワース大佐のほうがずっとハンサムで、断然感じがいい。お父さんがウェントワース大佐を引き止めて食事をしていってほしいと言うのを聞いたときは嬉しかった。事情により、どうしてもそういうわけにはいかないと彼が言うのを聞いたときは残念だった。お父さんとお母さんが、では明日ぜひ食事にいらっしゃってくださいと強く勧めたところ、そうしますと約束するのを聞いて、また嬉しかった。本当に明日なのよ！　しかも、その約束の仕方が、こちらに対する感謝に溢れていて、実に感じよかった。

つまり、ウェントワース大佐は外見も話す言葉も、本当に気品があって素敵なので、彼女たち二人とも、すっかり彼にのぼせ上がっているということが、聞く者みなに確実に伝わってきた。そして二人は、チャールズ坊やのことよりもウェントワース大佐のことで胸がいっぱいの様子で、元気いっぱいに走って帰っていった。

その夜暗くなってから、本家のマスグローヴ家の二人の娘は、父親といっしょに怪我の様子を尋ねに、またアパークロス・コテージにやって来たが、そのときにもウェントワース大佐についての話を夢中で繰り返した。マスグローヴ氏も、最初に思ったほど跡継ぎの孫の様子が深刻ではなさそうなので、娘たちと声を揃えてウェントワース大佐のことを褒め、「この分なら、ウェントワース大佐の招待を延期する必要はなさそうだ」と言った。ただ、アパークロス・コテージのみんなは、坊やのことを放ってはおけないだろうから、ウェントワース大佐と会うことができないのが、残念だと付け加えた。「もちろんです！　あの子を置いていくなんて、とてもできません」と、子供の両親は言った。まだ先ほどの心配が冷めやらず、息子を置いて出かけるなんて、とんでもないと思ったのである。アンも、ウェントワース大佐に会わずに済むことにほっとして、妹夫婦とまったく同じ気持ちだと言わずにはいられなかった。

しかしチャールズ・マスグローヴは、そのあとしばらくすると、出かけたくなってきた。「坊やはだいぶ加減がよくなってきているね。ぼくはウェントワース大佐に紹介してもらいたいから、夜にちょっと参加してみようかな。食事を家で済ませてから、歩いていって、三十分ばかり本家に立ち寄ってくるかな」しかし、これに対して妻メアリは大反対だった。「あら、駄目よ、チャールズ！　あなたに出かけられると、困るわ。もし坊やに何かあったら、どうするのよ！」

子供はその夜、よく眠り、翌日には快方に向かった。背骨にひびが入っていないかどうかは、もう少し時間が経たなければわからないが、ロビンソン氏は、特に心配はないと判断したので、チャールズ・マスグローヴは結局、これ以上家にじっとこもっている必要はないという気がしてきた。子供は横になって、できるだけ静かにしたまま、楽しく過ごせるようにしたらいいだけだ。そのために、父親が何の役に立つだろうか？　これは女の役割であって、家にいても役立たずの自分が、家のなかにじっとしているのは、実にばかげている。本家の父も、自分とウェントワース大佐とを会わせたがっている。どうしても無理だという理由がないのなら、自分は行くべきだ。こうして、最終的には、狩りから帰ってきたあと、チャールズは「ぼくはすぐに着替えて、本家で食事をする」と堂々と言い放ち、こう続けた。

「坊やはずいぶん加減がよくなったから、ぼくは本家に行くって、いまお父さんに言ってきたよ。お父さんも、それがいいと思っているんだ。きみにはアン義姉さんがついてくれているから、ぼくは安心できる。きみは坊やのそばから離れたくないだろうけど、ぼくなんかそばにいたって役に立たないだろ？　もし何かあったら、アン義姉さんがぼくに使いを寄越してくれるだろうから」

夫婦の仲なら、反対しても無駄だというときには、それとわかるものである。チャールズの話しぶりからして、彼がすっかり出かける気になっているので、これ以上あれこれ言っても詮無いということが、メアリにはわかった。だからメアリは、夫が部屋から出ていくまでは黙っていたが、アンと二人きりになると、しゃべり始めた。

「じゃあ、姉さんと私の二人だけで、この可哀相な病人の世話をやっていろっていうのね。夜通し、誰も私たちのそばには寄り付かないってわけね！　こういうことになるっていうのは、わかっていたのよ。いつも私はこういう目に遭わされるの！　何か具合の悪いことがあると、男の人はいつも逃げるのよ。チャールズは特にそういう人。

本当に思いやりがないんだから！　自分の息子が可哀相なことになっているのに、もう大丈夫とか言って、そこから逃げ出すなんて、思いやりがないとしか言いようがないわ！　もう大丈夫だなんて、どうして言えるの？　三十分もすれば、急に容態が変わるってことも、あるかもしれないじゃない。チャールズがここまで思いやりのない人だとは、思わなかったわ。まあ、あの人は出かけていって、楽しんでくるわけね。

私のほうは哀れな母親だから、身動きすることも許されないわけよ。でも本当は、この子の看病をするのがいちばん向かないのは、私のはずよ。母親だからこそ、辛い思いをしないようにと、いたわられるべきなのよ。私には看病は耐えられないわ。昨日だって、私がどんなにヒステリーを起こしたか、お姉さんも知っているでしょ？」

「でも、それは、あまりに突然のことに驚いて、ショックを受けたためでしょ。いまさらヒステリーを起こすことはないから、大丈夫よ。もう悩むようなことはないでしょう。ロビンソン先生の指示も完全に覚えたから、私はもう不安はないわ。あなたのご主人の気持ちも、わからないではないわ。看病は男の人には向かないし、男の人の領域ではないものね。子供の世話に向くのは、やっぱり母親ね。母親の気持ちから、そうなってしまうものね」

「私だって、ふつうの母親並みに自分の子供のことは可愛いわよ。ただ、病室にいても、私だってチャールズより役に立つとは思えないわ。子供が加減の悪いときでも、叱ったりやいやい言ったりせずにはいられなくて、子供が可哀想だもの。今朝だって、私がおとなしくしなさいって言ったら、あの子、足をばたつかせていたでしょ。私、ああいうのを見ると、神経がまいるのよ」

「でも、夜の間中ずっと坊やから離れていて、あなたは楽しく過ごせるの？」

「父親にそれができるのに、どうして私にはできないと言うの？　ジェマイマが、じゅうぶん面倒をみてくれるわ！　坊やの加減については、一時間ごとにジェマイマが使いを寄こして知らせてくれるだろうし。チャールズは、私たち全員が本家に行くって、お義父さんに言ってくれてもよかったのに。チャールズの言うとおり、私も坊やのことは心配ないと思っているの。昨日はものすごく驚いたけれども、今日は状況がまったく違うんだもの」

「じゃあ、いまから知らせても間に合うと思うのなら、あなたもご主人といっしょに出かけたらどうかしら。チャールズ坊やのことは、私に任せてちょうだい。私が坊やといっしょにここに残るなら、マスグローヴご夫妻もそれでいいとお思いになるでしょう」

「本当？」メアリは目を輝かせて言った。「そうね、それはとってもいい考えだわ。

たしかに、私は家にいても役に立たないのだから、行ってもいいし行かなくてもいいわけよね？　家にいても辛いだけだし。母親の心がないからこそ、お姉さんは子供の世話をするのに最適の人なのよ。お姉さんなら、チャールズ坊やに何でも言うとおりにさせることができるわね。あの子は、いつもお姉さんの言うことを聞くもの。ジェマイマと二人っきりにしておくよりも、そのほうがずっといいわ。ええ、私も行くことに決めたわ。私だって、チャールズと同じくらい行くべきだと思うわ。みんな、私をウェントワース大佐の知り合いにさせたいって、すごく望んでいるんだもの。それに、お姉さんは、独りで残っても大丈夫だろうし。お姉さんの考えは、とってもいいと思うわ！　これからチャールズに知らせに行って、すぐに出かける準備をするわ。何かあったら、ひと言知らせを送ってね。でも、きっと何も驚くようなことは起こらないと思うわ。自分の可愛い子供のことで安心しきっていなければ、私だってもちろん出かけようとは思わないもの」

次の瞬間には、メアリは夫の化粧室[2]のドアをノックしていた。アンがそのあとを追って二階へ上がっていくと、ちょうど部屋のなかから夫婦の会話が聞こえてきた。はじめは、メアリが有頂天になって、こう話し始めているのが聞こえた。

「チャールズ、私もいっしょに出かけるわ。私もあなたと同じで、この家にいたって、役に立たないから。子供といっしょにずっと部屋に閉じこもっていても、私の言うとおりにするように、あの子に言い聞かせることなんてできないんだもの。アン姉さんが、こっちに残ってくれるって。お姉さんが家にとどまって、あの子の世話をしてくれるっていうの。お姉さんのほうから、そう言い出したのよ。それで、私は行くことにしたの。そうしたほうがいいわよね。だって、私は火曜日からずっと他所の家でお食事していないんだもの」

「ずいぶん親切だね、お義姉さんは」と夫は答えた。「きみもいっしょに行けたら、ぼくも嬉しいよ。でも、加減の悪い子供の面倒をみてもらうために、お義姉さんをひとりだけ家に残していくっていうのは、なんだかなあ」

アンは部屋に入っていって、二人に自分から理由を説明した。アンが心から言ってくれているのだとわかったので、チャールズもすぐに納得した。もともとアンにそうしてもらえると都合がいいと思っていたということもある。彼女が家に残ってひとりで食事をすることについては、そうしてもらってもいいという気になれた。それでも

2　裕福な家では、化粧室（dressing room）が寝室の隣にあるのが、標準的なスタイルだった。通常、男女ともに自分の化粧室を持っていた。

チャールズは、夜になって子供が寝ついたら、お義姉さんもあとから本家に来てください、自分が迎えに来ますからと、しきりにアンに勧めた。しかし、アンはどうしてもこの勧めには乗らなかった。[3]

こうして、間もなく夫婦がご機嫌でいっしょに出かけていくのを見て、アンもほっとした。ずいぶん奇妙な成り行きではあるものの、とにかく二人が楽しんでくることができればいいと、アンは願った。自分に関しては、独りきりになれたほうが、ずっと気分がいい。坊やにとっても、いちばん必要なのは伯母の自分なのだということが、彼女にはわかっていた。それに、たった数百メートルしか離れていないところで、フレデリック・ウェントワースがみんなからもてはやされているからといって、それが自分にとって何だというのだろう！

できることならアンだって、自分と会うことを彼がどう思っているのか知りたかった。ひょっとしたらどうでもいいと思っているのかもしれない。こういう状況下で無関心でいることができるとしたらの話だが。どうでもいいか、会いたくないかのどちらかにちがいない。もしもう一度私と会いたければ、いままで待っている必要はなかったはずだ。もっと早く会いに来たってよかったのだ。もし自分が彼なら、あのときただひとつ結婚の条件として欠けていた、経済的独立を早々と手に入れたその時点で、そうしていただろうと、アンには思えたのだ。

チャールズとメアリは、ウェントワース大佐という新しい知り合いができたことに、大いに満足して、上機嫌で帰ってきた。楽器の演奏や歌が披露され、おしゃべりしたり、笑ったりで、本当に楽しかった。ウェントワース大佐は素敵な人で、恥ずかしがったり物怖じしたりするようなところがないので、もうすっかりお互いに親しくなれた。早速明日にはチャールズと狩りに出かける約束をした。朝食の時間に彼が来る予定だが、アパークロス・コテージへではない。最初はコテージへと誘ったのだが、そのあとぜひ本家へという話になったのだ。ウェントワース大佐は、加減の悪い子供がいるコテージへうかがっては、チャールズ・マスグローヴ夫人にご迷惑がかかると、気にしているようだった。それで、チャールズが朝食時に父の家に出かけていって、そこでウェントワース大佐と落ち合うという話に、なぜかまとまったというのだ。

アンにはわかった。彼は私と会うのを避けようとしているのだ。彼はアンについてちらっと尋ねたということを、彼女は知った。以前ちょっとした知り合いだったとア

3　★原文には、"she was quite unpersuadable." とある。unpersuadableは、本作品のタイトルPersuasionの関連語なので、重視すべきだろう。アンは、自分が確信を持っていることに対しては、容易に説得されない人間であることが、ここではうかがわれる。

ンも言っているが、彼もそういう訊き方をしたのだ。私と同じく、会ったときに紹介されるのを避けたいという気持ちなのだろう。

アパークロス・コテージでは、本家よりも朝食の時間が遅いのだが、翌朝は特に遅かった。チャールズが、これから出かけると言いにきたとき、メアリとアンはまだ朝食を始めていなかった。チャールズによれば、自分は猟犬を連れにいま戻ったところなのだが、あとで妹たちがウェントワース大佐といっしょにこちらへ来ると言う。妹たちがメアリとチャールズ坊やの見舞いに来るというので、ウェントワース大佐も、もし不都合でなければメアリにちょっと会いたいと言い出した。チャールズが、子供の容態は不都合というほどたいして悪いわけではないと答えると、ウェントワース大佐は、チャールズに走っていってこのことを予め伝えてもらわなければ気が済まないというのだ。[4]

メアリは、自分に対するウェントワース大佐の気遣いに感謝して、彼の到着を楽しみに待っていた。一方、アンの胸には無数の思いが押し寄せたが、そのなかでいちばん慰めとなったのは、この会見がすぐに終わるだろう、ということだった。実際、すぐに終わった。チャールズが前もって知らせにきてから二分後に、ほかの人々が姿を現した。みな客間にいた。アンの目はウェントワース大佐の目と半ば合った。一方が会釈し、もう一方が膝を曲げて挨拶した。アンにはウェントワース大佐の声が聞こえた。彼はメアリに話しかけ、礼儀正しい挨拶の言葉を述べた。マスグローヴ姉妹にも、打ち解けた調子で何か言った。[5]客間は人と声で溢れていた。しかし、数分でそれも終わった。チャールズが窓辺に現れ、出かける準備ができて、大佐たちはお辞儀をして出ていった。マスグローヴ姉妹も、狩りに行く男性陣といっしょに村の外れまで歩いていくことに急に決めて、出ていった。部屋はがらんとし、アンは食べかけだった朝食を済ませようとした。

「終わった！　終わった！」とアンは、張りつめながらも、感謝するような気持ちで、何度も自分に向かって言った。「最悪のことが終わったのだわ！」

メアリが何か話していたが、アンは注意を向けられなかった。私はあの人を見た。

4　★ウェントワースは、メアリに挨拶するという名目で、アンに一目会おうとしているため、アンが推測するほど、彼女を避けようとはしていないようだ。しかし、アンに不意打ちを食わせたくないという気遣いから、前もってチャールズに予告させようとしているところに、こだわりが見られる。

5　★アンは一瞬のうちにも、ウェントワースがマスグローヴ姉妹と早速親しくなっていることを、鋭く察知している。

私たちは会ったのだ。また二人で、同じ部屋のなかにいたのだ！

しかし、間もなくアンは理性を取り戻して、感情を鎮めようとした。すべてが終わってから八年、ほぼ八年も経ったのだ。時間が忘却の彼方に消し去ったはずの心の動揺を、蒸し返そうとするとは、なんて愚かなことだろう！ 八年という歳月にできないことがあるだろうか？ あらゆる種類の出来事や変化、疎遠になってしまったり、移動したりするなど、すべてのことが、そのなかに含まれているはずだ。過去のことを忘れ去るのは、ごく自然で当然のことなのだ！ 八年といえば、私の人生の三分の一近くにもなるのだから。

ああ、しかし、どんなに自分に言い聞かせてみたところで、あきらめられない心にとって、八年間という歳月は無に等しいとも、彼女は思った。

あの人はどんな気持ちなのだろうか？ 私を避けたがっているのだろうか？ しかし次の瞬間、アンはこんなことを問うている自分の愚かさが、嫌になった。

アンには、どんな知恵の力をもってしても頭から消すことのできない問いが、もうひとつあった。しかし、それはすぐに解けた。マスグローヴ姉妹が戻ってきて、コテージを去ったあとに、メアリのほうからこういう情報がもたらされたからだ。

「ウェントワース大佐は、私には丁寧だったけれども、お姉さんにはあまり親切ではなかったみたいね。ヘンリエッタが、この家を出たときに、彼にお姉さんのことをどう思うかって聞いたら、『あの人はずいぶん変わってしまったので、会ってもわからなかった』って答えたそうよ」

メアリはふだんから、姉の気持ちを気遣う細やかさを持ち合わせていなかったが、いま自分がどれだけアンを傷つけたかということに、まったく思いが至らなかった。

「わからないほど変わってしまった！」アンは、無言で深い屈辱感を味わった。そのとおりなのだろう。アンには仕返しができなかった。彼は変わっていなかったし、変わったとしても、悪いほうにではなかったから。そのことを、アンは自分でも認めていたし、彼が彼女のことをどう思おうとも、その認識は変わらなかった。彼女の若さと美しさを台無しにしてしまった歳月。その同じ歳月が、彼を以前にもまして輝かしく、男らしく、堂々とした人物に変え、まったく容姿を衰えさせなかったのだ。以前のフレデリック・ウェントワースのままだった。

「ずいぶん変わってしまったので、会ってもわからなかった！」この言葉が、アンの頭にこびりついて離れなかった。しかし、間もなく彼女は、その言葉を聞いてよかったとも思い始めた。その言葉は、私の目を覚まさせてくれるし、心を鎮めて、落ち着かせてくれる。結局は、そのほうが自分にとっては幸せにちがいない。

フレデリック・ウェントワースは、たしかにそういうことを言いはしたが、それがアンの耳に入ることになろうとは思ってもみなかった。会ったときに、アンはずいぶん変わってしまったと思ったので、尋ねられた瞬間に、思ったままを口にしたのだ。彼はアン・エリオットが許せなかった。彼女は自分に対して、ずいぶんひどい扱いをした。自分を捨て、失望させたのだ。もっと悪いのは、そういうことをした彼女が、人間としての弱さを示したことだ。彼のように決然とした、自信に満ちた気質の人間にとって、それは耐えがたいことだった。アンは他人の言うなりになって、彼のことをあきらめたのだ。強引に説得されて、折れたのだ。弱さと臆病のせいで、ああいうことになったのだ。

かつてウェントワース大佐は、アンに熱烈な恋をした。それ以来、彼女に匹敵するような女性には、一度も会ったことがない。しかし、いまアンがどうなっているかを知りたいという自然な好奇心ぐらいはあったものの、また会いたいという気持ちはなかった。アンが彼に及ぼす力は、すっかり消え去ってしまったのだ。

いまのウェントワース大佐の目的は、結婚することだった。彼は金持ちになって陸に帰ってきたので、自分さえその気になれば、すぐにも身を固められるだろうと思っていた。実際、明晰な頭脳と好みのこだわりが許しさえすれば、すぐにも恋をしようという気になって、周囲を見回していた。たとえば、マスグローヴ姉妹のいずれかに心を捕らえられたら、どちらと結婚してもよかった。つまり、出会った相手が感じのよい若い女性で、アン・エリオット以外なら、誰でもよかったのだ。彼は姉のクロフト夫人から尋ねられたときにも、「アン・エリオット以外は」という部分を心のなかで密かに付け加えて、思うままに答えた。[6]

「そうなんですよ、ソフィア姉さん。ぼくは、ばかな結婚でもなんでもいいから、ここに結婚するつもりでやって来たんです。十五歳から三十歳までの女性なら、誰でもぼくの求婚の対象になりますよ。まあまあ美人で、にこにこして、海軍についてちょっとしたお世辞を言ってくれるような女性が現れたら、ぼくはすぐにも参ってしまいますね。船乗りの相手なら、それでじゅうぶんでしょ？　海では女性とのつき合いがないから、あまり好みにはやかましくないんですよ」

反論されるつもりで、こんなことを言っているのだということが、クロフト夫人にはわかっていた。ウェントワース大佐の誇らしげな輝く目は、彼が紛れもなく好みに

6　★本作品は、主としてアンの視点から描かれているので、この箇所のように、アンが不在の場所で交わされた会話が出てくるのは、例外的である。

やかましいことを、はっきりと物語っていたからだ。彼が結婚したい女性について、もっと真面目に話をしたときには、アン・エリオットのことが念頭になかったわけではなかった。「意志が強くて、物腰が柔らかい人」というのが、一貫して、彼の望む女性の条件だったからだ。

「ぼくが結婚したい人は、そういう女性です」と彼は言った。「もちろん、ちょっとくらいならそれに及ばなくても我慢しますが、まったく及ばないというのは駄目です。これでぼくがばかだというなら、そのとおりなんでしょうね。結婚については、たいがいの男以上に考えてきたつもりですので」

第8章

このときから、ウェントワース大佐とアン・エリオットは、たびたび同席することになった。間もなく本家のマスグローヴ氏の家で、いっしょに食事をする機会もできた。チャールズ坊やが回復したので、伯母のアンが付き添いのために出かけられないという口実は、もう成り立たなくなったからだ。これをきっかけに、その後も食事をしたり会ったりする習慣が続くようになった。

以前の気持ちが復活するかどうかは、実際に会ってみなければわからない。互いに昔のことを思い出すだろうことは、確かだった。その時期のことに立ち返らざるをえなかった。ウェントワース大佐は、ちょっとした話や説明をするさいに、会話の流れで、時期的にアンと婚約していたころのことに触れないわけにはいかなかった。職業柄、話題も豊富だったし、性格的にも話し好きだったのだ。二人がいっしょに過ごした夜には、「あれは一八〇六年のことでした」とか、「あれは、一八〇六年にぼくが航海に出る前のことでした」といった話が、もう出ていた。そんな話をするときにも、彼は言い淀むこともなかったし、話しながら目がアンのほうへ彷徨っているようにも、彼女には思えなかった。しかし、アンの知っているウェントワースならば、彼女と同様、昔のことを思い出さないことはありえないと、彼女は思った。その年代から婚約のことを想起しないわけがない。自分と同じように辛い気持ちになるだろうとは、アンには確信が持てなかったけれども。

二人はいっしょに話すこともなかったし、ごくありきたりの礼儀上必要なこと以外では、交流もなかった。かつては、あんなに親しかったのに、いまは関係がなくなってしまったのだ！　いまアパークロス屋敷の客間をいっぱいにしているのと同じくらい大勢のなかにいても、いつまでも二人きりで話していたくてたまらなかったような時期も、かつてはあったのだ。あんなに心を開いて、趣味がぴったり合って、気持ちがつながり、互いに愛に溢れる表情をした二人といえば、あのときのアンとウェントワースの組み合わせしかありえない。例外があるとすれば、おそらくクロフト提督夫妻ぐらいだろう。この夫婦は互いに愛情で結ばれ、幸せそうで、アンは、夫婦関係のなかでも、これ以外の例外は思い当たらなかった。なのにいまは、そんなにも親密だった二人が、見知らぬ者同士になってしまった。いや、見知らぬ者よりも悪い。決して親しくなることはなく、永遠に疎遠な間柄なのだ。

ウェントワース大佐が話しているのを聞くと、アンは前と同じ声だと思った。同じ心の人だということもわかった。ここに集まっている人たちはみな、海軍の世界のことに関しては、まったく無知だった。だから、彼は質問攻めに遭った。とりわけマスグローヴ姉妹は、ウェントワース大佐のことしか眼中にない様子で、船上での生活や日課、食事や日程などに至るまで、熱心に質問した。ウェントワース大佐の説明を聞いて、船上でもどれだけ便利で配慮が行き届いているかということを知って、姉妹がいちいち驚くので、彼も楽しそうに笑っていた。それを聞いてアンは、自分も若いころ何も知らなくて、海軍軍人は船の上で食べるものもなく、あったとしてもそれを準備する料理人や、給仕する使用人もいなくて、ナイフやフォークもないと思っていたのかと言って、彼に責められたことを思い出したりした。

そんなことを考えながら話を聞いていたとき、アンはいきなりマスグローヴ夫人の囁く声を耳にして、はっとした。夫人は、悲しみに酔いしれるように、こう言ったのだ。

「ああ、アンさん。もし可哀相な息子が生きていたら、いまごろあんなふうになっていたんじゃないかと思いますの」

アンは思わず笑みが浮かびそうになるのをこらえ、マスグローヴ夫人が心の思いを言葉にしている間、親切に耳を傾けた。そのせいで、しばらくほかの人たちの会話を聞くことができなくなってしまった。アンがふたたびほかの人たちの会話に注意を向けると、マスグローヴ姉妹が、『海軍要覧』[1]を取りに行ってきたところだということがわかった。これは、アパークロス屋敷で買い求めた『海軍要覧』の最初の一巻だった。姉妹は腰を下ろして、ウェントワース大佐が指揮した船を見つけるのだと言って、二人でいっしょに本をじっと覗き込んでいた。

「あなたが最初に指揮したのは、アスプ号でしたよね。アスプ号の項目を探してみましょう」

「その巻には、アスプ号は載っていませんよ。もうあの船は使い古して、解体されましたから。あの船を最後に指揮したのが、ぼくなんです。もうそのころには、ほとんど役に立たない船になっていました。なのに、ぼくは西インド諸島に送られたわけです。あと一、二年なら国内任務（ホーム・サーヴィス）[2]に使えると評価されていました」

姉妹はすっかり驚いたようだった。

「海軍省は時おり、使い物にならないような船に、二、三百人もの人間を乗せて送り出すようなことをするんですよ」と彼は続けた。「海軍省には、ほかにも養わなければばならない水兵が大勢いますからね。海底に沈んでもかまわない何千人という水兵のなかで、どれがいちばん役立たずかを、いちいち選んだりしてはいられませんからね」

「おいおい！」クロフト提督は叫んだ。「近ごろの若い者は、なんて言い方をするのかね！　あのころは、アスプ号ほどいいスループ型帆船はなかったよ。古い造りのスループ型帆船としては、あれに匹敵するものはなかったね。[3]あの船に乗れるのは、幸運だったんだ！　あの船に乗ることを志願していた者たちのなかでは、自分よりも優秀な人間が二十人もいたかもしれないということは、フレデリックだってわかっているはずだ。誰も引き立ててくれる者もいないのに、あんなに早く欲しい物が手に入るなんて、ずいぶん運のいい男だよ」

「ぼくも、本当に自分は運がいいと思いましたよ、提督」ウェントワース大佐は真面目に答えた。「自分が職に就けたことについては、あなたのおっしゃるとおり、ちゃ

1　↓第4章65頁注4参照。
2　老朽化した船は、すぐに国内に戻して修繕できるように、沿岸警備などに用いられた。★アスプ号が長い航海には相応しくなかったのに、西インド諸島という遠方に派遣されたというのは、ウェントワース大佐のさりげない冗談である。
3　一本マストの戦争用の小さな船で、上甲板に大砲を載せたもの。

んと満足していました。そのころは、海に出ることが、ぼくの目的だったんです。大きな目的でした。とにかく何かがしたかったのです」[4]

「だろうね。きみのような若い者が、半年間も陸にいたって、何もすることはないだろうから。妻君がいるのなら別だが、そうでもなければ、また船に乗りたくなって当然だ」

「でも、ウェントワース大佐」とルイーザが大声で言った。「アスプ号に乗ろうとして、それがずいぶん古い船だとわかったときには、とても戸惑われたでしょうね」

「船を見る前から、どんな船かってことは、じゅうぶんわかっていましたよ」彼は微笑みながら言った。「改めてわかったことなんて、ありませんでした。まあ言ってみれば、ずっと知り合いの間で貸し合いしていた古い外套（ペリース）を、ついにある大雨の日にあなたが借りることになったとすれば、それがどんな型で、どの程度丈夫かということは、あなたも予想がつくと思いますが、それと同じことですよ。ああ、アスプ号は、ぼくにとっては大切ななつかしい船だったんです。ぼくの望みどおりの船でした。望みどおりの船になってくれるだろうということが、ぼくにはわかっていました。ぼくたちはいっしょに海の底へ沈むか、さもなければ、あの船がぼくを成功させてくれるかのどちらかだと、わかっていたのです。あの船に乗っている間は、悪天候が二日も続くということはありませんでした。私掠船[5]も面白いほど捕まえることができましたし、そのあと秋に故国に戻る途中には、幸運なことに、望みどおり、フランスのフリゲート艦[6]にも偶然出会えましたよ。プリマスの軍港に戻ったら、ここでも幸運が待っていましてね。プリマス海峡に入って六時間も経たないうちに強風が吹いてきて、それが四日四晩続いたんですよ。もし海峡に入っていなかったら、ぼろぼろのアスプ号なんか二日でやられていただろうと思います。大いなる国家フランスの船と接触したからといって、こちらの船の状態がよくなるというものでもないですからね。二十四時間遅れていたら、新聞の片隅の海軍情報欄に、勇敢なウェントワース大佐死亡という記事が載って、それでお仕舞いだったでしょう。スループ型帆船で水死したぐらいのことで、誰もぼくのことなんか惜しんではくれないでしょうからね」

アンは密かに身震いした。しかし、マスグローヴ姉妹は、たまらない気持ちと恐ろしさを、ありったけ口にした。

4　★アンに婚約を破棄されたあと、ウェントワースが仕事にのめりこもうとしたことを示す。

5　戦時中、敵の商船を攻撃することにより、戦利品の捕獲を国家から許可された民間武装船。海軍がイギリスに大敗していたフランスは、かなり私掠船に頼っていた。

6　速度の速い戦艦。フランスの公式の艦隊であるため、私掠船より価値がある。

「そのあとだと思うわ」マスグローヴ夫人は考え事をそのまま口にしているような調子で、小声で言った。「そのあと大佐はラコニア号に移って、そこでうちの息子にお会いになったんだわ。ねえ、チャールズ」（夫人はチャールズを自分のほうへ手招きして）「ウェントワース大佐があんたの可哀相な弟に最初に会ったのはどこでだったのか、大佐にお聞きしてちょうだい。私、いつも忘れてしまうのよ」

「ジブラルタルだよ、お母さん。ディックはジブラルタルで病気になって、前の艦長からウェントワース大佐への推薦状で、引き渡されたんだ」[7]

「あら、そう！　でも、私の前でディックの名前を出しても大丈夫だってことを、ウェントワース大佐にお伝えしてちょうだい。だって、こんなによいお知り合いの口をとおして、ディックの話が聞けるのは、むしろ嬉しいことだもの」

チャールズは、ディックの話が出たらまずいのではないかと気になったので、黙って頷いただけで、その場を離れた。

姉妹たちは、今度はラコニア号についての記述を探していた。ウェントワース大佐も悪い気はしなかったので、大切な本を思わず手に取って、姉妹たちに代わり、船の名前や等級、現在は使用されていないことなど、ラコニア号に関する記述を、もう一度声に出して読み上げた。そして、ラコニア号も、最高の船だったというような話をした。

「ラコニア号に乗っていたころは、よかったなあ！　あの船に乗っていたときには、どんどん金持ちになりました。友達とぼくとでいっしょに、ウェスターン・アイランズを巡航したときには、楽しかったなあ。あのハーヴィルのことですよ、姉さん。彼はぼく以上に、金が必要だったんですよ。彼には奥さんがいましたからね。いいやつですよ！　金が入ってきたとき、彼がどんなに喜んだか、ぼくは忘れられません。みんな、奥さんのためだったんです。次の年の夏にも、ぼくは地中海でまた幸運に巡り会いましたが、そのときも彼といっしょにいられたらなあと、思いましたよ」

「それは、私どもにとっても、幸運な時期だったのですわ」マスグローヴ夫人はウェントワース大佐に話しかけた。「あなたがその船の艦長でいらっしゃったのですもの。あなたにしていただいたことを、私どもは決して忘れませんわ」

物思いに耽っているマスグローヴ夫人の声は低かったので、ウェントワース大佐に

7　ジブラルタルは、スペイン南部の港町で、イギリス海軍の基地があった。ここでは兵士への医療ケアが行われていたらしい。★ディックの病状がどの程度だったかは不明だが、前の艦長が、ディックを厄介払いするために、彼の体調不良を口実にしようとしたとも推測できる。

8　スコットランド西方のヘブリディーズ諸島。

は、一部しか聞こえなかった。彼はどうやら、ディック・マスグローヴのことを思い出せなかったようで、しばらく黙ったまま、話の続きを聞こうとするような様子だった。

「兄のことなんです」姉妹の一方が囁いた。「母は、可哀相なリチャードのことを考えているんです」

「可哀相な子！」マスグローヴ夫人は続けた。「あの子は、あなたの監督下に置いていただいていた間に、すっかり成長して、手紙もまめに送ってくるようになりました。ずっとあなたのもとにいられたら、どんなに幸せだったでしょう。ウェントワース大佐、あの子があなたのもとから離れたことが、残念でたまりませんわ」

この話を聞いているとき、ウェントワース大佐の顔に一瞬ある表情が浮かび、眼差しが輝きを帯び、口角が上がったのを見て、アンは、マスグローヴ夫人の意に反し、大佐はきっと彼女の息子を何とかして厄介払いしようとしたにちがいないと思った。しかし、ひとりで面白がっているようなその表情は、ほんの一瞬よぎっただけだったので、アンほど彼のことをよく知っている人でなければ見過ごしてしまうようなものだった。次の瞬間には、彼は完全に落ち着きを取り戻し、真面目な表情になっていた。そして、アンとマスグローヴ夫人が座っているソファーのほうへすぐにやって来て、夫人の傍らに腰を下ろし、彼女の息子について小声でともに語り合い始めた。その話しぶりは、実に同情のこもった、自然で優しい態度だったので、子を無くした親なら当然抱くであろう切実な想いに、心から思いやりを示しているようだった。

アンとウェントワース大佐は、なんと同じソファーに座っていた。マスグローヴ夫人がウェントワース大佐のために場所を空けて、座るように勧めたからだ。つまり二人は、マスグローヴ夫人によって隔てられているだけだったのだ。なかなかの障壁ではあった。マスグローヴ夫人は大柄でふくよかな体型だったので、愛情や感傷を示すよりも、陽気さや上機嫌さを表すほうがずっと向いていた。そのおかげで、アンのほっそりとした身体や物思いに沈んだ顔は、完全に遮られて、動揺を隠すことができた。ウェントワース大佐のほうも、自制心を取り戻せたので、生きている間は誰からも大切にされていなかった息子の運命をいまさら嘆いて、深いため息をついている夫人につき合うという役目を、しっかり果たせたのである。

身体の大きさと心の悲しみとは、必ずしも反比例するわけではない。大柄な嵩張った体型の人も、このうえなく優美な姿の人と同様、深い悲しみに沈む資格はある。しかし、公平でないと言われたとしても、その組み合わせがなんとも不似合いなため、理性で抑え込むこともできないし、美的センスがごまかせず、噴き出してしまいそうになるのは、どうしようもない。[9]

クロフト提督は、息抜きのために、手を背中に回して、部屋を二、三度往復していたが、妻にたしなめられたので、ウェントワース大佐のほうへやって来た。そして、自分が邪魔をすることになるとはつゆ知らず、思いついたことを話し始めた。

「フレデリック、この前の春に、リスボンに着くのがもう一週間遅くなっていたら、レディー・メアリ・グリアソンとそのお嬢さん方を船に乗せてほしいと頼まれていたところなんだよ」

「そうだったんですか？　じゃあ、一週間遅れなくてよかった」

きみは女性に対して親切じゃないねと、クロフト提督はなじった。ウェントワース大佐は、そんなことはないと言い訳した。ちょっと二、三時間ぐらい舞踏会や見学のためにというのなら別だが、それ以外では、女性を船に乗せるのを好まないのだと、ウェントワース大佐は自分の考えを述べた。

「でも、それは女性に対して不親切だからじゃありません。むしろ、船の設備を、女性向きに変えることが、どう頑張ってもできそうにないと思うからですよ。ぼくは、快適に過ごしたいという女性の気持ちを尊重しようとしているのであって、これは不親切でも何でもありません。ぼくは、女性が船に乗っているという話を聞いたり、実際に見たりするのが、嫌なんです。ぼくの指揮のもとにある船では、どこでだって、女性の家族はいっさい乗せないつもりです」

これを聞いて、彼の姉が詰め寄ってきた。

「まあ、フレデリック！　あなたの言っていることなんて、私は信じないわよ。ずいぶんへんてこなお説だこと。女性は、船に乗っていたって、イギリスの最高の家にいるのと同じくらい快適に過ごせるわ。私はたいがいの女性よりも船に乗って過ごしてきたことが多かったと思うけれども、軍艦の設備ほど優れたものはないってことを、知っているわ。たとえケリンチ屋敷にいたって」（アンのほうに会釈しながら）「これまで船に乗っていたときほど、快適で楽しい暮らしはなかったわ。いままでに乗った船は全部で五隻だけれども」

「それはちょっと話が違うな」弟のフレデリックは言った。「お姉さんはご主人といっしょに船で暮らしていたんでしょ。それに、船に乗っている女性は、お姉さんひとりだったわけだし」

9　★能力の低さや身体的な欠陥、さらには人の死までも嘲笑するオースティンの笑いには、すでに指摘したとおり、十八世紀の文学特有のタフな皮肉癖の名残も見られるが（↓第6章103頁注7）、彼女の後期作品ではアイロニーがいっそう辛辣さを増している傾向も見られる。

「でも、あなただって、ハーヴィル夫人と、その妹さんと従姉、それに三人の子供さんたちを乗せて、ポーツマスからプリマスまで行ってあげたことがあったんでしょ。そのときは、どうしてそんなに特別女性に親切に振る舞うことができたわけ？」

「それは全部、友情のためだったんですよ、ソフィア姉さん。同僚の士官の奥さんのためなら、できるかぎり援助しますし、ハーヴィルの家族なら、彼の望みとあらば、世界の果てからだって運んであげますよ。だからといって、船に女性や子供を乗せること自体を、ぼくがいいと思っているわけではないので、誤解しないでください」

「きっと皆さん、快適な船旅をなさったことでしょう」

「ぼくのほうは、そのせいであまり快適じゃなかったですけれどもね。あんなにたくさん女性や子供が船に乗って、楽しい思いをしようという権利はないと思いますよ」

「ねえ、フレデリック。あなたの話はひどいわよ。私たち海軍軍人の妻は、夫のあとを追って、港から港へ連れていってもらいたいと思っているのに、そんな考え方をされたら、いったいどうしたらいいのよ？」

「ぼくはそんな考え方をしますが、ちゃんとハーヴィルの奥さんや子供たちを、プリマスに連れていってあげましたよ」

「でも、あなたのその紳士ぶったものの言い方が、私は気に入らないのよ。まるで、女性はみな上品な淑女で、自分の頭で考える力のある人間ではないみたいな言い方。私たち女性だって、いつも穏やかな海の旅ができると期待しているわけではないわ」

「ねえ、きみ」クロフト提督は妻に言った。「彼も妻君をもらったら、話しぶりががらりと変わるよ。結婚して、また戦争でも始まれば、彼もきみや私、それにたいがいの人間と同じようになるさ。自分の妻君を連れてきてくれる人に対しては、きっとすごく感謝するようになるんだから」

「きっとそうね」

「これで話は終わりですね」ウェントワース大佐は言った。「人はいったん結婚してしまうと、『きみも結婚したら、考え方ががらりと変わるよ』なんて言って、ぼくを攻撃するようになるんです。ぼくのほうは、『ぼくはそんなことはない』としか言いようがない。すると相手は、『いや、きみもそうなるよ』と言う。これで話は終わりになるわけです」

ウェントワース大佐は立ち上がって、その場を去った。

「奥様は、ずいぶん旅をなさってこられたのでしょうね！」マスグローヴ夫人はクロフト夫人に向かって言った。

「ええ、十五年間の結婚生活のなかでは、かなり旅をいたしましたわ。もっとたくさん旅をしてきた女性もいるでしょうけれども。大西洋は四回渡りましたし、東インド諸島へ往復したことも、一度ございます。イギリスの近辺でもいろいろな所へ行きました。コーク、リスボン、ジブラルタルにも一度行きました。[10]ジブラルタル海峡よりも先に行ったことはありませんが。西インド諸島にも行ったことがありません。バミューダ諸島やバハマ諸島は、西インド諸島とは言えませんからね」[11]

マスグローヴ夫人は、ひと言も異論を挟めなかった。これまでの人生で、そういう島の名前を口にしたことが一度もない自分を、責めることもできなかった。

「本当なのですよ、奥様」クロフト夫人は畳みかけるように言った。「軍艦の設備ほどすばらしいものはありませんわ。といっても、大型の軍艦のことですけれどもね。フリゲート艦の場合は、もちろんちょっと狭苦しいですけれど、ちゃんとわきまえた女性ならば、じゅうぶん楽しく過ごせますわ。私の人生の最良の部分は、船上で過ごしたと言ってもいいくらいです。夫といっしょにいられれば、恐れることは何もありませんもの。ありがたいことに、私はいつも健康に恵まれていましたし、どんな気候も合わないということはありませんでした。海に出たとき、いつも最初の二十四時間ぐらいは、ちょっと不調になるんですけれども、そのあとはまったく大丈夫です。私が本当に心身の調子を崩して、不健康に思えたり、死んでしまうのではないかという気になったりしたのは、主人が——いまは提督ですが、そのころは大佐でした——北海に行っているのに、ひとりディール[12]で過ごしていたときだけですわ。そのときには、たえずおろおろしていて、自分がどうしたらいいのか、次はいつ主人から知らせが来るのかもわからなくて、あれこれ想像しては、嘆いていました。でも、いっしょにいさえすれば、悩むことは何もありませんし、ちっとも不便な思いをすることもありません」

「ええ、たしかに。本当に、そのとおりだと思いますわ、クロフト奥様」マスグローヴ夫人は心から、そう答えた。「とにかく、別々にいるのは、よくないことですね。奥様のおっしゃるとおりですわ。うちの主人もよく巡回裁判[13]に出席しますので、私もよくわかります。それが終わって、主人が無事に帰ってくると、本当にほっとしま

---

10 アイルランド南西部のコーク、ポルトガルの首都リスボン、スペイン最南端の岬ジブラルタルは、当時の海軍の広範囲な活動のなかではイギリス近辺と考えられたが、この場にいるほかの女性にとっては、じゅうぶん遠い場所に思えたはずである。

11 バミューダ諸島とバハマ諸島は、カリブ海域諸島の近くにあり、西インド諸島に含めることも可能だが、クロフト夫人は正確に話そうと努めているようだ。

12 イングランド南東部の英仏海峡に面したリゾート地で、海軍基地があった。

す」

その夜は、ダンスで締め括られた。ダンスをしようという話が出たとき、アンはいつもどおり、ピアノを弾く役を申し出た。楽器の前に腰かけていると、時々涙が溢れてきたが、自分に役目があるのは、とても嬉しかった。その返礼としては、ただ人から見られないということだけでよかった。

浮き浮きするような楽しい会だった。なかでも、いちばんはしゃいでいたのは、ウェントワース大佐だった。彼には、気分が盛り上がるような要素がすべてそろっていると、アンは思った。みんなから注目され、敬意を払われ、とりわけ若い女性全員の注目を浴びているのだから。マスグローヴ家の近くにその親戚が住んでいたことは、すでに述べたとおりだが、そのヘイター姉妹たちも、ウェントワース大佐に恋するという恩恵に与(あずか)っているようだった。ヘンリエッタとルイーザは、二人とも彼に夢中だったので、お互いにとても仲がよさそうな様子を続けていなければ、恋敵(こいがたき)として張り合っているように思われかねなかった。これほどみんなにちやほやされて、ちょっとぐらい彼がいい気になったとしても、何の不思議があろうか？

そんなことをつらつらと考えながら、アンは機械的に鍵盤の上で指を動かしていた。三十分ばかり、間違いもせず、無意識のままピアノを弾いていたのだ。その間に一度、ウェントワース大佐がこちらを見ているような気がした。おそらく彼は、アンの変わり果てた容貌を見て、かつて彼を魅了したことのある顔の廃墟の跡を辿ろうとしていたのだろう。そして一度、彼が私のことを話題にしたにちがいない、とアンは思った。それまで気づかなかったのだが、彼がダンスの相手の女性に、「ミス・エリオットは踊らないのですか?」と尋ねたらしいということが、それに対する答えを聞いて、わかったのだ。答えはこうだった。「ええ、あの方は踊りません。すっかり踊るのをやめてしまわれたのですって。ピアノを弾くほうがいいらしくて、いくら弾いても飽きないみたいですね」一度、ウェントワース大佐はアンに話しかけた。ダンスが終わって、アンがピアノからちょっと離れていたとき、ウェントワース大佐はピアノの前に座って、マスグローヴ姉妹に弾いてみせて、これが何の曲かわかりますかと尋ねてみ

13 巡回裁判は、各州で行われた。イギリスでは、ロンドン在住の少数の裁判官が司法制度の頂点に立っていたため、州の重大事件を扱うために、二名の裁判官が各地を巡回して、州の聴取を行っていた。州で年に二回巡回裁判が行われるさいには、地域の主要人物が臨席した。★マスグローヴ氏も大地主だったので、通常出席していたらしい。道中、事故に遭う可能性もあったかもしれないが、海軍の遠征とは比較にならないので、マスグローヴ夫人のこの発言は滑稽である。

ようとしていたところだった。何も知らずアンが戻ってくると、彼女を見たウェントワース大佐は、すぐに立ち上がって、わざとらしい丁寧な態度で言った。

「申し訳ありません、お嬢様(マダム)、どうぞあなたの席におかけください」アンはすぐに後(あと)退(ずさ)りして、申し出を断ろうとしたが、彼も座ろうとはしなかった。

アンは、こんな表情でこんな話し方をされるのは、もうたくさんだと思った。ウェントワース大佐の冷淡な丁寧さや、形式ばった親切は、何よりもこたえた。

第9章

　ウェントワース大佐は、ケリンチ屋敷が我が家のように居心地がよかったので、滞在を引き延ばすことにしていた。姉ばかりではなく、夫のクロフト提督も、すっかり彼を弟として扱ってくれたからである。最初にここに着いたときには、すぐにシュロプシャー州へ向かい、その地に住んでいる兄エドワードを訪ねるつもりでいた。しかし、アパークロス屋敷の魅力に捕らえられ、ついそれを先延ばしにしてしまった。親切にもてなされ、ずっと機嫌をとってくれて、何もかも魅惑的なものがそろっていた。老夫妻は歓迎してくれるし、娘たちも感じがよかったので、いつまでもそこを立ち去りがたかった。兄エドワードの妻も、すばらしいもてなしで迎えてくれるはずだったが、その楽しみは、もう少しお預けということにしておこうと、彼は決めたのである。

　間もなくウェントワース大佐はアパークロス屋敷にも毎日のようにやって来るようになった。マスグローヴ家のほうでも大歓迎だったが、彼自身、特に朝は、そこを訪ねていくのが好都合だったのである。クロフト夫妻はいつも午前中に二人いっしょに出かけて、自分たちの新しい所有地や牧草地、羊などを見て楽しんだり、いっしょにつき合わされた第三者には耐えられないほどゆっくり散策したり、最近手に入れた一頭立て軽装二輪馬車を乗り回したりしていたので、ウェントワース大佐はケリンチ屋敷にいても、話し相手がいなかったのである。

これまでのところ、マスグローヴ家とその関係者たちの間で、ウェントワース大佐についての意見はひとつにまとまっていて、どこへ行っても、変わらず温かい称賛の言葉があるのみだった。しかし、この人気が定着しそうになったところへ、マスグローヴ家の親戚であるチャールズ・ヘイターという青年が戻ってきて、ひどく感情を害し、ウェントワース大佐のことをたいへんな邪魔者だと思うようになった。

チャールズ・ヘイターは、マスグローヴ姉妹のいとこたちのなかでは最年長の、とても感じのよい好青年で、ウェントワース大佐がやって来るまでは、ヘンリエッタと相思相愛のカップルだと見られていた。彼は聖職に就いていて、近所で副牧師の仕事をしていたが、その教区に住むことが義務づけられていなかったので、アパークロスからわずか三キロのところにある父の家に住んでいた。しばらく家から離れ、肝心なときに恋人ヘンリエッタから目を離していたばかりに、戻ってきてみると、なんと彼女の態度がすっかり変わってしまっていて、そこにウェントワース大佐がいるという憂き目に遭ったのである。

マスグローヴ夫人とヘイター夫人は姉妹だった。[1] 二人とも財産はあったが、結婚の結果、社会的地位に大きな差ができてしまった。ヘイター氏にもある程度の財産はあったが、マスグローヴ氏の財産と比べると、完全に見劣りした。マスグローヴ家は、この地域でいちばんの名家だったが、ヘイター家の子供たちは、両親が片田舎に引っ込んでぱっとしない生活をしているし、自分たちもたいした教育を受けていないということもあって、アパークロス屋敷とのつながり以外には、社交界とはまったく無縁だった。とはいえ、長男のチャールズだけはもちろん例外だった。チャールズは大学教育を受けて、紳士になるつもりだったし、教養や作法という点でも、ヘイター家のほかの人たちより、はるかに優っていた。

両家はいつも良好な関係で、一方の側が傲慢(ごうまん)になることもなく、もう一方の側が妬(ねた)

1　当時の地主階級では、いとこ同士の結婚が認められていたので、姉妹の子供同士が結婚することも可能だった（社会的に低い階層では、いとこ同士の結婚は近親相姦的と見なされがちだった）。

むこともなかった。ただ、マスグローヴ姉妹には、いとこたちを引き揚げてあげたいというような優越感があった。チャールズ・ヘイターがヘンリエッタに言い寄っても、彼女の両親は、不賛成を唱えることなく娘を見守っていた。「ヘンリエッタにとっては、たいした縁談ではないけれども、あの子がチャールズのことが好きだというのなら、まあいいじゃないか。ヘンリエッタは、本当に彼のことが好きそうだし」というわけだった。

ヘンリエッタ自身もすっかりそう思い込んでいた。ところが、ウェントワース大佐が現れてからというもの、従兄のチャールズ・ヘイターのことは、彼女の頭のなかから消えてしまったのである。

二人のマスグローヴ姉妹のうち、ウェントワース大佐がどちらのほうをいいと思っているのかは、アンが見るかぎり、いまのところまったくわからなかった。ヘンリエッタのほうがたぶん綺麗だが、ルイーザのほうが元気がいい。いまのアンには、ウェントワース大佐が最も惹かれるのが、しとやかなタイプなのか快活なタイプなのか、わからなかった。

マスグローヴ夫妻は、状況がよく見えていないためか、娘たち二人の思慮分別、そして、娘たちに近づく青年たちの思慮分別を全面的に信頼しているせいか、なるがままに任せようとしているようだった。本家では、娘たちのことについて心配する様子はまったくなく、口を出そうとするそぶりもなかった。

しかし、アパークロス・コテージでは、事情が違った。若夫婦は、ともすると憶測したり、あれこれ思いを巡らしたりした。ウェントワース大佐がマスグローヴ姉妹にまだ四、五回しか会っていなくて、チャールズ・ヘイターが戻ってきたばかりだったころから、ウェントワース大佐は姉妹のどちらのほうが好きなのかということについて、メアリとチャールズがそれぞれの意見を言うのを、アンは聞かされるはめになったのである。チャールズはルイーザを、メアリはヘンリエッタを推していたが、ウェントワース大佐にどちらかとぜひとも結婚してほしいと願っている点では、二人の意見は一致していた。

チャールズは言った。「ぼくは、あんないい男には会ったことがない。ウェントワース大佐本人から聞いた話によれば、戦争で二万ポンド以上儲けたことは間違いなさそうだ。一気にひと財産できたというわけだろう。これからも、また戦争で儲けるチャンスがあるかもしれない。ウェントワース大佐は、海軍軍人のなかでも、特に出世しそうな感じだな。妹のどちらが結婚するにしても、すばらしい縁談になるだろうなあ」

「そりゃあ、そうよ」メアリは答えた。「もしウェントワース大佐が、大きな手柄を立てたら！　もしかしたら、准男爵になったりして！　〝レディー・ウェントワース〟なんて、とってもいい感じね。ヘンリエッタにとっては、高貴な響きね！　そうしたら、ヘンリエッタは私に取って代われるから、悪い気はしないでしょうね。[2] サー・フレデリックとレディー・ウェントワースねえ！　まあ、高い身分に成り立てって感じだけれどもね。私は成り上がりみたいなのはあまり感心しないわ」

ヘンリエッタと結婚してほしいと思うのは、これでチャールズ・ヘイターがヘンリエッタのことをあきらめることになるという理由からで、そのほうがメアリにとって都合がいいからだった。メアリは、ヘイター家の人たちのことを、軽蔑しきっていた。いまの家同士の関係に変化が生じることは、たいへん不幸なことであり、メアリ自身にとっても子供たちにとっても、実に嘆かわしいことだ。

「チャールズ・ヘイターがヘンリエッタと釣り合う結婚相手だとは、まったく思わないわ」メアリは言った。「マスグローヴ家がこれまでどういう家柄と婚姻関係を結んできたかを思えば、ヘンリエッタだって、勝手に身を落とすような結婚をする権利はないわけでしょ。どんな娘だって、自分の家の主だった人たちが不快な思いをしたり、不都合だと考えたりするような結婚相手を選ぶ権利はないはずよ。[3] 卑しい親戚に慣れていない人たちに、変な親戚ができてしまうなんて、とんでもないことでしょ。ねえ、チャールズ・ヘイターって、いったい何者だというの？　田舎の副牧師にすぎないじゃないの。アパークロス屋敷のマスグローヴ家の長女の結婚相手として、相応しいわけがないわ」

しかし、この点で、チャールズは妻と同意見ではなかった。自分の従兄に対して敬意を払っていたし、チャールズ・ヘイターは長男なのだ。チャールズは、自分も長男なので、長男としての立場から物事を見ている。

「きみの言うことは、ばかげているよ、メアリ」とチャールズは反撃に出た。「たしかに、ヘンリエッタにとっては、すごくいい縁談だってわけじゃない。でも、チャールズ・ヘイターは、スパイサー家のつてで、一、二年以内に主教から何かの位をもらえるチャンスがかなりありそうなんだ。[4]それに、彼が長男だってことを覚えておいて

2　准男爵の妻は、准男爵の娘よりも上位とされる。

3　★メアリが言う「主だった人たち」とは、家督を継ぐ長男一家、つまり、夫と自分と子供たちを指している。なかでも、准男爵の娘である自分が重要人物であることは言うまでもないと、彼女は確信しているようだ。

くれよ。叔父さんが亡くなったら、けっこう財産が入ってくるんだよ。ウィンスロップの土地は、二百五十エーカー以上あるし、トーントンの近くの農場は、この辺りでも最高の土地なんだよ。たしかに、チャールズ・ヘイター以外の男が相手だったら、ヘンリエッタと結婚するのはけしからんと思うよ。でも、そうじゃないんだからさ。チャールズ・ヘイターこそ、ヘンリエッタに相応しい相手だよ。性格もいいし、すごくいいやつだ。ウィンスロップが彼のものになれば、ずっといい家にするだろうし、生活もうんとよくなると思うよ。それだけの財産があれば、ばかにするような相手だとは言えない。自由保有権のある不動産を持っているんだから。いやいや、ヘンリエッタもへたをすると、チャールズ・ヘイターほどの男とは結婚できないかもしれないよ。もしヘンリエッタがチャールズ・ヘイターと結婚して、ルイーザがウェントワース大佐をものにできたら、ぼくとしては、すごく満足なんだがなあ」

「チャールズは、何とでも好きなことを言えばいいわ」チャールズが部屋から出ていくやいなや、メアリはアンに向かって言った。「でも、ヘンリエッタをチャールズ・ヘイターと結婚させるなんて、とんでもないわ。ヘンリエッタにとってもひどくよくないことだけれど、私にとっては最悪よ。だから、ウェントワース大佐が、ヘンリエッタの頭のなかからチャールズ・ヘイターを完全に追い出してしまえばいいと思うわ。きっとそうなるにちがいないんだから。昨日だって、ヘンリエッタはチャールズ・ヘイターのことなんてほとんど眼中になかったもの。お姉さんも、ヘンリエッタの態度を見ていたらよかったのに。ウェントワース大佐が、ヘンリエッタと同じぐらいルイーザのことを気に入るなんて、ありえないわよ。だって、ウェントワース大佐がヘンリエッタのほうを、ずっと気に入っているのは、確かなんだもの。なのに、チャールズったら、あんなに自信をもって言うんだから！　お姉さんが、昨日いっしょにいてくれたらよかったのよ。そうしたら、私とチャールズのどっちが正しいか、わかったはずよ。きっと私の言うとおりだと思うはず。もしお姉さんが、私の言うことに反対してやろうという気なら、別だけど」

昨日の本家でのディナーに参加していれば、アンもこういうことを目で確かめられたのだが、頭痛がしたし、チャールズ坊やの調子が少し逆戻りしたという理由もあって、出かけずに家にいたのだ。本心としては、ウェントワース大佐を避けたいというのが、唯一の理由だった。しかし、欠席したおかげで、ひとり静かに夜を過ごせたただ

4　スパイサー家は、司教に対して、聖職禄を誰に任命するかを進言する立場にある教区の有力者らしい。

けでなく、審判役をしてほしいと頼まれるのも免れたということが、これでわかった。ウェントワース大佐の考えについて、アンはただこう思うだけだった。彼がルイーザよりヘンリエッタのほうが好きでも、ヘンリエッタよりルイーザのほうが好きでも、そんなことはどうでもいい。それよりも、早く自分の気持ちを自覚して、姉妹のどちらかの幸せを危うくしたり、自分の名誉についてとやかく言われたりしないようにすることのほうが、肝心だ。どちらと結婚しても、彼にとっては、きっと愛情深い気立てのよい妻になるだろうから。チャールズ・ヘイターに対する繊細な気遣いから、アンは、若い女性が特に悪気もないまま軽はずみな行動を取っていることに、心を痛めずにはいられなかったし、そのせいで傷ついている彼のことを思って同情した。もしヘンリエッタが、チャールズ・ヘイターのことを好きだと思っていたのが勘違いだったと気づいたのなら、自分の心変わりをできるだけ早く相手に伝えたほうがいいと、アンは思った。

チャールズ・ヘイターは、従妹ヘンリエッタの態度がすっかり変わってしまったのを見て、取り乱し、屈辱を感じた。ヘンリエッタはずいぶん前から彼に思いを寄せてくれていたのだから、二度会ってよそよそしくされたぐらいのことで、それまでの希望が完全に消えてしまうわけではないし、彼がもうアパークロスに来てはいけないということもあるまい。しかし、ヘンリエッタの態度がここまで変わってしまい、ウェントワース大佐という男がたぶんその原因なのだとわかると、チャールズ・ヘイターは不安でたまらなくなった。

チャールズ・ヘイターがアパークロスに来なかった日曜日は、たった二度だけだ。その前、アパークロスを辞去するさい、チャールズ・ヘイターが、もうすぐいまの副牧師の仕事をやめて、アパークロスの副牧師の地位に就けそうだと嬉しそうに話すと、ヘンリエッタもそれを聞いて興味を示し、いっしょに喜んでくれた。

そのときヘンリエッタが当てにしていたのは、こういうことだった。アパークロスの教区牧師シャーリー博士は、四十年以上も牧師としての務めを熱心に果たしてこられたが、もう年をとって身体がだいぶん弱ってきたので、すべての仕事をひとりでこなせなくなり、副牧師を雇おうということになる。だから、副牧師職の給料をできるだけよくして、チャールズ・ヘイターにその地位を与える約束をしてくれればいいのだけれど、と。アパークロス勤めなら、ヘイターはそれよりも十キロも遠いこれまでの教会に通わずにすむ。しかも、これまでの副牧師職よりも、あらゆる点で待遇がよくなる。敬愛するシャーリー博士のもとで働けるようになるし、あの立派なシャーリー博士のほうでも、もうお年なので、へとへとに疲れてしまうようなお仕事から解放される。というわけで、これがいいことずくめだということは、妹ルイーザでさえわかったが、ヘンリエッタにとっては、願ってもないことだった。

ところが、たった二週間ほどして戻ってみると、あのときの熱意はいったい何だったのか、というほど状況が変わってしまっていた。チャールズ・ヘイターがシャーリー博士とどんな会話をしてきたかということを説明しても、ルイーザはまったく聞いていなかった。ヘンリエッタでさえも、チャールズ・ヘイターの話を聞くことに集中できないようで、教会を移る話がうまくいくかどうか、前に気をもんでいたことなど、すっかり忘れてしまったふうだった。

「そう、それはよかったわね。きっとうまくいくと思っていたわ。あなたなら大丈夫なはずだと、ずっと思っていたのよ。そうならないはずはないって。だって、シャーリー博士は副牧師を雇わなければならないんだし、そうするって、あなたは博士から約束されていたんだもの。ねえルイーザ、あの人、来た？」

アンが本家でのディナーに欠席してから間もないある朝のこと、急にウェントワース大佐がアパークロス・コテージの客間に入ってきた。アンは、ソファーで横になっている不調のチャールズ坊やと二人きりで、その部屋にいた。

ウェントワース大佐は、突然アン・エリオットと差し向かいになったことに驚いて、いつもの落ち着きを失ってしまった。彼はびっくりして、「マスグローヴのお嬢様方がこちらに来ておられると思ったんです。ここに来れば、お二人に会えるだろうと、マスグローヴの奥様がおっしゃったものですから」と言うと、彼は心を落ち着けようと、窓辺に歩いていき、どう振る舞ったらよいか考えようとした。

「二人はいま、妹のメアリといっしょに二階にいます。きっともうすぐ降りてくるでしょう」と答えたアンのほうも、当然、慌てふためいていた。もしそのときチャールズ坊やから呼ばれ、してほしいことがあると言われなければ、アンは次の瞬間には部屋から出ていったことだろう。そうすれば、自分もウェントワース大佐も、気まずい思いから解放されて、ほっとしただろうから。

ウェントワース大佐は窓辺に立ち続けたまま、「坊やの加減がよくなっていればいいのですが」と、静かに気遣いの言葉を口にしたあとは、黙っていた。

アンはソファーのそばにひざまずいて、患者を満足させるため、そこにとどまらざるをえなかった。こうして、その状態のまま数分間経ったとき、誰か別の人が玄関を横切ってくる音を耳にして、アンは心からほっとした。この家の主のチャールズ・ヘイ入ってきたのだろうと思って、彼女が振り向くと、なんとそれはチャールズ・ヘイターで、気まずさを和らげてくれそうもない人だとわかった。チャールズ・ヘイターは、ウェントワース大佐を見て、嬉しくなさそうだった。それは、ウェントワース大佐がアンの姿を見たときに劣らず、気まずい様子だった。

アンは、「ご機嫌いかがですか？　どうぞお掛けください。ほかの人たちも、もうすぐここに参りますから」と言うのがやっとだった。

ウェントワース大佐のほうは、窓辺を離れて、会話をしてもよさそうな態度を示した。しかし、チャールズ・ヘイターは、それに応じる気はないということを、すぐさま示そうと、テーブルの近くに腰を下ろして、新聞を取り上げた。ウェントワース大佐はなすすべもなく、窓のほうへ戻った。

また一分経つと、もうひとり加わった。この家の下の男の子だ。二歳にしては育ちが早く、まるまると太ったウォルター坊やが、部屋の外にいる誰かに扉を開けてもらって、堂々と割り込んできたのである。ウォルターは、ソファーのほうへまっすぐやってきて、何かおいしいものをちょうだいと、ねだった。おやつがないとわかったので、ウォルターは何かして遊ぶしかなかった。アン伯母さんが、病気のお兄ちゃんに悪戯しちゃ駄目と言うので、ウォルターは伯母さんにまとわりつき始めた。アンはチャールズ坊やの世話をするために、ひざまずいていたので、振り払うことができなかった。やめなさいと命令しても、頼んでも、いくら言っても無駄だった。一度はなんとか押しのけたが、ウォルターはますます面白がってアンの背中にのしかかってきた。

「ウォルター、すぐに降りなさい」アンは言った。「あなたは、とっても悪い子ね。伯母さんは怒っているのよ」

「ウォルター、どうして言われたとおりにしないんだ?」チャールズ・ヘイターが大声で言った。「伯母さんが言っているのに、聞こえないのか? こっちへ来いよ、ウォルター。チャールズ伯父さんのほうへおいで」

だが、ウォルターは動こうとしない。

しかし次の瞬間、彼女はウォルターから解放されるのを感じた。ウォルターに頭を押さえつけられて前屈みになっていたのだが、誰かが引き離してくれたのだ。アンの首のまわりにしがみついていた小さな両手が緩み、ウォルターが連れ去られたあと、アンはやっと、そうしてくれたのがウェントワース大佐だとわかった。

これに気づいたとき、アンは感激のあまり、口もきけなかった。お礼を言うことすらできなかった。動揺して、チャールズ坊やのほうに身を屈めているのが、やっとだった。私を助けるためにそばに来てくれた彼の優しさ。黙ってそっとそうしてくれたこと。そのときの状況のあれこれ。いまわざとらしく彼が子供と騒いでいるのは、私からお礼を言われるのを避けるためで、私と話す気はさらさらないことを、示そうとしているにちがいない。

こういうことを思い巡らしながら、心が千々に乱れて、アンは立ち直れなかった。間もなくメアリとマスグローヴ姉妹が部屋に入ってきたので、アンはチャールズ坊やの世話を彼女たちに任せて、部屋を出た。アンはいたたまれなかったのだ。四人の男女が恋と嫉妬のやり取りを繰り広げるさまを目にする機会ではあった。いまや四人ともが揃っているのだから。しかし、アンはそのうちの誰のためにも、その場にとどまる気はなかった。

チャールズ・ヘイターがウェントワース大佐のことを良く思っていないことは明らかだ。ウェントワース大佐がアンを助けたあとに、チャールズ・ヘイターは苛立った口調で、「ぼくの言うとおりにしたらよかったんだよ、ウォルター。伯母さんを困らせるなって、言っただろ」と言い、それがアンの耳に焼きついた。チャールズ・ヘイターは、自分がすべきことを、ウェントワース大佐に代わりにされてしまって、悔やんでいるのだということが、アンにはわかった。

しかし、チャールズ・ヘイターがどう感じようと、誰がどう思おうと、そんなことはどうでもいいから、ただただ自分の気持ちを落ち着けようとした。アンは自分が恥ずかしかった。あんな些細なことで、こんなにも興奮し、まいってしまっている自分が、たまらなく恥ずかしかった。しかし、実際、こうなってしまったのだ。彼女は自分を取り戻せるようになるまでに、時間をかけて、ひとりきりでじっくり考えなければならなかったのである。

第10章

アンが四人の男女を観察する機会は、そのあとも何度かあった。四人揃っているところにたびたび同席したので、アンにもそれなりの意見があったが、家に帰ってそのことを妹夫婦に話すのは控えた。自分の意見を言ったところで、チャールズもメアリも賛成するはずがないので、黙っていたほうが賢明だと思ったのだ。アンには、ウェントワース大佐が気に入っているのはルイーザのほうであるように見えたが、自分の記憶と経験から判断するならば、彼はどちらにも恋心は抱いていないように思えた。恋をしているのは、姉妹たちの側なのだ。いや、恋ではないかもしれない。ただ、憧れて熱を上げているだけではないか。しかし、それがやがて恋にならないともかぎらないし、たぶんそうなるのだろう。チャールズ・ヘイターは自分が無視されていることに気づいているらしいが、ヘンリエッタは時々、二人の男性の間で心が揺れ動いている様子だ。

アンは、四人全員に対して、あなたたちは何をしているのかということを、言ってやりたいような気がした。あなたたちは、自らを危険に晒しているのだと、指摘してやりたい。しかし、四人のうち、誰かが卑怯なことをしているとも思わなかった。何よりも、ウェントワース大佐が、自分のせいで苦痛が生じているという事実をまったく意識していないことに、アンはほっとした。彼の態度には、勝ち誇ったところやあさましくも有頂天になるといった様子は、微塵もない。彼はたぶん、チャールズ・ヘイターに何か言い分があるというようなことは、聞いたこともなく、思いもよらないのだろう。ただひとつ、彼の悪いところは、二人の若い女性の好意を同時に受け入れていることだ。「受け入れる」という言葉が適切であるとするならばだが。

しかし、チャールズ・ヘイターは少し格闘したあと、戦いから手を引いたようだった。彼は三日間、アパークロス屋敷に一度も来なかった。これは大きな変化だった。彼は、いつものディナーに招かれても、一度断りさえした。マスグローヴ氏は、そのときチャールズ・ヘイターが何冊もの大きな本に埋もれるようにしているさまを見かけて、「どうかしたんだろうか。勉強しすぎて、死んでしまうのでは」と心配して、夫婦して深刻な面持ちで話し合った。「チャールズ・ヘイターはヘンリエッタにはっきりと断られたのよ」というのが、メアリの願望と確信だった。夫のチャールズは、きっと明日には彼にまた会えるだろうと、当てにし続けていた。アンは、チャールズ・ヘイターは賢い人だと思うしかなかった。

そのころのある朝、チャールズ・マスグローヴとウェントワース大佐がいっしょに狩りに出かけたあと、アンとメアリがコテージで腰を下ろして裁縫をしていると、本家の姉妹たちが訪ねてきて、窓辺に顔を出した。

よく晴れた十一月の日で、マスグローヴ姉妹は小さな庭を突っ切ってきて、これから散歩するんだけれども、遠出だからメアリ義姉さんは無理よね、と言うために立ち寄ったのだった。メアリは歩くのが苦手だと思われたことにかちんときて、すぐにこう答えた。「あら、私もごいっしょしたいわ。私は散歩で遠出するのが、大好きなんだもの」これを聞いたアンは、二人の姉妹たちの表情を見て、彼女たちはこうなることを予想していなかったのだろうと察した。同時に、どんなに望んでいない不都合なことであっても、何でも伝え合って、いっしょにしようとする、この一家の習慣に対して、改めて感心した。

アンは、行くのはやめておいたほうがいいのではないかとメアリに勧めたが、無駄だった。それなら、アンもいっしょに行かないかという姉妹の親切な誘いを、自分も受け入れたほうがよさそうだと、アンは考えた。途中で、自分がメアリといっしょに帰ってくれれば、姉妹たちの計画の邪魔をせずに済み、役に立てるのではないかと思ったからである。

「あの人たち、どうして私が散歩で遠出するのを嫌がるなんて思ったのかしら！」メアリは二階に上がりながら言った。「みんな、私のことを散歩が苦手だって、決めつけるのよね！　そのくせ、いっしょに行くのを断ると、がっかりするんだから。こんなふうに誘いに来られたら、駄目とは言えないでしょ？」

四人の女性たちが出かけようとしていたときに、チャールズとウェントワース大佐が帰ってきた。彼らは幼い犬を連れていったために、狩りではさんざんな目に遭い、早々に引き揚げてきたのである。だから、二人とも、時間もあり、体力と元気があり余っていたので、自分たちもぜひ散歩に加わりたいということになった。こういう成り行きになるとわかっていたら、アンは家にとどまるところだった。しかし、いくぶん興味や好奇心もあったので、いまさら取り消すまでもないと思った。こうして、六人揃って出かけていき、マスグローヴ姉妹たちの導く方向へと向かった。姉妹たちは、この散歩の案内役は自分たちなのだと思い込んでいたのである。

アンは、自分は誰の邪魔にもならないようにしようと思った。野原を横切っていくとき、道が狭くなって何組かに分かれなければならない場合は、チャールズとメアリと同じ組になるようにした。身体を動かし、陽に当たり、アンも散歩を楽しんだ。それに、黄褐色の木の葉や、枯れかかった生け垣に、微笑みが投げかけられているかのような一年最後の季節の景色を眺めたり、秋を歌った詩をいくつかそっと口ずさんでみたりするのも、アンにとっては楽しいことだった。[1]秋は、情趣豊かな人の心に、尽きることのない独特の影響を与える。読むに値する詩人なら誰でも、秋について何か書いてみたいと詩情をそそられるものだから、秋の詩は無数にあった。

アンはできるかぎり、秋の詩について瞑想しようとしたが、ウェントワース大佐が姉妹のいずれかと話をしている声が聞こえてくると、それを聞くまいとしても、集中が途切れてしまった。しかし、意味のある会話はほとんど聞き取れなかった。ただの元気なおしゃべりにすぎない。親しい間柄の若い人たちなら、誰でも話すような内容だった。ウェントワース大佐は、ヘンリエッタよりもルイーザと話していることが多かった。ルイーザのほうがヘンリエッタよりも、積極的に彼の関心を引こうとしていることは、間違いなかった。その差はだんだん開いていき、ルイーザはアンがはっとするようなことを、言ったのである。その日の天候のすばらしさを何度も褒め続けたあと、ウェントワース大佐は付け加えた。

「クロフト大佐と姉にとっても、実にすばらしい天気だったと思います！　二人は、今朝、馬車に乗ってずっとドライブをするつもりだと言っていましたから。たぶん、この辺りの丘から大きな声で呼んだら、姉たちにも聞こえるかもしれません。こっちのほうにも出かけるつもりだと、話していましたから。どこかで、馬車がひっくり返ってしまっていないかなあ。[2]そういうことが、しょっちゅうあるんですよ。でも、ぼくの姉は、まったく懲りないんです。馬車から投げ出されて、かえって喜んでいるぐらいなんですよ」

「あら、大げさな言い方!」ルイーザは言った。「だとしても、もし私があなたのお姉様の立場にいたら、まったく同じことをしていますわ。お姉様が提督を愛していらっしゃるみたいに、もし私が人を愛したとしたら、私はその人といつもいっしょに

1　★アンが詩を好む女主人公であることが、ここで強調されている。オースティンの女主人公のなかでは、『マンスフィールド・パーク』のファニーを除くと、詩を好む女主人公は珍しい。アンが田舎の秋の風景を好むことは、第5章69〜70頁でもすでに述べられていたが、秋の寂しげな風景と、適齢期を過ぎつつある彼女自身の人生の風景とは、そこに漂う哀愁という点で重なり合う。

2　クロフト夫妻が乗っているギグは二輪馬車なので、荒い操縦をすると、ひっくり返る可能性がある。

いて、決して離れません。ほかの人に安全に馬車に乗せてもらうよりも、愛する人の走らせている馬車に乗ってひっくり返るほうが、私はいいわ」

それは熱烈な口調で述べられた。

「そうなんですか? それはたのもしい!」ウェントワース大佐の口調にも、同じ熱烈さがこもっていた。二人の間には、しばらく沈黙が続いた。

アンは、すぐには秋の詩の引用に戻れなかった。秋の甘美な風景を楽しむことは、しばらくお預けになった。衰えつつある季節と、衰えゆく幸せ、それとともに消えゆく若さや希望、春のイメージとがぴったり合うことを強く感じさせてくれるような感傷的なソネットが、彼女の思い出を清めてくれるのなら、話は別だが。アンは、別の小道に行き当たったときに、「これはウィンスロップに通じている道じゃないかしら?」と思い切って言ってみた。しかし、誰にも聞こえなかったのか、それに返事をする者はいなかった。

ウィンスロップか、もしくはその近辺に行くのが、散歩の目的だった。家の近くを散歩中のヘイター家の若者たちに、その辺りで会うこともありえたからである。あと八百メートルほどなだらかな坂道を歩いて、大きな囲い地を通り抜けていった。囲い地は、鋤で耕され、新しくできた小道には、秋の憂鬱な詩情を和らげて、次の春を迎えようとする農夫たちの心意気が見られた。そこを過ぎると、この辺りでいちばん高い頂上に辿り着いた。ここがアパークロスとウィンスロップの境目で、頂上からは向こう側の丘のふもとに広がるウィンスロップを見下ろすことができた。

美しいわけでも高貴でもないウィンスロップの眺めが、一行の前に広がっていた。どこにでもありそうな平べったい家が一軒建っていて、納屋や農場の建物に取り囲まれていた。

メアリは叫んだ。「まあ、ウィンスロップじゃないの！　こんなところへ来るとは、全然知らなかったわ！　もう戻りましょうよ。すごく疲れたわ」

ヘンリエッタは当惑するような恥ずかしいような気持ちになり、従兄のチャールズ・ヘイターが歩いたり、門に寄りかかったりしている姿も見えないので、メアリの言うとおり、自分も引き返そうとした。しかし、「いや、行こう」とチャールズ・マスグローヴは言った。「いえいえ、行きましょう」とルイーザはさらに熱心に声を上げた。そして、ヘンリエッタを脇へ連れていって、そのことについて盛んに説き伏せているようだった。

そうしている間にチャールズは、せっかく近くまで来たのだから、ヘイター叔母さんのところに寄っていくことにすると、きっぱりと言った。そして、妻にもいっしょに行こうと誘ったことは明白だったが、恐る恐るといった様子でもあった。しかし、妻は頑として我を通した。そんなに疲れているんだったら、ウィンスロップで十五分ほど休憩したほうがいいんじゃないかとチャールズが勧めると、メアリは決然と答えた。「いいえ、けっこうよ！　いくら座って疲れがとれても、また丘を登らなければならないんだから、余計に疲れるわ」彼女の表情と態度を見れば、行く気がないことは、明らかだった。

こういうやり取りや相談がしばらく続いたあと、結局、チャールズと二人の妹たちの間で、話がまとまった。チャールズとヘンリエッタの二人が、すぐに丘を駆け下りて、ヘイター叔母さんといとこたちに会いに行き、その間、一行のほかの者たちは、丘の頂上で二人が帰ってくるまで待つということになったのだ。この計画をまとめるさい、中心になったのはルイーザだった。ルイーザが二人を見送って、少し丘を降りていっている間、メアリは軽蔑したような眼差しで振り返り、ウェントワース大佐に言った。

「ああいう親戚がいるって、本当に不愉快だわ！　でも私は、これまでにあの家に行ったことは、たったの二回しかありませんの」

これに対する返事はなかった。ウェントワース大佐は、ただ、わざとらしく同意するかのような微笑みを投げかけただけで、目を背けるときに、軽蔑するような眼差しを浮かべたが、アンにはそこに込められた意味が、じゅうぶんすぎるほどわかった。

丘の頂上は、そこで待つことになった人たちにとっても、気持ちのいい場所だった。ルイーザが引き返してきたとき、メアリは踏み越し段[3]に腰を下ろして、気分がよさそうにしていた。彼女は、ほかの人たちが周りに立っている間は、とても満足していた。しかし、ルイーザが隣の生垣で木の実を拾おうと、ウェントワース大佐を連れていってしまい、だんだん二人の姿が見えなくなり、声も聞こえなくなってしまうと、メアリの気持ちは穏やかではなくなった。きっとルイーザは、どこかにもっといい場所を見つけに行ったのだと思うと、自分ももっといい場所を探すといって聞かなかったのである。メアリは同じ門から入っていったが、二人を見つけることはできなかった。アンは、生垣の下の日当たりのよい乾いた盛り土に、メアリのために座り心地のよさそうなところを見つけてやった。きっとその生垣の辺りのどこかに、二人がいそうだと思ったのである。メアリはしばらくそこに腰を下ろしていたが、気が済まなくなってきた。きっとルイーザはどこかにもっといい場所を見つけたにちがいないから、

3 人だけ通して家畜を通さないように、牧場などの垣に設けた踏み段。

自分もそこまで行くと言って、メアリは歩いていった。

アンも本当に疲れていたので、腰を下ろせてほっとした。すると間もなく、彼女の背後の生垣のところから、ウェントワース大佐とルイーザの声が聞こえてきた。二重の生垣の間の隙間に、でこぼこの狭い通り道があるらしく、二人はそこを引き返してきているようだった。彼らが近づいてくるにしたがって、話し声が聞こえてきた。最初にルイーザの声がはっきり聞こえた。彼女は何かを熱心に話している最中のようだった。アンが最初に聞き取ったのは、こういう言葉だった。

「それで、私がヘンリエッタを行かせたんです。あんなつまらないことを言われて、ヘンリエッタが訪問をやめてしまうなんて、私には耐えがたかったのです。なんてことでしょう！　私だったら、いったん自分がやろうと決めて、正しいと思っていることなら、絶対にやるわ。あんな人に偉そうにされて、けちをつけられたぐらいで、なんでやめなきゃいけないの？　誰に反対されても、私ならやり通すわ。そう、私は簡単に人に説得されたりする気はないの。いったん心に決めたら、私ならやります。ヘンリエッタは、今日、ウィンスロップを訪ねるって、すっかり決めていたのよ。なのに、ばかな気遣いから、もうちょっとであきらめるところだったのよ」

「じゃあ、ヘンリエッタさんは、あなたがいなければ、引き返していたところだったのですね？」

「きっとそうでしょう。お恥ずかしいですけれども」

「あなたのような頼もしい人がそばにいて、ヘンリエッタさんも幸せですね！　この前、チャールズ・ヘイター君と同席したとき、観察していてぼくは気づいたことがあるんですが、いまあなたがおっしゃったことをヒントにすると、どうやらぼくの勘は当たっていたようだ。もうあの二人の関係については、わざわざ知らないふりをする必要は、なさそうですね。今日、叔母さんの家に行くのは、たんなる儀礼上の朝の訪問ってわけじゃなかったんですね。こんなつまらない邪魔が入ったぐらいのことで、それに抵抗するだけの決断力がないようなことでは、ヘンリエッタさんもチャールズ・ヘイター君もこの先大丈夫なんでしょうかね。もっと困難に立ち向かう精神力が必要とされるような重大な状況に置かれたときに、あの二人はどうするんでしょうか。ヘンリエッタさんは気立てのいい人ですが、あなたのほうは確固たる決断力を持った人ですね。もしあなたが、ヘンリエッタさんの行動や幸せを大切に思っておられるのなら、できるだけあなたの気迫を分けてあげてください。でも、きっといつもそうやってこられたんでしょうね。他人の言いなりになる優柔不断な人のいちばん悪い点は、どんな感化を受けても、その性格が変わる当てがないことです。いくらよい影響があっても、長続きするかどうか、さっぱりわかりませんからね。誰かにちょっと何か言われると、すぐにぐらつくんです。幸せになりたければ、心がしっかりしていなければなりません。たとえば、この木の実を見てください」そう言うと、ウェントワース大佐は、上のほうの枝から、木の実をもぎ取った。「綺麗なつやつやした木の実には、もともと力が備わっていて、秋の嵐に耐え抜くことができたのです。どこにも穴があいていませんし、どこも傷んでいません」半ば冗談を含めつつも真面目な調子で、ウェントワース大佐は続けた。「仲間の木の実たちは、たくさん落ちて、足で踏みつぶされてしまったのに、この木の実はいまも、ハシバミの実として精一杯の幸せを持ち続けている」そして、また真剣な口調に戻って言った。「ぼくの周りの人たちに対してぼくが第一に望むのは、心をしっかり持ってほしいということです。もしルイーザ・マスグローヴさんが人生の秋においても美しく幸せであり続けたいなら、いまの強い心を大事にしていただきたいと思います」

彼は話し終わった。それに対して、答えはなかった。あんな話を聞かされて、ルイーザがそれにすぐに答えることができたら、アンは驚いていただろう。あんなわくわくするような言葉を、あんなに真剣に熱をこめて話されたのだから！　ルイーザがいま何を感じているか、アンには想像できた。アン自身は、自分の姿が見られては困るので、身動きできなかった。そのままじっとしていると、セイヨウヒイラギの茂みに隠れて、アンの姿は見えなかったので、二人は気づかぬまま通り過ぎていった。しかし、まだ声が聞こえる範囲にいたとき、ルイーザの声がまた聞こえた。

「メアリには、いいところもたくさんあるけれども、時々すごくいらいらさせられるの。くだらないことを言うし、プライドが高いものだから。エリオット家のプライドってやつね。あの人は、ものすごく自分の家柄を鼻にかけるの。チャールズ兄さんがアンと結婚してくれたらよかったのに。兄がアンと結婚したがっていたことは、ご存じかしら」

一瞬、間を置いたあとに、ウェントワース大佐は言った。

「それは、彼女がお兄さんのプロポーズを断ったってことですか？」

「ええ、そのとおりです」

「それは、いつのことですか？」

「私はよく知らないの。そのころ、ヘンリエッタと私は学校に行っていましたから。でも、チャールズがメアリと結婚するより、一年ほど前のことだと思うわ。アンが求婚を受け入れてくれていたらよかったのに。私たちはみんな、アンのほうがずっと好きなんですもの。父と母は、アンが求婚を断ったのは、アンの仲良しのレディー・

ラッセルのせいなんだって、ずっと思っているんです。チャールズは、レディー・ラッセルを満足させるほど教養がないし、本も読まないでしょ。だから、レディー・ラッセルが断りなさいって、説得したんだと、うちの両親は思っているの」

声は遠ざかっていき、アンにはもう何も聞こえなくなった。アンは激しい感情が渦巻いて、そのまま固まってしまった。自分を取り戻して、ふたたび動けるようになるまで、時間がかかった。盗み聞きするとろくなことはないとことわざでは言うが、アンには当てはまらなかった。彼女は自分の悪口は聞かずにすんだ。しかし、とても辛いことをたくさん聞いてしまった。自分の性格をウェントワース大佐にどう思われているかがわかった。そして、彼の態度のなかに、私に対してまだある程度の気持ちと好奇心があるのだ、と思うと、アンはひどく興奮した。

アンはできるだけ早くメアリのあとを追おうとし、妹を見つけると、さっきの踏み越し段のところまでいっしょに歩いて戻った。そのあとすぐ全員が集まって、いっしょに移動することになると、アンはほっとした。多くの人たちに交じってこそ得られる孤独感と沈黙を、取り戻したかった。

チャールズとヘンリエッタが戻ったときには、予想どおり、チャールズ・ヘイターを連れてきていた。どうしてこういうことになったのかという詳細については、アンは知る由もなかった。ウェントワース大佐でさえも、全部は聞かされていないようだった。しかし、男性の側が一度引き下がったことにより、女性のほうも可哀想になって、いまではまた二人が仲良くなったことは、確かだった。ヘンリエッタは少しきまり悪そうだったが、とても嬉しそうだったし、チャールズ・ヘイターのほうは、幸せいっぱいという感じだった。そして、アパークロスのほうへ向かって歩き出したときには、最初から、お互いのことで夢中になっていた。

いまやどう見ても、ウェントワース大佐の相手はルイーザであることがはっきりした。これほど明白なことはない。道が狭くなって何組かに分かれなければならないときはもちろん、その必要がないときでも、ルイーザとウェントワース大佐は、ヘンリエッタとチャールズ・ヘイターのカップルと同様、二人で並んで歩いていた。みんないっしょに歩けるだけの広い牧草地が続いていても、三つのグループに分かれたままだった。

アンは、しかたなくチャールズとメアリといっしょに歩いていた。それはいちばん活気のない、愛想のない三人組だった。アンは疲れていたので、チャールズの腕によりかかっていたが、チャールズは、アンに対しては上機嫌だったものの、もう一方の腕に寄りかかっている妻に対しては、ぷんぷんしていた。メアリは、彼の頼みを聞こうとしなかったのだから、こういう結果になっても自業自得だ。そう思いながら歩いているので、チャールズは、妻の手をしょっちゅう放しては、生垣のイラクサの先を、手に持った小枝で鞭打ち、払いのけていた。そのうちメアリが文句を言い始め、「そっち側にいるアンはずっとあなたの腕にもたれかかっていられるのに、生垣側にいる私の腕ばっかり振り払って、ひどいじゃない」と、いつものごとく嘆くと、チャールズは両方の腕を放し、イタチを見つけると追いかけ始め、アンとメアリを置き去りにして行った。

長い牧草地の脇には道路が通っていて、牧草地の終わったところで、彼らが歩いてきた小道と交差していた。一行が出口の門のところに着いたとき、同じ方向へ向かう馬車が近づいてきた。先ほどから馬車の音が聞こえていたのだが、それは、クロフト提督の二輪馬車だった。クロフト提督夫妻は、予定どおりドライブをしてきて、これから家に帰るところだったのである。

若者たちの一行が、ずいぶん遠くまで散歩してきたという話を聞いて、疲れている女性がいれば、馬車にひとつ席があるので、どうぞ乗ってくださいと、夫妻は申し出た。アパークロスまでまだ一キロ半はあるし、帰りにそこを通っていきますからと。これは女性全員に向けて言われたのだが、全員が断った。マスグローヴ姉妹は全然疲れていなかった。メアリは、ほかの女性よりも自分が優先されなかったことに気を悪くしたのか、それともルイーザの言う「エリオット家のプライド」のために、一頭立ての二輪馬車なんかに三番目に乗るのが許せなかったのか、そのどちらかだった。

散歩をしている一行が、道路を横切り、向かい側の牧草地の踏み越し段を登り始めたので、クロフト提督は馬に鞭を当てて馬車を走らせようとした。そのとき、ウェントワース大佐が姉に何か伝えるために、さっと生垣を飛び越した。彼が何を言ったかは、そのあとの結果から推測できた。

「ミス・エリオット、あなたはきっとお疲れでしょう」クロフト夫人は言った。「あなたを家までお送りさせてください。あなたなら、ここにじゅうぶん座れますので。あなたみたいにほっそりしていたら、四人でも座れるぐらいですわ。さあさあ、どうぞお乗りください」

アンはまだ道路に立ったまま、思わず辞退の言葉を口にしかけたが、最後まで言わせてもらえなかった。クロフト提督も、妻といっしょになって、熱心に誘ってくれた。二人とも、どうしてもと言って、引き下がろうとしなかった。二人はできるだけ自分たちの席を詰めて、アンが座れるように端の席を空けた。するとウェントワース大佐が無言のまま、アンのほうを振り返って、馬車に乗せようとそっと手を貸したので、彼女は乗らないわけにはいかなかった。

そうだ、あの人が乗せてくれたのだ。アンは馬車に乗って、思った。ここに乗せてくれたのは、あの人なのだ。あの人の意志とあの人の手がそうしたのだ。私が疲れているとあの人が気づいてくれて、私を休ませようと思ってくれたから、私はいまここにいるのだと。この日いろいろなことがあったために、自分に対するウェントワース大佐の気持ちがはっきりとわかり、アンは激しく動揺した。この小さな出来事は、その前に起こったことすべての総まとめなのだ。アンにはウェントワース大佐の本心がわかった。あの人は私のことが許せないのだ。にもかかわらず、私に対して無情になることもできない。過去に私がしたことを非難して、不公平なまでにひどく私のことを怒っている。もう私のことは何とも思っていなくて、他の女性のことを好きになりかけている。それでも、私が苦しんでいるのを黙って見ていることはできなくて、助けてやりたいと思ってしまう。それは、以前の気持ちの名残なのだ。本人自身も気づいていないような純粋な友情の衝動なのだ。それは、あの人の心が温かく優しいことの証拠なのだと思うと、アンは、喜びと痛みの入り混じった気持ちで胸がいっぱいになったが、喜びと痛みのどちらのほうが勝っているのかは、自分でもわからなかった。

いっしょに馬車に乗っているクロフト夫妻が、気遣って言葉をかけてくれても、アンは最初のうち、ぼんやりとしていて、いい加減な返事しかできなかった。でこぼこ道を半ばまで進んでいったとき、ようやく彼らの言葉が耳に入ってくるようになった。夫妻は「フレデリック」の話をしていたのである。

「フレデリックは、二人のお嬢さんたちのうちのどちらかと結婚するつもりみたいだね、ソフィー」クロフト提督は言った。「だけど、どっちなのかわからないよ。もうじゅうぶん長い間、二人を追いかけてきたんだから、もうそろそろ決めなくちゃならないころだね。いまが平和な時代だから、こんなことをしていられるんだ。戦争中だったら、彼ももういまごろは、とっくに決めているよ。ミス・エリオット、私たち海軍軍人は、戦争中には、ゆっくりと求婚している余裕がないんです。なあ、ソフィー、ぼくがきみに初めて会ってから、二人でノース・ヤーマスの貸間に落ち着くまでに、何日ぐらいかかったんだったかな?」

「あなた、その話はやめておいたほうがいいと思いますわ」クロフト夫人は、ほがらかに答えた。「だって、私たちがどんなに早く結婚を決めたかということを、ミス・エリオットが聞いたら、私たちが幸せなわけがないと思われるでしょうから。でも、私はあなたのことをずっと前から、評判で知っていたのですよ」

「まあ、ぼくのほうもきみがとても綺麗な女性だってことは、聞いていたけどね。

だったら、それ以上待つ必要はないだろ？　ぼくは、そういうことをいつまでも、そのままにしておくのは嫌なんだ。フレデリックも、もう少しスピードを上げて、あのお嬢さんたちのうちどちらかを、早くケリンチ屋敷に連れてきてくれたらいいんだが。そうすれば、もっとおつき合いできるんだけどね。二人とも、とてもいいお嬢さんじゃないか。どっちがどっちか、区別がつかないけれどもね」

「本当に気立てがよくて、気取りのないお嬢さんたちね」クロフト夫人の褒め方はそれほど熱がこもっていなかったので、アンは、頭の切れる夫人にとっては、どちらも自分の弟には物足りない相手だと感じているのではないかと思った。「それにとても立派なご一家ね。親戚になる家柄としても、いいんじゃないでしょうか。ねえ、あなた、門柱に気をつけて！　門柱にぶつかりますよ」

クロフト夫人が落ち着いて手綱をとって正しい方向へ向けたので、柱に衝突する危険は避けることができた。そのあとも一度、夫人が賢明にも手綱に手を出したおかげで、馬車が轍（わだち）にはまらずに済み、こやし運搬車とぶつからずに済んだことがあった。アンは、夫妻の独特の操縦ぶりを見て、この二人は、人生のほかのこともみな、こういうふうに二人三脚で乗り越えてきたのだろうなあと想像しているうちに、馬車がアパークロス・コテージに到着して、無事降ろしてもらった。

第11章

レディー・ラッセルが帰ってくる日が近づいた。日程も決まり、アンはレディー・ラッセルが帰ってきたらできるだけ早く、彼女の家、ケリンチ・ロッジでいっしょに暮らすという約束になっていたので、ケリンチ村に移れる日を心待ちにした。そのときが来たら、自分の心の平静はどんな影響を受けるのだろうかと思ったりもした。

これからは、ウェントワース大佐と同じ村に住むことになる。ケリンチ・ロッジとケリンチ屋敷とは、八百メートルしか離れていないからだ。同じ教会に通うことになるし、クロフト夫妻とレディー・ラッセルとの間にもつき合いができることになるだろう。これは、アンにとっては不都合なことだった。しかし、一方で、ウェントワース大佐は大方の時間をアパークロス屋敷で過ごしているのだから、アンがケリンチ・ロッジに移るということは、彼に近づいていくというよりも、むしろ彼から遠ざかることになるだろう。それに、可哀想なメアリを置いていき、レディー・ラッセルといっしょになるわけで、いっしょに住む相手が変わるのだから、全般として自分は得をするのだと、アンは思った。

ケリンチ屋敷でウェントワース大佐に会うのは避けたいと、アンは思った。八年前と同じ部屋でふたたび会うのは、彼女にとっては辛すぎた。何にせよ、レディー・ラッセルとウェントワース大佐が顔を合わせることがなければいいがと、彼女は願っていた。あの二人は、お互いに好意を抱いていないし、いまになってつき合いを蒸し返しても、よいことはないだろう。もしレディー・ラッセルが、アンとウェントワース大佐がいっしょにいるところを見たら、彼のほうは落ち着き払っているのに、アンのほうはおどおどしていると思うかもしれない。

アパークロスを去っていくにあたって、アンが気がかりだったのは、そういうことだった。アパークロスには、ずいぶん長い間滞在していたように、アンは感じていた。二か月間滞在して、特にいい思い出になったのは、チャールズ坊やのために、自分が役に立てたということだった。しかし、坊やもどんどん元気になってきていたので、もうこれ以上、彼女がここにいる必要もなかった。

ところが、アパークロスでの終わりに、アンが想像もしなかったような変化が起こることとなった。ウェントワース大佐は二日間アパークロスに姿を見せず、連絡もしてこなかったのだが、そのあとやって来て、どんな用事ができて不在にしていたのかを、説明したのである。

彼の友人ハーヴィル大佐から手紙が届いた。その手紙はあちこち転送されて、ようやくウェントワース大佐に届いたのだが、その便りによれば、ハーヴィル大佐はいま家族とともに、ライムで[1]冬を過ごしているという。お互いにまったく知らなかったのだが、ウェントワース大佐とハーヴィル大佐とは、三十キロしか離れていないところに住んでいたことが、これでわかった。ハーヴィル大佐は、二年前に重傷を負って以来、体調がよくないというので、ウェントワース大佐はぜひ彼に会いたいと思い、すぐにライムに行こうと決めた。そういうわけで、ウェントワース大佐は、二十四時間ライムで過ごしたのだった。彼がアパークロス屋敷に来なかったことは、この説明で無罪放免となった。ウェントワース大佐の友情は心から称えられ、彼の友人ハーヴィル大佐にも会ってみたいという興味が生じてきた。それに、ウェントワース大佐が、ライムのよさをしみじみと語ったので、その話を聞いている側でも、自分たちもぜひ

1　ライム・リージス。イングランド南部ドーセット州西部のイギリス海峡に臨む港町で、リゾート地。オースティンも一八〇四年にこの魅力的な地を訪れている。

ライムに行ってみたいということになり、その結果、ライム行きの計画が立てられた。

若い人たちは、全員ライムに行きたくてたまらなくなった。ウェントワース大佐自身も、もう一度そこへ行きたいと言った。ライムは、アパークロスから、たったの二十七キロしか離れていない。十一月ではあるが、決して旅行に向かない季節というわけではない。なかでも最も熱心な計画推進者だったルイーザが、夏まで延期したほうがいいという両親の願いを退けて、ライム行きの決断を下したのである。彼女は自分のしたいことをする楽しみに加えて、いまや自分の意志を貫くのはよいことだという考え方を固めつつあった。というわけで、チャールズ、メアリ、アン、ヘンリエッタ、ルイーザ、ウェントワース大佐の六名でライムに行くことになった。

最初は、朝出発して夜に帰ってくるという無謀な計画を立てていた。しかし、マスグローヴ氏は、馬が疲れるからといって、これに同意しなかった。よくよく考えてみると、十一月の半ばに、初めての場所を観光するには、一日では足りない。往復にかかる七時間を差し引いても、この辺りが丘の多い場所だということを考え合わせると、時間に余裕がないだろう。結局、ライムで一泊して、翌日の夕食までにゆっくり帰ってくるという案が出され、そのほうがずっといいということになった。

一行は、早めの朝食の時間に、本家に集合した。四人の女性を乗せたマスグローヴ氏の四頭立て四輪馬車と、ウェントワース大佐を乗せてチャールズが操る二頭立て二輪馬車（カーリクル）の二台が、長々と続く丘を下ってライムに入り、町の険しい坂道を走っていたときには、もう正午を過ぎていた。まだ明るく暖かいうちに見物ができるのは、その近辺ぐらいだということは、明らかだった。

宿泊する場所を確保して、宿でディナーを予約したあと、次にすることといえば、当然、すぐに海岸を散歩することだった。行楽地としてのライムが提供してくれそうな娯楽や集まりなどに参加するには、もう時季的に遅すぎた。集会室は閉鎖されているし、滞在客はほとんどいなくなって、現地の住民以外はいない。建物自体もたいして見栄えしないので、観光客の目を楽しませてくれるものは、次のようなものに限られる——ライムの町の格別の立地、海のなかへとつながっているような目抜き通り、海水浴のシーズン中には移動更衣室や観光客で賑わう感じのいい小さな湾、湾をぐるりと取り囲んでいる石堤（コッブ）[2]への散歩道、古くからの奇観と新しく作られた風景とに富んだ石堤、町の東のほうへと延びた崖の美しい線など。

2　The Cobb. 港町を囲む、大きな石を積み上げた防波堤。海を眺めながら歩くことができるぐらいの幅がある。最初に造られたのは十三世紀頃で、その後折々改造されて、ライムの名物となった。

一般の観光客なら、ライムのことをもっと知りたくなって、その近辺の魅力的な場所も見てみたくなるはずだ。近くのチャーマスには、高い丘が連なり、平野が広がっていて、その向こうに黒い崖を背にした美しい湾がある。その砂浜に点在する低い岩は、そこに座って潮の流れを眺めながら瞑想するのにぴったり。変化に富んだ森のあるアップライムも、気持ちのいい村だ。とりわけ、ロマンチックな岩間に緑色の峡谷のあるピニーでは、森林や豊かに育った果樹園がまばらに存在し、最初に崖が一部崩れ落ちて、現在のような地形になって以来、相当時代が経っていることがうかがわれる。ここの眺めはまさに絶景であり、はるかに有名なワイト島の景観[3]にも劣らぬほどすばらしい。こういった場所も訪れなければならないし、ライムの真価を知るには、こうした場所を何度も訪れてみなければならない[4]。

アパークロスからやって来た一行は、いまはさびれてしまった侘(わび)しげな施設を通り過ぎて、坂道を下っていき、間もなく海岸に出た。心ある人ならば誰でも、海辺に来たら、まずはたたずんで海を眺めるものだ。彼らもそうしたあと、石堤へと歩いていった。石堤が彼らの目的地でもあったし、ウェントワース大佐のためでもあった。いつできたのかわからないような古い埠頭の下の辺りに、小さな家があり、そこにハーヴィル一家が住んでいたのだ。ウェントワース大佐はひとり脇道に入って、友人を訪ねた。ほかの者たちは歩き続けて、石堤でウェントワース大佐とあとで合流することになっていた。

いくら見ても飽きることのないほど、珍しいすばらしい眺めだった。ルイーザでさえも、ウェントワース大佐と離れている時間が長過ぎるとは、思わなかったぐらいだ。ウェントワース大佐が彼らを追ってきたときには、三人の人たちを同伴していた。それがハーヴィル大佐と夫人、それに同居しているベンウィック大佐だということは、すでに聞いていた説明から、すぐにわかった。

ベンウィックは、しばらく前、ラコニア号の副艦長だった。ウェントワース大佐は、この前ライムから帰ってきたとき、その話をして、ベンウィックが優秀な青年士官だ

3　南海岸の近くの大きな島。当時の旅行案内書でも取り上げられ、海岸沿いの風景、緑豊かな野原、丘陵地帯、小峡谷などの美しい景色で知られていた名所。

4　★オースティンは通常、舞台の風景を最低限しか描写しないため、ライム近辺の景観について長々と述べたこの箇所は、この作者としては珍しい。女主人公アンがライムで経験することの前兆を描き込むための手法であるとすれば、オースティンの芸術的方法に変化が現れていると見ることもできる。なお、オースティン自身も、一八〇三年と一八〇四年にライムを訪れたことがあり、この地を気に入ったようである。

と称賛し、大いに持ち上げていたので、それを聞いた一同は、ベンウィックに対してよい印象を抱いていた。そのあと、彼の個人的な生活についての話も少し付け加えられたので、それを聞いた女性たちはみな、彼のことをこのうえなく興味深い人物として想像していた。

ベンウィックは、ハーヴィル大佐の妹と婚約していたのだが、彼女が亡くなったので、いまは喪に服している。ベンウィックが財産を作って出世するまで、あと一、二年待って、二人は結婚することになっていた。副艦長として得た捕獲賞金は相当なので、財産もでき、ついに大佐に昇進もできた。しかし、ファニー・ハーヴィルはそのことを知るまで生きていなかった。この前の夏、ベンウィック大佐が海に出ている間に、彼女は亡くなったのである。ウェントワース大佐が言うには、哀れなベンウィック大佐がファニー・ハーヴィルを愛したほど女性を深く愛した男はいないし、あれほど婚約者の死を悲しんだ男もいない。ベンウィック大佐は、感受性が人一倍強く、物静かで真面目、内気な性格であるうえに、読書好きで、家のなかで座っているのを好むたちなので、それだけ余計に衝撃に弱いタイプなのだと、ウェントワース大佐は思っていた。

さらに興味が尽きないのは、婚約者の死によって、互いに親戚になる可能性が閉ざされたにもかかわらず、ベンウィック大佐とハーヴィル家との間の友情はいっそう深まり、いまベンウィック大佐が彼らと同居しているということだった。ハーヴィル大佐がいまの家を借りてから半年になる。自分の趣味や健康状態、経済状態などから、費用のかからない家をと考えて、彼は海の近くのこの家を借りたのだ。この土地の雄大な眺めや、冬にライムで隠遁生活をしていることなどは、ベンウィック大佐の心の状態とぴったりに思えた。というわけで、ベンウィック大佐に対して掻き立てられた同情と好意は、相当なものだった。

「でも、ベンウィック大佐はきっと、私ほど悲しい思いをしていないわ」四人が自分たちのほうへ近づいてきたとき、アンは心のなかで思った。「彼の将来は、永遠に壊れてしまったわけではないもの。彼は私よりも若いのだろうから。いえ、実際の年齢は若くなかったとしても、気持ちのうえでは私よりも若いはず。男なんだもの。また元気になって、別の女性といっしょに幸せになれるわ」

みんなで会って、互いに紹介し合った。ハーヴィル大佐は背が高く、日に焼けていて、頭のよさそうな、情け深い表情をした男性だった。少し足が不自由で、顔立ちは彫りが深く、身体が弱っていたので、ウェントワース大佐よりもずっと老けて見えた。ベンウィック大佐は、三人の軍人のなかではいちばん若く、ほかの二人よりも小柄だった。彼は感じのよい顔立ちで、その境遇から当然と思われるような沈んだ雰囲気で、会話には加わらなかった。

ハーヴィル大佐は、ウェントワース大佐には及ばなかったものの立派な紳士で、気取りがなく、温かく、優しい人柄だった。ハーヴィル夫人も、夫ほど洗練されてはいなかったが、同様に気立てのよい女性だった。旅の一行がウェントワース大佐の友達なら、自分たちの友達であるも同然だと思っている様子は、見ていても本当に感じがよかった。「ぜひ皆さんごいっしょに食事をしていってください」と一生懸命誘う様子も、心からのもてなしぶりを示していた。夕食はすでに宿で注文済みなのでという理由で、一行が誘いを辞退すると、ハーヴィル夫妻はしぶしぶ引き下がった。しかし、ウェントワース大佐が知り合いといっしょにライムに来るなら、その人たちも夫妻といっしょに食事をするのが当然だと思ってくれなかったことを、水くさいと残念に思っているようだった。

こういった態度すべてに、ウェントワース大佐に対するハーヴィル大佐の温かい友情が現れていた。お互いさまだからという理由で招待し合ったり、形式的なこれ見よがしのディナー・パーティーを催したりする通常の交際とは違って、こんな心からのもてなしぶりを見るのは、めったにないことで、アンにとってはうっとりするほど魅力的だった。だからアンは、ウェントワース大佐の知り合いの軍人たちとこれ以上親しくなるのは、自分の精神衛生上よくないのではないかと思ったぐらいだった。「この人たちはみな、私のお友達になっていたかもしれないのだわ」と思うと、アンは気分が一段と落ち込んでしまいそうになる自分と、戦わなければならなかった。

石堤を立ち去ったあと、一行は新しい知り合いたちといっしょにハーヴィル大佐の家に立ち寄った。心から客を迎えたいという気持ちがなければ、とてもこんなに大勢を中に入れることができるとは思えないほど、小さな部屋ばかりだった。アンも一瞬驚いた。しかし、家具の配置にもいろいろと工夫が凝らされて、よく考えられているさまを眺めているうちに、すぐに驚きは消えて、明るい気分になった。狭い部屋は目一杯活用され、備え付け以外の家具も補われ、窓や扉にも、これからやって来る冬の嵐に備えた防御が施されている。部屋には、さまざまな必需品が、持ち主によって無造作に備え付けられていたが、それと対照をなすように、見事な木工細工の品々や、ハーヴィル大佐が遠い国々から持ち帰った価値のある珍しい記念の品々が置かれていて、アンにはとりわけ面白く感じられた。すべては、海軍軍人という彼の職業と結びついていて、その仕事から生まれたものであり、仕事の影響が習慣に及んでいるさまがうかがわれた。それらが休息と家庭の幸せを描き出した絵のように見えて、アンは満足感でいっぱいになった。いや、それは自分から失われた満足感と言ったほうがよかったかもしれない。

ハーヴィル大佐は読書家ではなかった。しかし、ベンウィック大佐の蔵書で、立派な装幀の本がけっこうあったので、それを並べるために、家のなかの模様替えをして、綺麗な書棚を作ってやっていた。ハーヴィル大佐は足が悪いため、あまり運動はできなかったが、創意工夫の才があるので、つねに日曜大工などをして、家のなかで立ち働いていた。設計図を描いたり、ニスを塗ったり、組み立てたり、接着剤でくっつけたりはお手の物だ。子供たちのためにおもちゃを作ったり、縄細工のための新しい道具を工夫して作ったり。することがなくなると、彼は部屋の隅に座って、魚捕りの大きな網を修繕したりするのだった。

ハーヴィル大佐の家を立ち去るとき、アンはそこに大きな幸せを置いてきたような気がした。彼女の傍らを歩いていたルイーザは、夢中で海軍を称賛し始め、海軍軍人の友情や兄弟のようなつながり、率直さ、実直さなどについて、嬉しそうに話した。そして、海軍軍人は、イギリスのどんな人たちよりも、価値があり熱意があり、本当の生き方を知っていて、尊敬され愛される値打ちのある人たちなのだと言い切った。

一行は宿に戻って、着替えをし、食事の席についた。旅の計画はすでに果たされ、申し分ない状態だった。しかし、宿の主人は、「いまはシーズン・オフなので」とか、「ライムは本通り沿いではないので」[5]とか、「ほかのお客様が来られていませんので」などと、いろいろと言い訳をした。

アンはこのころには、ウェントワース大佐と同席していても、予想していたほど動揺しなくなっていたので、いまは同じテーブルで彼といっしょに座っていたり、必要に応じてふつうの挨拶を交わしたりしても――二人は挨拶以上のことは決してしなかったが――平気でいられるようになった。

夜は月も街灯もなく暗いので、女性の一行とハーヴィル夫人とは明日まで会えないが、ハーヴィル大佐は今晩宿まで会いに来ると約束した。そして、やって来たときには、ベンウィック大佐も連れていた。昼間はベンウィック大佐は一度に大勢の人たちに初めて会って圧倒されたような様子だったので、彼が夜にまた来るとはみんな予想していなかった。しかし、ベンウィック大佐は、この集まりの陽気な雰囲気に馴染めなかったにもかかわらず、思い切ってやって来たのだ。

5　ライムは、海で行き止まりとなり、険しい丘で内陸と隔てられているので、主要道路から逸れている。

ウェントワース大佐とハーヴィル大佐は、部屋の片側に寄って、過去の日々を振り返りながら、次々と体験談に花を咲かせていたので、みんなは夢中でその話に聞き入っていた。アンとしては、そこから少し離れたところで、ベンウィック大佐の相手をするしかなかった。もともと気の優しいアンは、自分のほうから彼と親しくなろうとした。ベンウィック大佐は人見知りをして、あがりやすい質(たち)なのだが、アンの愛想のいい優しい顔や、物静かな態度を見て、すぐに打ち解けた。アンのほうも、最初にちょっと努力しただけで、うまくいったと思った。

ベンウィック大佐は、若いのにかなりの読書家で、特に詩を好んで読んでいたが、彼のいつもの話し相手であるハーヴィル夫妻は特に詩に関心があるようではなかった。アンはベンウィック大佐と一晩存分に詩について語り合うことで、少しは彼の気晴らしになったのではないかと思った。それに、二人の会話は自ずと、苦悩と戦うことの義務や効果といった話題へと向かっていったのだが、それについて何らかの示唆を与えることができたのなら、ベンウィック大佐の役に立てて嬉しいとも感じた。

内気ではあっても、ベンウィック大佐は、無口ではない。むしろ、いつも言いたいことを抑えているので、一気に感情を吐露することに喜びを覚えているような感じだった。彼は詩について語り、いまは詩が豊かに栄えている時代だと言って、一流詩人についての簡単な比較論を披露した。スコットの『マーミオン』と『湖上の美人』[6]とでは、どちらのほうが優れた作品であるかとか、バイロンの『邪宗徒（Giaour）』と『アビュドスの花嫁』[7]は文学上どのように位置づけられるか、さらには、トルコ語の Giaour はどう発音するのかといったことなど。

このようにベンウィック大佐は、スコットの恋愛詩にも、バイロンの絶望的な苦悩を激しい情感をこめて描いた詩にも精通しているさまを示した。彼は、絶望や、不幸によって打ちひしがれた心を描いたさまざまな詩を、感動に打ち震えながら暗唱した。それは、さも自分の気持ちを理解してほしいと言いたげな様子だったので、アンは、「詩ばかり読んでおられるのでなければいいのですが」と、思い切って言ってみた。「残念ながら、詩は、あまりにもどっぷり浸かりすぎると危険です。詩の真価が本当にわかるのは、心の強い人だけで、そういう人は、詩を味わうにしても、節度ある味わい方をするのではないでしょうか」

---

6 『マーミオン』（一八〇八）および『湖上の美人』（一八一〇）は、ウォルター・スコットの長い物語詩で、当時評判になった。

7 『邪宗徒』『アビュドスの花嫁』（ともに一八一三）は、バイロンの物語詩。いずれも中東を舞台とした悲劇的な恋愛詩で、ロマン主義的色彩が濃く、当時人気を博した。

ベンウィック大佐は、感情を傷つけられた様子はなく、彼の現状に対して示唆してもらったことを喜んでいるようだったので、アンはそれを励みに言葉を続けた。失恋の経験という点では、自分のほうが精神的には年上なのだという気がしたアンは、毎日の読書のなかで、詩よりも散文の割合を増やしたほうがよいのではないかと、思い切って助言もしてみた。たとえばどんな本を読めばよいかと聞かれると、アンは、英国で最高のモラリストたち[8]の作品や、優れた書簡集、苦しい人生を歩んだ先人たちの回想録などを挙げた。つまり、高度な指針を与え、道徳的・宗教的試練の強烈な実例を示して、心を励まし鍛えてくれそうな本として、そのとき思い浮かんだ本を勧めたのである。

ベンウィック大佐は熱心に耳を傾け、アンの好意に感謝しているようだった。そして、自分のように悲しみに沈んだ者には、どんな本も効き目があるとは思えないといったように、首を横に振りながら、ため息交じりではあったが、アンが薦めてくれた本の題名をメモした。そして、手に入れて読んでみますと約束した。

その夜が過ぎたとき、アンは、自分がライムにやって来て、初めて会った若い男性に向かって、忍耐とあきらめについて説いて聞かせるはめになったことを、面白がらずにはいられなかった。しかし、真面目になってよく考えてみると、多くのモラリストたちや説教者たちと同様、自分自身が上手くできないことを棚に上げて、得々と話して聞かせたような気もしてきた。

8　人間の生き方や人間性を探り批評するモラリストのエッセイは、十八世紀に流行した。オースティンの作品には、全般的にロマン主義よりも理性主義を強調する精神が染みわたっている。

第12章

翌朝、アンとヘンリエッタはいちばんに早起きしたので、朝食前に海辺を散歩することにした。二人は砂浜に行き、潮の流れを見た。心地よい南東の風に吹かれて水が打ち寄せるさまは、平坦な岸ではあるが、雄大な眺めだった。二人はすばらしい朝の景色に感嘆の声を上げ、海を見て喜び、さわやかなそよ風をともに愛でた。そのあと黙り込んでいると、ヘンリエッタが突然話し出した。

「そうね！　海の空気って、身体にいいに決まっているわ。シャーリー博士も、去年の春に、ご病気されたあとここで海の空気を吸ったから、お元気になられたんだと思うわ。ライムで一か月過ごすほうが、どんな薬を飲むよりも効き目があるって、ご自身ではっきりおっしゃっていたもの。それに、海のそばにいたら、いつも若返ったような気がするって。ずっと海の近くでお暮らしになればいいのに。アパークロスを引き払って、ライムに定住されたほうがいいと思うわ。そう思わない、アン？　それがシャーリー博士にとっても奥様にとっても、いちばんだと思わない？　ライムには、奥様のご親戚やお知り合いもたくさんおられるから、ここのほうが楽しい生活ができるって、奥様も思われるはずよ。それに、博士がまた発作を起こされたときには、近くにお医者様がおられたほうが、奥様もきっとご安心だと思うの。シャーリー博士ご夫妻のような立派な方たちが、アパークロスのために一生を捧げてくださったうえに、あんなところで晩年を過ごされるなんて、考えただけでも残念だわ。アパークロスは、私たちマスグローヴ家を別にすれば、世間からすっかり締め出されたような田舎の村なんですもの。ライムに引っ越すようにって、誰かお友達が、博士に勧めてくれないかしら。ぜひ勧めるべきよ。あのお年で、あれだけの評判のある方なんだから、教区牧師を引退する許可が出るはずだわ。とにかくご本人が教区を去る気になることが、肝心ね。博士は、考え方がとっても厳格で几帳面な方なんですもの。真面目すぎるって感じ。真面目すぎるって、思わない、アン？　牧師が義務のために自分の健康まで犠牲にするなんて――しかも、その仕事をちゃんとできそうな人が別にいるのに――それって、良心の無駄遣いだと思わない？　それにライムはアパークロスからたった二十七キロしか離れていないんだから、何か教区で苦情が出ても、すぐに耳に届く距離なんじゃないかしら」

アンは、ヘンリエッタの話を聞いている途中、何度か心のなかで微笑んだ。[1]昨夜は若い男性が相手で、今日は若い女性が相手だが、話し手の身になってあげて役に立てればと思い、アンはヘンリエッタの話に耳を傾けた。ベンウィック大佐の場合とは違って、ヘンリエッタの場合は、ただ「はい、はい」と言いながら相手の話を聞いているだけでいいので、ずっと楽ではあったが。アンは、この件については、真っ当なことを適当に言えばいいのだった。「シャーリー博士には休養をとっていただく権利があるわね。誰かやり手の立派な若い人に、教区の副牧師を担当してもらえればいいわね」とアンは言い、その副牧師は、結婚していればなおいいと思う、というような親切な言葉まで添えた。

ヘンリエッタは、アンの言葉を聞いて嬉しくなり、言った。「私、レディー・ラッセルがアパークロスに住んで、シャーリー博士と親しくなってくだされればいいのに、って思うの。レディー・ラッセルって、誰にでもすごく影響力のある人だって、いつも聞いているんだもの！ レディー・ラッセルなら、誰にでもどんなことだって説得できるんじゃないかしら！ 前にも言ったけれども、私、あの人が怖いの。とても賢い人だから、怖いわ。でも、あの人のこと、すごく尊敬しているのよ。アパークロスの近所にも、あんな人がいればいいのにと思うわ」

アンは、ヘンリエッタの感謝の示し方を、面白いと思った。そして、事の成り行きと、ヘンリエッタの結婚の都合のせいで、たまたまレディー・ラッセルがマスグローヴ家の一員から好意を持たれるようになったことも、面白いと思った。しかし、アンがそれに返事して、「アパークロスにも、そういう女性がいるといいわね」と言うやいなや、話はそこで中断となった。ルイーザとウェントワース大佐がこちらへやって来るのが見えたからである。この二人も、朝食の準備ができる前に、散歩に出たのだ。しかし、ルイーザが急に、店で買うものがあることを思い出し、いっしょに町に戻ろうと誘ったので、みんなは彼女の言うことに従った。

四人が、海岸から上に向かう石段のところまで来たとき、ちょうどその石段を降りて来ようとしていたひとりの紳士が、礼儀正しく引き下がり、四人を先に行かせようと譲った。四人は石段を上り、彼の前を通り過ぎた。通り過ぎるとき、アンの顔が紳士の目に留まった。紳士が惚れ惚れとした眼差しでアンに見とれていたので、彼女もそれに気づいた。そのときのアンは、いつになく健康的に見えた。彼女はもともと

---

1 ★結婚相手チャールズ・ヘイターがアパークロスの副牧師の職を得ることを願って熱弁を振るっているヘンリエッタの様子が、アンには微笑ましかったのだろう。

整った美しい顔立ちだったが、そよ風に吹かれて顔が華やかな若々しさを取り戻し、目も生き生きと輝いていたのだ。その紳士――振る舞いからすると、完璧な紳士といった感じだった――が、いたくアンに感嘆していたことは、間違いなかった。ウェントワース大佐は、とっさに彼女のほうを振り返った。ウェントワース大佐が、紳士の様子に気づいたことが、アンにはわかった。ウェントワース大佐は、彼女のほうをちらっと見たが、一瞬きらりと光ったその眼差しは、こう言っているようだった。

「あの男は、きみにうっとりしている。ぼくでさえも、この瞬間、かつてのアン・エリオットに再会したかと思ったよ」

ルイーザが用事を済ませる間、彼らはついて行き、しばらくその辺りにとどまったあと、宿に帰った。そのあとアンが自分の部屋から食堂へ移動しようとしていたとき、また例の紳士が隣の部屋からちょうど出てきて、危うくぶつかりそうになった。彼女は、彼もきっと自分たちと同じ旅行客なのだろうと察していた。彼らが宿に戻ったとき、二軒の宿の辺りをぶらぶらと歩いているきちんとした身なりの下男を見かけて、あれはあの紳士の使用人なのだろうと思っていたからだ。主人も下男も喪服を着ていたので、そう思ったのだ。

今度は、その紳士が自分たちと同じ宿に泊まっているということがわかった。今回二度目に会ったときも、わずかな瞬間ではあったが、紳士の眼差しから、彼がアンのことをとても美しいと思っていることがわかった。そして、ぶつかりそうになったとき、お詫びの言葉をさっと口にしたことから、礼儀作法の完璧な紳士であることが、明らかになった。彼は三十歳ぐらいで、美男子ではなかったが、感じのよい顔立ちだった。アンは、この人が誰なのか知りたいと思った。

彼らが食事を終えようとしていたころ、馬車の音がしたので――ライムに着いて以来、馬車の音を耳にするのは、たぶん初めてだった――半数の者たちが、窓のほうへと引き寄せられていった。「誰か紳士の馬車ね。カーリクルだわ。厩(うまや)から玄関のほうへ回っている。誰かが出かけるんだわ。喪服を着た下男が御者席にいるわ」カーリクルと聞いて、チャールズ・マスグローヴは、自分の馬車と比べようと跳んでいった。喪服を着た下男という情報に、アンは興味を持った。六人全員が窓に集まって見下ろしたときに、馬車の持ち主の姿が見えた。宿の主人がお辞儀をして挨拶するのに見送られながら、扉から出てきて、馬車の席につき、立ち去っていったのだ。「ああ！」ウェントワース大佐はとっさに叫び、アンのほうをちらっと見ながら言った。「さっきぼくたちとすれ違った男だ」

マスグローヴ姉妹もそれに同意した。紳士の馬車が丘を上っていくまで、じっと見送ったあと、みんなは朝食のテーブルに戻った。そのあとすぐ、給仕係が部屋に入ってきた。

「ねえ、いま出ていった紳士の名前を教えてもらえるかい？」ウェントワース大佐がすぐに言った。

「はい、エリオット様でございます。たいへん財産のある方です。昨夜、シドマスからお出でになりました。たぶん、昨晩みな様が夕食をなさっていたときに、馬車の音をお聞きになったのではないでしょうか。今度はクルーカンのほうへ行かれます。バースとロンドンへ向かわれる途中とのことで」

「エリオット！」給仕人が早口でさっと答え終わる前に、みんなは顔を見合わせて、口々にその名前を繰り返した。

「あら！　うちの親戚にちがいないわ」メアリは大声を上げた。「あのエリオット氏に間違いないわ！　チャールズ、アン、そうでしょ？　喪中だったけれど、従兄のエリオット氏もそうでしょ。すごい偶然ね！　私たちと同じ宿に泊まっていたなんて！　アン、あれは親戚のウィリアム・エリオット氏よね、お父様の跡継ぎの？　ねえ、あなた」給仕人のほうを見て、メアリは続けた。「あの人の使用人が、ご主人はケリンチ屋敷の一族だって言うのを、あなた、聞かなかった？」

「いえ、聞いておりません。使用人は、どのご一族かは申しませんでした。ただ、自分のご主人がたいへんお金持ちの紳士で、そのうち准男爵とかナイトとかになられると申しておりました」

「やっぱりね！」メアリは夢中になって言った。「私の言ったとおりでしょ！　サー・ウォルター・エリオットの跡継ぎよ！　そういうことなら、きっとわかるものだと、思っていたのよ。だって、使用人が行く先々で、そう言って回るに決まっているもの。それにしても、アン、奇遇だと思わない？　あの人の顔をもっとよく見ればよかったわ。あの人が誰か、もっと早くに気がついていれば、紹介できたのに。お互いに自己紹介できなかったのは、本当に残念ね！　あの人、エリオット家の顔だった？　私は馬のほうを見ていたから、あの人のお顔をほとんど見なかったのよ。でも、エリオットっぽい顔だったように思うわ。どうして私、紋章を見て気づかなかったのかしら！　そうだわ！　馬車の扉の羽目板の上に大外套を掛けてあったから、紋章が隠れて見えなかったのね。そうでなければ、紋章に気づいていたはずだもの。それに制服もね。使用人が喪服を着ていなかったら、制服を見て、エリオット家の者だって、わかったはずだもの」

「この偶然の出来事をすべてまとめたら、あなたが従兄に紹介されなかったのは、天の配剤だということになりますね」ウェントワース大佐は言った。

アンはメアリと二人で話す機会ができたとき、妹に静かに言ってきかせようとした。父とウィリアム・エリオット氏とは、長年、不仲が続いていたから、紹介し合ったりしたら、まずいのではないかと。

しかし、それと同時にアンは、従兄に会えたこと、将来のケリンチ屋敷の所有者が、紳士であることは間違いなく、良識のある人だとわかって、心密かに満足した。すでに彼とは二度顔を合わせたとは、決して言わないようにしようとも思った。幸いメアリは、朝の散歩をした一行が、ウィリアム・エリオット氏とすれ違ったということに、注意を向けていなかった。しかし、自分はウィリアム・エリオット氏のそばに行ったことがないのに、アンが通路で彼と出くわして、丁寧なお詫びの言葉をかけられていると知ったら、自分が不当な目に遭わされたと、気を悪くしていただろう。従兄妹同士が出会ったひとこまについては、絶対に秘密にしておかなければならない。

「もちろん」メアリは言った。「今度バースに手紙を書くときには、エリオット氏に会ったってことを書くでしょうね。そのことは、お父様のお耳に入れておくべきだと思うわ。エリオット氏のことを、ちゃんと書いておいてね」

アンは即答を避けたが、そんなことは、伝える必要がないし、むしろ黙っておいたほうがよいことだと思った。何年も前に父がウィリアム・エリオット氏のことで、ひどく気を悪くしたということを、アンは知っていた。それにエリザベスが関わっているということにも、アンはうすうす気づいていた。ウィリアム・エリオット氏の話が出ると、父とエリザベスの二人ともが、いつもいらいらするということも、確かだった。メアリがバースに手紙を書くことはなかった。エリザベスと途切れがちな実りのない文通を交わすという面倒くさい仕事は、アンひとりが引き受けていた。

朝食が終わって間もなく、ハーヴィル大佐夫妻とベンウィック大佐が一同に加わった。みんなでいっしょに、最後にライムを散歩しようという約束だったのである。一時までにはアパークロスへ向けて出発するので、それまでの時間はいっしょにいて、できるだけ戸外で過ごそうと考えていたのである。

みんなで通りに出るとすぐ、ベンウィック大佐がアンのほうへ近づいてきた。昨夜交わした会話で、彼女と話すのはもう飽きたという感じはなかった。二人はしばらくいっしょに歩きながら、スコットとバイロン卿についての話の続きをしたが、それぞれの詩人のよさについては、やはり意見が完全には一致しなかった。読者が二人いれば、それぞれ意見は違うものだから、それも当然だったが。やがて、何かのきっかけで相手が入れ替わり、ベンウィック大佐の代わりにハーヴィル大佐がアンの隣を歩いていた。

「ミス・エリオット」彼はやや小声で話した。「あなたのおかげで、あの可哀相な男も、ずいぶんよく話すようになりましたよ。こんなふうに、話し相手がもっとたびたびいてくれればいいのですがね。いまみたいに閉じこもっているのが、ベンウィックにはよくないんですよ。でも、しかたないですね。彼と別れるわけにもいきませんし」

「そうでしょうね」アンは言った。「そう簡単には、別れることはできないでしょう。でも、きっとそのうち——時はどんな苦しみも癒やしてくれますから。それに、ハーヴィル大佐、お友達が婚約者を亡くされてから、まだあまり時が経っていませんよね。亡くなったのは、ついこの前の夏でしたわね」

「ええ、そのとおりです。この前の六月でした」ハーヴィル大佐は深いため息をつきながら言った。

「それに、ベンウィック大佐は、そのことをすぐに知らされたわけではないのですよね」

「八月の最初の週、喜望峰（ケイプ・オブ・グッド・ホープ）から帰国したときに、ベンウィックは初めて知ったのです。ちょうどグラプラー号の艦長になったばかりのときにね。ぼくはそのときプリマスにいて、彼からの便りが来るのを、びくびくしながら待っていました。ついに彼から手紙が届き、それによれば、グラプラー号はポーツマスへ行くようにとの命が下ったとのことでした。ポーツマスで、誰かが婚約者の死を告げなければならない。だが、誰がそれを告げるのか？　ぼくには無理でした。そんなことをするぐらいなら、縛り首になるほうが、まだましですよ。誰にもできませんでした、彼以外はね（と言って、ハーヴィル大佐はウェントワース大佐のほうを指差した）。ラコニア号は、その一週間前からプリマスに入港していましたが、もう海に出ることはありませんでした。ウェントワース大佐は、後のことは運に任せて、欠勤許可願いを出して、その返答も待たずに、一日かけてポーツマスに向かい、すぐにボートを漕いでいってグラプラー号に乗り込み、ベンウィック大佐に会って、一週間そばに付き添ってやったのです。ウェントワース大佐はそういうやつです。ウェントワース大佐にしか、ジェイムズ・ベンウィックを救うことはできなかったでしょう。ミス・エリオット、ベンウィックがぼくたちにとってどれだけ大切か、おわかりいただけるでしょう」

アンは、その話についてよく考えてから、自分の思いをまとめたが、ハーヴィル大佐がこらえられるように配慮して答えた。彼は胸がいっぱいで口もきけないような状態だったのだ。次に彼が口を開いたときには、すっかり話題が変わっていた。

ハーヴィル夫人が、夫の足を気遣って、「主人はもうじゅうぶん歩いたので、私たちはそろそろ家に引き返したい」と言い出した。そこで、一同は、最後の散歩の道順を決めた。ハーヴィル夫妻を家の玄関まで送り届けてから、宿に戻って、帰りの旅へ向かうことになった。みんなで計算すると、そうすればちょうど出発予定の時刻に間に合う。しかし、石堤の近くにやって来ると、みんなは、もう一度そこを歩いてみたくなった。みんなそうしたがっていたし、ルイーザが絶対にそうすると言うので、十五分ぐらい予定が遅れてもたいして変わりはないだろうということになった。そこで、一同は、ハーヴィル大佐夫妻と、親しく別れの挨拶をし、「ぜひまたお会いしましょう」と互いに招待と約束の言葉を交わし合って、夫妻の家の玄関で別れた。ベンウィック大佐は最後までいっしょにいたいというので、石堤に別れを告げに向かう一行と同行することになった。

ベンウィック大佐は、またアンのほうに近づいてきた。海の眺めを目の前にしたいま、バイロン卿の「暗い青い海」[2]の詩の一節が持ち出されるのは当然かと思われたので、アンはできるだけベンウィック大佐の話に耳を傾けてあげようという気になった。しかし、注意は否応なくほかのほうへ引きつけられた。新しい石堤の高い部分は、風が強すぎて、女性が散歩するには不向きなので、下に降りて低い石堤を歩こうということになり、みんなゆっくりと注意しながら石段を降りていったのだが、ルイーザだけが聞こうとしない。自分は石段から飛び降りて、ウェントワース大佐に下で抱きとめてもらうというのだ。以前牧草地を散歩したときにも、ルイーザは踏み越し段から飛び降りるたびに、ウェントワース大佐に抱きとめてもらい、それがやみつきになっていたのだ。

ここでは、石畳が硬いので、ルイーザが足を痛めるのではないかと思い、ウェントワース大佐は気が進まなかったが、しぶしぶ抱きとめた。ルイーザは無事に着地できたので、もう一度やってみたくなり、石段を駆け上がって、飛び降りようとした。ウェントワース大佐はやめるように言った。彼女の足への衝撃が大きすぎると思ったのだ。しかし、言い聞かせようとしても無駄だった。彼女は微笑んでいた。「私はやると決めたの」ウェントワース大佐は手を差し出したが、ルイーザが飛び降りるのが、一瞬早すぎた。彼女は低い石堤の上に倒れ、抱き起こしても、死んだように動かなかった。

傷はなく、血も流れていなくて、見たところ打撲の跡もなかったが、彼女は目を閉

2 バイロンの『チャイルド・ハロルドの巡礼』(一八一二―一八)第二巻より。

じて、息はなく、死人のように顔が青ざめていた。その瞬間、一同は恐怖のあまり立ちすくんだ。

ウェントワース大佐は、ルイーザを腕に抱いて膝をつき、黙り込んだまま彼女を見つめていたが、その顔はルイーザと同様、真っ青だった。「死んじゃったんだわ！　死んじゃったんだわ！」メアリは夫のチャールズにしがみついて金切り声を上げた。チャールズも恐怖に囚われていたため、ますます身動きできなくなった。次の瞬間には、ヘンリエッタが、妹が死んだと思い込んで、気を失った。ベンウィック大佐とアンが両方から受け止めて支えなければ、ヘンリエッタも石段のうえで倒れていたところだった。

「誰か助けてくれる人はいませんか？」ウェントワース大佐は、なんとか言葉を絞り出すように言った。それは絶望したような声で、力が抜けきってしまったような口調だった。

「あの人のところへ行ってあげて、行ってあげて」アンは言った。「お願いだから、ウェントワース大佐のところへ行ってあげてください。ヘンリエッタは私が支えていますから。行ってあげて。ルイーザの手をさすって。こめかみをさすって。ここに気付け薬があるから、持っていって。さあ、持っていって」

ベンウィック大佐は、アンの言うとおりにした。その瞬間、チャールズも、妻から離れて、いっしょにウェントワース大佐のところへ行った。ベンウィック大佐とチャールズとで、ルイーザを抱き起こし、両側からしっかり支えて、アンから言われたことをみなやってみたが、ルイーザは目を開けなかった。ウェントワース大佐はよろめきながら壁にもたれかかって、苦しげに叫んだ。

「ああ、ご両親に何と言ったらいいか！」

「医者を呼んで！」アンが言った。

アンの言葉を聞いて、ウェントワース大佐は、はっと我に返ったようだった。「そのとおりですね、すぐに医者を呼ばなければ」と言うと、飛んでいこうとしたが、アンは引き止めた。

「ベンウィック大佐、あなたのほうがいいんじゃない？　あなたなら、どこに医者がいるか、ご存じでしょ」

頭の働いていた者はみな、それがいいと思った。即座に――すべては猛スピードで執り行われた――ベンウィック大佐は、死人のようになったルイーザを、彼女の兄チャールズに任せて、大急ぎで町へ向かって走っていった。

あとに残った者たちのなかで、頭がまともに働いているのは、ウェントワース大佐とアンとチャールズの三人だけだったが、このなかでいちばん苦しんでいるのが誰であるかは、何とも言えなかった。チャールズは妹思いの兄なので、ルイーザを抱きながら、悲しみのあまりすすり泣き、もうひとりの気を失った妹ヘンリエッタのほうを見た。その一方では、妻がヒステリーを起こして、夫の助けを求めて呼ぶのだが、とても手が回らない。

アンは本能的に、力を振り絞り、熱意を傾け、思考を巡らしながら、ヘンリエッタを介抱し、その合間にほかの者たちを励まそうとした。メアリを落ち着かせておとなしくさせ、チャールズを元気づけ、ウェントワース大佐の気を鎮めようとした。チャールズもウェントワース大佐も、アンの指示を待っているようだった。

「アン、アン」チャールズは叫んだ。「次はどうすればいい？　次はいったいどうしたらいいだろう？」

ウェントワース大佐の目も、アンのほうへ向けられた。

「ルイーザさんを宿へ運んだほうがいいんじゃないかしら？　ええ、そっと宿へ運んだほうがいいと思うわ」

「そうだ、宿へ運んだほうがいい」ウェントワース大佐はアンの言葉を繰り返し、かなり落ち着きを取り戻して、とにかく行動したいという様子だった。「ぼくがルイーザさんを運びます。マスグローヴ君、ほかの人たちの世話を頼むよ」

このころまでには、石堤の辺りにいた労働者や船乗りたちの間で、事故の噂が広がって、近くに人だかりができていた。必要とあらば、何か役に立ちたいという気持ちもあったが、死んだ若い女性がひとり見られるというので来てみると、最初の話とは違って、二人も死んでいるので、二倍楽しめたというわけである。善良な人たちのなかで頼りになりそうな何人かに、ヘンリエッタを宿まで連れていってもらうことになった。彼女は意識を取り戻したものの、まだ足元がおぼつかない状態だったからである。こうして、アンはヘンリエッタのそばを歩き、チャールズは妻に寄り添って、一行は帰り道についた。ついさっきは、あんなに軽やかな気持ちで歩いた道だったのに、言葉にもならないほど落ち込んだ気持ちを引きずりながら。

石堤を離れると間もなく、一行はハーヴィル夫妻に会った。ベンウィック大佐がただならぬ表情で家の前を走っていく様子を見かけたので、夫妻は急いで外に出て、途中で事故のことを人伝に聞き、場所を教えてもらって現場へ向かってきたのである。ハーヴィル大佐は驚いていたが、すぐに元気を出し、頭を有効に働かせた。夫妻は目で合図し合って、これからどうすればよいかを即座に決めた。ルイーザは、ハーヴィル家に運び込まなければならない。みんなで家に行って、そこで医者の到着を待つのだ。遠慮する声も出たが、夫妻は聞こうとはしなかった。ハーヴィル大佐の言うことに従って、みんな家に行くようにというのだ。ルイーザは、ハーヴィル夫人の指示のもとで、二階に運ばれ、夫人のベッドに寝かせられた。手助けや強壮剤、元気づけの食べ物などが必要な者の世話は、ハーヴィル大佐に任されることになった。

ルイーザは一度目を開けたが、意識を回復することのないまま、すぐにまた目を閉じた。これは、彼女が生きている証拠だったので、ヘンリエッタはほっとしたようだった。ヘンリエッタは、ルイーザといっしょの部屋にいる気にはとうていなれなかったが、希望と恐怖との間で揺れ動いていたので、もう気絶することはなかった。メアリもヒステリーがおさまってきた。

医者は予想以上に早く到着した。医者が診察している間、みんなは恐怖に慄（おのの）いた。しかし、医者はあきらめた様子ではなかった。頭はひどい打撲を負っていたが、もっとひどい打撲傷でも治った前例があるという。医者はあきらめることはないと、明るい声で言った。

医者が絶望的だとは見なさなかったこと、数時間しか命がもたないとは言わなかったこと——それが最初にわかっただけでも、一同は胸をなでおろした。神に対する熱烈な感謝の言葉が口をついて出たあと、ともかく命だけは助かったのだと有頂天になり、深い静かな喜びをみんなでかみしめ合ったことは、想像にかたくない。

「よかった！」と言ったときのウェントワース大佐の口調と表情を、アンはこの先決して忘れることはないだろうと思った。そのあと彼がテーブルのそばに座って、腕を組んでうつ向き、湧き上がってくるさまざまな思いを、祈りと反省によって、何とか鎮めようとしている光景も、アンはとうてい忘れられそうになかった。

ルイーザは頭を打っただけで、手足に怪我はなかった。

一同は、自分たちがこれからどうすればよいかを、考えなければならなかった。いまはお互いに話をして、相談できる状態になっていた。ルイーザは、いまのままにしておかなければならない。ハーヴィル夫妻にこんな迷惑をかけるのは、本当に申し訳ないが、これればかりはどうしようもなかった。ハーヴィル夫妻は、遠慮は無用、感謝の言葉さえも必要ないと言った。夫妻は、一行が考えるよりも前に、先を見越して、全部手はずを整えていた。ベンウィック大佐は自分の部屋を空けて、どこかに寝場所を見つけること。あとのことも準備万端そろっていた。

ただ、病人以外の人が泊まる場合、もう空き部屋がないということだけが心配だった。しかし、その場合にも、「子供たちは女中部屋に連れていくか、どこかにハンモックを吊るせば」、ほかに泊まりたい人がいても、二、三人なら寝ることもできなくはない。ルイーザさんの世話は、安心してハーヴィル夫人にすっかり任せてもらいたい。ハーヴィル夫人には、看病の経験がじゅうぶんある。子供部屋の女中も、これまで長年生活をともにし、どこへ行くにもいっしょだったので、看病には慣れている。この二人で交替すれば、ルイーザさんの看病は、昼も夜も手が足りる。こういったことを、ハーヴィル夫妻が真心と誠意をこめて語ったので、誰も逆らいようがなかった。

チャールズとヘンリエッタ、ウェントワース大佐の三人は相談し始め、しばらく困りきったように不安げなやり取りを交わしていた。「アパークロスはどうする？　アパークロスに誰かが行って、知らせる必要がある。事故のことを知らせなければ。マスグローヴの両親に、どうやって伝えたらよいか。朝の出発が遅れてしまった。出発予定の時刻から、もう一時間も過ぎている。心配をかけずに済む時間に到着するのは、もう無理だ」はじめのうちは、三人はこんなことばかり口走っていたが、しばらくたって、ウェントワース大佐が決然として言った。

「とにかく決めなければ。もうあれこれ言っている時間はない。一刻も早く決めなければ。誰かがすぐにアパークロスに向かわなければ。マスグローヴ君、きみかぼくのどちらかが行かなければ」

チャールズは同意したが、自分は行かないことに決めたと言った。自分はできるだけハーヴィル大佐夫妻に迷惑をかけないつもりだ。ルイーザをこんな状態のまま置いていくことは、自分にはできないと。そこまで決まると、今度はヘンリエッタが同じことを言い出した。しかし、彼女はすぐに考え直すようにと説得された。「ヘンリエッタが残っても、何の役にも立たないじゃないか。まともにルイーザと同じ部屋にいることさえできず、顔も見られなくて、役に立たないばかりか、自分まで具合が悪くなるような始末じゃないか」と。ヘンリエッタは、自分が役に立たないことを、認めざるをえなかった。それでもまだ、立ち去りたくない思いが残っていたが、父と母のことを思い出すと、心が動き始め、いったん同意したとなると、家に帰りたくてたまらなくなった。

計画がここまで進んだとき、アンは、ルイーザの部屋から静かに階下へ降りてきた。客間の扉が開いていたので、話の続きがアンの耳に入った。

「じゃあ、それで決まりだね、マスグローヴ君」ウェントワース大佐は言った。「きみがここに残って、ぼくがヘンリエッタさんを家に連れて帰ることにね。しかし、残りの人たち――ほかの二人はどうするのかね。ハーヴィル夫人の手伝いに残るのは、ひとりでいいと思う。きみの奥さんは、もちろん子供たちのいる家に帰りたいだろう。もしアンがここに残ってくれるのなら、いちばんいい。アンほど有能な人はいないから！」[3]

アンは、自分のことがこんなふうに話されるのを聞いて、胸がいっぱいになり、落ち着きを取り戻すのにしばらく足を止めた。チャールズとヘンリエッタが、それに大賛成だと言うのを聞いてから、アンは姿を現した。

「あなたがここに残ってくれますね。あなたが残って、ルイーザさんの看病をしてくれますね」ウェントワース大佐は、アンのほうを向いて、顔を輝かせながら優しく言った。それはまるで昔どおりの様子だったので、アンは赤面した。ウェントワース大佐も我に返り、その場を離れた。アンは、心から喜んでそうしたい、残れたら嬉しいという気持ちを表した。「ちょうど私もそう考えていたところなんです。そうさせてくださいと、お願いしようと思っていました。ルイーザさんの部屋にベッドを置いてもらえば、私はじゅうぶんです。もしハーヴィルの奥様がそうしてもいいとおっしゃってくださるのでしたら」

あともうひとつだけ決めれば万全だった。マスグローヴ本家の夫妻は、帰りが遅いことを心配しているだろうから、事故のことを前もって知らせておいたほうがいい。しかし、本家の大型馬車では時間がかかるので、それだけ心配を引き延ばすことになる。そこで、宿で軽装馬車（シェイズ）を借りて帰り、マスグローヴ本家の馬車は宿に置いておたらどうかと、ウェントワース大佐は提案した。そして、自分が引き返して、翌朝、本家の馬車で帰れば、ルイーザの今夜の容態についても報告できるので、より好都合ではないかと。チャールズも、この提案に賛成した。

ウェントワース大佐は、自分の役目を果たすために、急いで出ていった。ヘンリエッタとメアリも、そのあとすぐに宿に向かうことになった。しかし、この計画をメアリが聞かされたとき、すべてがひっくり返されることになった。メアリは、アンの代わりに自分が家に帰されるのはあまりにも不当だと嘆き、憤慨し、文句を言った。

「アンなんて、ルイーザとは何の関係もないでしょ。私はルイーザの義姉なんだから、ヘンリエッタの代わりにこっちに残る権利があるはずよ！　どうして私がアンと同じぐらい役に立つとは言えないわけ？　しかも、チャールズといっしょでないのに、家に帰るなんて！　自分の夫なのに！　ひどすぎるわ！」すごい剣幕なので、チャールズも気圧（けお）された。彼があきらめたからには、ほかの者たちも反対できなくなり、どうしようもないので、結局、アンの代わりにメアリが残るということにせざるをえな

3　★ウェントワース大佐は、ここで「ミス・エリオット」や「ミス・アン」ではなく、「アン」と呼んでいる。通常、ファーストネームで呼ぶのは、家族や親しい友人であるため、彼がここでアンに対して親密な思いを抱いていることがわかる。

かった。

アンは、メアリの嫉妬深い無思慮な主張にほとほと嫌気がさしたが、従わざるをえなかった。一同は町へ向かった。チャールズはヘンリエッタに付き添い、ベンウィック大佐はアンといっしょに歩いた。アンは急いで歩きながら、今朝、同じ海岸で目にしたちょっとした出来事を、ふと思い出した。シャーリー博士がアパークロスからライムに引っ越すという名案を、ヘンリエッタから聞かされたのは、この海岸だった。そのあと、ウィリアム・エリオットとここで会ったのだ。でも、それは一瞬のことだった。いまは、ルイーザのこと、そして、彼女の回復のみを祈っている人たちのことしか、考えられなかった。

ベンウィック大佐は、アンに思いやりのある気遣いをした。アンは、今日起きた災難のせいで、みんなの心がつながったように思ったが、ことにベンウィック大佐に対しては、前にも増して好意を抱くようになった。これを機会に、今後も知り合いとしてつき合いを続けることができれば、楽しみだとさえ思った。

ウェントワース大佐[4]は、一同を待ち構えていた。みんなが坂を登る必要がないように、四頭立ての馬車が、坂の下のほうに止めてあった。しかし、馬車に乗るはずのメアリがアンと入れ替わったとき、ウェントワース大佐は不意打ちを食って腹を立て、それをはっきり顔に出し、驚きあきれ、チャールズから事情を聞いて、何か言いかけて黙った。その様子を見て、アンは屈辱を覚えた。少なくともアンには、自分がルイーザの看護に役立つ人間としての価値しか認められていないのだということがわかった。

アンは心を落ち着かせ、正しい態度を取ろうと努めた。ヘンリーの恋敵のために尽くしたエマと張り合うわけではないが、[5]アンはウェントワース大佐のために、並々ならぬ熱意をこめて、ルイーザに付き添うつもりでいた。アンは、ウェントワース大佐の友人としての役目を果たすことについて、たいした理由もなくしりごみしたというふうに、ウェントワース大佐から誤解されるのは心外だと思った。

そうしている間に、アンは馬車に乗っていた。ウェントワース大佐が手を貸してヘンリエッタとアンを乗せ、二人の間に座ったのである。こんなふうに、アンにとっては驚くような、感情の揺り動かされるような状況のなか、彼女はライムを去った。長

4　軽装馬車（↓224頁）には、通常二頭の馬を付けるが、四頭付けることもできる。ウェントワース大佐は、旅を速めるために、四頭立ての準備をしたものと考えられる。

5　マシュー・プライアーの詩『ヘンリーとエマ』（一七〇九）で、ヘンリーはエマの愛を試すために、ほかの女性を愛していると言うが、エマはヘンリーへの愛ゆえに、恋敵に尽くす。

旅の道中がどのようなものになるか、それが三人の態度にどのような影響を及ぼすのか、お互いにどんなやり取りを交わすことになるのか、アンには予想もできなかった。

しかし、すべてはごく自然に運んだ。ウェントワース大佐は、ヘンリエッタにつきっきりだった。ずっとヘンリエッタのほうばかり見て、話すときにはいつも、ヘンリエッタが希望を持って元気を出せるようにと、気遣いの言葉を口にした。全般としては、彼はわざと声も態度も落ち着いているようなふりをしていたのである。ヘンリエッタを動揺させないことが、最優先だったのである。一度だけヘンリエッタが、「最後に石堤を散歩するなんて、あんな無分別な、不幸の元になるようなことをしなければよかったのに。どうして、前もってよく考えなかったのかしら」と泣きながら言ったとき、ウェントワース大佐は、たまらなくなったかのように、突然こう口走った。

「もうそのことは言わないでください。ああ！　あの瞬間、あの人の言うことを聞くべきではなかった！　ぼくがやめさせるべきだったのに！　それなのに、あんなに飛び降りたがって、意志が固くて！　ああ、可愛いルイーザ！」

アンは、いまこの人には、幸せになるにはいつも意志の固い性格のほうがよいのだという自分の考え方が本当に正しいのかと、疑問が湧いてこないのかしら、と思った。

どんな心の性質にしても、ほどほどの限度というものがあるとは、この人は思ってもみないのかしら。人の説得を聞くという性質のほうが、あくまでも自分の意志を貫く性格よりも、幸福にとって望ましい場合も時にはあるということは、彼だって気づかないはずはないと、アンは思った。

　馬車は速かった。来るときと同じ丘や同じ景色なのに、こんなにも速く帰ってきたのかと、アンは驚いた。到着が遅れるのを恐れて、スピードを上げたため、まるで前日の半分の道程のように思えたのである。しかし、アパークロスの近くに来るまでに、日が暮れてしまい、いつのまにか馬車のなかは静まり返っていた。ヘンリエッタは隅のほうで壁にもたれかかり、顔にショールを掛けて、泣き寝入りしていた。最後の丘を駆け上がっていたとき、アンは急にウェントワース大佐から話しかけられたのに気づいた。用心深そうな低い声で彼は言った。

「どうするのがいちばんいいかと、考えていたのですが、ヘンリエッタさんは最初に行かないほうがいいでしょう。興奮して、持ちこたえられないでしょうから。あなたにはヘンリエッタさんといっしょに馬車に残ってもらって、その間に、まずぼくがひとりでマスグローヴご夫妻に会って、事故のことをお知らせしたほうがいいかと思います。そのほうがいいと思いませんか？」

アンがその計画に同意すると、ウェントワース大佐は満足して、それ以上何も言わなかった。しかし、彼が自分に頼み事をしてくれたことを思い出すと、アンはとても嬉しかった。それは友情の印であり、彼女の判断力に対する敬意の証しなのだと思えたからだ。それが別れの印になったとしても、その価値が減ることはないのだ。

アパークロス屋敷で辛い報告が終わったあと、ウェントワース大佐は、ルイーザの両親が何とか落ち着いた態度で事態を受け止めてくれて、ヘンリエッタも両親に会って元気になった様子を見届けたあと、同じ馬車でライムに戻ると告げた。馬に休憩させたあと、ウェントワース大佐は出発した。

第13章

アンがアパークロスに滞在するのは、あと二日となったが、その間ずっと、彼女はマスグローヴ家の本家で過ごすことにした。アンは自分がそこで役に立てることを、嬉しく思った。彼女が付き添ってあげたり、今後の準備にあたって手助けしたりしなければ、マスグローヴ夫妻のいまの精神状態では、いかにも頼りなげだったのだ。

翌朝早速、ライムから報告が届いた。ルイーザの容態は、変わっていないとのことだった。症状の悪化は見られない。数時間後にチャールズが帰ってきて、さらにその後の詳しい情報を伝えた。チャールズは、かなり楽観していた。ルイーザは、すぐには治らなくても、この種の怪我にしては、順調に回復に向かっているという。ハーヴィル夫妻にどれほど世話になっているか、とりわけハーヴィル夫人がいかに一生懸命看護にあたってくれているかという話になると、チャールズはいくら感謝してももし足りない様子だった。

「ハーヴィルの奥さんが全部してくれるので、メアリがすることは何もない。ぼくとメアリは、昨夜、早く宿に戻るようにと勧められたんだ。メアリは、今朝も宿でヒステリーを起こしてね。ぼくが出発したとき、メアリはベンウィック大佐といっしょに散歩に出かけたよ。あれで、ちょっとはヒステリーが治まるといいんだけどね。メアリは、みんなの説得を聞いて、昨日アパークロスに帰ったほうがよかったんじゃないかな。とにかく、ハーヴィルの奥さんはしっかりした人で、何もかも全部自分でやってしまうんだ」

チャールズは、その日の午後もう一度ライムに戻ることになっていた。父のマスグローヴ氏も、最初は息子といっしょに行きたそうだったが、これには、アパークロスの女性陣が反対した。マスグローヴ氏がライムに行ったりしたら、みんなに迷惑をかけるだけのことだし、本人もますます辛くなるばかりだ。それよりももっとよい提案が出され、そのとおり実行されることになった。

クルーカン[1]から軽装馬車を借りて、チャールズが、父よりも役に立ちそうな人を連れて帰ってきたのだ。その人は、マスグローヴ家で子守をしていたばあやで、一家の子供たちを全員育て上げ、末っ子のハリー坊やをずいぶん可愛がり、坊やが兄たちと同様学校に行ったあとは、ひっそりとした子供部屋に残ってひとりで暮らし、靴下をつくろったり、周囲の人たちのちょっとした怪我の手当をしたりしながら暮らしていた。ばあやは、チャールズから話を聞いて、ルイーザお嬢様のところへ行って、看病のお手伝いができるなら、とても嬉しいということになったのだ。実は、このセアラばあやをライムへ行かせてはどうかという考えは、前からマスグローヴ夫人とヘンリエッタの頭にぼんやりと浮かんではいた。もしアンがぜひそうするようにと賛成してくれなければ、そう決める自信はなかったし、こんなにも早く実行に移すことはできなかっただろう。

次の日は、チャールズ・ヘイターが、ルイーザの容態について詳しく知らせてくれた。そういう情報を一日に一回はルイーザの実家に届ける必要があったからだ。チャールズ・ヘイターはライムに行く役を引き受けてくれて、その報告がみんなの励みとなった。ルイーザが意識を取り戻して正常になっている時間が、長くなってきたような様子だという。どの報告でも一致していたのは、ウェントワース大佐がライムにとどまるらしいということだった。

アンは、翌日アパークロスを立ち去ることになっていた。それは、みんなが恐れて

1　クルーカンは、サマセット州南部の町で、ライムから北へ向かう道中の重要な停留所。

いたことだった。「アンさんがいなければ、私たちはどうなるのだろう？　自分たちだけでお互いに慰め合っても心もとないので、どうしよう？」というわけだ。こういう意見をさんざん聞かされ、みんながライムに行きたがっているらしいとアンには察しがついたので、すぐに行ってはどうかと勧めるのが得策だろうと思った。

案の定、みんなはすぐに同意した。明日みんなで出発し、宿に泊まるか、どこかに下宿するか、都合によって決めて、ルイーザが移動できるようになるまで、そこにとどまることにするということに、すぐに決まった。そうすれば、世話になっている人たちの負担を減らすことができるだろう。少なくとも、自分たちがハーヴィル家の子供たちの面倒をみれば、ハーヴィル夫人が楽になるはずだ。こう決まって、みんなが喜んでいるのを見て、アンは自分が役に立ててよかったと思った。翌朝みんなが出発の準備をするのを手伝って、一同を見送ったあと、アンはアパークロスのがらんとした屋敷のなかで、最後の朝をひとりで過ごすことになったが、これでよかったのだと感じた。

アンは最後にひとり残った。アパークロス・コテージには、幼い男の子二人が子守に委ねられていたが、それを除けば、アパークロスにはアンしか残っていないのだ。両家は人がいっぱいで、活気づき、楽しい世界だったのに、いまはアンひとりしかいない。たった数日間で、こんなにもがらりと様変わりしてしまったのだ！ルイーザさえ回復すれば、またすべて元どおりになるだろう。いや、前以上の幸福が戻ってくるのだ。ルイーザの回復のあとにどんな出来事が続くかは、疑いようがない。[2] アンにとっては、明らかだった。二、三か月経ったら、いまは黙って物思いに沈んでいるアン以外、誰もいないこの部屋は、幸せと楽しさでいっぱいになり、愛が育ち実っていくとともに、明るさと輝きが増すだろう。要するに、アン・エリオットからほど遠い要素で満ち溢れることになるのだ。

アンはこんな思いに浸りながらまる一時間過ごした。十一月の陰気な日で、窓ガラスに細かい雨滴が降りかかり、外がほとんど何も見えなくなっていたので、レディー・ラッセルの馬車が近づく音が聞こえたとき、アンはとても嬉しかった。しかし、この地を去りたいという思いもある一方で、アパークロス屋敷を出て、雨に濡れた黒い寂しげなベランダのあるアパークロス・コテージに別れの一瞥を送ったとき、そして、馬車の霧のかかった窓越しに、村の貧しい人々の家々を最後に見納めたあとは、心が沈んだ。

2　★アンは、ルイーザとウェントワース大佐の結婚を予期している。

アパークロスではいろいろなことがあり、それぞれが大切な一場面だった。辛い思いもいっぱいあったが、いまは激しい苦しみも和らいでいた。優しさが戻り、友情や和解の兆しが感じられたこともあった。それが成就することはもう決してないが、これからもずっと大切な思い出となるだろう。そういうことがあったのだという記憶だけを胸に、アンはアパークロスのすべてをあとにした。

　アンは、九月にレディー・ラッセルの住まいを去って以来、一度もケリンチ村に行ったことはなかった。行く必要もなかった。ケリンチ屋敷に行こうと思えば行ける機会は二、三度あったけれども、アンは行かずに済ませるようにしてきたのである。モダンで優雅なケリンチ・ロッジ[3]に住むことにして、その家の女主人レディー・ラッセルを喜ばせるために、アンは初めてこの村に戻ったのである。

　レディー・ラッセルは、アンに会って嬉しそうだったが、不安げな様子も交じっていた。レディー・ラッセルは、アパークロス屋敷にたびたび誰が訪ねてきていたかを、知っていたのである。[4]しかし、レディー・ラッセルの思い込みかもしれないが、幸い、アンは前よりふっくらして、元気そうになっていた。アンは、レディー・ラッセルの褒め言葉を聞いたとき、従兄のウィリアム・エリオット氏が無言で称賛の眼差しを自分に向けてくれたことを思い出し、「私にもまた、若さと美しさに恵まれた第二の春が訪れるかもしれない」と、浮き浮きした気持ちになった。

レディー・ラッセルと話をしたとき、アンは、自分の心が変化していることに、すぐ気づいた。ケリンチ屋敷を出るときに、自分の心を占めていたあの問題――マスグローヴ家の人たちに軽視され、自分の胸の内に収めざるをえなかったエリオット家の財政問題――が、いまの自分にとっては、どうでもよいことになってしまっていたのだ。アンは近頃、バースにいる父や姉のことを、忘れていた。アパークロスのことで頭がいっぱいで、父や姉のことはかすんでいた。

だから、レディー・ラッセルが、以前の希望や不安について話したり、バースで父と姉が借りているカムデン・プレイスの家を褒めたり、「相変わらずクレイ夫人がいっしょにいるみたいで、心配だわ」と言ったりするのを聞いたとき、アンはもし自分の本心を知られたら、恥ずかしいような気がした。自分は、ライムのことや、ルイーザ・マスグローヴのこと、ライムで知り合った人たちのことばかり考えていたの

3 レディー・ラッセルの住まいであるケリンチ・ロッジの建築様式や備え付けの家具は、最新流行であったらしい。ケリンチ・ロッジは、サー・ウォルターによって建てられた可能性もあるが、裕福な寡婦であるレディー・ラッセルには、自力で家を建てる余裕もあったはずだ。

4 ★レディー・ラッセルは、アンとウェントワース大佐の再会について気がかりだったようである。

だから。そして、父のカムデン・プレイスの家のことや、姉がクレイ夫人と親密にしていることなどよりも、ハーヴィル夫妻の家庭や、夫妻とベンウィック大佐との友情などに対して、ずっと関心を抱いているのだ。アンは、レディー・ラッセルと会っているとき、当然真っ先に話題にすべき家族のことについて、自分も同様に気遣っているようなふりをせざるをえなかった。

もうひとつの話題については、最初は少し気まずい空気が流れた。ライムで起きた事件について、避けて通るわけにはいかなかったからである。レディー・ラッセルは、昨日我が家に到着して五分も経たないうちに、この事件の全貌についての噂を耳にするはめになった。しかし、やはりそのことをアンと話さなければならなかったし、レディー・ラッセルとしては、尋ねておきたいこともあった。そんな無分別なことをするなんて残念なことだし、その結果も嘆かわしいと、レディー・ラッセルは言った。

その話の流れで、二人はウェントワース大佐の名を出さないわけにはいかなかった。アンは、自分がレディー・ラッセルほど平気でその名を口にできないことを、意識してしまった。ウェントワース大佐とルイーザとの間には愛情らしきものがあるようだと、簡単に説明してしまうまでは、アンはレディー・ラッセルの目を真っ直ぐに見ながら、ウェントワース大佐の名を口にすることができなかった。いったんそのことに触れると、アンは彼の名を口にしても気にならなくなった。

　レディー・ラッセルはただ黙って耳を傾けていた。そして、「お二人がお幸せになるといいわね」と言ったが、内心穏やかではいられなかった。かりにも二十三歳のときにアン・エリオットの値打ちがわかっていたような男が、八年後にはルイーザ・マスグローヴなんかのことを好きになるなんて、と怒りと軽蔑の思いで嘲笑いたくなるような快感さえ覚えたのである。

　最初の三、四日は、ライムから一、二通便りが届いた以外は、特に何事もなく過ぎた。どうやって宛先を知ったのかは知らないが、アンのもとに届いたその手紙には、ルイーザがだんだん回復してきているということが書かれていた。ついにレディー・ラッセルも、クロフト家にまだ挨拶の訪問をしていないままになっていることが気になりだしたので、アンにきっぱりとした口調で言った。「クロフト夫人を訪ねなければならないわ。すぐにもうかがわなければ。アン、よかったらいっしょに行ってくれない？　あの家を訪ねていくのは、私たちにとって辛いことだけれども」

　アンは怯(ひる)むことはなかった。逆に、本心からこう言った。

「私よりも、おば様のほうがお辛いと思います。この変化には、私よりもおば様のほうが、慣れていらっしゃいませんもの。私はこの近くにずっといたから、もう慣れましたわ」

アンは、このことに関しては、もっと言いたいことがあった。実のところアンは、クロフト夫妻のことを高く評価していたので、こんないい人に屋敷を借りてもらって、父は幸運だと思っていたのだ。それに、教区の住民たちにもいいお手本になるし、貧しい人々も配慮や援助が得られることになるだろう。そう思うと、父が屋敷を引き払わなければならなかったことを残念で恥ずかしく感じつつも、頭のなかではこう考えずにはいられなかった。結局、とどまる資格のない者が去って、ケリンチ屋敷は、持ち主よりも優れた人の手に預けられたのだと。こんなことを悟らねばならないのは、当然辛いことだし、耐えがたいことでもあった。しかし、そのおかげで、レディー・ラッセルがこの屋敷にふたたび足を踏み入れ、よく知っている部屋部屋を歩きながら感じるような苦痛を、アン自身は免れたのだった。

屋敷のなかを歩いているときにも、アンには、こんなふうに心のなかで思う気力はなかった。「この部屋は、私たちだけのものなのに。ああ、なんてことになってしまったのかしら！　こんな人たちに占領されるなんて！　由緒ある家柄の者が追い出されるなんて！　余所者（よそもの）が入り込んでくるなんて！」アンは、そんなことは考えもしなかった。母のことを思い、ここに母が腰を下ろして女主人役をつとめていたときのことを思い出したときだけは、ため息をついてしまいそうになったが。

クロフト夫人は、いつも親切にしてくれたので、アンは自分が気に入られているように思い、嬉しかった。ことに今回は、ケリンチ屋敷にアンを迎え入れるにあたって、とりわけ気遣ってくれているように感じられた。

ライムで起きた残念な事件のことが、早速話題になった。病人ルイーザの容態についての、アンとクロフト夫人の最新情報を比べてみると、お互いにそれぞれ、昨日の朝の情報をもとにしているということがわかった。ウェントワース大佐が昨日、事故のあと初めてケリンチ屋敷に帰ってきて、アンに便りを届けたのだ。アンが、どうやって手元に届いたのかわからずにいた、例の最後の便りが、それである。そして、ウェントワース大佐は、二、三時間いただけで、またライムへ戻っていったという。いまのところ、彼はライムを去るつもりはないそうだ。ウェントワース大佐が、特にアンのことについて尋ねていたことを、彼女は知った。ミス・エリオットはライムでずいぶん活躍したので、疲れが出ていらっしゃらなければよいがと言って、アンの活躍ぶりを褒め称えたとのことだった。これは行き届いた配慮で、アンにとっては、何よりも喜ばしいことだった。

事故の残念な成り行きに関しては、レディー・ラッセルもクロフト夫人もまっとうな分別の持ち主なので、同じ態度を示した。確かな事実に基づいて判断したら、二人ともこういう結論になった。すなわちこの事件は、たいへんな軽率さと無分別さの結果としか言いようがない。こんなことになるなんて、驚いてしまう。ミス・マスグローヴの回復にどれぐらいかかるかわからず、地面に落ちた衝撃で障害が残るのではないかと考えると恐ろしくなる、ということだ。それを聞いていたクロフト提督は、ひと言でこうまとめた。

「ああ、本当にまずいことになった。恋人の頭をぶち割るっていうのが、今時の若い者の求婚の仕方なのかね！　そうなんですか、ミス・エリオット？　頭をぶち割って、絆創膏で手当てするってやり方なんですね！」

クロフト提督の話し方は、レディー・ラッセルの好みには合わなかったが、アンは気に入った。彼の人のよさと単純な性格に、惹きつけられたのである。

「そうか、ここへ来て、私たちが住んでいるのを見るのは、あなたにとっては辛いことなんでしょうね」クロフト提督は、物思いから急に覚めたかのように言った。「気づかなくて申し訳なかったですが、きっと辛いにちがいない。でも、遠慮しないでくださいね。さあ、どの部屋でも、どうぞ自由に歩き回ってみてください」

「ありがとうございます。でも、今日はけっこうですので、またの機会にそうさせていただきます」

「ええ、いつでも気が向いたときに、どうぞ。屋敷のそばの植え込みにも、いつでも入っていただいてけっこうですので。ほら、あそこの扉のそばに、傘を吊るしているんですよ。ちょうどいい場所でしょ？」そして、思いとどまったかのように彼は続けた。「いや、あなたは、ちょうどいい場所とは思わないかもしれませんね。あなたの傘は、いつも執事の部屋に置いてあったのですから。ふつうは、そうするものですよね。やり方は、人それぞれだけれども、みんな自分のやり方がいちばんだと思うものなんですね。だから、家のなかを歩き回るかどうかも、ご自身で決めていただいてけっこうですので」

アンは、断ってもいいとわかったので、感謝しながら丁寧に辞退した。

「私たちは、ほとんど家のなかの改造はしていません」クロフト提督はちょっと考えたあとで言った。「ほとんど何もね。アパークロス屋敷で、洗濯場の扉のことは、話しましたよね。あれは、ずいぶんよくなりましたよ。扉を開けにくいのに、よくもあ

5　“To break a man's head and give him a plaster”（怪我をさせて手当をする）とは「マッチポンプ」に似た意味の、ことわざ風の言い回し。★ここでクロフト提督は、ウェントワース大佐がルイーザと結婚することが、恋を仕掛けたことの償いになるだろうと予想している。

んなに長い間、辛抱できたものですね！　この工事のことは、サー・ウォルターにもお伝えください。シェパード氏は、お屋敷始まって以来の大工事だと思っているとね。改造したところは、みんなずいぶんよくなったと思います。とはいっても、すべて家内のおかげなんですけれどもね。私はほとんど何もしていないんですよ。やったことといえば、自分の化粧室の大きな鏡をいくつか部屋から移動させたことぐらいかな。あなたの父上が使っておられた部屋ですがね。父上は、とてもいい方で、立派な紳士にちがいありませんが」ここで、クロフト提督は真面目に考え込むような表情で言った。「ミス・エリオット、父上は、年齢にしては、お洒落な人なんでしょうね。あんなに鏡をたくさん置くなんて！　あれでは、どこへ行っても自分の姿から離れられませんよ。だから、家内のソフィーに手を貸してもらって、置き場所を変えたのです。いまでは快適ですよ。部屋の隅に小さな髭剃り用の鏡があるだけですから。それと、大きな鏡がひとつありますが、これにはまったく近づきませんので」

アンは、思わず楽しくなってきたが、答えに窮した。するとクロフト提督は、失礼なことを言ったかもしれないと思って、別のほうに話を向けた。

「今度、父上にお手紙を書かれるさいには、私と家内がよろしく申し上げていたと、お伝えください。私たちは、ここで好きなように住まわせていただいていて、まったく不都合はありませんと。朝食部屋の煙突が、ちょっと煙臭いけれども、風が真北に強く吹くときだけですし、そんなことは、冬に三度くらいしかありませんから。まあ、ここら辺りの家には全部行ってみましたが、この家ほど気に入った家はありませんね。どうかそうお伝えください。きっと喜んでくださるでしょう」[6]

レディー・ラッセルとクロフト夫人は、お互いにとても折り合いがよかった。この訪問によってせっかく知り合えたのだが、当面、つき合いを続ける機会はなかった。クロフト夫妻は、返礼の訪問をしたときに、これから数週間出かけて、州の北部[7]の親戚を訪問する予定で、レディー・ラッセルがバースへ出発する前には、たぶん帰って来ないだろうと告げたからである。

そういうわけで、アンがケリンチ屋敷でウェントワース大佐に会う危険、つまり、レディー・ラッセルといっしょに彼に会う危険は、避けることができた。もう安全だ

---

6 ★自分の屋敷を恩着せがましく貸しているサー・ウォルターと、借り主の立場で不満はないと言っているクロフト提督との間には、意識のずれがあるところが、アイロニカルである。

7 ケリンチ屋敷がバースから八十キロ離れていて（↓第2章33頁）、アパークロス屋敷がライムから二十七キロ離れている（↓第11章188頁）という記述によれば、両屋敷はサマセット州南部に位置するものと考えられる。

とわかってからアンは、自分が余計な心配をしていたことに対して、思わず微笑んでしまった。

第14章

チャールズとメアリは、本家のマスグローヴ夫妻がライムに行ったあとも、必要以上にライムにとどまっていたようにアンには思えたが、マスグローヴ家のなかでは最初に家に帰ってきた。二人は、アパークロスに戻るとすぐに、レディー・ラッセルのケリンチ・ロッジを訪ねてきた。彼らは、ルイーザがやっと起き上がれるようになったのを見届けて、帰ってきたのだという。ルイーザは、意識ははっきりしているのだが、頭がまだ弱ったままで、ちょっとしたことでも神経に障るほど過敏になっている。回復していることは確かなのだが、家までの移動に耐えられるようになるのがいつごろかは、何とも言えない。父と母は、下の子供たちがクリスマス休暇で寄宿学校から帰省するまでには、家に戻っておかなければならないのだが、ルイーザをいっしょに連れて帰れそうにはないと思っている、とのことだった。

ライムでは、マスグローヴ家の者たちはみな、同じ宿に泊まっていたという。マスグローヴ夫人は、できるだけハーヴィル家の子供たちを連れ出して、ハーヴィル夫人の手がかからないようにし、必要なものは自分でアパークロスから取り寄せるようにして、ハーヴィル家に迷惑がかからないように努めた。ハーヴィル家のほうでは、毎日のように夕食へどうぞと招いてくれた。要するに、まるで、どっちのほうが私心なく相手をもてなすか、お互いに競争し合っているような感じだったのだ。

メアリはこれだけ長い間滞在していたことからも明らかなように、全般的には、ライムでは不愉快なことよりも楽しいことのほうが多かったようだ。嫌なことといえば、チャールズ・ヘイターが、メアリには頻繁すぎると思えるほど、やって来たことだ。それに、ハーヴィル家で食事をしたとき、給仕役が女中ひとりしかいなかったし、ハーヴィル夫人ははじめのころ、いつもマスグローヴ夫人を上座に座らせていたのだ。でも、メアリが准男爵の娘だということがわかると、ハーヴィル夫人はメアリにちゃんと謝った。毎日いろいろなことがあり、宿とハーヴィル家との間をたびたび散歩できたし、巡回図書館[1]でいろいろな本を借りることもできた。だからアパークロスに帰るのと比べると、ライムにいるほうがずっと得に思えたのだ。メアリは、チャーマス[2]にも連れていってもらったし、日光浴もできた。教会にも行ったが、アパークロスよりもライムのほうが、見栄えのする人が多かった。そのうえ、自分がライムでたいへん役に立てたという意識があったので、メアリにとっては、本当に有意義な二週間だったのである。

アンがベンウィック大佐のことを尋ねると、メアリの顔はさっと曇り、チャールズは笑った。

「ええ、ベンウィック大佐はとてもお元気のようよ。ずいぶん変わり者だけど。どういうつもりなんでしょうね。一日か二日、いっしょにアパークロスに来てくださいって、私たち、言ったのよ。チャールズが、狩りに連れていってあげると言うと、あの人、すごく喜んでいたから、すっかり決まったものだと、思っていたのよ。それなのに、なんと、火曜日の夜になると、いかにも不自然な言い訳をし出したの。『ぼくは狩りをしません』とか、『それは誤解ですよ』とか。あの約束があるとか、この約束があるとか言って、結局はアパークロスには来ないってわけよ。ここが退屈なところだと思ったんでしょうね。ベンウィック大佐みたいに落ち込んでいる人にとっては、

1 巡回図書館は、イギリスで十八世紀後半に流行した個人経営の施設。利用者は一週間から一年間にわたる契約期間に会費を払って本を借りた。ライムのような行楽地では、暇を持て余した裕福な人々が大勢いたため、この種の図書館が繁盛した。

2 チャーマスは、ライムから海岸沿いに四キロ東にある町。

アパークロス・コテージは、じゅうぶん活気のある場所だと、私は思うけれど」

チャールズはまた笑って言った。「メアリ、本当のことは、よくわかっているんだろ？」続いてチャールズは、アンのほうを向いて言った。「みんな、あなたのせいなんですよ。ベンウィック大佐は、ぼくたちといっしょにアパークロス・コテージについて来たら、あなたがすぐ近くにいるものだと思っていたんですよ。彼は、全員がアパークロスに住んでいるものと想像していたのです。ところが、レディー・ラッセルが五キロも離れたところに住んでいるとわかったので、彼はがっかりして、来る気がなくなってしまったんですよ。きっとそうに決まっている。メアリだって、そのことはわかっているんですよ」

しかしメアリは、気持ちよく折れようとはしなかった。その理由は、ベンウィック大佐には、生まれや地位からして、エリオット家の娘であるアンの恋人になる資格がないと思ったからなのか、それとも、アパークロスの誘因がメアリよりもアンにあったとは思いたくないからなのか、メアリの本心は、想像するしかない。しかし、アンはベンウィック大佐について聞いた話によって、彼に対する好意が薄らぐことはなかった。彼女は、「それは嬉しいわ」と言って、さらに質問を続けた。

「ええ、彼はあなたのことを、こんなふうに話していましたよ」とチャールズが勢い込んで言うと、メアリが遮った。「チャールズ、私はライムにいる間に、あの人がアンのことを二度も口にするのは聞いていないわ。アン、言っておくけれども、あの人はお姉さんの話は、まったくしていなかったわよ」

「そうだな」とチャールズは認めた。「ふつうに話したことがあったかどうかは、わからない。でも、彼があなたのことをすごく崇拝していることは、絶対確かです。彼は、あなたに薦められて読んでいる本のことで、頭がいっぱいでしたよ。その本のことをあなたに話したいんでしょうね。本のなかに書いてあったことで、何か言いたいことがあったんじゃないかな——いや、よくは覚えていないけれども、何かすばらしいことが書いてあったんだ——そのことについて、彼がヘンリエッタに話しているのを、ぼくはちらっと聞いたんだ。そのとき、『ミス・エリオット』をえらく褒めていましたよ！ そうなんだ、メアリ。ぼくは自分の耳で聞いたんだが、きみは別の部屋にいたんだよ。『上品で、優しくて、美しくて』って、とにかくミス・エリオットの魅力について話しだしたら、止まらないんだよ」

「そうだとしても、あまり名誉なことじゃないわね」メアリはむきになって言い返した。「婚約者のミス・ハーヴィルが亡くなったのは、ついこの前の六月だったんでしょ。そんな人から思われたって、たいしたことないわよ。そうじゃありません、レディー・ラッセル？ きっと私と同じように思われますよね」

「ベンウィック大佐にお会いしてみなければ、何とも言えないわ」レディー・ラッセルは微笑みながら言った。

「きっと、すぐ彼にお会いになるでしょう、レディー・ラッセル」チャールズは言った。「ベンウィック大佐はぼくらといっしょにアパークロスに来て、そのあとすぐこちらのお宅に挨拶に来る気にはならなかったとしても、きっといつかひとりでケリンチを訪ねて来ますよ。彼には、どれぐらいの距離で、どんな道か、話しておきましたからね。それから、ケリンチの教会は、見る価値があるってこともね。彼は教会の建物に関心があるので。そういう口実があると、来やすいでしょうから。彼はずいぶん熱心にぼくの話を聞いていましたよ。あの態度からすると、近いうちに訪ねてくるんだろうな。だから、お知らせしておきますね、レディー・ラッセル」

「アンのお知り合いなら、いつでも私は歓迎しますよ」レディー・ラッセルは気持ちよく答えた。

「あら、ベンウィック大佐は、アンの知り合いっていうよりも、私の知り合いなんですけれども。この二週間、私は毎日あの人に会っていたんですから」

「じゃあ、あなた方二人のお知り合いってことだから、私はベンウィック大佐にぜひお会いしたいわ」

「別に、とりたてでぱっとしたところのない人ですよ。あんな退屈な人には会ったことないわ。砂浜の端から端までいっしょに歩いている間に、ひと言もしゃべらないなんてこともあったわ。育ちのいい青年とは言えないわね。おば様の気に入るような人じゃありませんわ」

「その点では、私たちの意見は違うみたいね、メアリ」アンは言った。「レディー・ラッセルは、あの人のことを気に入ると、私は思うわ。彼の知性が好ましいと感じれば、態度にも欠けたところがあるようにはお思いにならないでしょう」

「ぼくもそう思いますよ、アン」チャールズは言った。「レディー・ラッセルはきっと彼のことを気に入る。彼はまさにレディー・ラッセルのお気に入りのタイプだと思うな。本を与えておいたら、一日中読書しているような男ですからね」

「そのとおりね」メアリは嘲るように言った。「いったん座って本を読み出したら、人に話しかけられようが、誰かが鋏(はさみ)を落とそうが、周りで何があっても気が付かなくなるんだから。そんなのを、レディー・ラッセルが気に入られると、あなたは思うわけ?」

レディー・ラッセルは思わず笑った。「私が誰かのことをどう思うかということに関して、ここまで推測が分かれるとは、思ってもみなかったわ。自分では、けっこうぐらつきのない平凡な人間だと思っているので。こんな正反対の見方をされるベンウィック大佐という人に、本当に会ってみたくなってきたわ。ここを訪ねたいと思ってくだされればいいけれども。もしベンウィック大佐が訪ねてこられたら、私がどう思ったかをあなたにお伝えしますからね、メアリ。でも、前もって判断するのは、やめておくわ」

「おば様があの人を気に入らないことは、保証しますわ」

レディー・ラッセルは、話題を変えた。メアリは、奇遇にもライムでウィリアム・エリオット氏と会ったというか、会いそびれたという話を、勢い込んで始めた。

「ちっとも会いたくない人だわ」レディー・ラッセルは言った。「エリオット家の家長であるサー・ウォルターと親しくおつき合いするのを断ったような人なんだから、ずいぶん印象が悪いわ」

あまりにもぴしゃりと撥(は)ねつけられたので、メアリも話が続かなくなり、エリオット家の顔立ちについて言おうとしたが、途中でやめた。

ウェントワース大佐のことについては、アンは尋ねる勇気がなかったのだが、チャールズとメアリが勝手に話し出した。彼らが伝えてくれたことだけで、じゅうぶんよくわかった。予想どおり、ウェントワース大佐も、最近ずいぶん元気を取り戻したという。ルイーザが回復するにつれて、ウェントワース大佐の心も回復したわけだ。彼は、最初の週とは、すっかり人が変わったようで、もうずっとルイーザに会っていない。面会したら、ルイーザによくない影響が及ぶことを、極度に恐れているから、彼は面会しようとはしないのだ。それどころか、ルイーザの頭がしっかりするまで、彼は一週間か十日ほど、ライムを離れる計画のようだ。彼は一週間、プリマスに行くと言って、ベンウィック大佐にもいっしょに行こうと誘っていた。しかし、チャールズの主張によれば、ベンウィック大佐は、いっしょにプリマスに行くよりは、ケリンチに行くほうが乗り気のようだった。

このときから、レディー・ラッセルもアンも、時々ベンウィック大佐のことを考えるようになった。レディー・ラッセルは、玄関の呼び鈴が鳴るたびに、ベンウィック大佐が来たという知らせではないかと思った。アンも、父の領地をひとりでゆっくり散歩したり、村で慈善の訪問をしたりして留守をしたときには、帰ってみたらベンウィック大佐が来ているか、彼についての知らせが届いているのではないかと、いつも思うのだった。しかし、ベンウィック大佐はやって来なかった。チャールズが想像したほどには、ここへ来たいとは思っていないのか、内気すぎて来られないのか、どちらかなのだろう。[3] 一週間ほどは大目に見ていたが、そのあとレディー・ラッセルは、ベンウィック大佐のことを、最初に思ったほど興味を持つべき相手ではないと判断した。

マスグローヴ夫妻は、寄宿学校から帰省するのを楽しみにしている子供たちを迎えるために、家に帰ってきた。そのさい、ハーヴィル家の小さな子供たちもいっしょに連れてきたので、アパークロス屋敷はますます騒々しくなり、ライムのほうは、その分静かになった。ヘンリエッタは、ルイーザといっしょにライムにとどまった。しかし、それ以外のマスグローヴ家の人々は、こうしてまたいつもの場所に戻ったのである。

レディー・ラッセルとアンは、一度、本家のマスグローヴ家に挨拶に行った。そのときアンは、アパークロス屋敷が元どおりの活気を取り戻したように感じた。ヘンリエッタもルイーザも、チャールズ・ヘイターも、ウェントワース大佐もいなかったけれども、アンが最後に見た部屋とは、打って変わって明るい様子だった。

マスグローヴ夫人の周りを、ハーヴィル家の子供たちが取り囲んでいた。この子たちを楽しませようと思ってわざわざアパークロス・コテージから呼んだ二人の孫たちが、我儘（わがまま）いっぱいに乱暴な振る舞いをするので、夫人はハーヴィル家の子供たちを守らねばと、気が気ではなかった。部屋の片側にはテーブルがあり、女の子たちが何人か集まっておしゃべりしながら、絹の布や金色の紙を鋏で切ってクリスマスの飾りを作っていた。別の側には、二つ並べた台の上にお盆が載せられ、豚肉料理やコールド・パイが台がたわむほど並んでいて、その辺りで男の子たちが、騒々しくはしゃいでいた。賑やかさの総仕上げをしているのは、クリスマスの暖炉の火で、みんながどんなに騒々しくしていても、それに勝とうといわんばかりにパチパチと大きな音をたてて燃え盛っていた。

チャールズとメアリももちろん、アンとレディー・ラッセルの訪問中にやって来た。マスグローヴ氏は、レディー・ラッセルに敬意を表そうと、十分間ほど彼女の近くに座っていたが、膝に乗せている子供たちが騒ぐので、大声で話しても、何を言っているのかほとんどわからなかった。さながら、絵に描いたような楽しい家族風景といったところだった。

アンは、自分自身の気質から判断すると、ここまで家のなかが嵐のごとく騒がしいと、ルイーザの病気のせいで疲れているはずのマスグローヴ夫人の神経が休まらない

3 ★ベンウィック大佐が来なかった本当の理由は、後でわかることになる（↓第18章316頁〜）。

のではないかと思った。しかし、マスグローヴ夫人は、アンをそばに呼んで、「ライムではずいぶんお世話になりました」と、何度も心からお礼を言ったあと、最後に、部屋のなかを嬉しそうに見回して、「あんなたいへんな目に遭ったあとは、やっぱり、家でささやかなひっそりとした楽しさを味わうのが、いちばんほっとするわ」と言って、自分の感想を要約したのだった。

ルイーザはいまやどんどん回復していた。マスグローヴ夫人は、子供たちが寄宿学校に戻るまでに、ルイーザが弟や妹たちと会えるのではないかと思ったほどだった。ルイーザが帰宅するときには、ハーヴィル夫妻もいっしょに来て、アパークロス屋敷に滞在するという約束になっていた。ウェントワース大佐は、いまのところ、シュロプシャー州に住んでいる兄エドワードに会いにいっているとのことだった。

「今後はクリスマス休暇中にアパークロス屋敷を訪ねないように、覚えておかなくてはね」レディー・ラッセルは帰りの馬車の席に座るとすぐに言った。

何にでも人それぞれの好みというものがあるが、音に関してもそうである。音はその大きさというよりも、その種類によって、まったく気にならないこともあれば、非常に煩わしい場合もある。その後間もなく、レディー・ラッセルが雨降りの午後にバースの町に着き、長い通りを抜けてオールド・ブリッジからカムデン・プレイスへと向かっているとき、勢いよく行き交う馬車の音や、ガタガタゴトゴトという荷馬車や荷車の音、新聞売りやマフィン売り、牛乳配達人の呼び声、歩行者の雨除けの木靴のカタカタいう音を耳にしても、彼女は不平を言わなかった。いや、むしろこうした騒音は、冬の季節の楽しさの一部に感じられるものだったのである。そういう音を聞いていると、彼女は気分が引き立ってきた。マスグローヴ夫人ではないが、レディー・ラッセルも長い間田舎暮らしをしたあとでは、ささやかなひっそりとした楽しさを味わうのが何よりだと、言葉には出さないまでも、心で感じていた。

アンの感じ方は、それとは違っていた。口には出さなかったが、バースに行くのは気が進まなかった。雨に煙る大きな建物が、馬車の窓越しに最初におぼろげに見えたときから、それをもっとよく見たいとは思わなかった。楽しい旅ではなかったが、通りを走る馬車がこんなに速くなくてもいいのにと思った。早く到着したところで、彼女に会って喜んでくれる人は誰もいないのだから。そう思うと、アパークロスの騒々しさや、ケリンチでの引きこもった生活を振り返って、懐かしくさえ感じられたのだ。

エリザベスから最後に届いた手紙には、いくらか興味惹かれる情報が含まれていた。ウィリアム・エリオット氏がバースに来ているというのだ。ウィリアムはカムデン・プレイスを訪ねてきて、二度、三度と訪問を重ね、明らかにこれまでより礼儀正しく振る舞っているという。それが父とエリザベスの思い違いでなければ、彼は親戚づき合いを、以前はあれほどあからさまに無視していたのに、今度はその大切さをことさらありがたがって、一生懸命親しくなろうとしているというわけだ。もしそれが本当だとすれば、実に驚くべきことだった。レディー・ラッセルも、ウィリアム・エリオットに対して、戸惑いを覚えつつも、好感と興味を抱いたので、ついこの前メアリに向かって、彼のことを「ちっとも会いたくない人」と言ったときの気持ちはすでに取り消していた。レディー・ラッセルは、彼にぜひ会ってみたいと思っていた。もしウィリアム・エリオットが分家の身であることをわきまえて、本当に和解を求めているのなら、父方の家系から離脱しようとしたことは、許してあげなければならない。

アンは、この状況に対してそれほどわくわくしなかったので、ほかの人たちの勢いにはついていけなかった。しかし、どちらかと言えば、またウィリアム・エリオットに会いたいと思った。バースにいるほかの人たちよりは、会いたい相手であると言えた。

アンはカムデン・プレイスで馬車から降ろしてもらい、レディー・ラッセルはリヴァーズ・ストリートにある自分の下宿へ馬車を走らせていった。

第15章

サー・ウォルターは、名士に相応しい堂々たる由緒ある区域、カムデン・プレイスで、とても立派な家を借りていた。彼もエリザベスも、ここに住むことに大いに満足していた。

家のなかに入っていきながら、アンは、ここで何か月間も閉じ込められることになるのかと思い、気分が落ち込んだ。「ああ、ここを去ることができるのは、いつのことなのかしら？」と彼女は心配げに心のなかでつぶやいた。しかし、意外にも、けっこう温かい態度で迎え入れられたので、彼女は気分がましになった。父と姉は、アンに家や家具を見せたいがために、会うのが嬉しそうで、好意的な態度だった。食事の席につく人数がひとり増えて四人になったことは、好都合と見なされたのである。

クレイ夫人は、愛想よくにこにこしていた。しかし、クレイ夫人が慇懃に愛想笑いをするのは、むしろ当たり前のことだった。アンは、自分が到着したときクレイ夫人がそういうもっともらしい態度を装うだろうことは、想像していた。しかし、父と姉が好意を示してくれるのは、思いがけなかった。父と姉はことのほか機嫌がよく、アンはすぐにその理由を聞かされることになった。二人には、アンの話を聞く気は全然なかった。彼らは、自分たちがケリンチを去ったことで、昔馴染みの近隣の住民たちがさぞ寂しがっているだろうというような話を聞きたがったが、アンは勝手にお世辞を言うわけにもいかなかった。二人はお愛想程度の質問をわずかにしたあと、自分たちの話ばかりし始めた。彼らの関心はアパークロスにはまったくなく、ケリンチにもほとんどなく、もっぱらバースにのみ向けられていた。

父と姉はアンに向かって、バースはあらゆる面で期待以上の場所だと、嬉しそうに言った。彼らの家がカムデン・プレイスでも最高の家であることは、間違いない。これほどよく出来た客間のある家は、ほかでは見たことも聞いたこともない。家具の備え付け方といい趣味といい、他所の家よりも格段に上だ。みんなが、すごく知り合いになりたがっている。みんなが家を訪問したがっている。しょっちゅう紹介ばかりされて、うんざりするぐらいだ。全然知らない人たちの名刺がたえず玄関に置かれている[1]、といった調子で話は続いた。

なんて楽しい考え方なのだろう！　アンは、父と姉がよくも幸せでいられるものだと、首をかしげたわけではない。しかし、こんなことになったのに、父が落ちぶれたと思わないでいられることに対しては、思わずため息をついてしまった。父が、本来ならその土地に住むべき地主としての義務を果たせず、権威も失ったことをまったく残念とも思わず、町のなかでの些細なことを、こんなにも自慢していられるなんて。また、エリザベスがアコーディオンドアを開けて、客間の一方からもう一方へと歩いて、いかに広いかを自慢して有頂天になっているさまを見ると、アンはため息をつくべきか、微笑むべきかわからなくなった。ケリンチ屋敷の女主人だった女性が、九メートルばかり離れた壁と壁の間が広いといって喜んでいられるのが、不思議だったのだ。

しかし、二人が幸せに感じていた理由は、それだけではなかった。ウィリアム・エリオット氏と親しくなれたのである。アンは、さんざんウィリアムのことを聞かされるはめになった。ウィリアムはただ許されただけではなく、喜んで迎え入れられたのだ。ウィリアムは、バースに二週間ほど前から滞在していた。彼は十一月にも、ロン

1 当時の上流階級では、面会を求めて家に立ち寄ったさい、使用人から主人が留守だと告げられたら（主人がいる場合も、このような対応をするのが標準的だった）、訪問者は名刺を置いていくのが習慣だった。

ドンに行く途中でバースに立ち寄ったことがあり、たった二十四時間の間にも、サー・ウォルターがその地に住んでおられるという噂はもちろん耳にしたのだが、あいにく時間的余裕がなくて訪問がかなわなかった。今度は二週間もバースにいられるため、当地に到着後の第一の目的が、カムデン・プレイスに名刺を置きにいくことだった。そのあともウィリアムは、実に根気強く面会を求め、ようやく面会がかなったときには、実に率直な態度で、過去のことを素直に詫び、親戚として受け入れてもらおうと心を尽くしたので、すっかり昔のことは水に流して良好な関係を築くことができたというわけだ。

ウィリアムは、まったく非の打ち所のない人物であるとのことだった。いままでつき合いを怠っているように見えていたことについて、ウィリアムは説明した。もともと完全な誤解だったにすぎない。関係を断とうなどとは、考えたこともない。自分のほうが関係を断たれたのではないかと、なぜか恐れてしまい、気後れから物が言えなくなってしまったのだという。エリオット家の名誉をばかにするような軽口をたたいたのではないかと訊かれると、ウィリアムは怒りを露わにした。

「エリオット家の人間だということを誇りにしてきた、このぼくがですか？　ぼくは、親戚関係にこだわるたちなので、いまどきの新しいものの考え方にはついていけないような人間なんですよ！　なのに、そんなことを言われるなんて、本当に心外です！　ぼくの性格やふだんの行いをご覧いただければ、そんな嫌疑は晴れると思います。何なら、どなたでもご存じの方に、ぼくのことを問い合わせてみてください」とウィリアムは言った。たしかに、彼がこうして、いまわざわざ和解の機会を捉え、親戚として推定相続人の立場を回復しようと懸命になっていることが、彼の言い分が正しいことを何よりも証明していた。

ウィリアムの結婚の事情についても、大いに情状酌量の余地があるということがわかった。この件については、ウィリアム本人からは切り出しづらかったので、彼の親友のウォリス大佐という人から釈明された。ウォリス大佐は非常に立派な人物で、完璧な紳士で（かつ顔も悪くないと、サー・ウォルターは付け加えた）、マールバラ・ビルディングズ[2]で洒落た暮らしをしていて、本人のたっての願いにより、ウォリス大佐が、ウィリアムの紹介でサー・ウォルターが知り合いとして認めた人物だった。このウォリス大佐が、ウィリアムの結婚についての情報を、ひとつか二つばかり提供したおかげで、汚名が

2　バースの大通りの名前。バースの通りには、隣接する建物の名前が付けられたものがいくつかある。ハイカラな名前であることから、ウォリス大佐が金持ちであることが示唆される。

すすがれることになった。

ウォリス大佐はウィリアムとは昔からの知り合いで、ウィリアムの妻のこともよく知っているので、二人の結婚については事情がすっかりわかっていたのである。たしかに彼女は名門の出ではないが、教育も受け、技芸も身につけていて、金持ちで、ウィリアムに恋をして夢中になった。ウィリアムに魅了されて、彼女のほうから近づいてきたのだ。そこまで恋心を持たれなければ、いくら相手が金持ちだからといっても、ウィリアムも結婚する気にはならなかっただろう。そのうえ彼女が美人だったということを聞いて、サー・ウォルターも納得した。こうした情報を得て、サー・ウォルターの怒りもずいぶん和らいだのである。財産持ちの美人に惚れられたのだ！　これだけでも、サー・ウォルターには、じゅうぶんな弁解として認められるように思えた。エリザベスはその状況を、そこまで好意的に見ることはできなかったが、情状酌量の余地があることは認めた。

ウィリアムはしょっちゅう訪ねて来た。ディナーをともにしたことも一度あった。バースでは、ふつうディナーに客を招くことはしないので、こんなふうに特別扱いされたことを、ウィリアムはずいぶん喜んだ。つまり、これは親戚扱いされた証拠なのだと喜んで、カムデン・プレイスで親しい交際ができることが、自分にとっては何よりも幸せであるというような態度を示したのだ。

アンは、この話を聞いて、わけがわからなかった。話し手がどう考えているかということについては、じゅうぶん差し引いて考える必要がある。すべてが誇張されているように、アンには聞こえた。和解のプロセスにおいて、大げさに思えたり筋がとおらないように聞こえたりすることはみな、話し手の言葉によって飾られているせいかもしれない。しかし、ウィリアムがこんなに長年経ったあと、彼らに快く受け入れられたがったのには、表面の裏に隠された何らかのわけがあるのではないかと、アンには思えたのである。世間的に見れば、サー・ウォルターと親しくしても、何も得るものはないし、不和な状態だからといって、特に危険なこともない。おそらく、すでにサー・ウォルターとウィリアムとでは、ウィリアムのほうが裕福だろうし、彼には今後も、ケリンチ屋敷を所有する正当な権利がある。

きっと思慮深い人なのだろう！　アンが会ったときにも、本当に思慮深い人に見えた。それなら、どうして父との交際などを目的とするのだろうか？　アンには、ひとつしか答えが見つからなかった。たぶんエリザベスが理由なのだ。事情と成り行きから別の女性と結婚することになったものの、実はウィリアムは以前、エリザベスのことが好きで、いまや自由な立場になったので、彼女に求婚しようというつもりなのではないか。エリザベスはたしかに美人だし、育ちもよく、振る舞いも優雅なので、ウィリアムは彼女の性格までは見抜いていないのかもしれない。何しろ、公の場でしか彼女のことを知らなかったのだし、以前に会っていたころには、彼もずいぶん若かったのだから。

いまのウィリアムはより鋭敏になっているので、エリザベスの気質と知性が、彼のお眼鏡にかなうかどうかはわからず、少々危なっかしい感じもした。もしエリザベスがウィリアムの目的であるとすれば、彼があまり敏感で観察力が鋭くなければよいがと、アンは心から願った。エリザベス自身も、ウィリアムの目的が自分にあるものと思いたがっているようだし、付き添い役のクレイ夫人も、その考えを後押ししようとしている。それは、ウィリアムがたびたび訪問してくるということが話題に出ているとき、二人の間で目配せし合っていたことからも、明らかに見て取れた。

アンは、ライムでウィリアムとちらっと出会ったということを口にしたが、誰もたいして注意を払わなかった。「あっ、そう。たぶんウィリアム君だったのだろうね。知らなかったよ。きっと彼だったんだろう」と言っただけで、アンがウィリアムのことを説明しても、誰も聞こうとはしなかった。説明するのは、自分たちの役と言わんばかりだった。とりわけサー・ウォルターはそういう態度だった。サー・ウォルターは、ウィリアムが非常に紳士らしく見えて、優雅で気品があり、顔立ちもよく、賢そうな目をしている、といったことを評価したが、一方ではこうも言った。

「下顎が突き出ているのが残念だね。年齢とともに、ますます突き出てきたようだな。十年たって、顔立ちが全体的にまずくなったことは、否定できない。ウィリアム君のほうは、最後に別れたときと私がまったく変わっていないと思ったらしいけれどもね。それに対して、私のほうではお世辞で返すことができなかったから、気まずかったが。といっても、私は文句を言うつもりはない。ウィリアム君は、たいがいの男よりは、見場がいい。彼となら、いっしょにいるところをどこで見られたって、恥ずかしくないよ」

ウィリアムと、マールバラ・ビルディングズに住んでいるウォリス夫妻のことが、夕食の席でずっと話題になっていた。「ウォリス大佐は、ずいぶん紹介されたがっていてね！　ウィリアムも熱心に紹介したがっていたんだ！」ウォリス夫人に関しては、お産の日が近くて会えないので、いまのところは聞いた話でしか、どんな女性か知らない。しかし、ウィリアムによれば、「すごく魅力的な女性で、カムデン・プレイスで紹介されるだけの値打ちはじゅうぶんある」とのことで、出産を終えたら、顔見知りになれる。サー・ウォルターはウォリス夫人のことを重んじていた。たいへんな美人であると聞かされていたからだ。

「早くウォリス夫人に会ってみたい。通りでいつも出会う顔といったら、不細工な顔ばかりだから、ちょっとは目の保養をしたい。バースで最悪なのは、不器量な女性の数が多いことだ。綺麗な女性が全然いないというわけではないが、不器量な女性の数が半端じゃないからね。散歩しているときなんか、ひとり綺麗な顔を見かけたあと、三十人か三十五人ぐらいひどい顔を続けて見るなんてことも、よくあるからね。いつかボンド・ストリート[3]の店の前に立っていたときなんか、数えていると八十七人も女性が通っていったんだが、そのなかで我慢できそうな顔は、ひとつもなかったよ。たしかに、その朝は霜が降りていて、凍りつくほど寒かったから、あれに耐えるだけの美貌の持ち主は、千人にひとりもいなかったかもしれないが。それにしても、バースには、不器量な女性が恐ろしく多いね。ましてや、男はもっとひどい！　通りは案山子(かかし)みたいな痩せっぽちでいっぱいだ！　立派な風采の男に会ったときの女性たちの反応を見れば、まあまあの男にさえ会うことがめったにないのがわかるよ。ウォリス大佐と腕を組んで歩いていると、どこへ行っても、女という女はみんな彼に目が釘付けになっているのがわかるよ。ウォリス大佐は、髪の毛は砂色ではあるが[4]、立派な軍人の風采の男だからね。女の目はみんな、ウォリス大佐に引き付けられているにちがいない」

サー・ウォルターは、なんて控え目なのだろう！　しかし、これを聞いた者たちは、黙ってはいられなかった。エリザベスとクレイ夫人は口をそろえて、ウォリス大佐といっしょにいたサー・ウォルターは、同じぐらい風采が立派だし、髪が砂色でもないと言ったのだった。

「メアリはどんな具合だね？」サー・ウォルターは上機嫌になって言った。「最後に会ったとき、メアリは鼻が赤かったけれども、いつもそういうわけじゃなければいいが」

「ええ、もちろん。そのときたまたまそうだっただけだと思います。ふつうは元気にしていますし、聖ミカエル祭以来、とても綺麗な顔に見えますよ」

「メアリに新しい帽子と外套（ペリース）を贈ってやってもいいんだが、風の強いときに出かけたくなって、肌がかさかさになってしまうんじゃないかと思ってね」

室内着（ガウン）や縁無し帽を贈ってあげれば、そんな心配はなくなるのでは、とアンが言お

3　バースの中心的なショッピング・ストリートのひとつ。

4　砂色の髪はショウガ色に近く、好みのうるさいサー・ウォルターには気に入らなかった。砂色の髪の人はそばかすが多い傾向にあるが、サー・ウォルターは、そばかすも嫌っている。

うか言うまいか迷っていたとき、扉をノックする音が聞こえたので、すべてが停止した。「ノックの音が聞こえますわ！　こんな遅い時間に！　もう十時ですのに。ウィリアム・エリオットさんでしょうか？　あの方は、ランズダウン・クレセントで夕食をなさると聞いていましたけれども。お家に帰る前に、ご機嫌うかがいに立ち寄られたのかもしれませんね。ほかの人は考えられませんわ。私は、絶対ウィリアム・エリオットさんのノックだと思います」クレイ夫人がこう言ったあと、そのとおりであることがわかった。執事と給仕が説明を終えると、ウィリアムが部屋に案内されて入ってきたのである。

服装が違うだけで、ライムで会った男性とまさに同一人物だった。アンが少し引き下がっていると、その間、ウィリアムはほかの人たちに挨拶し、エリザベスには、こんな遅い時間に訪問したことを詫びたうえで、「あなたやあなたのお友達が、昨日お風邪を召されなかったかと気になりまして、せっかく近くまで来たのでついうかがわせていただきました」などと実に礼儀正しく説明し、聞く側もそれを丁寧に受け入れた。

そのあとやっと、アンの番が回ってきた。サー・ウォルターは次女のことを話し、「末の娘を紹介させてください」と言った（メアリのことは思い出せなかったようだ）。

アンは、微笑み、顔を赤らめながら、ウィリアムの前に進み出た。アンの綺麗な顔をよく覚えていたウィリアムは、はっとした。その驚きぶりがアンにはおかしかったのだが、彼はアンが誰なのか、まったく知らなかったのだということが、すぐに見て取れた。彼の様子は、驚きよりも喜びのほうが大きいといった感じだった。彼は目を輝かせて、このうえもなく生き生きとした表情で、アンと親戚だったのが嬉しいと言い、以前に出会ったことに触れて、すでに顔見知りの身内として扱っていただきたいと請うた。

ウィリアムは、ライムで会ったときのとおりの美男子で、[5] 話をすると顔つきがさらに引き立ち、態度は非の打ちどころがなく、洗練されていて、気さくで、本当に感じがよかったので、これに匹敵するほど優れた態度の人と言えば、アンはただひとりの人[6]しか知らなかった。二人の態度は違っていたが、おそらく同じくらい立派な態度だった。

腰を下ろしたあと、ウィリアムの話はずいぶん続いた。彼が思慮深い人であること

5　★ライムで会ったときには、「美男子ではなかったが、感じのよい顔立ちだった」（↓第12章207頁）」とアンの目をとおして語られていた。したがって、アンのウィリアムに対する印象が、そのときよりもさらに好意的なものになっていることが、うかがわれる。

は確かだった。十分も経つと、そのことがはっきりわかった。口調といい、言い回しといい、話題の選び方といい、黙るべきところでは黙るすべを心得ていることといい、すべて、彼が思慮深く、明敏な心の持ち主であることの表れだった。

早速ウィリアムは、アンのほうを向いてライムの話をし始めた。まずは、ライムについての互いの意見を比べようとしたが、特に熱心に話したがったのは、同じときに同じ宿に客として泊まったという偶然の一致についてだった。そして、自分がどういう道筋を辿ったかを説明し、アンのほうの道筋について尋ねて、せっかくの挨拶をする機会を逃したことを、残念がったりした。

アンは、自分がどういうメンバーといっしょに、どのような用向きでライムに行ったのかを、簡単に説明した。それを聞くと、ウィリアムはますます残念がった。彼はあのとき、アンたちの隣の部屋で、ずっと独りぼっちで夜を過ごしていたからである。隣から声が聞こえ、たえず陽気なさざめきが伝わってきて、きっととても楽しい集まりなのだろうと思い、自分も仲間に加わりたかった。でも、まさか自分に、自己紹介する権利がほんのわずかでもあるなんて、思ってもみなかったのだ。

「隣の人たちがどなたなのか、聞いてみればよかった！　マスグローヴというお名前を聞いただけでも、すぐにエリオット家との関係がわかったでしょうから。これで、宿では質問をしないというぼくの愚かな習慣を改めなければ、という教訓になりましたよ。詮索したがるのは品がないと思って、若いときから始めた習慣だったのですけれどもね」

ウィリアムは続けて言った。「自分を立派に見せるにはどんな態度を取るべきかについて、二十一、二歳の若造の考えることほど、世の中でばかげたものはありませんね。自分を立派に見せたがるなんていう若い者の目論見も愚かですが、そのために質問しないという手段を取るのも、それに劣らず愚かですよね」

しかしウィリアムは、自分の考えをアンにばかり話しているのはまずいということを、わきまえていた。彼は間もなく、ほかの人たち相手にも話を振りまき、ライムの話題に戻るのは、その合間だけだった。

ウィリアムにいろいろと尋ねられているうちに、アンは彼がライムを立ち去ったあ

6 ★この「ただひとりの人」がウェントワース大佐を意味することは、自明である。アンはアパークロスを去って以来ウェントワース大佐に会っていないし、語りのなかにも彼についての言及がしばらく見当たらない箇所であるため、この暗示的な表現によって、新たに出会った男性に好感を抱くやいなや、とっさにウェントワース大佐と比較するアンの心の動きが浮かび上がってくる。

とに自分が巻き込まれた出来事の話もせざるをえなくなった。「事故」という言葉がアンの口から出たので、彼は一部始終を聞かずにはいられなかったのである。ウィリアムが質問すると、サー・ウォルターやエリザベスも質問し出したが、その態度の違いに、アンははっきりと気づいた。どういうことが起きたのかをよく理解しようとして、それを目撃したアンがどんな目に遭ったのかに関心を示そうとする態度において、ウィリアムに匹敵する人は、レディー・ラッセルぐらいしかいなかった。

ウィリアムは、一時間ほどとどまっていた。マントルピースの上の優美な小さな時計が「澄んだ音で十一時」[7]を鳴らし、遠くのほうで夜警が同じく時を告げるのが聞こえ始めたとき、やっとウィリアムも、ほかの人たちも、もう遅すぎる時刻だと気づいた。

アンは、カムデン・プレイスでの最初の夜が、こんなにも楽しく過ぎるとは、思ってもみなかった！

7　アレキサンダー・ポープの諷刺詩『髪の毛盗み』（一七一四）の十八行目からの引用。原作では、ベリンダが目覚めたのは、いつになく遅い午前十一時だった。

第16章

アンが家族と合流したとき、ウィリアム・エリオットがエリザベスに思いを寄せているということがわかれば嬉しかったが、それ以上に、確認したいと思っていたことがあった。それは、父がクレイ夫人に恋心を抱いているのでなければよいが、ということである。アンは家族のもとに帰ってきて数時間も経たないうちに、まったく油断ならない状態になっていることに気づいた。

翌朝、朝食部屋に降りていくと、たったいまクレイ夫人が、自分はお暇（いとま）させていただくつもりだというような、礼儀正しいポーズを見せたところだということに、気づいた。おそらくクレイ夫人は、「ミス・アンがバースにいらっしゃったのですから、もう私のお役目はなくなったかと思いますので」と言ったのだろうと、アンは察しがついた。なぜならエリザベスが、囁き声でこう答えたからである。「そんなの、全然理由にならないわ。はっきり言って、アンが来たことなんて、何の意味もないのよ。

あなたと比べたら、アンなんか私にとって何でもないもの」

そして、父がこう言うのも聞こえた。「クレイさん、それはいけませんよ。あなたはまだバースをいくらも見ていない。ここへ来てから、用事しかしていないじゃないですか。まだわれわれから逃げちゃいけませんよ。もうちょっと経ったら、ウォリス夫人とも知り合いになれるんですよ。あの美しいウォリス夫人とね。あなたのように洗練された人は、美しいものを見ることに喜びを感じるにちがいない」

父があまりにも熱心な顔つきで話すので、クレイ夫人がエリザベスとアンのほうをちらっと盗み見するのに気づいても、アンは驚かなかった。アンの顔には、警戒するような表情が浮かんでしまったかもしれないが、エリザベスのほうは、「洗練された人」という父の褒め言葉を聞いても、何も感じるところはなさそうだった。サー・ウォルターとエリザベスの二人からこんなふうに頼まれたのでは、クレイ夫人としては、それに応じて、このままとどまりますと約束せざるをえなかった。

同じ日の朝、アンと父がたまたま二人だけになったとき、父はアンが綺麗になったと褒め始めた。「前ほど痩せていないし、頬もこけていない。肌も顔のつやも、ずいぶんよくなって、透き通ったみたいに、生き生きして見えるよ。何か特別な化粧品でも使ってみたのかい?」「いいえ、何も」「ガウランド化粧水[1]だけかね?」「いいえ、まったく何もつけていません」「えっ、それは驚いたな。じゃあ、いまのまま続けるのが、いちばんいい。健康が美容にはいちばんだからね。それか、ガウランド化粧水がお薦めだね。春の間、ずっとガウランド化粧水をつけ続けるといい。クレイさんも、私が薦めたから使っているんだが、あの人を見たら、効き目がわかるだろ？　ずいぶんそばかすが減ったんだ」

父のこの言葉を、エリザベスが聞いていたらよかったのに！　容貌に関わる褒め言葉を聞いたら、さすがのエリザベスも驚くだろう。とりわけ、クレイ夫人のそばかすがまったく減ったとはアンには思えなかったので、これはただ事ではない。しかし、すべては成り行きに任せるしかない。父がクレイ夫人と結婚するというような災難が起こったとしても、エリザベスがウィリアムと結婚すれば、実害は減るだろう。アン自身は、いつもレディー・ラッセルといっしょに暮らしていくことができる。

レディー・ラッセルは冷静で礼儀正しい人であっただけに、カムデン・プレイスを訪ねてくると、いつもこの問題でやきもきさせられることになった。この家でクレイ夫人がこれほど大切にされて、アンがここまでないがしろにされているのを見ると、レディー・ラッセルは毎回腹が立ってしかたがなかった。カムデン・プレイスから自分の家に帰っても、まだいらいらするのだった。バースでは、鉱水を飲んだり、新しく出版された本を手に入れたり、[2]たくさん知り合いができたりして、ほかに熱中することがあったけれども、やはり気になるのはどうしようもなかった。ウィリアム・エリオットのことを知るようになると、レディー・ラッセルはほかの人たちに対して、前より寛大になった。もしくは無関心になったのかもしれない。ウィリアムの振る舞いは、まさに彼女のお眼鏡にかなうものだった。実際にウィリアムと話をしてみると、見かけに劣らず、内面もしっかりした人物だということがレディー・ラッセルにはじゅうぶんわかったので、アンと最初に話をする機会ができるとすぐさま、「あれが本当にウィリアム・エリオットさんなの?」と思わず大声を上げずにはいられなかった。そして、これほど感じのいい立派な男性は想像できないと、真剣に思ったほどだ。

ウィリアムは、すべてが揃った人だった。頭はいいし、意見は適切だし、社交界のこともよくわきまえているし、心も優しい。同じ一族への愛情や名誉に対する思い入

---

1 ガウランド化粧水は、当時人気のあったローション。一七〇〇年代半ばに、ジョン・ガウランドによって製造されて以来、よく売れていた。

2 バースでは、さまざまな娯楽があったが、本屋や巡回図書館がたくさんあり、出版社さえもあったので、新しい出版物を入手しやすかった。

れが強いが、高慢さや愚かさは見られない。財産家として気前よく暮らしていたが、虚勢を張るようなところは、彼にはない。大切なことは何でも自分で判断するが、世の中の作法に関しては、一般の意見を無視したりしない。ウィリアムは、しっかりしていて、観察力が鋭く、節度もあり、ものの見方に偏りもない。気分や利己心にすぎないものを強い感情と勘違いして、自制心を失ってしまうようなこともなかった。それでいて、優しい美しいものに対しては感受性があり、家庭生活における幸福に対して、価値を置いていた。自分は熱意があると思い込んだり、ぐらぐら揺れ動いたりするような人間は、そうした感受性や価値観を備えていないものなのだ。

きっとこの人は、結婚生活で幸せではなかったのだろうと、レディー・ラッセルは思った。ウォリス大佐もそう言っていたし、レディー・ラッセルにもそれがわかった。しかし、ウィリアムは、不幸せのせいで気難しくなったわけでもない。それに——レディー・ラッセルは間もなくそれに気づいたのだが——二度目の結婚なんてもうこりごりだと思っているわけでもなかった。レディー・ラッセルにとって、ウィリアムに対する満足感があまりに大きかったので、クレイ夫人という災いも霞(かす)んで見えるほどだった。

アンは、自分とレディー・ラッセルとでは、時々考え方に相違があるということに、数年前から気づき始めていた。だから、ウィリアムがこれほど和解したがっていることについて、レディー・ラッセルがまったく疑わしいとも一貫性がないとも思わず、表面に見える以外の動機が何かあるのではないかと考えようとしなくても、驚きはしなかった。レディー・ラッセルには、ウィリアムが人生経験を積んで成熟したために、エリオット家の家長と親しくすることがいかに望ましく、良識ある人々からも良しとされるかがわかったことは、ごく自然であるように感じられた。もともと頭がいいウィリアムが、時が経つうちにそういうことを学んだのは、当然であり、以前のことは若気の至りにすぎなかったのだと、レディー・ラッセルは考えていた。それでもアンは、敢えて微笑みを浮かべ、彼の目的は「エリザベス」なのではないかとほのめかした。これを聞いたレディー・ラッセルは驚いて、用心深そうにこう答えただけだった。「エリザベスねえ! まあ、いいでしょう。時が経てばわかるわ」

時が経たねばわからないということは、アンも少し観察したあとで、そのとおりだと認めざるをえなかった。いまのところは、アンにも判断がつかなかった。エリオット家では、エリザベスが最優先されねばならない。「ミス・エリオット」として、エリザベスに敬意を払うのが習慣化されていたので、それ以外の人には特別の敬意の払いようがなかったのだ。ウィリアムだって、妻を失ってからまだ七か月も経っていないのだということも、忘れてはならない。彼の求婚が多少遅れたとしても、もっともなことだ。実際アンは、ウィリアムが帽子に喪章を巻いているのを見ると、彼のことでそんな想像をしてしまった自分が、許しがたい人間のように思えるのだった。彼の結婚があまり幸せなものでなかったとしても、現に、長年結婚生活を送っていたのだから、妻と死に別れた悲しみが、そんなに早く癒やされるはずがないではないか。

いずれにせよ、ウィリアムがバースでのつき合いのなかで、最も好ましい人物であることは確かだった。アンは、彼に匹敵する人を知らなかった。そして、彼とライムの話をするのは、このうえなく楽しいことだった。ウィリアムは、もう一度ライムに行って、もっと見物したいと願っているようだったが、アンもそうだった。二人は、初めて出会ったときのことを、何度もこまごまと振り返りながら話した。ウィリアムは、そのとき自分がアンを真剣にじっと見つめたことを強調した。アンにもそれはよくわかっていた。そして彼女は、あのときのもうひとりの人の眼差し[3]も、覚えていた。

アンとウィリアムとは、いつも考え方が同じというわけではなかった。ウィリアムは、アンよりもずっと、地位や親戚関係に価値を置いていた。父と姉は、アンがどうでもいいと思うようなことで気を揉んでいたが、ウィリアムがそういう話題に熱心に加わっているのは、たんなるお愛想ではなく、自分もそういう話が好きだからにちがいない。ある朝、バースの新聞で、ダルリンプル子爵未亡人とその令嬢ミス・カータレットがバースに到着したことが、報じられた。すると、カムデン・プレイス××番地のエリオット家では、数日間平穏が奪われてしまった。というのは――アンにとってはとても不運なことに思えたのだが――ダルリンプル家とエリオット家は親戚だったため、どうやって名乗り出るべきかということが、悩みの種になったのである。

アンは父と姉が貴族と接しているところを見たことがなかったが、この様子を見て、がっかりせざるをえなかった。自分たちの地位についてあれだけ自慢しているからには、それ相応の立派な態度をとってもらいたいものだと思った。これまでには一度もなかったことだが、今回ばかりは、父と姉にもっとプライドを持ってほしいと願わずにはいられなかった。「親戚のレディー・ダルリンプルとミス・カータレットが」と

3　★「もうひとりの人の眼差し」とは、ライムの海岸で見知らぬ男性ウィリアムが、すれ違いざまに、潮風に吹かれて生き生きとしたアンの顔に見とれたさい、ウェントワース大佐がとっさに彼女を振り返って見せた「一瞬きらりと光ったその眼差し」(↓第12章206頁)を指す。ほかの男性がアンに魅力を感じたことに対して、ウェントワース大佐が敏感に反応した瞬間的出来事が、アンの意識に鮮明に焼きついていることが、ウェントワースの名前への言及を避けることで、強調される。

か「親戚のダルリンプル家の人たちが」というようなことばかり一日中言い続けているのが、耳に入ってくるのだった。

　サー・ウォルターは、亡くなった子爵と以前会ったことがあるのだが、同家のほかの人たちとは面識がなかった。ところが、その子爵が亡くなったとき、ちょうどサー・ウォルターは重い病気にかかっていたため、不運にもケリンチ屋敷から手紙が出せず、そのせいで儀礼上のやり取りが途絶えるという不幸な事態が生じてしまったのである。アイルランドのダルリンプル子爵家へお悔やみの手紙を出さなかったという非礼は、サー・ウォルター本人に跳ね返ってきた。レディー・エリオットが亡くなったときにも、お悔やみの手紙はケリンチ屋敷に届かなかったのである。ということは、ダルリンプル家側では、エリオット家との関係は終わったものと見なしていると、考えざるをえない。この憂慮すべき事態をいかにして正し、もう一度親戚として認めてもらうにはどうすればよいかが、問題だった。

　それは、サー・ウォルター本人よりは理性的な受け止め方をしたレディー・ラッセルやウィリアムにとっても、どうでもよいと思えることではなかった。親族間の関係は、つねに維持しておくだけの価値があるし、よいつながりは、大事にしておかなければならない。レディー・ダルリンプルは、三か月間、ローラ・プレイスの家を借りて、贅沢な暮らしをする予定だった。彼女は昨年もバースに滞在し、魅力的な女性であるとの噂を、レディー・ラッセルは耳にしていた。エリオット家の側としては、礼儀正しさを損なわずにできるかぎり関係を修復しておくことが、何よりも望ましかったのである。

しかし、サー・ウォルターは、どうしたらよいかを自分で考えて、ついに手紙を書くことにした。それは、立派な親戚に宛てて、お詫びと懇願をこめて説明の言葉を尽くして書かれた、誠に麗しい手紙だった。レディー・ラッセルもウィリアムも、その手紙には感心しなかった。しかし、ダルリンプル子爵未亡人から、「お手紙をいただき、光栄です。お知り合いになれたら、幸いです」という、三行のなぐり書きの返事が届いたところを見ると、その手紙はじゅうぶん目的を果たせたようだった。

こうして厄介な用事が済んだので、あとは楽しいことばかりとなった。エリオット家からローラ・プレイスを訪問し、ダルリンプル子爵未亡人と令嬢ミス・カータレットの名刺をもらい、いちばん目立つ場所にそれを置くようにした。それからというもの、「ローラ・プレイスの親戚が」とか「うちの親戚のレディー・ダルリンプルとミス・カータレットが」というようなことばかり、会う人ごとに話すようになった。

アンは恥ずかしかった。たとえレディー・ダルリンプルとその令嬢が非常に感じのよい人たちだったとしても、ここまで大げさに騒ぎ立てるのは恥ずかしいと思っただろうが、実際には、この二人はつまらない人間だった。振る舞いも教養も知性も、大したことはなかった。レディー・ダルリンプルが「魅力的な女性」という評判を得たのは、誰に対してもにこにこして丁寧に答えるからにすぎない。ミス・カータレットは、さらに褒めようがなく、無器量で態度もぎこちないので、生まれがよくなければ、カムデン・プレイスのエリオット家では、認められないような存在だった。

レディー・ラッセルは、実はもっとすばらしい人たちかと思っていたと、本心を漏らしたが、「知り合いになっておくだけの価値はある」と言った。アンは、二人の親戚について自分はどう感じているかという意見を、思いきってウィリアムにも言ってみた。すると彼は、たしかに大した人たちではないと思うと同意したが、それでも、周囲によい交際相手を寄せつけるうえで、親戚としてつき合っておくだけの価値がある人たちだと主張した。アンは微笑んで言った。

「ウィリアムさん、私にとってのよい交際相手とは、頭がよくて、博識で、話題が豊富な人のことを言うんですけれども。私は、そういう人こそ、よい交際相手なのだと思います」

「それは違いますよ」と、ウィリアムは穏やかに言った。「あなたがおっしゃるのは、よい交際相手ではなくて、最高の交際相手です。よい交際相手というのは、ただ生まれと教育と作法が揃っていれば、よいのです。教育に関しては、それほどこだわる必要はありません。生まれとよい作法は、絶対に必要ですけれどもね。しかし、勉強が足りないというのは、交際相手としては危険ではありません。むしろそのほうがいいくらいです。従妹のアンさんは、首を振っておられますね。それではご不満のようです。好みの難しい人だなあ。親愛なる従妹殿（彼女の隣に座りながら彼は言った）、あなたが、たいがいの女性よりも好みが難しくても当然だってことは、わかっていますよ。でも、それって、何かいいことがありますか？　そうしていると、幸せになりますか？　ローラ・プレイスの貴婦人たちとの交際を受け入れて、できるだけよいつてを得るのに利用したほうが、賢明ではありませんか？　あの人たちが、この冬、バースで最高の人たちと関わることになるのは、間違いありませんよ。身分が高いというのは、やっぱりそれだけのことがありますから、あなたがあの人たちの親戚として知られることは、あなた方のご一家――ぼくたちの一家と言わせていただいてもよいかと思いますが――に、しかるべき敬意が払われるのに、役立つと思いますよ」

「そうですね、たしかに、私たちはあの人たちの親戚として、知られてしまいますわね！」アンはため息をついて言った。そして、我に返って、返事をされる前に付け加えた。「たしかに、これまでずいぶん、知り合いになるために苦労しすぎたんじゃないかと思います。たぶん私は（とアンは微笑みながら言った）、あなたたちの誰よりもプライドが高いのでしょうね。でも、先方にとってはまったく無関心だということがわかっているような関係を、認めてもらおうと、あまりにも躍起になりすぎなのではないかと、つい気になってしまうのです」

「親愛なる従妹殿、お言葉ですが、あなたのおっしゃっていることは、公平とは言えませんよ。ロンドンでいまのように静かな暮らしをされているなら、たぶんおっしゃるとおりなのかもしれません。でも、ここバースではいつだって、サー・ウォルターやそのご親戚は知るだけの価値がありますし、知り合いとして歓迎されるのですよ」

「まあ私は、たしかにプライドが高いっていうか、高すぎるために、場所によって変わるような歓迎を受けて喜んではいられないのでしょう」とアンは言った。

「お怒りはごもっともです」ウィリアムは言った。「でも、ここはバースなのですから、ここで、サー・ウォルター・エリオットに当然備わるべき名誉と威厳をしっかり保つことが、大切です。あなたはご自分のプライドが高いとおっしゃいますが、ぼくもよく、プライドが高いと言われるのですよ。自分にプライドがないと思われたくはありません。ぼくたちのプライドは、調べてみれば、同じ目的に基づいているということが、きっとわかるでしょう。プライドの種類は少し違うかもしれませんが。ある点では、親愛なる従妹殿、たしかに（部屋にはほかに誰もいなかったのに、彼は話し続けながら、声を潜めた）ある点では、ぼくたちの感じ方は同じにちがいないと思います。あなたのお父様の交際相手として、同じ身分か、より高い身分の人が加われば、お父様より低い身分の人たちを遠ざけるうえで、役に立つんじゃないですか」

ウィリアムはこう言いながら、さっきまでクレイ夫人が座っていた席のほうに目を向けていたので、誰のことを言っているのかは、じゅうぶんよくわかった。アンは、ウィリアムと自分が同じ種類のプライドを持っているとは思えなかったが、彼がクレイ夫人のことを好きでないのは、嬉しかった。父に偉い親戚ができればよいというウィリアムの願いは、クレイ夫人を遠ざけたいという点から見ると、もっともなことだとアンは思った。

第17章

サー・ウォルターとエリザベスがローラ・プレイスで根気強く幸運を追い求めている間に、アンのほうは、それとはまったく違った種類の知り合いと旧交を温めつつあった。

アンはバースの学校時代の恩師を訪ね、その先生から、昔親切にしてくれたある旧友が、いま辛い目に遭っているという話を聞いて、黙って放ってはおけなくなったのである。かつてのミス・ハミルトン、現在のスミス夫人は、アンがいちばん辛かった時期に優しくしてくれた人物だ。もともと感じやすくてあまり元気のない十四歳の少女だったアンは、大好きな母親を亡くしたことがひとしお悲しく、親元を離れて寂しい思いをしていた。そのとき三つ年上だったミス・ハミルトンは、引き取ってくれる近い親戚がいなくて、あともう一年学校に残ることになっていた。彼女がアンの力になり、親切にしてくれたおかげで、辛さもかなり和らいだ。その思い出は、アンにとっていまでも忘れられないものだった。

ミス・ハミルトンは学校を去ったあと、間もなく結婚し、夫は財産家だという噂を耳にしていたが、アンが彼女について知っているのは、そこまでだった。ところが、いま恩師から聞いた話によれば、彼女の状況がずいぶん変わってしまっていることが、わかったのだ。スミス夫人はいまや寡婦で、貧しかった。夫が金遣いの荒い人だったのである。二年ほど前に夫が亡くなったときには、経済的にひどく困窮していた。その対処のために、彼女はあらゆる困難に遭遇し、そうした心労に加えて、重いリウマチ熱にかかり、ついに病が足にまで及んで、いまは足が不自由になっていた。スミス夫人は治療のためにバースに来ていて、温浴のできる場所の近くにひっそりと住んでいるのだが、使用人の助けで生活を快適にする余裕もなく、当然ながら、ほとんど人づき合いもしていなかった。

恩師から、あなたが訪ねてあげたら、スミス夫人はきっと喜ぶにちがいないと言われて、アンは早速訪問することにしたのである。アンは、恩師から聞いたことも、これから自分がしようとしていることについても、家族には話さなかった。家で話しても、興味を持ってもらえるはずがなかったからだ。アンは、レディー・ラッセルにだけは相談した。レディー・ラッセルは、すっかりアンの気持ちをわかってくれて、ウェストゲイト・ビルディングズ[1]のスミス夫人の住まいの近くまで、馬車で連れて行ってあげましょうと言ってくれたので、アンはそうしてもらうことにした。

　アンが訪問し、二人のつき合いが再開し、友情が蘇った。最初の十分間は気まずさもあり、お互いに思うところもあった。別れて以来十二年が経っていて、互いに対するイメージも、いくらか変わっていた。若々しく、おとなしく、未熟な十五歳の少女だったアンは、いまは二十七歳の優雅な女性となり、若さを失いつつも美しくなっていた。その態度は、前と変わらず優しかったが、意識的な礼儀正しさが加わっていた。綺麗で元気溌剌としたお姉さんらしいあのミス・ハミルトンは、十二年経って、貧しい身体の弱い寄る辺のない寡婦になってしまい、以前面倒をみていた友達の訪問を、恩恵として受け入れなければならなかった。しかし、再会の気まずさが間もなく消えると、かつてお互いに仲がよかったことを懐かしみ、昔の話をするのが、ただただ楽しかった。

　スミス夫人は、いまもきっと良識のある感じのいい人だろうと思って、アンが会ってみると、やはりそのとおりだったし、予想以上に話し好きで陽気な人だった。過去の派手な生活も――スミス夫人は社交界にもよく出入りしていたのだ――現在のつつましい生活も、そして、病気も悲しい経験も、彼女の心を閉ざしてしまうことはなく、陽気さを奪ってしまうことはなかったようだ。

二度目に訪ねていくと、スミス夫人はさらに包み隠さず話してくれたので、アンはますます驚いた。スミス夫人ほどわびしい状況があろうとは、想像もできなかったからである。彼女は大好きだった夫を、埋葬しなければならず、裕福な生活に慣れていたのに、貧乏になってしまったのだ。もとの生活を取り戻して幸せになるための縁（よすが）となる子供もなく、いろいろと厄介なことを助けてくれる親戚もなく、苦難を乗り越えていくための健康すら失っていた。住まいは、騒々しい居間とその奥にある寝室だけで、その二部屋の間を移動するにも、たったひとりの使用人に頼んで、助けてもらわなければならない。外出といえば、温浴に連れて行ってもらうことしかなかった。にもかかわらず、疲れたり落ち込んだりしているときはごくわずかで、編み物をしたり楽しんだりしている時間のほうがずっと多いような様子だった。どうしてこんなことができるのだろう？　アンはその様子をじっと見つめ、観察し、頭を巡らせたう

1　バースの町の低地で、流行遅れの貧しい区域。温泉のすぐ近くなので、治療のために頻繁に通えて、長距離を移動できない人にとっては好都合な場所。

えで、こう結論づけた。これは、不屈の精神で乗り越えているとか、たんなるあきらめのようなものではないと。

忍従の精神があれば、辛抱強くなるだろうし、強い知力があれば、決然とした態度も貫けるだろう。しかし、それだけではない何かが、ここにはある。心の柔軟さ、元気を出そうとする気質、災難から善へと切り替えようとする力、我を忘れるような仕事を見つけ出す能力のようなものがあって、それは持って生まれたものなのだ。天性の恵みとして、最上のものとも言えた。そのおかげで、ほかにどんな不足があっても、埋め合わせができるよう天に定められた珍しい人なのだと、アンはスミス夫人について考えた。

本人の話によれば、スミス夫人も、もうちょっとで挫けてしまいそうになったこともあったという。最初にバースに着いたころのひどい病状と比べれば、いまは病人とは言えないぐらいましになった。そのころは、本当に惨めな状態だった。旅の途中で風邪をひき、下宿に落ち着いたと思ったら、すぐに寝たきりになってしまい、ひどい痛みに耐え続けなければならなかった。周りは知らない人ばかりで、しかも、常時看護してくれる人が絶対に必要だったのに、そのときは特別な出費に対応できるような経済状態ではなかった。

しかし、なんとか切り抜けることができて、それが自分のためになったと、いまでは心から言える。その後、いい人たちに会えたので、慰めも増えた。これまでずいぶん世の中を見てきたので、どこへ行っても私欲のない好意にすぐ出会えるなどとは期待していなかった。ところが、今度の病気でわかったのだが、下宿の女主人は、自分の評判を気にしていて、下宿人を粗末に扱うようなことをしない人だった。特に運が良かったのは、たまたま女主人の妹が看護師で、仕事のないときにはいつもこの下宿にいたのだが、ちょうどそのとき手が空いていたので、看護してくれることになったのだ。スミス夫人は言った。

「このルックさんという人は、私の看護をしっかりしてくれるだけじゃなくて、私にとって本当に大切なお友達にもなってくれたの。私が回復して手が使えるようになると、すぐにルックさんは私に編み物を教えてくれて。これがとっても楽しいのよ。私の周りにたくさんあるこういう小さな糸入れとか、針刺しとか、名刺ケースとかいった小物の作り方なんかも、ルックさんが教えてくれたの。近所の貧しい人たちにちょっと施し物を差し上げるのにも、こういうものがあると、ちょうど間に合うのよ。看護師という職業柄、知り合いが多くて、そういう人たちのなかには、買ってくれる人もいるので、ルックさんは私の作ったものを商品として売ってくれるの。売る話へもっていくときのタイミングをつかむのが上手い人なの。きつい痛みが引いたときとか、健康を回復したときなんかは、みんな気前よくなるものでしょ。そういうときを見計らって、ルックさんは話をしてくれるわけなの。そつがなくって、頭がよくて、物のわかった人よ。看護師って、人間性を観察するのにもってこいの職業ね。ルックさんは良識があって、観察力も鋭い人だから、お友達としては、抜群よ。ただ最高の教育を受けましたっていうだけで、いっしょにいても学ぶべきものがないような人よりも、ずっと優れているわ。看護師の話すことなんて、ただの噂話にすぎないって言う人もいるかもしれないけれども、ルックさんと三十分いっしょにいたら、必ず何かしら面白いことやためになること、人間ってどういうものかがよくわかるような話をしてくれるのよ。世の中のことは聞いておきたいし、軽薄なばかげたことでも、いまの風のことは知っておきたいものよね。私みたいに独りぼっちの人間にとっては、あの人と話をすることは、とっても楽しいことなの」

アンはそういう楽しみについて文句をつける気はなかったので、こう答えた。「そうでしょうね。そういうお仕事をしている女の人たちは、いろいろな機会があるから、その人が知的な人なら、話を聞く価値があるでしょうね。ふだんから、さまざまな人間を目撃することが、多いでしょうから！　看護師さんがよく知っているのは、人間の愚かな面だけではないでしょうし。時には、とても興味深い状況や感動的な場面なんかでも、人間性を見ることがあるでしょう。熱烈で、私欲のない、無私の愛情とか、英雄性、不屈の精神、忍耐、あきらめ——それに、私たちを最も高めてくれる心の葛藤や犠牲といったようなあらゆる事例も、目にすることがあるでしょうね。病室では、何冊もの本を読むのと同じぐらい多くを学ぶことだって、少なくないと思います」

「そうね、そういうことも時にはあるかもしれないわね」スミス夫人は、ちょっと疑わしげに言った。「あなたが言うほど、高尚な形で学べることは、そんなに多くはないかもしれないけれど。試練に出会って、人間性が偉大さを発揮することも、たまにはあるかもしれないわ。でも、たいがいは、病室で見られるのは、人間の弱さのほうで、あまり強い面にはお目にかかれないかもしれないわね。寛大さや不屈の精神よりも、我儘や、我慢の足りなさについて耳にすることのほうが多いかもしれないわ。この世の中には、本当の友情なんてものは、めったにないでしょ！」そして、小声で慄きながら言った。「残念ながら、友情について真剣に考えたときには、もう手遅れってことが多いのよ」

こんな気持ちになるのは不幸なことだと、アンは思った。きっと夫が頼りなかったために、夫人はよからぬ種類の人間と関わりを持つことになり、世の中のことを悲観的に見ざるをえなくなったのだろう。しかし、それは一瞬のことで、スミス夫人はそういう思いを振り切り、明るい調子で続けた。

「ルックさんがいま仕事をしている家では、あまり面白いことも、勉強になることもなさそうなの。マールバラ・ビルディングズのウォリス夫人の看病をしているだけだから。その人は美人だけど、愚かで贅沢な、流行を追いかけているだけの人。だから、レースとか装飾品だとかの話しかしないみたい。でも、ウォリス夫人には、しっかり品物を買ってもらうつもりよ。お金持ちだから、私の手持ちのものは、高い値段で買ってもらいたいと思っているの」

アンが何度かスミス夫人を訪ねていくうちに、この友人の存在は、カムデン・プレイスでも知られることになった。アンはついに、スミス夫人のことを、家族にも話さざるをえなくなったのである。ある朝、サー・ウォルターとエリザベス、クレイ夫人がローラ・プレイスから戻ると、レディー・ダルリンプルからその日の夜にお越しくださいという招待が、急に届いたのである。しかしアンは、その日の夜は、ウェストゲイト・ビルディングズで過ごすという先約があった。アンは、断る理由があったことを、残念には思わなかった。きっとレディー・ダルリンプルは、風邪をひいて外出できなくなったために、しつこくせがまれていた親戚づき合いを、このさいしておこうと思ったただけなのだろうと、アンは踏んでいた。だから彼女は、「私は今晩、昔の学校時代の友達と会う約束がありますから」と自分の都合を言って、さっさと断った。彼らはアンに関することには何ら興味はなかったけれども、その学校時代の友達が何者かということは、いちおう聞いておこうとした。アンから話を聞くと、エリザベスは軽蔑を露わにし、サー・ウォルターは厳しい調子で言った。

「ウェストゲイト・ビルディングズだって！　エリオット家の令嬢アンがわざわざウェストゲイト・ビルディングズの誰を訪問するんだね？　スミス夫人だったね。未亡人のスミス夫人か。夫は何者だったんだ？　スミスなんて名前には、どこへ行っても出会うが、そういうごまんといるようなスミスのひとりなんだろうね。その友達のどこがいいんだ？　年をとっていて、病気なんだろ？　アン・エリオットお嬢様は、ずいぶん変わった趣味の持ち主だねえ。ほかの人ならぞっとするようなことばかりなのに。下賤な人間との交わりとか、粗末な部屋とか、不潔な空気とか、むかつくようなつき合いとかが、お好きらしいね。だが、その年寄りの女性と会うのは、明日まで延ばしてもかまわんだろう。すぐに死ぬってわけでもないだろうから、また別の日に会ってやればいいさ。それで、何歳なんだね、四十歳か？」

「いいえ、まだ三十一歳にもなっていません。でも、約束を先延ばしにすることはできません。だって、あの人と私の両方の都合がいい夜は、今日を外したらしばらくないのですもの。明日は、あの人は温泉に行くし、今週のほかの日は、私たちは約束が入っていますでしょ」

「レディー・ラッセルは、そのお知り合いのことを、どうお思いになっているのかしら？」エリザベスは尋ねた。

「何も問題はないと思っていらっしゃるみたい」アンは答えた。「逆に、認めてくださっているわ。私がスミス夫人を訪ねていくときには、いつも馬車で送ってくださるのよ」

「近くの歩道に馬車が乗り付けたりしたら、ウェストゲイト・ビルディングズ界隈では、さぞ驚いたことだろう」サー・ウォルターは言った。「サー・ヘンリー・ラッセル未亡人の馬車には、紋章こそ付いてはいないが、立派な馬車で、エリオット家の令嬢を乗せているということぐらいは知られているはずだ。ウェストゲイト・ビルディングズに下宿している未亡人のスミス夫人がねえ！　貧乏な未亡人で、生きていくのもやっとというような、三十から四十の間のスミス夫人がねえ！　どこにでもいるような、ありきたりの名前のスミス夫人とやらが、アン・エリオットお嬢様の知り合いに選ばれるとは！　お嬢様ご自身の親戚で、イギリスとアイルランドの貴族でもあるダルリンプル子爵夫人よりも、そっちが優先されるとはねえ！　スミス夫人、いや、立派なお名前だ！」

この会話が交わされている間ずっと同席していたクレイ夫人は、この辺りで席を外したほうがよいだろうと思った。アンはひと言、自分の友達のスミス夫人は、父や姉の友達のクレイ夫人と、知り合いとしての資格はあまり変わらないのではないかと、言いたくなったが、父の名誉を傷つけまいと思いとどまり、返事をしなかった。バースにいる三十から四十の間の寡婦で、経済的ゆとりがなく、立派な苗字を持たない人は、スミス夫人だけではないということを、父もそのうち思い出すだろうと思ったのである。

アンは自分の約束を守った。ほかの家族たちは自分たちの約束を守り、当然のことながらアンは、翌日それがどんなに楽しい夜だったかを聞かされることになった。一同のなかで欠席したのは、アンだけだったからだ。サー・ウォルターとエリザベスは、子爵夫人のもてなしを受けただけでなく、ほかの人たちも連れてくるようにと言われたので、レディー・ラッセルとウィリアム・エリオットもわざわざ行くことになったのだ。そのため、ウィリアムは、ウォリス大佐の家を早めに引き揚げなければならず、レディー・ラッセルもお供するために、その夜の計画を調整し直さなければならなかった。

アンは、それがどういう集まりであったかという話を、レディー・ラッセルから一部始終聞かされることになった。アンにとって特に興味深かったのは、レディー・ラッセルとウィリアムとの間で、アンもいっしょに来ればよかったのにという話がしきりに交わされ、二人とも残念がったこと、そして、彼女の欠席の理由を知ると、ますます感心したということである。アンが親切にも、病気で困っている昔の学校時代の友達を訪ねたということに、ウィリアムはずいぶん感じ入ったようだった。アンのことを、若いのに、まれに見るすばらしい女性だと彼は言った。その気質や振る舞い、心持ちなど、まさに女性の鑑だと。アンがいかに優れているかという話になると、ウィリアムはレディー・ラッセルにさえ負けてはいなかった。アンは、レディー・ラッセルからこういう話を聞かされ、頭のいい男性から自分がそこまで高く評価されているのかと思うと、嬉しくて気分が高揚した。それは、レディー・ラッセルの思うつぼだった。

レディー・ラッセルはいまや、ウィリアムについての自分の考えをすっかり固めてしまっていた。ウィリアムがそのうちアンに求婚するはずで、彼はアンに相応しい相手だと決めてかかったのである。あと何週間したら、妻が亡くなってから喪が明けて、彼はアンに対して存分に魅力を振りまけるようになるのだろうと、レディー・ラッセルは計算し始めた。しかし、彼女はこれについて自分が思っていることを、はっきりとアンに話そうとはしなかった。今後どうなるのだろうかという予想や、ウィリアムがアンのことが本当に好きで、アンも同じ気持ちなら、よい縁かもしれない、というようなことを、ちょっとほのめかしてみるだけだった。これを聞いたアンも、特に強い反応は示さず、ちょっと微笑んで、静かに首を横に振っただけだった。

「あなたもご存じのとおり、私は縁結びが得意なわけじゃないのよ」レディー・ラッセルは言った。「人には何が起こるかわからないし、そんなに予測どおりにいくものではないってことを知っていますからね。ただ、もしウィリアムさんがこれからあなたに結婚を申し込んできて、あなたもお受けしようというのなら、きっとお二人は幸せになるにちがいないと思うわ。誰が見ても、お似合いのカップルでしょうけれども、私はまさに最高だと思うのよ」

「ウィリアムさんは、とっても感じのいい方だし、いろいろな面ですばらしい人だと、私も思います」アンは言った。「でも、私たちは合わないと思います」

レディー・ラッセルはこれには応じようとせず、ただこう答えた。「あなたが将来、ケリンチ屋敷の女主人になって、いずれレディー・エリオットを名乗ることになると思うと――つまり、あなたがかつてのお母様の座に就いて、お母様の権限や人望、優れた人柄などをあなたが引き継ぐのかと思うと、私にはこれ以上ないくらい嬉しいことなのよ。あなたは、お顔も性質も、お母様の生き写しだもの。そんなあなたが、お母様と同じ立場、名前、家庭を受け継いで、同じ場所に立って、お母様以上に尊敬されているさまを想像してしまうとね！――アン、私のような年になると、こんなに楽しみなことはないのよ」

アンは目を逸らして立ち上がり、離れた場所にあるテーブルのところへ歩いていって、身をかがめて用事をするふりをしながら、レディー・ラッセルの描き出した図によって掻き立てられた思いを鎮めようとした。しばらくの間、想像力が膨らみ、わくわくするような気持ちになった。自分が以前の母のようになり、「レディー・エリオット」という価値ある名前になることが、まず頭に浮かんだ。そして、ケリンチ屋敷に戻って、そこをまた我が家と呼ぶことができる、いや、いつまでも我が家にできる。そう思うと、即座に抵抗できないような魅力を感じた。

レディー・ラッセルはもうそれ以上何も言わず、成り行きに任せようと思った。もしちょうどこの瞬間にウィリアムが現れてプロポーズすれば、すぐに話がまとまるのに、と心のなかで思わずにはいられなかった。つまり、アンが考えてもいないことを、レディー・ラッセルは勝手に信じていたのである。というのも、アンのほうは、まさにウィリアムが現れてプロポーズすることを想像して、気持ちが冷め、落ち着きを取り戻していたからである。ケリンチ屋敷の魔力も、「レディー・エリオット」という名前の呪縛も、解け去ってしまったのである。ウィリアムの求婚を受け入れることはできない。それはただ、あのひとりの人以外の男性は嫌だという思いが、いまだにあるからだけではない。ウィリアムとの結婚の可能性について真剣に考えてみると、どうしてもウィリアムとは結婚できないという判断に至ってしまうのだ。[2]

ウィリアムとつき合い始めてからひと月になるが、彼がどういう人物なのか本当にわかったという気がしなかった。分別のある感じのいい人だということ、話が上手で、好ましい意見を述べ、適切な判断をする力があり、節操のある人らしいということは、じゅうぶんにわかる。何が正しいかをわきまえた人であることは確かだし、道徳的な義務に明らかに反するようなことをしたことは、一度もなかった。

2　★「あのひとりの人」とは、ウェントワース大佐のこと。敢えて固有名詞が用いられていないことから、アンの心のなかに、つねにウェントワース大佐が存在していることがうかがわれる。また、理由が示されないままウィリアムとの結婚を拒んでいることから、アンのなかに、ウィリアムを好ましくない人間であるという直感が潜んでいることが、ほのめかされている。

しかし、彼の行動に関しては、何とも言えなかった。現在はともかく、過去のウィリアムに対して疑念を拭(ぬぐ)えなかった。彼が以前つき合っていた人たちの名前が、時たま出てきたり、以前にやっていたことや習慣になっていたことに話が及んだりすると、いったい前はどんな人だったのかと、首をかしげるようなこともあった。以前には悪い習慣があったように、アンには思えた。安息日に出歩くようなことも、たびたびあったようだし、[3]少なくとも、宗教的な習わしをなおざりにするようなことも一時期——おそらくけっこう長い間——あったらしい。いまはまったく考え方が変わっているとしても、本心がどうかまで見極められるだろうか? こんなに頭がよくて用心深い人で、しかも、よい評判がいかに大切かということをわきまえるだけの年になっているのだから。彼の心が本当に清められたということが、どうやって確かめられようか?

ウィリアムは理性的で分別があり、洗練されてはいるけれども、率直さがない。感情を爆発させるということがなく、他人が良いことをしても悪いことをしても、喜びで熱くなったり怒りでかっとしたりすることもない。これはアンにとって、決定的な欠陥だった。若いときからの彼女のそういう感じ方は、変わらなかった。彼女は、率直で隠し立てのない、熱意のある性格を、他の何にも増して重んじていた。心の温かさや熱意というものに、いまもアンは魅了されるのだった。時として思わず不注意なことを言ってしまったり早まったことをしてしまったりするような人のほうが、いつも落ち着き払った態度で、うかつなことを決して言わないような人よりも、誠実さという点で信頼できるように感じるのだった。

ウィリアムはいつも誰彼となく愛想がよすぎる。父の家に出入りする人々のなかには、さまざまな性格の人がいるのに、彼はみなに気に入られている。辛抱強すぎて、誰からもよく思われすぎる。彼はアンに対して、クレイ夫人のことをある程度率直に話し、クレイ夫人の思惑を見透かしていて、彼女のことを軽蔑しているようだが、クレイ夫人のほうでは彼のことを誰よりも感じのよい人だと思っている。

レディー・ラッセルは、アンよりも見方が深いのか浅いのかわからないが、いずれの理由からにせよ、ウィリアムに対して不信感を抱くことはなかった。彼女は、ウィリアムほど理想的な男性は想像できなかった。今度の秋には、ウィリアムが、わが娘のように可愛いアンの手をとってケリンチ教会の祭壇に立つ姿が見られるのかと思う

3　安息日は神聖なものであると信じられていたので、その日に活動するのは悪いこととされていた。日曜日に旅をすることは教会行きを怠ることを意味した。

と、レディー・ラッセルにとってこんなに嬉しいことはなかったのである。

第18章

二月上旬になった。バースに来てから一か月経ち、アンはアパークロスとライムからの便りを、日々待ちわびていた。メアリが伝えてくることだけでは、物足りなかったのだ。もう三週間も、誰からも便りがない。ヘンリエッタがアパークロスに帰宅したこと、ルイーザが順調に回復しているけれどもまだライムにいるということしか、アンは知らなかった。ある日の夕方、アンがマスグローヴ家の人たちのことをあれこれと考えていたとき、ちょうどメアリからいつもより分厚い手紙が届いたのだった。なんとクロフト提督夫妻からの挨拶状まで添えられていたので、アンは驚き、急に嬉しくなった。

ということは、クロフト夫妻がバースに来ているにちがいない！　これはアンにとって、興味惹かれることだった。夫妻は、彼女の心が自ずと向かうような人たちだったからだ。

「何だい、それは?」サー・ウォルターが言った。「クロフト夫妻がバースに着いたって? ケリンチ屋敷を借りているあのクロフトかね? その連中がアンに何を渡してきたんだ?」

「アパークロス・コテージからメアリの手紙を預かって来てくださったんです」

「ああ、そうか。うちの娘からの手紙があれば、我が家と関係を持つために都合のいい手だと考えたわけだな。紹介状代わりになるもんな。そんなことしなくたって、こっちから一度クロフト提督を訪ねてやってもいいのに。私も、自分の屋敷の借り手に対する義務ぐらいは、わきまえているさ」

アンは、それ以上父の話を聞いていられなかった。気の毒な提督の顔が日焼けしているかどうかというような話が、そのあと続いたかどうかもわからないほど、彼女の頭は手紙のことでいっぱいだったのだ。手紙を書き始めた日付は、数日前になっていた。

二月一日

アンお姉様へ

しばらくご無沙汰していましたが、お詫びするまでもないと思います。バースみたいなけっこうな場所にいる人たちは、手紙のことなんか気にも留めていないでしょうね。お姉さんもそちらでずいぶん楽しんでいて、アパークロスのことなんかどうでもいいと思っているのでしょう。どうせこちらは、とりたてて書くほどのことなどありませんから。クリスマスは、本当につまらなかったわ。本家の両親は、クリスマス休暇に、一回もディナー・パーティーを開いてくれなかったのよ。ヘイター家は呼んだけれども、あそこの家は数のなかには入りません。とうとう休暇も終わってしまったわ。子供たちにとっても、こんなに長く感じられたつまらない休暇は、初めてだったんじゃないかしら。私は初めてよ。家のなかは、昨日片付いたけれども、まだハーヴィルさんのところの子供たちが残っているの。あの子たち、ここへ来てからまだ一度も家に帰っていないなんて、お姉さんも聞いて驚くでしょ？　ハーヴィルさんの奥さんは、母親のくせに、よくもそんなに長い間、子供たちと離れ離れでいられるものね。理解できないわ。私には、あの子たちは全然いい子に思えません。でもマスグローヴのお義母さんは、あの子たちのことが気に入っているみたい。もちろん自分の孫ほどというわけじゃないけれど。こっちの天気は、ずっとひどいのよ！　バースにいたら、舗道があるからいいけれども、田舎じゃ、泥だらけでたいへんよ。一月も第二週に入っているのに、まだ私のところには誰も訪ねてきてくれなくて、来たのはチャールズ・ヘイターだけ。あんな人、お呼びじゃないのに、しょっちゅう来るんだから。ここだけの話だけど、ルイーザがライムに残っている間は、ヘンリエッタもずっとあっちにいればよかったのに、残念だわ。そうすれば、ヘンリエッタをチャールズ・ヘイターに会わせずに済んだのに。迎えの馬車が、今日家から出発したので、明日、ルイーザとハーヴィル夫妻を乗せて帰ってくるの。でも、私たちは、明後日まで食事に誘われていないのよ。本家のお義母さんが、ルイーザが旅で疲れているだろうって、やけに心配しているの。あれだけ気を遣ってもらいながら帰ってくるんだから、疲れているはずないけれど。私としては、明日本家で食事をするほうが、都合がいいのに。お姉さんが、ウィリアム・エリオットさんのことを感じのいい人だと思ったのは、よかったわね。私もあの人と親しくなりたいわ。でも、いつもながらの損な巡り合わせで、いいことが起きるときには、私はいつもそこにいないのよね。いつだって私は、家族のなかでいちばん後回しにされるのよ。クレイさんは、ずいぶん長い間、エリザベス姉さんといっしょにいるのね！　あの人、帰るつもりないのかしら？　でも、かりにあの人がいなくなって、その分空きができたからといって、私たちが招かれるわけでもないのでしょうね。

お姉さんは、どう思う？　もちろん、家の子供たちまで呼んでもらえるとは、私も思っているわけではないの。一か月か一か月半ぐらいなら、本家に子供たちを預けておけるから、私は大丈夫なのよ。たったいま、クロフト夫妻がこれからバースへ向かうところだって、聞いたわ。提督が痛風にかかっているらしいの。チャールズがたまたま、その話を聞いたんですって。あの人たちは、私にはちゃんと知らせてくれなかったし、何か言付けましょうかと、気を遣ってさえくれないのよ。きっと、うちとは近所づき合いしたいとは思っていないのね。最近全然会わないし、完全に無視されていることが、これでよくわかったわ。チャールズから、どうぞよろしくとのことです。かしこ。

メアリ・Mより

私は、全然体調がよくないのよ。ジェマイマが言うには、ひどい喉風邪が流行っているって、肉屋が話していたそうよ。私はきっとそれにかかってしまったのね。しかも、私の喉風邪は、いつも誰よりもひどいのよ。

一通目の手紙は、ここで終わっていた。続いて、これと同じぐらいの長さの二通目の手紙が同封されていた。

ルイーザが旅を持ちこたえられたかどうか、ひと言お姉さんに伝えようと、まだ手紙に封をしなくて、本当によかったわ。付け加えなければならないことが、いっぱいあるんだもの。まず、昨日クロフト夫人から、何かお姉さんにお伝えしましょうか、という申し出のお手紙をいただいたわ。ちゃんと私に気を遣って、親切に言ってきてくださったの。だから、好きなだけ長い手紙を書けるわけよ。提督は、そんなに具合悪くなさそうだし、期待どおり、バースの温泉で回復なされればいいわね。また、こっちに帰ってこられたら、お会いしたいわ。ご近所には、ぜひああいう感じのいい方たちにいていただきたいもの。でも、とにかくいまはルイーザの話をしなくちゃね。お姉さんをびっくりさせるような話よ。ルイーザとハーヴィル夫妻は、無事、火曜日に着いたんだけれども、その夜、ルイーザの様子を聞きに本家へ行ってみたら、ベンウィック大佐が来ていなかったの。大佐は、ハーヴィル夫妻といっしょに招かれていたものだから、ちょっと意外だったのよね。その理由はなぜだと思う？　なんと、ベンウィック大佐はルイーザに恋をしていて、本家のお義父さんから返事をもらうまでは、アパークロスに来る気になれないっていうの。ベンウィック大佐とルイーザとの間では、出発前にもうすっかり話ができていて、彼がルイーザのお父さんに結婚の承諾をもらう手紙を書いて、ハーヴィル大佐に渡してもらうことになったというわけ。これ、本当の話なのよ。びっくりしない？　お姉さんが、このことにちょっとでも勘づいていたとすれば、それだけでも私には驚きよ。だって、私は気づかなかったもの。本家のお義母さんは、そんなことはまったく知らなかったって、言い張っているわ。でも、みんな、とっても喜んでいるの。だって、ウェントワース大佐と結婚するほどいい話ではないにせよ、相手がチャールズ・ヘイターよりは、断然いいもの。本家のお義父さんが同意の手紙を出したから、ベンウィック大佐は明日来ることになっているの。ハーヴィル夫人の話では、ハーヴィル大佐はご自分の亡くなった妹のことを哀れんで、いろいろ思うところもあるようだけれど、ルイーザはハーヴィル夫妻のお気に入りだって。ハーヴィル夫人も私も、ルイーザを看病したから、それだけ余計、あの子に愛情を持つようになったという点では、意見が一致しているの。チャールズは、ウェントワース大佐はどう思うだろうって、言っているわ。でも、お姉さんは覚えているかどうか知らないけれど、私はウェントワース大佐がルイーザのことを好きだなんて、思ったことはなかったわ。そんなふうに見えたことは、一度もなかったもの。ベンウィック大佐がお姉さんの称賛者だっていう説もあったけれど、これでお仕舞いね。どうしてチャールズがそんなことを思いついたのか、私にはさっぱりわからなかったけれど。チャールズにも、もっとマスグローヴ家の長男として、しっかりしてほしいわ。マスグローヴ家の娘としては、ルイーザにとって大した結婚とは言えないけれども、ヘイター家の人間と結婚するよりは、百倍ましよ。

アンはこのことに勘づいていたのではないか、とメアリは書いているが、とんでもないことだった。これほど驚いたことは、アンはこれまでに一度もなかった。ベンウィック大佐とルイーザ・マスグローヴとは！　あまりにも不思議で、信じられない。部屋でじっとしたまま、落ち着いた態度を保ち、父からのありきたりの質問に対して返事をするだけでも、たいへんな努力を要した。幸い、あまり質問はされなかった。サー・ウォルターが知りたがったのは、クロフト夫妻が四頭立ての馬車で旅をしてきたのかどうかとか、夫妻がバースで滞在しそうな場所は、エリザベスと自分が訪問するのに相応しいようなところかどうか、というようなことぐらいである。それ以上のことは、ほとんど関心がなさそうだった。

「メアリはどうしているの？」とエリザベスは尋ねたが、答えを聞こうともせず、続けた。「クロフト夫妻は、いったい何のためにバースに来たのかしら」

「提督が痛風らしいので、療養にいらしたの」

「痛風にもうろくか！」サー・ウォルターは言った。「気の毒な年寄りなんだな」

「こちらには、どなたか知り合いがおられるの？」エリザベスは尋ねた。

「知らないわ。でも、クロフト提督のお年や職業からすると、こういう場所には、あまりお知り合いがおられないんじゃないかしら」

「クロフト提督は、バースでは、ケリンチ屋敷の借り手として有名になるんじゃないかな」サー・ウォルターは冷ややかに言った。「エリザベス、われわれは、クロフト提督夫妻を、ローラ・プレイスに思い切って紹介したほうがいいかね？」

「あら、そんなことできないわよ。私たちは、ダルリンプル子爵夫人の親戚なんだから、子爵夫人が知り合いと認めないような人たちとお引き合わせして、気まずい思いをさせないように、じゅうぶん気をつけなくては。親戚でないのならかまわないけれども、私たちが親戚であるばっかりに、私たちの申し出に対して、子爵夫人はお気遣いなさると思うの。クロフト夫妻には、ご自分たちの分際にとどまってもらったままのほうがいいわ。この辺りでは、時々変な人たちが歩いているけれど、海軍軍人なんですってよ。クロフト夫妻は、ああいう人たちとつき合っているんでしょ」

メアリからの手紙に関して、サー・ウォルターとエリザベスが興味を持ったのは、これだけだった。クレイ夫人が敬意を表して、チャールズ・マスグローヴの奥様と可愛い坊ちゃまたちはお元気ですか、と気遣いの言葉を述べたあと、アンはその場から解放された。

自分の部屋で独りになったアンは、いったいどういうことなのか考えようとした。チャールズが、ウェントワース大佐はどう思うだろうと言うのも、当然だ。たぶん、ウェントワース大佐は、恋の戦場を去り、ルイーザのことをあきらめ、もう彼女のことを愛さなくなり、自分がルイーザを愛していないということに気づいたのだろう。ウェントワース大佐とベンウィック大佐との間で、裏切りとか軽率さ、あるいは、何にせよひどい扱いをしたというようなことがあったと考えるのは、耐えがたかった。あの二人のように親しい間柄で、友情が不当に引き裂かれたとは、考えたくはない。

それにしても、ベンウィック大佐とルイーザ・マスグローヴとは！　元気いっぱいで、楽しそうにおしゃべりするルイーザ・マスグローヴと、元気がなくて、物思いに耽りがちで、繊細な読書家のベンウィック大佐。あの二人ほど、不釣り合いな組み合わせはなさそうなのに。二人の心はまったく似ていない。いったいどこに惹かれ合ったのだろう? 答えはすぐに出てきた。状況だ。彼らは数週間いっしょにいて、小さな家族の集まりのなかで生活した。ヘンリエッタが帰っていったあとは、すっかりお互いに頼るようになった。ルイーザは怪我から回復したばかりで、みんなから注目されていたし、ベンウィック大佐も婚約者の死から立ち直れないほど落ち込んでいたわけではなかったのだ。この点に関して、アンは前からそうではないかという気がしていた。

いまの状況を見ると、アンはメアリとは違った結論がそこから引き出されるように思えた。つまり、ベンウィック大佐は、アンのことが好きになりかけていたのではないか、という推測がかえって強まったのである。だからといってアンは、メアリの意に背いてまで、自分の虚栄心を満足させるために、それ以上のことを詮索しようという気はなかった。ただ、まあまあ感じのよい若い女性で、彼の話を聞いてくれて、気持ちをわかってくれさえすれば、相手が誰でも同じような結果になったにちがいないと思った。ベンウィック大佐は愛情深い心の持ち主だから、誰かを愛さずにはいられないのだろう。

アンには、二人が幸せになれない理由は見つからなかった。まず、ルイーザは海軍が大好きだから、二人はすぐにも似た者同士になるだろう。ベンウィック大佐は陽気になるだろうし、ルイーザはスコットやバイロン卿の熱烈なファンになるだろう。いや、もうすでにそうなっているかもしれない。もちろん、二人はいっしょに詩を読みながら、恋に落ちたのだろう。ルイーザ・マスグローヴが文学の趣味を持ったり、感傷に耽ったりするなんて、想像しただけでも可笑しいが、きっとそうなっているのだろうと、アンは思った。ライムで過ごし、石堤から落ちたことは、ルイーザの運命を大きく変えてしまったばかりではない。彼女の健康と気力、勇気、そして性格までも、一生変えてしまうほどの影響をもたらしたのだ。

結論はこうだ。ウェントワース大佐のよさがわかる女性が、彼以外の人でも好きになれるというのならば、そういう婚約があっても何ら不思議がることはない。そして、それによってウェントワース大佐が友を失ったわけでもないのなら、残念がる必要もないことは確かだ。いや、我知らずアンの心をどきどきさせたのは、残念さではなかった。ウェントワース大佐が枷(かせ)から外れ、自由になったのだと思うと、彼女の頬は熱くなった。彼女は、自分でもそれ以上立ち入るのが恥ずかしいようなことを、いろいろと感じてしまった。それは、喜びにとても近い気持ちで、有頂天の気分といってもよかった。

アンは、ぜひクロフト夫妻に会いたいと思った。しかし、実際に会ってみると、夫妻の耳には、まだこの噂が届いていないということがわかった。クロフト夫妻から挨拶の訪問があり、こちらからも返礼の挨拶に行った。ルイーザ・マスグローヴのことも、ベンウィック大佐のことも話題に出たが、夫妻は特ににこやかな表情を浮かべることもなかった。クロフト夫妻はゲイ・ストリートに部屋を借りることになり、サー・ウォルターも、大いに満足した。そこならば、知り合いがいるといっても、全然恥ずかしくないからだ。実際、サー・ウォルターはクロフト提督のことをしょっちゅう考えたり、話題にしたりするようになった。逆にクロフト提督のほうは、そこまでサー・ウォルターのことを考えたり、話題にしたりすることもなかったが。

クロフト夫妻は、バースに知り合いがじゅうぶんたくさんいたので、エリオット家との交際を、たんなる儀礼上のものにすぎないと考えて、楽しみになどしていなかった。二人は、田舎での習慣どおり、バースでもいつも夫妻でいっしょに行動していた。クロフト提督は、痛風を治すために歩くことを心がけるように、医者から指示されていた。クロフト夫人も、何でも夫と行動をともにしようと考えていたので、夫の健康によかれと思い、一生懸命歩こうとしているようだった。

アンはどこへ行っても、夫妻を見かけた。レディー・ラッセルはたいてい毎朝、アンを馬車に乗せて連れ出していたが、そのたびにアンは、夫妻のことを思い出し、二人を見かけることになるのだった。アンは夫妻の気心をよく知っているので、二人の姿が幸福を絵に描いたように見えて、心惹かれた。視野に入っているかぎり、アンはいつもその姿を眺めては、二人でいっしょに歩きながら何を話しているのだろうと想像するのが楽しかった。あるいは、提督が昔の知り合いに出会って、親しく握手を交わしているのを見かけたり、夫妻が海軍将校たちと一箇所に固まって、何やら熱心に話をしている様子や、クロフト夫人が周りの軍人に劣らず知的で頭が切れそうな様子であるのを目にしたりすると、自分も嬉しくなってくるのだった。

アンはたいていレディー・ラッセルと行動をともにしていたので、ひとりで散歩することはめったになかった。しかし、クロフト夫妻がバースに到着してから一週間か十日ほど経ったある朝、アンはたまたま都合により、町の下手でレディー・ラッセルの馬車から降りて別れ、ひとりでカムデン・プレイスに歩いて帰ったことがあった。そしてミルソム・ストリートを歩いていたとき、幸運にもクロフト提督にばったり会ったのである。提督は版画展のショーウィンドーの前に独りで立ち、両手を後ろに組んで、何か版画らしきものにじっと見入っていた。アンは、気づかれずに通り過ぎることもできたのだが、つい彼の腕に触れて、声をかけてしまったので、ようやく相手も気づいた。とはいえ、アンだとわかっても、いつもどおりの気安い上機嫌さで、こんな調子で反応したのだった。

「ああ、あなたでしたか？　どうもどうも。お友達として扱っていただきまして。ここで、絵を眺めていたんですよ。この店の前を通りかかると、いつも足を止めてしまいましてね。しかし、何ですかね、これは船のつもりかな。ご覧なさい。こんな船、見たことありますか？　それにしても、画家っていうのは、どういうつもりなんでしょう。こんな古ぼけた、崩れかかった小さな船に命を預けようとする人間がいるとでも思っているんですかね。ほら、二人の紳士がこの船の上に突っ立って、えらく呑気に、岩やら山やらを眺めていますよ。次の瞬間にはきっと船が転覆するのに、まるでご存じないみたいだ。この船、いったいどこで造られたんだろうな」提督は大笑いしながら言った。「こんな船なら、馬を洗う小さな池を渡るのでさえ、御免こうむりたい。さてと」絵から目を離して、彼は続けた。「どちらへ向かっておられるんですか？　代わりに行ってあげましょうか？　それともお供しましょうか？　何かお役に立てますかな」

「ありがとうございます。同じ方向に行かれるのでしたら、ごいっしょできれば、嬉しいですわ。これから家に帰るところなんです」

「ぜひ、そうさせていただきましょう。もっと先まででもいいですよ。ごいっしょに、気持ちのいい散歩ができそうです。歩きながら、お話ししたいこともありますので。さあ、私の腕を取ってください、そう、そうです。女性と並んで歩かないと、どうも私は落ち着かなくってね。いやはや、なんという船だ！」連れ立って歩き始めながら、提督は絵のほうに最後の一瞥を投げかけて言った。

「何か、お話があるのですって？」

「ええ、これから話します。おや、知り合いのブリグデン大佐がこっちに来ます。ちょっとひと言挨拶だけしておこう。立ち止まるほどのことはない。やあ！　ブリグデンのやつ、じっとこっちを見ていますね。私が家内以外の女性と歩いているので、びっくりしているのかな。家内は可哀想に、足をやられてしまったんですよ。かかとに、三シリング硬貨ほどの水ぶくれができてしまいましてね。ほら、通りの向こう側に、ブランド提督とその弟が歩いてくるのが見えますよ。どっちも、むさくるしいやつらだなあ。あいつらがこっち側を歩いていなくて、助かりましたよ。ソフィーは、あの二人が嫌でたまらないと言っていますよ。前に、私にひどいことをしましてね——優秀な部下を何人か引き抜いていってしまったんです。その話はまた、今度お聞かせしますよ。あっ、サー・アーチボルド・ドルーとその孫がやって来る。こっちを見ている。あなたに投げキスをしていますよ。あなたのことを、家内と勘違いしているんですね。あのお孫さんにとっては、平和が早く来すぎて、仕事がないだろうな。お年寄りのサー・アーチボルドもお気の毒に。ミス・エリオット、バースはいかがですか？　われわれには、ぴったりの場所ですよ。しょっちゅう、昔のいろんな知り合いに会えますからね。毎朝、通りでたくさんの知り合いに会って、おしゃべりもたっぷりできます。みんなと別れて宿に戻って椅子に腰掛けたら、まるでケリンチ屋敷にいるみたいに、居心地いいですし。というか、ノース・ヤーマスやディール[1]にいるときみたいな感じかな。ここも悪くないと思っていますよ。ノース・ヤーマスで最初に借りた宿を思い出すみたいですけれどもね。戸棚から隙間風が吹いてくるあたりが、あのころとそっくりでね」

もう少し歩いていったとき、さっき何を話そうとなさっていたのですかと、提督に思い切ってまた催促してみた。ミルソム・ストリートを出たら、いよいよその話が聞けるものと思っていたのに、まだ切り出さない。提督は、もっと広々としていて静かなベルモント[2]に着くまでは、話を始めないつもりらしかったので、それまで待たされ

1　ノース・ヤーマスやディールは、海軍基地のある場所で、クロフト提督は以前そこに駐在したことがある。前者については、クロフト提督によって（↓第10章183頁）、後者についてはクロフト夫人によって（↓第8章143頁）言及されている。

るはめになった。アンはクロフト夫人とは立場が違うので、提督の好きなままにさせておくしかなかった。ベルモントに来て、坂道をかなり登ったとき、ようやく提督は話し始めた。

「ところで、あなたをびっくりさせるような話があるんですよ。えっと、これからお話しするあのお嬢さんですが、何という名前でしたかね。ほら、みんなでずいぶん心配した、例のお嬢さんですよ。マスグローヴ家のお嬢さん。その人の話なんですが。お名前はなんだっけ――すぐに忘れてしまいましてね」

アンはすぐにわかったということが知られるのは恥ずかしかったが、ここまで言われると、「ルイーザ」という名前を口にしやすかった。

「そうそう、ルイーザ・マスグローヴさんでした。いまどきのお嬢さん方は、お洒落な名前がたくさんありすぎて、覚えきれませんよ。みんながソフィーみたいな名前だったら、大丈夫なんだけれども。さて、そのルイーザさんですが、フレデリックと結婚するものとばかり、みんな思っていましたよね。フレデリックは、何週間もあの人を口説いていましたからね。いつになったら結婚するつもりなのだろうと、不思議だったくらいだ。そこへあのライムでの転落事故が起きて、お嬢さんの頭がしっかりもとに戻るまで、待たなきゃならないということはわかっていた。ところが、そのあとも変な具合でしてね。フレデリックはライムにとどまらずに、プリマスへ向かい、その後、兄貴のエドワードに会いにいった。われわれがマインヘッドから戻ってみると、彼はもうエドワードのところへ行ったあとで、ずっとそこに居付いてしまっているんです。われわれは、十一月からもうずっとフレデリックには会っていないんですよ。ソフィーでさえも、さっぱり訳がわからんと言っていました。ところがですよ、なんとそれから思いも寄らない展開になりましてね。このお嬢さん、マスグローヴさんが、フレデリックと結婚する代わりに、ジェイムズ・ベンウィックと結婚することになったんです。ジェイムズ・ベンウィックのことはご存じですよね」

「ええ、少しは。ベンウィック大佐とは少し面識があります」

「お嬢さんが、その人と結婚するっていうんですよ。いや、たぶんもう結婚しているんじゃないかな。だって、待つ必要なんかありませんからね」

「ベンウィック大佐は、とっても感じのいい方ですわ」アンは言った。「人物としても、立派な人だと思います」

2　ミルソムの北にあるベルモントは、住宅街で坂があり、交通量が少ないため、クロフト提督は話がしやすいと思ったらしい。

「ええ、わかっています。ジェイムズ・ベンウィックにけちをつけようってわけじゃないんです。たしかに、この前の夏、司令官になったところだが、このご時世だから、昇進が遅いのはしかたないし、別に彼には問題ないと思いますよ。優秀な気立てのいい男で、意欲も熱意もある士官ですからね。穏やかそうで、あなたにはそうは見えないかもしれませんが」

「そんなことありませんわ。ベンウィック大佐の態度を見て、元気がなさそうだと思ったことはありません。とっても感じのいい人だと思いますし、みんなそう思っているにちがいありません」

「まあ、女性の目は確かですからね。だが、ジェイムズ・ベンウィックは、ちょっとおとなしすぎるように、私には見えるんです。身内の贔屓目かもしれないが、ソフィーや私には、フレデリックのほうがあの男よりも立派に見えるんですよ。フレデリックのほうが、見どころがあるように、われわれには思えるんですけれどもね」

アンは板挟みになった。彼女はただ、元気のよさと優しさは相反するという、よくありがちな考え方に反論しようと思っただけで、ベンウィック大佐の態度が最高だとまで言う気はまったくなかった。ちょっとためらったあとで、彼女はこう切り出した。

「私はお友達同士のお二人を比べるつもりはありませんでしたので」すると提督がさ

えぎって言った。

「とにかく、これは確かな話なんです。ただの噂なんかじゃないんです。なにしろ、フレデリック本人から聞いたことなんですから。昨日、彼から姉のソフィーのところへ手紙が届いて、そこに書いてあったのですよ。フレデリックも、その話をハーヴィルからの手紙で知ったばかりだそうです。ハーヴィルはアパークロスにいて、婚約が行われたその場ですぐ知らせてきたんですよ。関係者はみんな、いまアパークロスにいるらしい」

アンは、せっかくの機会に黙ってはいられなかった。「提督、お尋ねしますが、ウェントワース大佐のお手紙は、あなたや奥様を心配させるような文面ではなかったのでしょうね？　たしかに去年の秋には、ウェントワース大佐とルイーザ・マスグローヴさんとは、想い合っているように見えました。ですが、その気持ちがお互いに冷めてしまったということで、喧嘩別れしたわけではないのでしょうね。ひどい目に遭わされたというような気持ちが、お手紙に書かれていなかったのならいいのですけれども」

「そんなことは全然書いてありません。最初から最後まで、ののしりもつぶやきも、ひと言もありませんよ」

思わず漏れた微笑みを隠そうと、アンは顔を伏せた。

「とんでもない、フレデリックは泣き言や愚痴を言うような男じゃありませんよ。あいつは、元気なやつですから、そんなけちなことはしません。娘さんが別の男のほうが好きだというなら、そっちを選ばせてあげるのが、いちばんいい」

「たしかに。でも、私がお聞きしているのは、ウェントワース大佐の文面に、友人からひどい目に遭わされたと感じている節がまったく表れていなかったかどうかなのです。そういう気持ちって、はっきり言わなくても、自ずと伝わってくると思うんですが。もしウェントワース大佐とベンウィック大佐の間で続いてきたような友情が、この種の事情で壊れてしまったり、傷がついてしまったりするのは、とても残念ですもの」

「ええ、おっしゃることは、わかります。でも、そういう感じが、あの手紙にはまったくなかった。ベンウィックのことは、これっぽっちも悪く言っていません。『ぼくは驚いています。驚くのが当然ですから』っていうようなことも書いていない。あの書きぶりを見たら――えっと、何ていう名前でしたっけ――あのお嬢さんのことを想ったことが、一度もなかったんじゃないかというぐらいですよ。気前よく、二人の幸せを願っていますし、許せないなんて節はまったくありません」

アンは、提督が伝えようとしたことを、確信しきれたわけではなかったが、これ以上尋ねても、無駄だろうと思った。そこで、ありきたりのことを言ったり、相手の話を黙って聞いたりするにとどめ、提督に好きなようにしゃべらせておいた。

「フレデリックも、可哀想に！」彼は最後に言った。「また、誰か別のお嬢さんと、やり直さなきゃならない。フレデリックをバースに呼んでやらなきゃなあ。ソフィーに手紙を書かせて、バースに来るように言わせよう。ここなら、綺麗なお嬢さんがたくさんいる。またアパークロスに行っても無駄だ。だって、もうひとりのマスグローヴのお嬢さんは、もう従兄の牧師さんと結婚の約束をしてしまっているんですからね。フレデリックをバースに呼んだほうがいいとお思いになりませんか、ミス・エリオット？」

第19章

クロフト提督がアンと散歩しながら、ウェントワース大佐をバースに呼びたいという話をしていたころ、ウェントワース大佐自身は、すでにバースへ向かっていた。姉のクロフト夫人が手紙を書く前には、彼はもうバースに到着していた。アンが次に散歩に出かけたとき、彼女はウェントワース大佐を見かけたのである。

ウィリアム・エリオットは、従妹のエリザベスとアン、それにクレイ夫人に付き添っていた。ミルソム・ストリートにいたとき、雨が降り始めた。たいした雨ではなかったが、ご婦人たちが雨宿りできるような場所を探さなければならない。エリザベスとしては、少し離れたところで待っているレディー・ダルリンプルの馬車に家まで送り届けてもらうのに、ちょうど好都合な程度の、降り具合でもあった。そこで、エリザベスとアン、クレイ夫人が、モーランド[1]の店を覗いている間に、ウィリアムがレディー・ダルリンプルのところへ歩いていって、助力を願い出ることになった。もちろん彼は首尾よく用向きを果たすことができ、そのあと従妹たちと合流した。レディー・ダルリンプルからは、「喜んで家までお送りしますので、お呼びするまで、少しお待ち下さい」とのことだったと、彼は一行に伝えた。

ダルリンプル子爵夫人の馬車はバルーシュ型[2]なので、四人以上乗るには窮屈だった。令嬢カータレットも同伴だったので、カムデン・プレイスの女性たち三人ともが、いっしょに乗るわけにはいかなかった。エリオット家の長女エリザベスが乗ることだけは、確かだった。誰が不便を被ろうとも、ミス・エリオットだけは、そんな思いをすることがあってはならないからだ。しかしあとの二人、アンとクレイ夫人との間では、互いに譲り合いが続き、決めるまでに少々時間がかかった。雨なので、アンは本心から、自分はウィリアムといっしょに歩くほうがいいと思っていた。しかし、クレイ夫人も、小雨にすぎないと思っていた。彼女は雨が降っていることさえ認めようとしなかったほどで、自分のブーツはミス・アンのブーツよりもずっと分厚いと言った。

1　モーランドは、バースの一流菓子店。砂糖菓子、パイなどを製造・販売し、裕福な人々に人気のある場所だった。

2　バルーシュは、二人がけの席が向かい合わせになっている四輪馬車。幌が折りたたみ式で、屋根付きにもオープンにもできる高級な馬車。

クレイ夫人は礼儀上の理由で、アンと同じくらい熱心に、馬車に乗らずウィリアムといっしょに歩くほうがいいと言い張ったのである。二人は相手に気を遣って、決して譲ろうとしなかったので、ほかの者たちは当人たちが決めるのに任せておくしかなかった。エリザベスは、クレイ夫人が風邪気味だと言い、ウィリアムは、アンのブーツのほうが少し分厚いという決定を下した。

そういうわけで、クレイ夫人が馬車組に加わることに決まった。ここに行き着いたまさにその瞬間、店の窓際にいたアンは、通りを歩いているウェントワース大佐を見かけた。まぎれもなく彼だったのだ。

アンがはっとしたことに気づいたのは、本人だけだった。自分はなんて大ばか者なのだろう、こんなにどうしようもなく愚かな人間がいるだろうかと、すぐに思わずにはいられなかった。数分間は、目の前にあるものも見えなかった。すっかりわけがわからなくなって、当惑した。自分を叱りつけて感覚が戻ったとき、一行のほかの人たちが、まだ馬車を待っていることに気づいた。そして、いつもながら親切なウィリアムが、クレイ夫人から頼まれて、ユニオン・ストリートに向かおうとしていた。

アンは出口の[3]ドアのところへ行きたくなった。雨が降っているかどうか見てみたい。ほかに理由があろうか？　ウェントワース大佐はもう見えなくなってしまったにちがいない。アンは席を立ち、とにかく行こうとした。自分の頭のなかの半分は、もう半分よりも賢くないのかもしれない。それとも、あとの半分は最初の半分よりもっと賢くないのではないかしら、というような気がした。とにかく、雨が降っているかどうか見にいくのだ。アンは逆戻りした。ところが、その瞬間、当のウェントワース大佐がなかに入ってきたので、アンは逆戻りした。彼は、知り合いらしい紳士淑女のグループといっしょだった。きっとミルソム・ストリートで出会った人たちなのだろう。ウェントワース大佐はアンを見ると、明らかに驚いて、慌てふためいた。それは、アンがこれまで見たことがないほどの驚きようだった。彼は真っ赤になった。二人が八年ぶりに会って以来、アンのほうが感情を露わにせずにすんだように思えたのは、これが初めてだった。数秒先に気づいて心の準備ができていた分、彼女のほうが有利な立場にあったのだ。圧倒され、目がくらみ、当惑するような最初の驚きは、彼女のほうは過ぎたあとだった。それでもやはり、彼女は胸がいっぱいだった。動揺して、心が痛いような嬉しいような、喜びと苦痛の混じったような感じだった。

3　★アンがドアのほうへ行った本当の理由は、ウェントワース大佐の姿を見にいくことなのだろう。しかし、彼の姿を見たがる自分を恥じ、否定する気持ちに、アンは引き裂かれているようだ。

ウェントワース大佐は彼女に声をかけると、向こうへ行った。その態度は、当惑そのものだった。彼女にとっては、冷淡であるとも優しいとも言えず、当惑しているとしか言いようのない態度だった。

しかし、少し経つと、ウェントワース大佐はまたアンのほうへやって来て、話しかけた。[4]お互いに、共通の話題について尋ね合ったが、どちらも、相手から大した情報を得たわけではなかった。アンはウェントワース大佐が、以前よりも落ち着きを失ってしまったように感じた。これまでは、しょっちゅういっしょにいる機会があったので、互いに話をしても、特に関心のなさそうな平静さを装えるようになっていた。しかし、いまはそれができなくなっている。時が彼を変えたのか、それともルイーザが彼を変えたのか。彼は何かを意識するようになっていた。元気そうで、それまで身体や心を病んでいたようには見えない。ウェントワース大佐は、アパークロスやマスグローヴ家の話、そしてルイーザの話すらしたし、ルイーザの名前を口にしたときには、一瞬、おどけた表情すら見せた。にもかかわらず、彼は落ち着きがなく、落ち着いたふりさえできないのだ。

エリザベスがウェントワース大佐のことを知らないふりをしたことに、アンは驚き、悲しく思った。ウェントワース大佐がエリザベスのほうを見て、エリザベスも彼のほうを見て、お互いに完全に相手に気づいたということが、[5]アンにはわかった。ウェントワース大佐のほうでは、知り合いとして認めてもらえるだろうと、期待していた様子が見て取れたので、姉が以前と変わらぬ冷淡な態度で顔を背けたのを見て、アンは心が痛んだ。

エリザベスがいまかいまかと待ち構えていたレディー・ダルリンプルの馬車が、ようやく近づいてきた。使用人が部屋に入ってきて、到着を告げた。また雨が降り始めたので、出かけるのに手間取って、ざわざわしたり、話し声が聞こえたりしたので、店に居合わせた人々みなに、レディー・ダルリンプルがミス・エリオットを馬車に乗せるために立ち寄ったということが伝わった。ついにミス・エリオットとクレイ夫人とは、知らせに来た使用人だけを伴って（というのは、ウィリアムはまだ戻ってきていなかったからだ）、歩み去った。彼女たちを目で見送っていたウェントワース大佐は、またアンのほうを見て、アンにも馬車に乗る手助けをしようと、言葉というより

4　★ウェントワース大佐が必要な用事以外で、アンに話しかけるのは、本作では、（ライムから馬車で帰ったときのひと言を除けば）この箇所が初めてである。

5　第4章（↓64頁）で述べられているとおり、かつてウェントワースがアンに求婚したとき、妹メアリとは異なり、姉エリザベスはその場に居合わせた。

も仕草で示した。

「ありがとうございます」アンは答えた。「でも、私はあの人たちといっしょには行きませんの。馬車にはそんなに大勢乗れませんので、私は歩きます。歩くほうがいいんです」

「でも、雨が降っていますよ」

「あら、ちょっとしか降っていませんわ。大したことありません」

一瞬置いて、彼は言った。「ぼくは昨日こちらへ来たところですが、もうちゃんとバースで過ごす身支度はできていますよ」彼は新しい傘[6]を指差して言った。「歩いていくことに決めておられるのでしたら、どうぞこれをお使いください。でも、それよりあなたのために、椅子かご[7]を借りてきますよ」

アンは、ウェントワース大佐の親切をとてもありがたく思ったが、「これぐらい、大した雨ではありませんので」という言葉を繰り返して、彼の申し出を断った。そして、「エリオットさんをお待ちしていますの。あの人が、すぐこちらへ来ると思いますので」と付け加えた。

アンがまだ話し終わらないうちに、ウィリアムが入ってきた。ウェントワース大佐は、彼のことをよく覚えていた。ライムで、踏み段で足を止めて、アンが通り過ぎるところを称賛の眼差しで眺めていたときの彼と、いまの彼は少しも変わらなかった。違うところといえば、いまはエリオット家の親戚という権利から、雰囲気や眼差し、態度などが前よりも親しげになっているということぐらいだった。ウィリアムは勢いよく入ってきて、アンのことで頭がいっぱいといった様子で、用事で時間がかかってしまったことを侘び、待たせてしまったことを残念がり、これ以上遅くなって雨がひどくなる前に、彼女といっしょに出発したがっていた。こうして次の瞬間には、二人は腕を取り合って立ち去った。アンは立ち去りぎわに、優しい当惑の眼差しを投げかけながら、「では、さようなら」とひと言声をかける余裕しかなかった。

二人の姿が見えなくなったあと、ウェントワース大佐といっしょにいた女性たちは、二人の噂を始めた。

「エリオットさんは、従妹さんのことが嫌ではなさそうね」

「あら、そりゃあそうよ。このあとどうなるか、見当がつくわね。彼、いつもあの従

6　日傘は古くからあったが、雨傘は十八世紀はじめごろから使用されるようになった。他のヨーロッパの国々よりもイギリスでは普及が遅かったため、はじめは異国風の女性的持ち物とされていたが、裕福な人々のふつうの所持品となる。

7　sedan chair. 二人乗り箱型椅子かご。二人の担ぎ屋が、梶棒を持って運ぶ。

妹たちといっしょに行動しているのよ。もういっしょに住んでいるんじゃないかしら。本当にハンサムな人ね！」

「ええ、ミス・アトキンソンなんか、ウォリスさんのところで彼といっしょに食事をしたことがあって、これまであんなに感じのいい男性には会ったことがないって、言っていたわ」

「綺麗な人ね、アン・エリオットって。よく見ると、綺麗よね。あまり、今風ではないけれども、私はあの人のお姉さんより、いいと思うわ」

「ええ、私もそう思う」

「私もそう。比べ物にならないわ。でも男の人たちって、みんなエリザベス・エリオットに熱を上げるのよね。アンはきゃしゃすぎるって、思うのかしらね」

アンは、従兄のウィリアムがカムデン・プレイスまでいっしょに行く道すがら、黙ってくれていたら、どんなにありがたかったかしれない。彼の話を聞くのが、これほど苦痛だったことはない。彼の気遣いといい、心配りといい、申し分なかったし、彼が口にする話題はいつもながらに楽しくて、レディー・ラッセルのことを褒め、温かく正当に評価し、クレイ夫人のことは、ちゃんと適切に当てこすっていたけれども。でも、いまのアンには、ウェントワース大佐のことしか考えられなかったのである。

ウェントワース大佐がいまどんな気持ちでいるのか。心からがっかりしているのか、そうでないのかわからなかった。この点がはっきりするまで、アンは落ち着いてはいられなかったのだ。

自分は早く、もっと賢い、頭のしっかりした人間になりたいと、アンは思った。ああ、でも駄目だった！ まだ賢くなれていないと、彼女は自分に向かって認めざるをえなかった。

次にアンがぜひ知りたかったのは、ウェントワース大佐がいつごろまでバースにいるのかということだった。彼はそのことには触れていなかった。言ったとしても、彼女には思い出せなかった。旅の途中で、ただバースを通り過ぎるだけなのかもしれない。しかし、滞在しにきた可能性のほうが高い。もしそうなら、バースはみんなが互いに顔を合わせやすい場所だから、レディー・ラッセルもそのうち、どこかでウェントワース大佐に会うだろう。レディー・ラッセルは彼のことを思い出すだろうか？ いったいどういうことになるだろうか？

ルイーザ・マスグローヴがベンウィック大佐と結婚するということは、レディー・ラッセルに黙っているわけにもいかず、アンはもう話していた。レディー・ラッセルの驚いた表情を見るのは、アンにはけっこう応えた。今度、たまたまウェントワース大佐と会う機会ができたときに、事情をよく知らないレディー・ラッセルは、ますます彼に対して偏見を募らせるのではないか。

翌朝、アンはレディー・ラッセルとともに馬車で出かけた。最初の一時間というもの、ウェントワース大佐に会うのではないかと気が気ではなく、はらはらし続けていたが、会うことはなかった。しかしついに、パルトゥニ・ストリートに戻ったとき、左手の舗道をこちらへ歩いてくる彼を見かけた。だいぶん遠く離れていたので、通りの全景のなかで、彼の姿が見えたにすぎない。ウェントワース大佐の周りにはたくさん人がいて、大勢でいっしょに同じ方向へ歩いていたが、それが彼であることは間違いなかった。

アンは思わずレディー・ラッセルのほうを見た。とはいえアンも、レディー・ラッセルが自分と同じくらい早く彼に気づいたと思うほど、頭がどうかしていたわけではない。彼と顔を合わせるほど近づくまでは、レディー・ラッセルも気がつかないはずだ。そうは思っても、アンはちらちらとレディー・ラッセルのほうを不安げに見ずにはいられなかった。そしてついに、馬車から彼がまともに見える地点まで近づいたとき、アンはもうレディー・ラッセルのほうを見る勇気がなかったが(自分の動揺した顔を見られては困るので)、レディー・ラッセルが、まさにウェントワース大佐のほうに目を向け、じっと彼を見つめているらしいことを、しっかり意識していた。目で見なくとも、アンにはすっかりわかったのだ。レディー・ラッセルは、ウェントワース大佐の魅力に心を捕らえられ、目を引きつけられずにはいられないのだ。八年か九年も経ち、他国で軍人として活動してきたのに、彼がいまも優雅な姿をとどめていることに、驚いたにちがいないと。

ついにレディー・ラッセルは窓から顔を逸らした。「さあ、あの人のことを、どんなふうに言うのかしら？」とアンは思った。

「私が何をじっと見ていたのかと、思ったでしょ？」レディー・ラッセルは言った。「窓用のカーテンを探していたのよ。昨晩、レディー・アリーシアとフランクランド夫人から、その話を聞いたものだから。この辺の通りのこちら側に、客間のカーテンがバースでいちばん立派ですばらしい家が一軒あるって。でも、番地をはっきり覚えていなかったから、どの家か探していたのよ。でも結局、聞いた話とぴったりのカーテンは、見つからなかったわ」

アンはため息を漏らし、顔を赤らめ、微笑んだ。そのとき感じた哀れみと軽蔑の念は、レディー・ラッセルに向けられているのか、自分に向けられているのかわからなかった。[8] レディー・ラッセルのことに気を取られて無駄な思い過ごしをしているうちに、ウェントワース大佐がこちらに気づいたかどうかを確認するチャンスを逃してしまったことが、アンにはいちばん残念だった。

一日か二日の間は、何も収穫のないまま過ぎた。ウェントワース大佐が行きそうな劇場やダンス会場は[9]、エリオット家の人間が行くほど上流向きの場所ではない。エリオット家では、夜の楽しみは、個人が開くパーティーに参加するばかりとなり、そういう上品でばかばかしい集まりに、ますます力を入れるようになっていた。

アンは、そういう沈滞した雰囲気に飽き飽きし、何も学ぶことがない場に嫌気がさし、自分の力があり余っているように感じ、コンサートの夜が待ち遠しくてならなかった。それは、レディー・ダルリンプルが後援している人のために開催する演奏会なので、もちろんエリオット家も出席しなければならない。実際、すばらしいコンサートだということが期待できたし、ウェントワース大佐は音楽が大好きなのだ[10]。会場で彼に会えて数分間でもまた話ができれば、嬉しいとアンは思った。話す機会さえあれば、ぜひこちらから話しかけようという勇気が湧いてきた。エリザベスがウェントワース大佐から顔を背け、レディー・ラッセルが彼を見過ごしたのだと思うと、アンは気が強くなった。あの人には親切にしてもらいっぱなしなのだからと思えた。

アンは以前、旧友のスミス夫人とできればその夜をいっしょに過ごそうと約束していた。しかし、急いで訪ねていって、スミス夫人に都合が悪くなったと謝り、延期して翌朝にゆっくり訪ねさせていただくからと、今度ははっきりと約束した。[11] スミス夫人は、気持ちよくアンの申し出を受け入れた。

「とにかく、今度いらしたときには、コンサートの話を全部聞かせてね」と彼女は言った。「どなたといっしょに行かれるの？」

---

8 ★レディー・ラッセルが本当はウェントワース大佐に気づきながら、アンに嘘を言っているとすれば、哀れみと軽蔑はレディー・ラッセルに向けられることになる。あるいは、レディー・ラッセルが言葉どおり、実際カーテンしか見ていなかったのなら、アンは自分の思い込みの激しさに、自己嫌悪を覚えざるをえなかったのだろう。結局、真相は不明である。

9 Assembly Rooms. バースには、Lower Room と Upper Room の二箇所あり、ダンスやトランプ遊びをしたり、軽食を摂ったりするための社交会場となっていた。

10 ↓第6章97頁の注3参照。

11 ★アンは、以前、スミス夫人の訪問と、レディー・ダルリンプルの訪問の日程が重なったときには、スミス夫人との約束を優先して、父と姉が要求する親戚づき合いのほうを後回しにした。しかし今回は、ウェントワース大佐と会える可能性のあるコンサートのほうを優先して、即座にスミス夫人に断りに行っている。アンは、スミス夫人への義理よりも、自分の気持ちに正直になることを第一としていることがわかる。

アンが同伴者全員の名前を挙げると、スミス夫人は返事をしなかった。[12] しかし、アンの去り際に、スミス夫人は半ば真剣な、そして半ばおどけたような表情を浮かべて言った。「よいコンサートでありますようにと、願っているわ。できれば、ぜひ明日来てくださいね。なんだか、これからはもうあなたにあまり訪ねてきていただけないような気がするわ」

アンは驚いて、戸惑った。しかし、一瞬どういうことだろうと思いつつも、急いでコンサート会場へ向かわねばならなかったし、そこを立ち去ることを残念だとも思わなかった。

12 ★このときスミス夫人が返事をしなかった理由と、続いて述べている内容の含みは、この時点では謎である。アンがコンサートに同行する人々として、ここで名を挙げたのは、父と姉、ウィリアム・エリオット、レディー・ラッセルであるはずなので、このなかにスミス夫人が問題とする人物が含まれていることが推測できる。

第20章

サー・ウォルターと二人の娘たち、それにクレイ夫人は、その夜のコンサート会場に一番乗りした。レディー・ダルリンプルの到着を待たねばならなかったので、オクタゴン・ルーム[1]の暖炉のそばに陣取った。しかし、彼らがその席に腰を下ろすやいなや、扉が開いて、ウェントワース大佐がひとりで入ってきた。彼のいちばん近くにいたアンは、少し近づいていって、すぐに話しかけた。不意を打たれたウェントワース大佐は、お辞儀をしてそのまま歩いていこうとしたが、アンに「こんばんは」と優しく話しかけられたので、思わず彼女の前に足を止めて、お返しの挨拶をした。奥にいる、アンの父と姉の威嚇的な姿が目に入っていたけれども、かまわなかった。二人が奥にいてくれて、アンは助かった。父と姉の表情を見ずに済むので、自分のすべきことがちゃんとできるような気がした。

ウェントワース大佐と二人で話をしているとき、後ろで父と姉が囁き合っている声が、アンには聞こえた。言葉は聞き取れなかったが、何の話をしているかはわかった。ウェントワース大佐が遠くからお辞儀をしたので、父が彼を知り合いとして認めるような合図を送ったのだろうということがわかったのだ。アンがちらっと横目で見ると、エリザベスもわずかに膝を折って挨拶しているところだった。いまさらしぶしぶ挨拶しているという感じではあったが、挨拶しないよりはましだと思うと、アンは気分がよくなった。

しかし、お天気とバースとコンサートのことを話してしまうと、話題が途絶えて、ほかに話すことがなくなってしまったので、アンは、ウェントワース大佐がいまにも向こうに行ってしまうのではないかと思った。しかし、そうではなかった。彼は急いで彼女から離れようとはしなかった。間もなく彼は、活気づいたように、少し微笑みを浮かべて、かすかに顔を赤らめながら話し始めた。

「ライムでごいっしょしたとき以来、あなたにはほとんどお会いしませんでしたね。あのときは、ずいぶんショックを受けられたことと思います。あの事故のとき、あな

1　コンサート会場となる舞踏室(ボール・ルーム)の隣にある部屋。八角形の形からオクタゴン・ルームと名づけられた。もともとはトランプをするための部屋だったが、客の出入りが多いため、別にカード・ルームが造られた。

たはしっかりされていたから、あのあと疲れが尾を引いたんじゃないでしょうか」

アンは、そんなことはないと答えた。

「恐ろしい時間を過ごしたものです」彼は言った。「あれは恐ろしい日だった！」思い出しただけでもぞっとするというように、ウェントワース大佐は片手で両目を覆った。しかし、すぐに、また微笑みながら言った。「しかし、あの日のおかげで、意外な結果になりましたね。恐ろしいのとは正反対と言えるような、よい結果が。医者を呼びにいく役として、ベンウィックがいちばんいいと、あなたが落ち着いておっしゃったときには、まさか彼がルイーザさんの回復に最も深く関わることになろうとは、さすがのあなたも、思いもよらなかったでしょうね」

「ええ、もちろん。でも、とってもお幸せなカップルのようですね。お二人とも、まっすぐで、よい気質の方たちですから」

「そうですね」ウェントワース大佐はアンの目をまともに見ることができなかった。「しかし、あの二人の似ている点は、そこまでだと思います。幸せになってほしいと、ぼくも心から願っています。そうなりそうな状況がすべて整っていることを、嬉しく思います。あの二人には、難しい家庭上の問題もないし、結婚を反対されたり、勝手なことを言われたり、足を引っ張られたりするようなこともない。マスグローヴ家のご両親は、いつものとおり立派な思いやりのある振る舞いをなさっていて、お嬢さんが喜ぶように話を進めようと、心から望んでいらっしゃるようです。これだけすべて揃っていれば、幸せになるにちがいありません。たぶん、あれよりは――」

ウェントワース大佐は言葉を切った。[2] 急に昔のことを思い出したのだ。アンが頬を赤らめて床に目を落としているのを見て、彼もアンと同じ気持ちになった。そこで咳払いすると、ウェントワース大佐は続けた。

「実を言うと、ぼくはあの二人は釣り合っていないと思うんです。しかも、気立てなんかよりももっと本質的なところで、全然違うのではと。もちろん、ルイーザ・マスグローヴさんは、とても感じのいい優しい女性で、頭もまあまあいい方だと思いますが、ベンウィックはそれ以上の男です。彼は頭もきれるし、読書家です。だから、実はぼくは、ベンウィックがルイーザさんに愛情を持つようになったことに、ちょっと驚いているんです。もし感謝の気持ちからそうなったのなら、つまり、ルイーザさんがベンウィックのことを好きになってくれたと思ったから、自分も好きになったとい

2　★ウェントワース大佐が何か言いかけて口ごもったのは、娘の結婚に対するマスグローヴ夫妻の態度と、かつて自分がアンに求婚したときのエリオット家の反応とを比較しかけたからだろう。

うのならば、わからないでもありません。[3] でも、そうでもなさそうなんです。逆に、ベンウィックの側から、進んで好きになったということに、ぼくは驚いています。彼のような男が、婚約者を亡くして間もないというのに！　心が傷を負って、張り裂けてしまっているのに！　ファニー・ハーヴィルは、本当に優れた女性でした。彼女のことを、彼は心から愛していたんです。あんな女性にあれほど心を捧げていた男が、そうそう立ち直れるものではありません。立ち直れるはずがないし、立ち直ってもいないのでしょう[4]」

しかしウェントワース大佐は、ベンウィック大佐が実際に立ち直っていることに気づいたのか、あるいは何かほかのことを意識したのか、それ以上何も言わなかった。彼の話の後半部分は、声が興奮で上ずっていたし、部屋のなかでさまざまな騒音が聞こえ、始終扉を開けたり閉めたりする音が立ち、ざわざわと人が歩き回る音が聞こえていたけれども、アンはウェントワース大佐の言葉をひと言も聞き漏らさなかった。彼女は心を打たれ、満足感を覚え、気が動転し、呼吸が速くなり、無数の思いがこみあげてきた。アンには、この話題に入っていくことができなかった。少し間を置いてから、話がとぎれないようにと思いつつも、話題を変えたいともまったく思わず、ほんのわずかだけ話を逸らして言った。

「あなたは、かなり長い間、ライムにとどまっておられたのでしょうね」

「二週間ぐらいです。ルイーザさんがもう大丈夫だとわかるまでは、離れるわけにはいきませんでした。ぼくはあの事故に深く関わっていましたから、すぐには心が落ち着かなかったのです。ぼくの責任でしたから。すべて、ぼくのせいでした。ぼくがもうちょっとしっかりしていたら、ルイーザさんは何が何でも飛び降りようとしたりしなかったでしょうから。ライムの周辺は、美しいところですね。ぼくはずいぶん歩いたり、馬で出かけていったりしたものです。見れば見るほど、すばらしい場所でした」

「私もまたライムに行ってみたいわ」アンは言った。

「そうなんですか？ あなたをそんな気持ちにさせるものがライムにあったとは、思ってもみませんでした。恐ろしい厄介なことに巻き込まれて、緊張して、疲れ切った場所だったんじゃないかと。あなたはライムに強い嫌悪感を持たれたにちがいない

3 ★この部分は、ウェントワース大佐自身がルイーザに対して好意を抱いた事情の説明になっているとも、解釈できる。

4 ★ウェントワース大佐は、かつてアンを失ったときの自分の傷心とアンに対する思いを、ここで重ね合わせているものと推測できる。

と思っていました」

「最後の数時間は、たしかにとても辛かったですけれども」アンは答えた。「辛いことも過ぎてしまえば、楽しい思い出になるものです。そこで苦しいことがあったからといって、その場所が嫌いになるというものではありません。ただ苦しいこと以外何もなかったというのなら別ですけれども。ライムの場合、苦しいことばかりではありませんでしたわ。不安で惨めな思いをしたのは、最後の二時間だけでした。その前は、楽しいことがいっぱいありましたもの。珍しいものや、美しいものがたくさん！ 私はめったに旅行をしませんから、初めての場所はみな、興味があるんです。ライムは、本当に美しい場所でしたわ。ですから」（何か思い出したかのように、かすかに顔を赤らめながら）「ライムに対して、私はとてもいい印象を持っているのです」

アンが話し終えたとき、入口の扉が開いて、一同の待ちかねていた人たちが姿を現した。「レディー・ダルリンプルがお着きになった」とみな嬉しそうに言った。サー・ウォルターとエリザベスとクレイ夫人は、一生懸命、かつ上品さを保ちつつお迎えしようと、歩み寄った。レディー・ダルリンプルと令嬢カータレットは、たまたま同時に到着したウィリアム・エリオットとウォリス大佐に付き添われながら部屋のなかに入ってきた。ほかの人たちも一座に加わり、アンは自分もそのうちのひとりなのだと気づいた。

アンはウェントワース大佐から離れてしまった。二人の間で交わされた興味津々の話は、しばらく中断となった。しかし、その会話がもたらしてくれた幸せな気持ちに比べたら、中断の辛さはたいしたことはなかった！　アンは思いもよらず、この十分間で、ウェントワース大佐のルイーザへの気持ちや、そのほか彼が思っていたことをすっかり知ることができたのだ！　だから、同行者たちの要求に応じて、礼儀上のつき合いに時間を取られてしまっていたときにも、喜びに溢れ、興奮していた。アンは、みんなに対して上機嫌だった。誰であれ、自分ほど幸せではない人に対して、親切にして同情してあげたいというような気持ちになれたのだ。

アンが一座から引き下がって、またウェントワース大佐に近づこうとしたとき、彼がもう行ってしまったとわかって、彼女の喜ばしい気持ちは、少し引いてしまった。ちょうど彼は、コンサート会場の部屋に入っていくところだった。あの人は行ってしまった、姿を消してしまったと、彼女は一瞬気持ちが沈んだ。でも、また会えるだろう。あの人はまた私を探してくれるだろう――この夜のコンサートが終わるまでにまたすぐに私を見つけてくれる――だから、いまは離れていたほうがいいのだ。さっきのことを思い出す余韻の時間が、少しあったほうがいい。

レディー・ラッセルが姿を現したので、全員が揃い、あとは並んでコンサート会場の部屋へ入っていくばかりとなった。できるかぎり多くの人々から注目を浴び、囁きを引き起こし、圧倒しようという意気込みで、一同は入っていった。エリザベスもアンもそれぞれ、部屋に入っていくときには、幸せいっぱいだった。エリザベスは、令嬢カータレットと腕を組みながら、目の前にダルリンプル子爵未亡人の大きな背中を見つめながら、自分のほしいもので手の届かないものはもう何もないという気がした。そしてアンは——いや、アンの幸福を、エリザベスの幸福と比べるのはあんまりだろう。エリザベスの幸福はすべて利己的な虚栄心から生まれたものだが、アンの幸福は、豊かな愛から生じたものだったから。

コンサート会場はきらびやかに輝いていたが、アンの目には入らず、心もそれに反応しなかった。彼女の幸福は、心の内から湧き上がってきたからである。アンの目は輝き、頬はほてっていたが、自分では気がつかなかった。アンはただ、三十分以内に起きたことばかり考えていて、席に移動するときにも、ウェントワース大佐と交わした会話を振り返っていた。

ウェントワース大佐の話題の選び方といい、その表情や、態度、眼差しといい、アンにとっては、ただひとつのことを示しているとしか思えなかった。ルイーザ・マスグローヴが劣っているという意見を、あの人がわざわざ言おうとしたこと。ベンウィック大佐の気持ちに首をかしげていること。最初の熱烈な恋についてあの人が感じていること。あの人が言いかけて途中でやめた言葉。あの人が視線を逸らし、思わせぶりな表情をしたこと。それらすべてが示しているのは、「あの人の心が私に戻ってきた」ということだった。もう怒りや、恨みや、避けようという気持ちはないのだ。そういう感情に続いて、友情や敬意が生まれてきたばかりではない。昔の愛情が蘇ったのだ。そうだ、昔の愛情が一部戻ってきたのだ。あの態度の変化のなかには、それぐらいのものがあるはずだ。あの人は私を愛しているにちがいない。

アンはこうした思いで頭がいっぱいになり、それに伴う光景を目に浮かべてそわそわしていたので、何も目に入らなかった。部屋のなかを歩いているときにも、ウェントワース大佐を見かけず、目で探そうともしなかった。一同の席が決まって、みなが腰を下ろして落ち着くと、アンはウェントワース大佐がそばにいないかと見回した。しかし、アンの目の届く範囲に、彼はいなかった。ちょうどコンサートが始まったので、アンはしばし演奏を聴くことだけに満足せざるをえなかった。

一行は、前後二列の長椅子に分かれて着席していた。アンの席は前列だった。ウィリアム・エリオットは、友人のウォリス大佐の力を借りて、アンの隣の席を取るように手筈を整えていた。エリザベスは、レディー・ダルリンプルと令嬢カータレットの間に座り、ウォリス大佐からしきりに気を遣ってもらって、ご満悦だった。

アンの心は、その夜、音楽鑑賞をするのに相応しい状態にあった。音楽に心を満たされた。優しい曲には感動し、楽しい曲には浮き浮きし、技巧的な曲は集中して聴き、退屈な曲は我慢して聴いた。こんなに演奏会を楽しんだことはなかったくらいだった。少なくとも第一部はそうだった。第一部の終わりが近づき、イタリア歌曲のあとの短い合間に、アンは歌詞の意味をウィリアムに説明した。二人の席の間には、コンサートのプログラムが置いてあり、いっしょに見ながら話していたのである。

「だいたいこういう意味です。というか、言葉の意味はそんな感じになります」アンは言った。「イタリアの恋の歌の意味なんて、どうでもいいのかもしれませんけれども。私にはだいたいの意味しかわかりません。正直なところ、イタリア語がよくわからないんです。私、イタリア語ができないので」

「なるほど。何もわかっておられない、と。ちらっと見ただけで、倒置や入れ替えや省略のあるイタリア語の歌詞を、明快でわかりやすく整った英語に訳せるくらいにしか、わかっておられないということですね。イタリア語を知らないなんて、とんでもない。これだけできるという証拠があるんですから」

「そんなお世辞をおっしゃって。でも、本当にイタリア語が得意な人から試されたら、困ってしまいます」

「ぼくは、カムデン・プレイスにお邪魔するようになってから、かなり経ちますから、アン・エリオットさんのことは、ある程度知っているつもりです」ウィリアムは答えた。「アン・エリオットさんは、とても控え目な方なので、その教養の深さの半分も、世間では知られていません。それだけ教養があれば、ほかの女性だったら、そんなに自然に控え目にはしていられなくなりますよ」

「やめてください! 褒めすぎです。次の演目が何か忘れてしまいましたわ」アンはプログラムのページをめくりながら言った。

「たぶんご存じないでしょうけれども」彼は小声で言った。「ぼくはあなたのお人柄については、ずっと前から知っていたのです」

「えっ、どうして? バースに来たときからしか、私のことはご存じないはずよ。以前、私の家族から、私のことを聞いたことぐらいはあったかもしれませんけど」

「あなたがバースに来られるよりずっと前から、あなたのことを噂で聞いて、知っていたんですよ。あなたのことをよく知っている人から、あなたがどんな人か聞いていて、もう何年も前からずっと、あなたのことを知っていたんですよ。どんな姿で、どんな性質か、それに教養、態度など、何もかも噂で聞いていたんです」

ウィリアムは、相手の興味を掻き立てることに成功した。こんな謎掛けに対して、心を引きつけられない人はいない。最近知り合ったばかりの人から、ずいぶん前から自分のことが噂で知られていたと聞けば、気になってしかたなくなる。アンは好奇心でいっぱいになった。どういうことなのかと、ウィリアムにしきりに尋ねたが、答えは得られなかった。アンから尋ねられて彼は喜んでいたが、決して答えようとはしなかった。

「駄目、駄目。いつか教えてあげますが、いまは駄目です」彼は名前を言おうとはしなかったが、噂を聞いたのは事実だと言い張った。何年も前に、アン・エリオットさんについて噂を聞いて、とてもすばらしい女性なのだと感心し、ぜひ知り合いになりたいと願ってきたのだという。

アンは、何年も前に自分のことをそんなに褒めてくれる人がいたなんて、考えられなかった。いるとすれば、マンクフォードのウェントワース牧師、つまりウェントワース大佐の兄ぐらいだろうか。もしかしたら、ウィリアムはウェントワース牧師と知り合いだったのかもしれない。しかしアンは、敢えて尋ねてみる勇気はなかった。

「アン・エリオットという名前は、ぼくにとってはずっと特別の響きがあったのです」ウィリアムは言った。「長い間、ぼくの想像を掻き立てる魅力のある名前だったのです。できることなら、その名前が変わってほしくないなあ」[5]

ウィリアムが言ったのは、こういう言葉だったかと思う。しかし、それがはっきりアンの耳に届く前に、彼女の注意はすぐ後ろから聞こえてくるほかの言葉のほうに引き寄せられた。ほかのすべてがどうでもよくなってしまうほどの言葉だったからだ。父とレディー・ダルリンプルが話していたのである。

「美男子ですね」サー・ウォルターは言った。「実に美男子だ」

「本当にハンサムな青年ですこと!」レディー・ダルリンプルは言った。「バースではなかなか見かけないタイプだわ。アイルランド人かしら」[6]

「いいえ、いま名前を知ったところなんですが、お辞儀を交わす程度の知り合いでして。ウェントワース——海軍大佐のウェントワースです。彼のお姉さんが、サマセット州の私の屋敷の賃借人の妻なんです。つまり、ケリンチ屋敷を借りているクロフト

5 ★アンが同じエリオット姓のウィリアムと結婚すれば、名前がアン・エリオットのまま変わらないということ。つまり、プロポーズの婉曲表現と解釈できる。

6 ★レディー・ダルリンプル自身がアイルランド人なので、このように言うことで自らの出身を誇っている。

提督夫妻ですが」

サー・ウォルターがここまで話し終える前に、アンはそちらの方向を見て、ウェントワース大佐が、少し離れたところにいる男性たちの群れに交じって立っているのを、見分けた。アンがウェントワース大佐に目を留める前に、彼は彼女から目を逸らしたようだった。そんなふうに見えた。アンが目を向けるのが、一瞬遅かったのだ。アンが見ている間、ウェントワース大佐はもうこちらを見ようとはしなかった。しかし、演奏が再開されたので、アンは、オーケストラのほうに注意を戻して、真っ直ぐ前方を見ざるをえなかった。

もう一度ちらっと見ると、ウェントワース大佐はそこにはいなかった。彼がアンのほうに近づこうとしたとしても、無理だっただろう。彼女は周りを取り囲まれていたからだ。でも、あの人の視線を捕らえたいと、アンは思った。

ウィリアムに話しかけられるのは、アンには煩わしかった。彼とはもう話をしたくない。こんなに私の近くにいなければいいのに、と彼女は思った。

第一部が終わった。このさいもっといい場所に移動したいと、アンは思った。しばらくは、みな黙ったまま座っていたが、席を立ってお茶を飲みに行く者も何人かいた。そのままじっとしている者も二、三人いて、アンはそちらの内のひとりだった。アンは席に座ったままで、レディー・ラッセルもそうだった。でもウィリアムがいなくなって、アンはほっとした。レディー・ラッセルのことは気になったけれども、機会さえあればウェントワース大佐と話をしようという気持ちが、それによって怯むわけではなかった。レディー・ラッセルがウェントワース大佐の姿を見たということは、その表情を見ただけでわかった。

しかし、ウェントワース大佐はアンのほうに来なかった。アンは何度か遠くのほうでウェントワース大佐らしき人の姿を見かけたような気がしたが、彼はやって来なかった。休憩時間は、そわそわしたまま、実りなく過ぎていった。席を立っていた人たちも戻ってきて、また部屋は人でいっぱいになり、席は元どおり埋まった。あともう一時間、楽しい時、あるいは苦行の時が始まることになった。音楽の趣味が本物かたんなる見せかけかによって、その一時間の音楽が喜びを与えてくれることになるか、あくびを生じさせることになるかが決まる。アンにとっては、心の乱れる一時間になりそうだった。もう一度ウェントワース大佐に会って、もう一度親しみをこめた視線を交わさなければ、この部屋を心静かに立ち去ることはできそうにもなかった。

休憩時間に座席がかなり入れ替わったのは、アンにとって望ましい結果をもたらした。ウォリス大佐が今度は座ろうとしなかったので、その席が空き、ウィリアム・エリオットはエリザベスとミス・カータレットから呼ばれて、断りきれず、二人の間に座った[7]。ほかにも席を移動した人がいたことを利用し、自分の企み（たくら）も少々加えて、アンは前よりも長椅子の端に近いほうへ移動し、通りかかった人が声をかけやすい場所を確保した。こんなことをしてしまう自分は、まるでミス・ラロールズ[8]、かの比類なきミス・ラロールズ並みの人間だとは思ったものの、アンはそうせずにはいられなかった。だが、あまり効果はなさそうだった。隣に座っていた通路に近い側の人たちが、運よく早目に席を立ってくれたので、コンサートが終わるまでには、アンは長椅子のいちばん端まで辿り着けた。

　自分がいちばん端に座って、その隣に人が座れるだけのスペースを空けておくという、絶好の状態にしておいたとき、ウェントワース大佐の姿が、またアンの目に入った。そう遠くない場所にいたのだ。ウェントワース大佐もアンのほうを見ていた。しかし、彼は深刻な表情で、何かためらっているようだった。少しずつにじり寄ってきて、ついにアンと会話が交わせるところにまで近づいた。アンはどうしたのだろうかと思った。彼の態度が変わってしまったことは、疑う余地がなかった。いまの彼の様子と、控室にいたときの彼の態度とでは、全然違う。どうしてだろう？　父のせいなのだろうか、それともレディー・ラッセルのせいなのだろうかと考えた。何か不快な視線が交わされるようなことでもあったのだろうか？

ウェントワース大佐は、コンサートのことを重々しく話し始めた。それは、アパークロスにいたときのウェントワース大佐のような口調だった。がっかりする演奏会だった、もっといい歌が聴けるかと思っていたのに、こんなのだったら、もう早く終わってくれてもいい気がする、と言うのだ。アンはこれに答えて、演奏の弁護をしつつ、ウェントワース大佐の思いにも理解を示すような楽しい話し方をした。すると、彼も表情を和らげ、かすかな微笑みを浮かべて、それに答えた。二人は数分間話をし、雰囲気がなごやかになった。ウェントワース大佐が、長椅子を見下ろし、空いている場所に座ろうとしたその瞬間、アンは誰かに肩を触れられたので、振り返った。ウィリアム・エリオットだった。ウィリアムは、ちょっとイタリア語を教えていただけな

7　★ウィリアム・エリオットに長らく関心を抱いていたエリザベスは、彼が自分よりも妹アンに親しげにしている様子を観察していて、面白くなかったのかもしれない。
8　ファニー・バーニーの小説『セシリア』（一七八二）の登場人物ミス・ラロールズは、ロンドンの社交界で派手な振る舞いをする女性として、諷刺されている。ミス・ラロールズも、コンサートのとき、流行の先端をいく青年、メドウズ氏に話しかけようとして、長椅子から外へ出ようと移動する場面がある。結局ミス・ラロールズは、この試みに失敗する。

いと言ってきた。ミス・カータレットが、次の歌がどんな内容か知りたいでしょうか、と言う。アンは断るわけにはいかなかったが、これほど辛い思いで、礼儀のために犠牲を強いられたことはなかった。

できるだけ早く済ませようと思ったが、イタリア語の説明にどうしても二、三分かかってしまった。ふたたび自由の身になって、さっきのほうを見ると、ウェントワース大佐が近寄って、急いでよそよそしい別れの挨拶をしに来た。

「それでは、さようなら。ぼくはこれで失礼します。早く帰らなければなりませんので」

「次の歌も聴いていかれませんか？」アンは急に、ウェントワース大佐に誘いかけたいような気持ちに駆られて言った。

「いいえ、もうぼくがここにいるほどのことはありません」印象深い答え方をして、ウェントワース大佐はすぐに去っていった。

ウィリアム・エリオットに嫉妬しているんだわ！　それしか動機は考えられなかった。ウェントワース大佐は、私がウィリアムのことを好きだと思って、嫉妬している！　そんなこと、一週間前には信じられただろうか？　いや、三時間前にだって信じがたいことだった！　一瞬アンは、喜びの絶頂に達した。ああ、それにしても！

そのあとに続いたのは、まったく別の思いだった。そんな嫉妬を、どうやって取り除けばいいのか？　どうすれば、真実を伝えることができるだろうか？　二人ともそれぞれ、不利な立場に立たされているなかで、私の本当の気持ちをわかってもらうには、どうすればよいのか？　ウィリアム・エリオットが言い寄ってくるのは、厄介なことだった。どうしようもなく邪魔なのだ。

第21章

アンは翌朝、スミス夫人を訪ねる約束を思い出した。この約束のおかげで、ウィリアム・エリオットが訪ねてきそうな時間に、家を留守にできるのでちょうどいい。いまやウィリアムを避けることが、アンの第一の目的となっていた。

ウィリアムに対して、好意は感じていた。ウィリアムに親切にされることが、いまでは災いのもととなってはいたけれども、アンは彼に感謝と敬意を感じ、気の毒な気もしていた。ライムで彼と初めて知り合ったときの特殊な状況のことも、思い出深かった。ウィリアムが置かれたさまざまな事情や、彼のものの感じ方、ずっと以前からアンのことを噂で知っていたことなどを考え合わせると、アンが好意を抱くのも、当然と言えた。何しろ特別なことばかりだった。嬉しいような気もするが、苦痛も伴う。残念に思うことも、少なからずある。

もしウエントワース大佐がいなかったなら、私はウィリアムのことをどう思っていたのだろうか？　しかし、そんなことを考えるのは無駄だ。ウェントワース大佐がいるのだから。いまの落ち着かない状態が、よい結果になろうと悪い結果になろうと、私の愛は永遠にウェントワース大佐のものなのだ。あの人と心が結ばれるならば、たとえ結婚できなかったとしても、私がほかの男性のことを想うことはありえない。

アンはカムデン・プレイスからウェストゲイト・ビルディングズまで歩きながら、このような物思いに耽っていた。これほど気分を高揚させ、永遠に変わらぬ思いを胸に抱きながら、バースの通りを歩いた人はかつてなかったのではないか。おかげで、通りがすっかり浄化され、よい香りがたちこめたのではないかと思えるくらいだった。[1]

アンは、スミス夫人に喜んで迎えられるだろうとは思っていたが、実際、今朝の歓迎ぶりは格別だった。約束していたにもかかわらず、もうアンは来てくれないのではないかと感じていたようだ。

スミス夫人は早速、昨夜のコンサートはどうだったかと尋ねた。アンは思い出しただけで幸せいっぱいで、顔を輝かせながら、喜んでコンサートの話をした。いかにも

1　★この語りには、アンに対する微かなアイロニーの口調が読み取れる。アンの運が上昇してきたため、彼女がもはやシンパシーの対象とならなくなった兆しかもしれない。

楽しそうに、できるだけ詳しく話した。それでも、実際に会場にいたアンにとっては話し足りなかったし、聞く側のスミス夫人としても物足りなかった。スミス夫人は、すでに洗濯係のメイドと給仕人をとおして、[2]昨夜のコンサートはすばらしかったという話を、もっと詳しく聞いていたのだった。それで今度は、観客のなかの何人かについてアンに尋ねたのだが、満足のいく答えは得られなかった。バースにいる有名人や悪評高い人のことなら誰でも、スミス夫人はよく知っていたのだ。

「デュアランド家のお子さんたちも、来ていたんじゃないかしら」スミス夫人は言った。「口をぽかんと開けて、音楽に聴き入っていたでしょう。餌をもらおうと口を開けているスズメの雛みたいにね。コンサートといえば、あの子たちは必ず来るのよ」

「ええ。私は会わなかったけれども、ウィリアム・エリオットさんが、部屋でお子さんたちを見かけたって、言っておられたわ」

「イボットソン家の人たちも来ていた？　新顔のお美しいお嬢様方お二人と、背の高いアイルランド人の将校さんもいらしていたかしら。その人は、お嬢様方のどちらかとご結婚されるとか」

「どうかしら。来られていなかったんじゃないかしら」

「お年寄りのレディー・メアリ・マクリーンは？　訊くまでもないわね。あの方は、必ずコンサートに来られるものね。あなたもきっとお会いになったでしょう。近くの席に座っておられたでしょうから。あなた方は、レディー・ダルリンプルとごいっしょだったんだから、特等席におられたのよね。もちろん、楽団のそばの」

「いいえ、私、そういうのが嫌なの。何かと居心地が悪いもの。でも幸い、レディー・ダルリンプルは、いつも楽団から離れた席にお座りになるの。だから、とってもいい席につけたわ。つまり、演奏を聴くという点でいい席ってことよ。観客を眺めるうえでは、いい席ではなかったわ。ほとんど見えなかったもの」

「あら！　見るほうも、じゅうぶん楽しめたんじゃないの？　わかっているわよ。大勢のなかにいても、内輪の楽しみってものが、あなたにはあったんでしょ？　たくさんご親戚がごいっしょで、あなたはそれだけで、満足だったのよね」

「でも、もっと周りの人たちも、見ておけばよかったわ」と言いながら、アンは心のなかで思った。実際、見回す必要なんてなかったのだ。ただ、目当てのウェントワース大佐がじゅうぶん見えなかったというだけのことだと。

2　★おそらく、コンサート会場にいた給仕人が、スミス夫人の家に出入りしている洗濯係のメイドに情報をもたらしたのだろう。

「いえ、いえ。うまくやれたんじゃないの？　楽しい夕べだったなんて、わざわざ言う必要もないくらい。あなたの目を見れば、じゅうぶんわかるわ。どんな時間を過ごしたかが、すっかりわかるわよ。ずっといい音楽を聴けたのよね。しかも、演奏の合間には、会話があったのでしょうから」

アンは微笑みを浮かべて言った。「私の目を見れば、わかるの？」

「ええ、わかるわよ。昨晩、あなたがこの世でいちばん素敵だと思っている人と、いっしょにいたんだって、ちゃんと顔に書いてあるもの。その人は、世界中の誰よりも、あなたがいまいちばん関心のある人なのよね」

アンは、頬が赤くなり、何も言えなくなった。

「だからこそ」スミス夫人は、少し間を置いてから続けた。「こうして今朝、私を訪ねてくださったあなたのご好意に、感謝しているわけなの。わかっていただけるかしら？　あなたには、もっと楽しいことがいろいろあるのに、わざわざ私と話をしに来てくださるなんて、本当にご親切ね」

アンはこの言葉をまともに聞いていなかった。スミス夫人に自分の心のなかを見透かされてしまったことに対して、驚きがまだ冷めず、当惑していたのである。どうしてウェントワース大佐の噂がスミス夫人の耳に入ったのか、アンには想像もつかなかった。また、しばらく経ったあと、スミス夫人は言った。

「ねえ、エリオットさんは、あなたが私とつき合っているって、ご存じなの？　あの方、私がバースにいるのを、知っているのかしら」

「エリオットさんですって！」驚いて顔を上げたアンは、聞き返した。一瞬考えたあと、アンは自分が勘違いをしていたことに気づいた。すぐさま、アンは事情がつかめた。ほっとして、勇気を奮い起こし、落ち着いて付け加えた。「あなたは、ウィリアム・エリオットさんとお知り合いなの？」

「ええ、よく存じ上げてるわ」スミス夫人は真面目な口調で答えた。「いまでは、おつき合いがなくなってしまったけれども。最後にお会いしてから、ずいぶん経ったから」

「私、全然知らなかったわ。あなた、前にそのことを、ひと言もおっしゃらなかったのだもの。もし知っていたなら、ウィリアムさんにあなたのことをお話しできたのに」

「実はね」スミス夫人は、いつもの陽気な調子に戻って言った。「そうしていただければ、私もとっても嬉しいの。私のことを、ウィリアムさんにお話しいただけるかしら。あなたは、あの方に影響力があるだろうから。あの方に、ぜひやっていただきたいことがあるの。ねえ、あなたさえその気になってくだされば、もちろんうまくいくわ」

「それができれば、とても嬉しいわ。何か少しでもお役に立てればって、いつも思っているのですもの」アンは答えた。「でも、ウィリアムさんを動かせるかどうかってことに関しては、あなたは私を買いかぶっているんじゃないかしら。実際以上に、私に影響力があると思っておられるみたいだから。なぜだか、そんなふうに思い込んでいらっしゃるのね。私は、ウィリアムさんのただの親戚よ。親戚として、私からあの人に頼めることがあるのなら、ご遠慮なく私におっしゃって」

スミス夫人はちらっと、アンの本心を見透かそうとするような視線を投げかけ、微笑んで言った。

「たしかに、私はちょっと早まってしまったかもしれないわね。ごめんなさい。正式な婚約発表があるまで、待つべきだったわ。でもね、昔からの友達のよしみで、いつごろお願いできそうか、ちょっと教えてくださらない？　来週ごろかしら？　来週にはすっかり決まると思っていいわよね？　そうすれば、ウィリアムさんのお幸せに乗じて、私の勝手な計画を進めさせていただいてもいいかしら」

「いいえ」アンは答えた。「来週でも、その次の週でも、そのまた次の週でもないわ。

何週間待っても、あなたが考えておられるようなことにならないのは、確かよ。私はウィリアムさんとは結婚しないわ。どうしてそんなことを想像なさったのかしら」スミス夫人はまたアンのほうをじっと真面目な表情で見て、微笑むと、首を振りながら声を高めて言った。

「あなたの気持ち、いったいどういうものなのかしら！　何を考えていらっしゃるのか、私にもわかればいいのに！　いざというときになって、断るような残酷なことを、あなたがするわけないわ。正式に求婚されるまでは、女はその気にはならないものよね。もちろん、求婚されるまではどんな男性でも駄目ってことになるわね。なのに、あなたはどうして残酷になれるの？　あの人のために――いまは知り合いとは言えないけれども――以前の知り合いのためにも、ひと言いわせていただくわ。あなたにとって、これほどお似合いのお相手がおられるかしら？　あれほど紳士的で、感じのいい男性が、ほかに見つかると思う？　ウィリアム・エリオットさんほどの人は、なかなかいないわ。ウォリス大佐からも、あの人のいいところばかり聞いておられるでしょ？　ウォリス大佐ほど、ウィリアムさんのことをよく知っている人はいないのですものね」

「ねえ、スミスさん。ウィリアムさんの奥様が亡くなって、まだ半年と少ししか経っていないのよ。[3] まだ誰にも求婚なさるはずないじゃない」

「ああ、そういうことだったの」スミス夫人は、悪戯っぽく言った。「じゃあ、ウィリアムさんもこれで大丈夫ね。何も私があの人のためにあれこれ気を揉む必要もないわ。ご結婚されても、私のことを忘れないでね。それだけで、けっこうよ。私があなたの友達だってことを、ウィリアムさんに伝えてね。そうすればあの人も、頼まれ事が面倒だからといって、軽んじるようなことはなさらないでしょう。いまは、ご自身の用事や約束でお忙しいでしょうから、せずに済むことは避けたとしても、当然だと思うわ。無理もないわね。百人中九十九人までが、そうすると思うわ。もちろん、その頼み事が私にとってどれほど重要なことか、ウィリアムさんはご存じないのでしょうから。とにかく、あなたには幸せになっていただきたいし、きっと幸せになるにちがいないわ。ウィリアムさんにも、あなたのような女性の価値はわかるはず。あなたの平和は壊されたりしないわ。私とは違って。あなたの場合は、社会的にも経済的にも安定しているし、お相手のお人柄も安心よね。ウィリアムさんは道から外れたり、他人に騙されて破滅させられたりするなんてことはないだろうから」

「ええ、従兄のウィリアムさんなら、そういうことはないと信じているわ」アンは言った。「あの人は、落ち着いたしっかりした人だから、そんな危なっかしい印象はないわ。私はウィリアムさんのことを尊敬しているの。私の見るかぎりでは、そう思えない理由がないもの。でも、私がウィリアムさんを知るようになってから、それほど経っていないし、どういう人なのか、すぐにはわからないタイプなの。こういうふうに話せば、ウィリアムさんが私にとって何でもない人だということが、わかっていただけるかしら、スミスさん？　これは真面目な話よ。本当に、あの人は私にとって特別な人ではないのよ。かりにウィリアムさんが私に求婚したとしても――あの人が求婚しようと思っているなんて、想像する理由がないけれども[4]――私はお断りするわ。あなたに、はっきりそう言い切れるわよ。昨夜のコンサートが楽しかったのは、あなたが想像しているようにウィリアムさんが原因ではないの。ウィリアムさんではなくて――」

アンは、自分が言いすぎてしまったことに気づいて、真っ赤になり、言葉を切った。スミス夫人は、ウィリアム・エリオット氏の求婚がうまくいかないとは、なかなか信じられそうもなかったが、アンに好きな人がほかにいるのだということになれば、話

3　通常、喪中の期間は一年とされていた。

4　★ウィリアムは、しばしば求婚をにおわせるような言動を取っているので、アンは無意識のうちに、彼の態度に対して鈍感になっているようだ。

は別だ。アンがここまで言ったので、スミス夫人も納得し、ほかの人とは誰かということまで、追及しようとする様子は見せなかった。アンは、これ以上詮索されたくなかったので、自分のほうから質問することにした。どうしてスミス夫人は、アンがウィリアムと結婚するなんていう想像をしたのか、そんな想像がどこから生まれてきたのか、それとも誰かからそんな噂を聞いたのか、などと尋ねたのである。

「どうしてそんなことを思いついたのか、最初の時点から話してくださる？」

「最初に思いついたのはね」スミス夫人は答えた。「しょっちゅう、あなた方がいっしょにいるってことが、わかったからよ。それで、あなたの身内の方々も、その縁談を望んでおられるにちがいないって、思ったわけ。きっと、あなたのお知り合いも、みんなそう思っているはずよ。でも、噂を聞いたのは、たった二日前のことだけれどもね」

「噂になっているの？」

「昨日、あなたがここを訪ねてきてくださったとき、ドアを開けた女性に気づいた？」

「いいえ。いつもどおり、スピード夫人か、女中さんじゃなかったの？　特に誰も見かけなかったけれども」

「家主さんの妹のルック夫人だったのよ。看護師のルックさん。彼女が、あなたを見たいから、ドアを開けさせてって頼んできたのよ。彼女、この日曜日に、マールバラ・ビルディングズのウォリス大佐夫妻のところから、ここの家主さんのところへ戻ってきたところなの。あなたがウィリアムさんと結婚なさるって話を私にしてくれたのは、このルック夫人なのよ。彼女はそのことを、ウォリス夫人から聞いたそうなので、情報筋としては確かだと思ったの。ルック夫人は、月曜日の夜、ここで一時間たっぷり、一部始終聞かせてくれたのよ」

「一部始終ねえ！」アンは、笑いながら答えた。「そんないい加減な情報について、詳しく話すようなことはないと思うけれど」

スミス夫人は黙っていた。

「でも」アンは、間もなく話を続けた。「私はウィリアムさんに、たいした影響力を持っていないけれども、私のできることで、何かあなたのお役に立てるなら、とても嬉しいわ。あなたがバースにおられるということを、あの人に話しましょうか？　何かお伝えしましょうか？」

「いいえ、けっこうよ。もういいの。私、興奮してしまって、勘違いしたものだから、あなたを厄介なことに巻き込んでしまうところだったわ。でも、もういいのよ。せっかくだけれども、あなたに迷惑をかけたくないから」

「たしか、ウィリアムさんと昔の知り合いだって、おっしゃっていたわね？」

「ええ」

「ってことは、あの人が結婚する前からのお知り合いなの？」

「ええ、初めて会ったときには、あの人、まだ結婚していなかったわ」

「それで、親しいご関係だったの？」

「とっても親しかったわ」

「そうだったの！　じゃあ、そのころのウィリアムさんがどんな人だったか、話してくださらない？　若いころどんな人だったのか、私、とても興味があるの。いまと同じような感じの人だった？」

「この三年間、ウィリアムさんには会っていないのよ」そう答えたスミス夫人の口ぶりがあまりにも深刻そうだったので、それ以上話が続かなかったが、アンの好奇心はますます募った。二人とも黙っていた。スミス夫人は、考え込んだあと、ついに話し始めた。

「ごめんなさいね、言葉足らずで」スミス夫人は、友達らしい自然な口調で言った。

「でも私、どうしていいかわからなかったの。あなたにどう言うべきか迷って、考え込んでしまったものだから。いろいろと考え合わせなきゃならないこともあって。

だって、お節介をやいたり、悪い印象を与えたり、不和を持ち込むなんてことはしたくないもの。親戚関係って、表面だけでも波風を立てないほうが無難よね。たとえ、底では長持ちしそうになくたって。でも私、心を決めたわ。やっぱり、本当のことを言っておくべきだって。ウィリアムさんがどんな人か、あなたは知っておいたほうがいいと思うわ。いまのあなたが、あの人の求婚を受け入れる気がまったくないってことは、よくわかったけれど、この先何が起きるかわからないものね。いつかそのうち、あの人に対する気持ちが変わるかもしれないし。だから、何の偏見もないいまのうちに、本当のことを聞いておいてほしいわ。ウィリアム・エリオットさんは、優しさや良心が微塵もない人よ。腹黒い、悪知恵の働く、冷血漢で、自分のことしか考えない人。自分が得をして楽をするためなら、どんな残酷なことでも裏切り行為でも、平気でする人なのよ。自分の評判さえ落とすことがなければね。他人に対する思いやりってものがないのよ。自分のせいで破滅させてしまった者のことも、知らんぷりして、見捨ててしまっても、ちっとも心が痛まないのよね。正義感とか同情とかいうものは、まったくなし。根っからの悪人よ。誠実さのかけらもないひどい人！」

アンがびっくりして、驚きの声を上げたので、スミス夫人は言葉を切り、落ち着いた口調に戻って、付け加えた。

「びっくりさせてしまって、ごめんなさい。ひどい目に遭わされて、腹が立っているものだから、つい興奮してしまって。これからは、気をつけなくちゃね。もうあの人をののしるのはやめるわ。見たままの事実だけお話しすれば、わかっていただけるだろうから。ウィリアムさんは、私の夫の親友だったの。夫は、ウィリアムさんを信頼して、愛情を持って、自分と同じように善良な人間だと思っていたのよね。私たちが結婚する前に、二人はすでに親しくなっていたわ。本当の親友みたいだったので、私もウィリアムさんのことをとってもいい人だと思って、あの人のことを高く買っていたの。なにしろ私も、そのころはまだ十九歳で、あまり人を見る目がなかったから、ウィリアムさんのことが善良な人に見えて、たいていの人よりずっと感じのいい人だとさえ思ったのよね。だから、私たち夫婦は、あの人といつも行動をともにしていたわけ。私たちは、たいていロンドンにいて、派手な暮らしをしていたの。ウィリアムさんのほうが、暮らし向きは下で、貧しかったわ。テンプル法曹院に下宿していて、紳士（ジェントルマン）の体面を保つのがやっと、ってところだったわ。ウィリアムさんは、いつでも好きなときに、うちに来て、入り浸り。いつも歓迎してあげていたのよ。弟みたいに扱って。夫のチャールズは、本当にお人好しで気前がよくって、なけなしのお金をウィリアムさんに分けてあげてもいいような気持ちだったのよ。いつもウィリアムさんのために財布を開けて、たびたび援助してあげていたわ」

「私がいつも気になっていたのは、ちょうどその時期のウィリアムさんのことなの」アンは言った。「父と姉がウィリアムさんと知り合ったのは、そのころだったにちがいないわ。私自身は会ったことがなくて、噂でしか聞いていないけれども、そのころ、あの人が父と姉に対してとった行動や、そのあとご結婚された状況が、現在のあの人とどうも一致しないような気がしてしょうがないのよね。まるで別人みたいに思えるの」

「よくわかるわ、そのとおりよ」スミス夫人は、大声で言った。「ウィリアムさんがあなたのお父様サー・ウォルターやお姉様に紹介されたのは、私があの人と知り合うより前のことだったの。でも、ウィリアムさんは、お二人のことを、よく話していたわ。ご招待いただいて、お誘いいただいたってこと、私も知っているわ。結局あの人がお宅にうかがわなかったってこともね。たぶん、あなたが予想もしないようなことまで、お話しできると思うわよ。あの人が結婚した当時のことについては、全部知っ

5　ロンドンにある四法曹院のうち、インナー・テンプルとミドル・テンプルの建物のいずれか。ウィリアム・エリオットは、若いころ、弁護士を目指して法律の勉強をしていた。

ているから。結婚に誰が賛成して、誰が反対したかも知っているし。私は、あの人の望みや計画を打ち明ける相談相手だったのだもの。奥さんについては、結婚前のことは知らないけれども——お相手は身分の低い人だったから、知りようがなかったの[6]——結婚後のことは、すっかり知っているわ。少なくとも、亡くなる前の二年間に関しては、何でも知っているから、もし訊きたいことがあれば、いくらでもお答えできるわ」

「いいえ、特に奥さんについてお尋ねしたいことはないわ」アンは言った。「お幸せなご夫婦でなかったということは、わかっていたわ。ただ私が知りたいのは、そのころ、どうしてウィリアムさんが、私の父とのつき合いをなおざりにしたかっていうことなの。父は、あの人にとても親切にして、丁重に扱おうとしていたことは、確かだから。どうしてウィリアムさんは、引き下がってしまったのかしら」

「あの時期のウィリアムさんには」スミス夫人は答えた。「人生の目的はたったひとつだったの。財産を作ることよ。法律の職に就くよりも、手っ取り早い方法でね[7]。そこで、結婚によってそれを手に入れることにしたわけ。少なくとも、早まった結婚をして、お金をなくすようなことはすまいと決めていたのよ。あの人は、あなたのお父様とお姉様が、丁重に招待してくださるのは、エリオット家の相続人である自分と、お嬢様とを結婚させるおつもりだからだろうと思ったようなの。その推測が正しかったかどうかは、もちろん私にはわからないけれど。でも、その縁談は、富と経済的自立を手にしたいというウィリアムさんの考えとは、合いそうになかったの。それが、あの人が引き下がった理由なのよ。あの人は、そのことを全部私に話してくれたわ。私には包み隠さずね。学校時代、私があなたより先に卒業してバースを去ったあと、結婚して最初に親しくなったのが、あなたの従兄のウィリアムさんだったとは奇遇だわ。なにしろ、あの人の口をとおして、私はあなたのお父様やお姉様の噂を聞いていたんだもの。あの人は、あなたのお姉様のミス・エリオットについて話して、私のほうは、あなたっていう、もうひとりのミス・エリオットのことを話していたなんてね」

「もしかして」アンは突然思いついて、大声を上げた。「あなたは、時々私のことを

6　★スミス夫人のこの口ぶりから、また、准男爵の娘アンと同じ寄宿学校に入っていたことからも、スミス夫人自身は紳士階級の出身であるものと推測できる。

7　法廷弁護士は、富を得て出世することを目指す者にとって、人気のある上級の職だった。しかし、つてや才能だけでなく運も作用するこの職は、成功が不確実だった。ウィリアムの性格からすると、成功までの窮乏生活に耐えてまで、初志を貫徹する気にはなれなかったのだろう。

ウィリアムさんに話した？」

「もちろん、しょっちゅう話したわよ。私にとって、アン・エリオットさんが友達なのは、自慢だったんだもの。あなたは全然違う人だって、保証もしたわよ。同じエリオット家の――」

スミス夫人は言いかけて、途中でやめた。

「これで、昨夜、ウィリアムさんが言っていたことの意味がわかったわ」アンは叫んだ。「それなら説明がつくわ。あの人が、以前から私の噂を聞いていたっていうのよ。どういうことか、私にはさっぱりわからなかったの。自分で勝手に想像していたんだけれども、人間って、自分のこととなると、とんでもないことを考えてしまうものね。たいへんな勘違いをするところだったわ！　あら、ごめんなさい。話の腰を折ってしまったわね。えっと、ウィリアムさんは、お金目当てで結婚したのね？　それで、あなたにも、ウィリアムさんがどんな人なのかが、わかりかけてきたわけね」

ここでスミス夫人は、少したためらった。「まあ、そういうことは、よくあることね。羽振りよくやっていくために、お金目当てで結婚することは、男でも女でもあるし、ごくふつうのことよ。私もそのころは若かったし、若い人たちとばかりつき合っていたから、軽はずみで開けっ広げで、きちんとした作法も守らず、楽しく暮らしていたわ。いまでは、そうじゃないけれども。年月が経って、病気もして、辛い思いもしたから、考え方も変わってしまったのよね。でも、あのころは、ウィリアムさんのしていることはよくないということが、私にはわかっていなかったわ。『自分のために全力を尽くす』のは、人間の本分として通ることだと思っていたの」

「でも、お相手の女性は、とても身分の低い人だったんじゃないの?」

「ええ、そのことは、私も反対したんだけれど、ウィリアムさんはまったく聞こうともしなかったわ。とにかくお金がすべてで、お金がほしかったのよね。相手の女性のお父さんは牧畜業者で、お祖父さんは肉屋[8]。でも、ウィリアムさんは、そんなことにはこだわっていなかったわ。ご本人が綺麗な女性だったし、まああの教育も受けていて、親戚の後押しで社交界に出て、ウィリアムさんに出会って、恋をしたの。彼女がどんな生まれかなんてことは、彼の側では何ら問題ではなかったし、ためらいもなかったのよ。ただ、求婚する前に、彼女の財産の額がいくらかを確認することだけは、じゅうぶん注意していたみたい。いまでこそ、ウィリアムさんは社会的地位を重視し

8 当時、肉屋は身分の低い職業とされた。それに比べて、家畜を所有している牧畜業者は、裕福な場合もあった。したがって、この家系では、祖父の代よりも父の代で、社会的地位が上がったらしい。

ているようだけれど、若いときには、そんなことまったくどうでもいいと思っていたのよ。ケリンチ屋敷を相続できるのはけっこうなことだけれども、エリオット家の名誉なんかは、お金にならないくだらないものだと考えていたのね。あの人、よくこんなふうに言っていたわ。もし准男爵の身分が売れるものなら、紋章と銘文と名前、それに仕着せもろとも、[9]誰にでも五十ポンドで売ってやってもいいって。でも、あの人がよく言っていたことを、ここでこれ以上繰り返すのは、やめておくわ。フェアじゃないから。証拠がいるわよね。口で言うだけじゃなくて、証拠を見せないことにはね」

「いいえ、スミスさん、証拠なんていらないわ」アンは大声で言った。「あなたの言っていることで、数年前のウィリアムさんと矛盾していることは、何もないから。ただ、以前に聞いたことや思っていたことを、念のため確認しておきたいだけなの。いったいどうしてあの人は、いまみたいに変わってしまったのかしら。ぜひ知りたいのは、むしろそっちのほうよ」

「でも、私の気が済まないの。申し訳ないけれども、呼び鈴でメアリを呼んでいただけないかしら——ちょっと、待って。もしよければ、あなたに私の寝室に行っていただいて、小部屋の上の棚に置いてある象牙細工の小さな箱を持ってきてもらえると、とてもありがたいのだけれど」

アンは、スミス夫人が熱心にそうしてほしがっている様子を見て、頼まれたとおりにした。アンが箱を持ってきて、スミス夫人の前に置くと、スミス夫人は箱の鍵を開けながら、ため息をついて言った。

「ここに、主人の書類が入っているの。主人が亡くなったときに、目を通した書類の一部なのよ。いま探しているのは、私たちが結婚する前に、ウィリアムさんが夫に宛てて書いた手紙なの。どうしてだかわからないけれど、たまたま取ってあったのね。たいていの人がそうだけれど、夫もこういう書類の整理に関しては、いい加減で、きちんとしてなくてね。夫の書類を調べていたら、大事な手紙や覚書はたくさんなくなってしまっているのに、いろいろな人たちから来たどうでもいい手紙がいっぱい出てきてね、そのなかから、ウィリアムさんの手紙が見つかったのよ。これだわ。これは、焼かずに取っておこうと思ったの。そのころには、もうウィリアムさんに対してかなり不満が募っていたものだから、以前親しかったっていう証拠になるものは、全

9　仕着せとは、従者が着るそろいの制服。エリオット家の名前や紋章、銘文とともに、准男爵の家柄を示すもの。

部取っておこうと思ってね。その手紙が、いま別の目的で役に立って、よかったわ」
それは、「タンブリッジ・ウェルズのチャールズ・スミス様」宛てで、ロンドンから送られた一八〇三年七月付けの手紙だった。[10]

スミス様

お手紙拝受いたしました。ご親切に、恐縮しています。あなたのような心の温かい方は、残念ながら、世の中にはめったにおられません。ぼくがこれまで二十三年間生きてきたなかで、あなたほどご親切な方にはお会いしたことがありません。また現金の持ち合わせができたおかげで、いまのところは、これ以上助けていただく必要はないものと、お考えください。

嬉しいことがあります。サー・ウォルターと令嬢から、やっと解放されました。二人はケリンチ屋敷に帰っていくさい、今度の夏には訪ねてくるようにと、ぼくに無理やり約束させようとしました。ぼくがケリンチ屋敷に行くとすれば、そのときにはまず鑑定人を連れていって、競売にかけたらいくらで売れそうか、屋敷の値段を聞きますね。でも、あの准男爵、再婚しないともかぎりません。頭が空っぽですから。再婚してくれるなら、ぼくはそっとしておいてもらえて、ありがたいですよ。相続権をもらえるのと、どっちがいいかな、って感じです。去年よりも、サー・ウォルターはますますばかになったようです。ぼくはエリオットなんて名前でなければよかったのにと思います。むかつくような名前です。でも、ありがたいことに、ウィリアム・ウォルター・エリオットというぼくの名前のなかの、先祖伝来のウォルターは省略することができます。二つ目の頭文字Wを付けて、ぼくを侮辱するようなことは、もう二度としないでくださいね。

誠実なる生涯の友、ウィリアム・エリオットより

こんな手紙を読まされると、さすがのアンも、怒りで熱くなった。スミス夫人は、真っ赤になったアンを見て言った。

「ずいぶん失礼な文章よね。どんな言葉だったかはっきりは覚えていないけれど、全体の感じはすっかり頭に残っているわ。これで、どういう人間かがわかるでしょ？

10　★第1章に、この物語が始まったのは、「一八一四年の夏」と書かれているため、この手紙は、物語の現在から十二年ほど前に書かれたものだということになる。手紙のなかでウィリアム・エリオットは、自分が二十三歳だと述べているので、彼は現在三十五歳ぐらいであることになる。

私の夫に対して、どんな気持ちを表しているかを、見ていただきたいの。これ以上、強い友情の印があるかしら?[11]」

アンは、自分の父親がここまでひどいことを言われているのを見て、屈辱のあまり、ショックからすぐには立ち直れなかった。とはいえアンは、この手紙を見るのは、道理に反するのだということを、思い返さずにはいられなかった。こういう証拠で人を判断したり理解したりするべきではないし、個人の手紙が他人の目に晒されるようなことは、あってはならない。いろいろ考えたあげく、彼女はようやく落ち着きを取り戻し、手紙を返して言った。

「どうもありがとう。たしかに、これはじゅうぶんな証拠ね。あなたがおっしゃっていたことすべての証拠になっているわ。でも、どうしてウィリアムさんは、いまごろになって、私たちと親しくしようと思ったのかしら」

「そのことも、説明できると思うわ」スミス夫人は、にっこりして言った。

「本当なの?」

「ええ、さっきは十二年前のウィリアムさんの姿をお見せしたから、今度は現在のあの人をご覧に入れるわ。今度は、書いたものの証拠はないけれど、お望みならば、口頭での確かな証言という形で、あの人がいま何を望んでいて、何をしているかを、お教えできるわ。いまのあの人は、偽善者ではなくて、本気であなたと結婚したいと思っているのよ。いまあの人があなたのご家族に示している敬意は、心からのものなの。あの人の知り合いのウォリス大佐の証言だから、確かな筋からの情報よ」

「ウォリス大佐ですって！　あなたは、ウォリス大佐ともお知り合いなの？」

「いいえ、直接ご本人から聞いたわけではなくて、ひとりか二人、間に入って、間接的に聞いたのだけれど、それは問題ないわ。話の最初の流れは変わっていなくて、途中で少々尾ひれがついても、それを取り除けばいいだけのことだから。ウィリアムさんは、あなたのことをどう思っているか、正直にウォリス大佐に話しているの。ということは、ウォリス大佐という人は、良識があって、注意深い、ものわかった人なのでしょうね。ところが、その奥さんが、美人だけれども、頭がもうひとつなのね。この奥さんに、ウォリス大佐は、本来言うべきでないことまで何でも話してしまっているみたい。奥さんは、産後から回復して元気があり余っているものだから、ご主人

11　★アンとスミス夫人とでは、それぞれの関心事にずれがあり、この手紙の持つ意味が少し異なることがわかる。アンにとっては、ウィリアムがいかに父サー・ウォルターを侮辱しているかが、スミス夫人にとっては、彼がいかに夫スミス氏との友情を裏切ったかが、最も印象に残っているようだ。

から聞いたことを、全部看護師さんに話してしまうの。それで、看護師さんは、私があなたの友達だということを知っているものだから、当然、私にすっかり話してくれるのよね。それで月曜日の夜、看護師のルックさんが、マールバラ・ビルディングズでの内緒話を私にしてくれたというわけなの。だから、私が一部始終って言ったのは、あなたが思うような、たんなる作り話ではないってことが、これでおわかりいただけたかしら」

「ねえ、スミスさん、あなたは確かな証言だとおっしゃるけれども、それだけでは不十分で、納得できないわ。ウィリアムさんが私のことをどう思っているかということは、あの人が私の父と和解しようと努力する理由の説明にはならないもの。私がバースに来る前から、もう和解しようとしていたのよ。私がここに着いたときには、もう親しくなっていたわ」

「そうだったわね。それはよくわかっているけれども——」

「スミスさん、そういう筋から、本当の情報を得ることができるとは思えないわ。事実とか意見とかいうものは、そんなに多くの人を介したら、愚かさだとか、無知だとかによって誤解して伝えられてしまって、ほとんど真実がとどめられなくなってしまうものよ」

「まあ、聞いてちょうだい。話を聞いていただければ、信頼できそうかどうか、すぐにわかるでしょうから。具体的なことをいくつか聞いたうえで、嘘か本当かを判断してちょうだい。エリオット家と和解しようとしたあの人の最初の動機が、あなただったとは、誰も思っていないわ。あの人は、バースに来る前に、あなたに会って、あなたに感心したそうだけれども、そのときにはあなたがエリオット家のお嬢さんだとは知らなかったのよね。ルックさんはそう言っていたけれど、これは正しいかしら？　あの人は去年の夏か秋に――ルックさんの言葉によれば『どこか西のほうで』――誰だか知らずに、あなたに会ったとか？」

「たしかにそのとおり。そこまでは、本当のことね。私はたまたまライムにいたとき、そこで会ったの」

「でしょ？」スミス夫人は、勝ち誇ったように続けた。「じゃあ、話の取っ掛かりの部分に関しては、ルックさんのことを信頼してあげてね。ウィリアムさんは、ライムであなたに会って、あなたのことをとってもいいなあと思っていたから、カムデン・プレイスで再会したとき、あなたがアン・エリオットさんだとわかって、大喜びしたの。そのときから、あの人には、カムデン・プレイスを訪ねる二重の動機ができたわけね。というのは、もうひとつの動機が、以前からあったのよ。それを、これからお話しするわね。私の話のなかで、間違いだとか、ありえないと思うことが何かあったら、そこで話を止めてね。こういうことなのよ。あなたのお姉様のお友達で、いまいっしょに滞在していらっしゃるご婦人がおられるでしょ？　あなたの話のなかでも、その人のことが出てきていたわね。その人は去年の九月にミス・エリオットやサー・ウォルターといっしょに――つまり、最初から――バースへやって来て、それからずっといっしょにいるって話ね。そのクレイ夫人という人は、頭がよくって、人に取り入るのが上手で、美人で、貧しいけれども口先がうまい女性だとか。立場や態度からすると、レディー・エリオットの座をねらっているんじゃないかって、サー・ウォルターの知り合いの方たちはみな思っているそうね。ところが、驚いたことに、ミス・エリオットは、その危険に全然気づいておられないとか」

ここでスミス夫人は、間を置いた。しかし、アンがひと言も口を挟まないので、また続けた。

「あなたがバースに来るずっと前から、エリオット家のことを知っている人たちは、みんなそういうふうに見ていたわけなの。ウォリス大佐も、カムデン・プレイスを訪ねたことはなかったけれど、あなたのお父様のことを注意して見ていて、そのことに気づいておられたのよね。ウォリス大佐はウィリアムさんに好意を持っていたから、エリオット家の状況を興味津々で見守っていたの。そこへウィリアムさんが、たまたまクリスマス前にちょっと用事があって、バースに一日か二日立ち寄ったものだから、[12]ウォリス大佐は、エリオット家がどういうことになっているか、どういう噂が広まりつつあるかってことを、ウィリアムさんに伝えたわけね。それで、時を経て、准男爵の価値に関するウィリアムさんの考えが、すっかり変わってしまったという事情が、あなたにわかっていただけたかしら。血統とか家柄の価値ってことに関して、ウィリアムさんの考えはがらりと変わっていたのよ。長年、好きなだけ使えるお金がじゅうぶんあって、贅沢三昧な暮らしにはもう飽きていたから、准男爵になることと自分の幸せとがつながっているように、だんだん思えてきたのね。私たち夫婦とのつき合いが終わる前から、そういう考えに変わっていたみたいだけれど、いまは完全にそうだと思うわ。もうサー・ウィリアムになれないなんて、考えられないわけよね。だとすれば、ウォリス大佐からクレイ夫人がエリオット家に入り込んでいるという情報を知

12 ★以前ウィリアムはサー・ウォルターに向かって、十一月にロンドンに行く途中でバースに立ち寄ったことがあるが、そのときは二十四時間しか余裕がなくて、サー・ウォルターを訪ねることができなかったと述べている（↓第15章263～264頁）。そのときのことが、この箇所と符合する。

らされて、あの人が嫌な気持ちになったことは、推測がつくでしょ？[13] そのあとどうなったかも、想像できるわね？ ウィリアムさんはできるだけ早くバースに戻ってきて、ここにしばらく身を落ち着けることにしたの。エリオット家との以前の交際を復活させて、ご一家のなかで足場作りをするためにね。そうやって、自分の立場がどれぐらい危険に晒されているのかを確認して、いざという時には、クレイ夫人を出し抜いてやろうと決めたのよ。それしかないと、ウィリアムさんとウォリス大佐との間で意見が一致して、ウォリス大佐は、できるかぎりの協力をするって、約束したのよ。それで、エリオット家でウォリス大佐が紹介され、奥さんのウォリス夫人が紹介され、次々といろいろな人たちが紹介されるということになったの。そこへウィリアムさんが戻ってきて、ご存じのとおり、和解を申し出て受け入れられ、またエリオット家への出入りが許される、という流れになったわけよ。そうして、サー・ウォルターとクレイ夫人を見張ることが、ずっとウィリアムさんのただひとつの目的だったの——あなたがバースに着いて、もうひとつの目的が加わるまではね。ウィリアムさんは、ご一家といっしょに過ごせる機会を外さないようにして、サー・ウォルターとクレイ夫人が二人きりにならないようにしたり、時間にかまわず訪問したりしたんだけれど、このことは詳しくお話しする必要はないわね。ずる賢い人間がどういうことをするか、ご想像がつくでしょ？　この説明を聞けば、あなた自身が見てきたあの人の行動がどんなだったか、思い出すんじゃないかしら」

「ええ」アンは言った。「あなたのお話で、私の知っていることや想像できることと、一致しないことは何もないわ。ずる賢い人間のすることって、聞いていると気分が悪くなるものね。自分本位な策略や二枚舌って、本当に不愉快だけれども、お話を聞いても、驚くようなことはなかったわ。ウィリアムさんについてこんな話を聞かされたら、ショックを受けて、信じられないという人たちもいるでしょうけれど、私はまだ聞き足りないくらいよ。私は、ウィリアムさんの行動には、何か表面とは別の目的があるようで、ずっと知りたいと思っていたの。あの人は、恐れていたことが起きる可能性について、いまどんなふうに考えているのかしら。つまり、父とクレイ夫人が結婚する危険が減ったと思っているのか、それともその逆なのか、私は知りたいわ」

「減ったと思っているみたいよ」スミス夫人は答えた。「ウィリアムさんは、クレイ夫人が自分のことを恐れていると思っているわ。クレイ夫人は、自分の魂胆を彼に見

13　★サー・ウォルターがクレイ夫人と再婚して、息子が生まれたら、その息子が跡継ぎとなり、ウィリアムは准男爵位と遺産を相続できなくなるため。

透かされているのがわかっているから、思うように事を運べなくなっているんだって。でも、時々はウィリアムさんがいないときだってあるんだから、クレイ夫人がいまの影響力を保っている間は、彼も完全に安全だとは言い切れないわね。ルックさんの話によれば、ウォリス夫人は面白いことを考えているそうよ。あなたとウィリアムさんが結婚するときには、結婚契約書のなかに、あなたのお父様がクレイ夫人とは結婚しないっていう条項を、付け加えたらいいっていうの。いかにも、ウォリス夫人のような頭の人が思いつきそうなことね。でも、賢い看護師のルックさんは、その考えの足りないところをちゃんと見抜いているの。『それでも、サー・ウォルターがクレイ夫人以外の人と結婚するのは妨げられないじゃないですか』って、言うのよ。実を言うと、看護師さんは内心、サー・ウォルターが再婚することに、それほど反対していないんじゃないかしら。ルックさんが結婚を歓迎しても当然よ。誰だって私欲ってものはあるんだから、ウォリス夫人の紹介で、次のレディー・エリオットのお産のとき看護の役をもらえるっていうように、ルックさんの想像が飛躍することも、ないとは言えないものね」

「すっかり教えていただいて、ありがたいわ」少し考えたあとで、アンは言った。「ウィリアムさんといっしょにいるのが、これからはいろいろと辛くなるけれど、自分のなすべきことが、わかるようになったわ。これからはもっとはっきりした行動を取ることにしなければ。ウィリアムさんは不誠実で、世知に長けたずる賢い人で、何の節操もなくて、自分のことしか頭にないんだってことは、明らかね」

しかし、これでウィリアム・エリオットに関する話はお仕舞い、ということにはならなかった。スミス夫人には、最初に話したい用件があったのだが、話が思わぬ方向へ行ってしまったのだ。アンは、自分の家族に関することに興味が傾いてしまい、もともとはウィリアムについてどういう話をしかけていたのかを、忘れてしまっていた。しかし、スミス夫人が最初に戻って説明し始めたので、アンはそちらに注意を向けて、詳しい話に耳を傾けた。スミス夫人の辛辣極まりない非難がどこまで正当と言えるかはわからないものの、その話によれば、ウィリアムは、彼女に対して実に冷酷に振る舞い、正義感や思いやりのかけらもないような人間であることがわかった。

アンが聞いたところでは、スミス夫妻とウィリアムとの親しいつき合いは、ウィリアムの結婚によっても変わることはなく、彼らは相変わらずいっしょに行動し、ウィリアムはスミス氏にどんどん散財させていったとのことだった。スミス夫人は自分にも責任があったと認めようとはしなかったし、亡くなった夫に対して優しい気持ちを抱いているので、夫のせいにする気はさらさらなかった。しかしアンは、スミス夫妻は収入以上の生活をしていて、最初から夫婦そろって贅沢しすぎだったのではないかと、推測した。

スミス夫人の説明によれば、夫のスミス氏は、心の温かい人で、呑気な性格で、あまり頭の切れるタイプではなく、ウィリアムよりずっと気立てがよくて、実は友人とは似ても似つかない人間だった。それで、たぶんウィリアムからばかにされて、言いなりになってしまったのだという。結婚して裕福になったウィリアムは、自分の快楽と虚栄心を大いに満足させたいと思ったけれども、自分のお金を使わずしてその目的を果たそうとした。好き放題するくせして、打算的な人間になっていたのだ。こうしてウィリアムはだんだん金持ちになる一方で、スミス氏のほうはどんどん貧乏になっていった。それなのにウィリアムは、スミス氏の経済状態にはまったく関心を払わず、逆に出費ばかりさせ続けた。こうして、とうとう底をついてしまい、スミス夫妻は破産してしまったのだ。

スミス氏は、破産の直前に亡くなったので、真実を知らずに済んだ。スミス夫妻は以前にも家計の危機に陥ったことがあり、知り合いの情けにすがろうとしたところ、ウィリアムは当てにならない人間だということがわかった。しかし、どんなにひどい状況に陥ってしまったかがよくよくわかったのは、スミス氏が亡くなったあとのことだった。スミス氏は生前、ウィリアムの好意を信じて、その判断力というよりは心を信頼して、ウィリアムを自分の遺言執行人に指名していた。にもかかわらず、ウィリアムは何もしようとしてくれなかった。破産状態で夫に先立たれたという苦しみに加えて、こんな拒絶に遭ったスミス夫人の困り果てたやるせない思いは、言葉で語り尽くせるものではなかった。聞いているアンの側も、怒りがこみ上げてきた。

アンは、そのころの手紙を何通か見せられた。何とかしてもらいたいというスミス夫人からの再三の催促に対して、ウィリアムが寄こした返事には、無駄なことをわざわざするようなことは、きっぱりお断りすると、書かれていた。スミス夫人がどんなに困った目に遭おうとも無関心だという無慈悲さが、よそよそしい他人行儀な言葉から伝わってきた。それは、忘恩と非人間性を絵に描いたような恐ろしいさまだった。アンはしばらく、あからさまなあくどい犯罪よりもひどい話ではないかとさえ思ったほどだった。

アンはずいぶんいろいろな話を聞かされた。過去の悲しい出来事や、辛いことが次々と重なったさまなど、以前はちょっとほのめかす程度だったことも、いまは存分に、事細かに語られたのだった。スミス夫人もこれですっきりしただろうとわかって、アンはほっとした。その一方で、これだけの経験をしておきながら、スミス夫人はふだった。

嘆かわしい話のなかでも、スミス夫人が特に悔やしがっていることが、ひとつあった。スミス氏の財産のなかに、西インド諸島の土地があって、それが借金の抵当に入っていたため、何年間も差し押さえになっているのだが、ちゃんとした手続きを踏めば、取り戻せるかもしれない。たいした財産ではないけれども、それがあれば、自分はじゅうぶん豊かになれそうだと、スミス夫人は思っていた。ところが、そのために動いてくれそうな人が誰もいない。ウィリアムは何もしようとしてくれないし、スミス夫人も自分では何もできない。病弱のために頑張りがきかないし、お金が足りなくて、人を雇って頼むこともできない。相談できそうな親戚もいないし、お金を出して法律家の力を借りることもできない。困窮している身にとっては、辛さもひとしおだった。もっとましな状況になれそうで、ちょっとその気になればできることなのに、と思いつつ、ぐずぐずしていると手遅れになりそうだと恐れているのは、彼女にとって耐えがたいことだった！

スミス夫人がアンに頼んでウィリアムに働きかけてほしかったのは、この件だったのである。以前は、アンとウィリアムが結婚するだろうと思っていたので、友達を失うことになるのではないかと、恐れていた。でも、よく考えてみれば、ウィリアムはスミス夫人がバースにいることさえ知らないので、二人の友情を引き裂くようなことはしないのではないかと思い返した。すると、ウィリアムが愛しているアンの影響力を借りて、何か自分に有利なことをしてもらえるのではないかと思いついたので、ウィリアムの評判に傷がつくようなことを言わないように注意しつつ、アンの関心を引き寄せるようにした。

ところが、アンがウィリアムと婚約する気はないと言ったので、事情がすっかり変わってしまった。アンの力を借りて土地を取り戻せるかもしれないという最初の希望は消えてしまったけれども、少なくとも、本当のことを洗いざらい話すという慰めは得られた。

ウィリアムのことをここまで全部聞いてしまったあとになって、アンは驚きを隠すことができなかった。スミス夫人は、会話のはじめの時点では、ウィリアムのことを好意的に話していたからだ。「あなた、あの人のことを褒めちぎっていたじゃないの！」

「だって、そうするよりしかたなかったのよ」スミス夫人は答えた。「求婚はまだだとしても、あなたはきっとウィリアムさんと結婚するものだと思い込んでいたのだもの。あなたのご主人になる人なんだから、本当のことを言えるわけがないじゃない。結婚して幸せになるでしょうと言ったときには、あなたのことを思って胸が痛んだけれどもね。それに、ウィリアムさんは頭のいい、感じのいい人だから、あなたみたいな立派な女性と結婚すれば、幸せになる可能性が絶対にないとは言い切れないような気がしたの。あの人、最初の奥さんには、とても辛くあたっていたわ。不幸な結婚だったのよ。でも、あの奥さんは無知で軽薄だったから、尊敬できなくて、ウィリアムさんも愛していなかったのね。あなたなら、きっとうまくやっていくだろうと思ったの」

アンは心のなかで、もしウィリアムと結婚しようという気になっていたら、そのあとどんなに不幸になっていたかを想像して、ぞっとした。レディー・ラッセルに説得されて、そういうことになりかねないところだったのだ！　もう手遅れというときになって、すべて真実が明るみに出たとすれば、いちばん惨めになるのは、アンなのだろうか、それともレディー・ラッセルなのだろうか？

レディー・ラッセルには、本当のことを話してしまったほうがいい。午前中いっぱいかけて行われたこの重大な会見の終わりに、次のような取り決めがなされた。アンがレディー・ラッセルにウィリアムの正体を明かすさい、スミス夫人に関連することは何でも、隠さず自由に話してもよいということになったのである。

第22章

アンは家に帰って、スミス夫人から聞いた話について、じっくり考え直してみた。ひとつ言えることは、ウィリアムのことを知って、気持ちが楽になったということだった。ウィリアムに対して優しくする必要は、もういっさいないのだ。いまやウィリアムは、ウェントワース大佐とは正反対の存在で、目障りな邪魔者でしかない。昨夜ウィリアムが親しげに振る舞ったことは、取り返しのつかない害悪を生むことになるかもしれないと思うと、アンはウェントワース大佐を失ってしまうのではないかと、たまらない気持ちになった。ウィリアムを哀れに思う気持ちは、まったくなくなった。しかし、アンがほっとできたのは、この点だけだった。ほかの点では、周囲を見回しても、前を見通しても、どうなるかと不安を覚えることばかりだった。本当のことを知ったら、レディー・ラッセルはがっかりして心を痛めるだろうし、父と姉は屈辱感を覚えるだろう。いろいろと困ったことになるだろうと予想はするものの、どうやってそれらを避けたらよいのかわからない。

とはいえ、ともかくウィリアムの正体がわかったのは、ありがたいことだと、アンは思った。スミス夫人のような昔の友達を軽んじなければ、何か見返りがあるだろうなどとは、思ってもみなかったが、結果的には、こんな収穫があったのだ！ スミス夫人がアンに秘密を教えてくれたのは、ほかの誰にもできないようなことだった。家族みんなにも、真実を告げることができればいいのに！ しかし、それは考えても無駄なことだった。まずは自分でレディー・ラッセルに話して相談し、最善を尽くしたうえで、できるだけ落ち着いて結果を待たねばならない。アンにとって最も落ち着きを必要とするのは、レディー・ラッセルには打ち明けられないことのほうにあった。つまり、ウェントワース大佐との関係がどうなるかという不安と恐れのほうでは、平静ではいられなかったのだが、これには独りきりで耐えなければならなかった。

アンは帰宅したときに、計画どおり、ウィリアムに会うのを避けられたことがわかった。ウィリアムは、午前中に訪問してきて、長いこと居座っていたようだった。しかし、アンが明日まで彼に会わずに済むと、ほっとしていたところ、なんとその日の夕方にまたやって来ると聞いたのだった。

「私のほうからは、ウィリアムさんを招待する気はまったくなかったのよ」エリザベスは関心なさそうなふりをして言った。「でも、あちらが呼んでほしそうにするものだから。クレイさんはそう言うのよ」

「ええ、そうですとも。あれほど招待されたがっている人を、いままでに見たことがありませんわ。お気の毒に！　本当に、見ていて可哀想なぐらいでしたわ。ミス・アン、あなたの無慈悲なお姉様は、あの方を邪険に扱われるんですもの」

「あら！」エリザベスは大きな声で言った。私は男性の手口には慣れているから、思わせぶりなことを言われたぐらいで、そうそう折れないのよ。でも、今朝は、ウィリアムさんはお父様に会えなかったことを、すごく残念がっていたから、私も譲ったのよ。だって、ウィリアムさんとお父様を引き合わせる機会は、できるだけ外したくないんだもの。あの二人がいっしょにいるところって、本当に見栄えがするわ！　お互いに本当に感じのいい振る舞い方！　ウィリアムさんは、お父様を本当に尊敬しているのよね！」

「本当にすばらしいですわ！」クレイ夫人は大声で言ったが、アンのほうを見ようとはしなかった。[1]「まさに父子みたいですね！　ミス・エリオット、父子なんて言ってはいけませんかしら？」

「あら！　私は、人の言葉を禁じるような人間じゃないわ。もしあなたがそう思うのなら、どうぞご自由に！　でも私は、ウィリアムさんの気遣いが、人並み外れたものだとまでは思わないけれど」

「まあ、ミス・エリオット！」クレイ夫人は両手を上げて天を仰ぎ見ながら叫んだ。あとは、驚きを沈黙で表現するという上手いやり方だった。

「あら、ペネロペさん、そんなにウィリアムさんのことを心配する必要はないでしょ？　私は彼を招待したんだから。見送ったときも、にっこりしてあげたわ。彼が明日一日中、ソーンベリーパークの知り合いのところへ行くってことだったので、今晩ここに来たい気持ちをわかってあげたのよ」

アンはクレイ夫人の振る舞いに感心するほどだった。クレイ夫人の主目的が、サー・ウォルターとの結婚であるなら、ウィリアムの存在はまさに邪魔であるはずなのに、そのウィリアムがこれから訪問してくるというときにも、実際に訪問してきたときにも、嬉しそうにしていられるというのは、なかなかできることではない。クレ

1　★クレイ夫人がアンの目を避けたのには、いくつかの理由が考えられる。クレイ夫人は、ウィリアムが好きな相手は、エリザベスではなくアンであることに、気づいているのかもしれない。あるいは、自分がサー・ウォルターをねらっていることを、アンから見透かされていると、恐れているのかもしれない。

イ夫人にとっては、ウィリアムは見るのも嫌な相手のはずだ。なのにクレイ夫人は、好意的な、穏やかな表情をしている。ウィリアムがいると、サー・ウォルターに取り入ることが半分もできなくなってしまうのに、じゅうぶん満足そうな様子だ。

アンとしては、ウィリアムが部屋に入ってくるのを見るだけでも、気分が悪かった。彼が自分のほうに近づいて話しかけてくると、ぞっとした。以前も、ウィリアムはもしかしたら誠実な人間ではないのではないかと思ったことはあったが、いまでは、不誠実の塊のように見えた。父に対して、以前はひどいことを言っていたくせに、いまは媚びへつらうような態度を取っているのを見ると、不愉快きわまりなかった。スミス夫人に対してウィリアムがした冷酷な振る舞いのことを考えると、いま彼が穏やかな微笑みを浮かべているのを見たり、気の利いたことを言っているのを聞いたりするのは、苦痛でしかなかった。

しかしアンは、急に態度を変えるようなことは避けようと思った。ウィリアムから感づかれて抗議されるようなことがあっても困るからだ。質問されたり驚かせたりするようなことだけは、絶対に避けようと思った。しかし、親戚関係を保った範囲で、はっきりよそよそしい態度を取ろうということは決めた。これまでだんだん親しくなってきていたが、これからは必要以上に親しくなることがないよう、そっと二、三歩引き下がるようにしようと思った。つまり、昨晩よりも防御を固めて、冷ややかな態度を取ったのである。

ウィリアムは、以前アンの称賛を、どこでどうやって聞いたのかということに関して、彼女の好奇心を煽(あお)ろうとした。アンから教えてほしいと懇願されて、悦に入ろうと思っていたのだ。しかし、もう魔法は消えていた。慎ましいアンの虚栄心を焚きつけるには、もっと熱気のこもった公の場でなければならないのだろうと、彼は思った。機嫌を取らねばならない人たちがほかにもいるこの場で、同じようなことをしても、無駄なのだろうと彼は考えたのである。アンの噂をしていたのはスミス夫人なので、それに触れることは、いまウィリアムにとって最も不利な話題なのだということ、その話題こそ、ウィリアムの許しがたい行為をアンに思い起こさせるものなのだということを、ウィリアムはまったく想像していなかったのである。

ウィリアムが本当に翌朝早くバースを発って、まる二日間ここからいなくなってしまうのだとわかり、アンは嬉しかった。彼は、バースに戻ってくる日の夜には、またカムデン・プレイスに招待されていた。しかし、木曜日から土曜日の夜までの間に、ウィリアムがここに来ないことは、確かなのだ。もちろん、クレイ夫人のような人間がつねに目の前にいるだけでも、相当嫌なことだった。しかし、さらにあくどい偽善者ウィリアムがそこへ加わるとなれば、平和がすっかり掻き乱され、ほっとする隙さえもない。ウィリアムが父と姉を欺き続けているのかと思うと、屈辱的だった。父と姉への辱めを次々と重ねるなんて、けしからぬことだ！　クレイ夫人の利己心など、ウィリアムのエゴイズムに比べれば、ずっと単純でまだしも許せる。アンは、いっそ父とクレイ夫人の結婚を、しぶしぶ認めてもいいと思ったほどだった。その結婚の邪魔をしようとして、つきまとってくる陰険なウィリアムから離れられるのならば、それもありかと思ったのだ。

アンは、金曜日の朝いちばんにレディー・ラッセルを訪ねて、ウィリアムの件に関する話を終えてしまうつもりだった。だから、朝食を終えたらすぐに出かけようとしていたのだが、クレイ夫人も、エリザベスの代わりに、用事で出かけるという。アンはクレイ夫人の道連れになるのは避けたかったので、少し待って時間をずらすことにした。そこで、クレイ夫人が出かけてじゅうぶん経ったころ、アンはリヴァーズ・ストリートのレディー・ラッセルのところで午前中を過ごすと言い出した。

「ああ、そうなの」エリザベスは言った。「よろしく言っといてね。ああ、そうだ！　おば様が貸してくださったあの退屈な本を、返しておいてくれる？　読んだということにしておいてちょうだい。ああいう詩集だとか時事問題だとかの新刊書って、私、本当に苦手なのよ。おば様ったら、新しい本が出ると、人に読ませてうんざりさせるのよね。もちろんご本人に言う必要はないけれど、この前の晩のおば様の服装は、ひどかったわねえ。もっと服装のセンスのある人かと思っていたけれど、コンサートのときの服装は、いただけなかったわ。いやに正装してしゃちこばっちゃって！　そっくり返って座っていて！　じゃあ、よろしくね」

「私からも、ぜひよろしく言っといてくれ」サー・ウォルターは付け加えた。「私のほうからも、また訪ねていくとね。丁重に伝えてほしい。とはいっても、私は名刺を置きにいくだけで、失礼するがね。あれぐらいの年になると、女性はあまり化粧をしないから、朝に訪問するのはまずいだろう。口紅だけでも付ければ、レディー・ラッセルは見られないほどの顔じゃないんだがな。だけど、前回訪ねたときも、私が部屋に入るとすぐに、ブラインドを下ろしてしまったよ」

サー・ウォルターが話している間に、ドアをノックする音が聞こえた。いったい誰だろう？　アンは、ウィリアムが時間構わず訪問してくるということを思い出して、咄嗟に彼かと思った。しかし、ウィリアムは出かけると聞いていたので、もう七マイルほど離れたところにいるはずだ。いつものように緊張の一瞬のあと、耳慣れた使用人の足音が聞こえて、「チャールズ・マスグローヴ夫妻が到着されました」と告げられ、二人が部屋に入ってきた。

チャールズとメアリが姿を現したのを見て、みんなびっくりした。アンは二人を見て、大喜びした。サー・ウォルターとエリザベスも、ほどよい歓迎の意を表せないほど、迷惑に思ったわけではない。最も近親のこの夫婦が、自分たちの家に泊まりに来たわけではないということがわかると、サー・ウォルターとエリザベスは、急に愛想よくもてなす気になれた。夫婦は、数日間の予定で、母親のマスグローヴ夫人を連れてバースにやって来て、ホワイト・ハート亭という宿に滞在しているという。そこまで話がわかったところで、サー・ウォルターとエリザベスは、メアリを二間続きの向こう側の客間へ連れていき、メアリに感心させて得意になっていた。

それからアンはやっと、チャールズからバースに来ることになった経緯をわかるように話してもらうことができた。メアリが意味ありげに笑いながらほのめかした特別な用事とはいったい何なのか、旅の連れがいまひとつはっきりしないが、どういうメンバーなのか、といったことについて、詳しい説明を聞き出したのである。

それで、旅のメンバーには、チャールズとメアリの夫婦のほかに、マスグローヴ夫人とヘンリエッタ、ハーヴィル大佐がいることが、アンにはわかった。チャールズは、事の顚末をわかりやすく説明したが、それを聞いたアンは、いかにもマスグローヴ家らしい成り行きだと思った。

事の発端は、まずハーヴィル大佐が用事でバースに行きたいと言い出したことだった。それが一週間前のことだったのだが、それを聞いたチャールズが、狩りのシーズンも終わって暇なので[2]、自分もいっしょにバースに行きたいと言い出した。すると、ハーヴィル夫人は、夫にとっては願ってもないことだと、その計画に賛成した。メアリは自分だけ置いていかれるのは嫌だと言って、機嫌が悪くなり、この計画は一日か二日の間、中断となり、立ち消えになりそうだった。

しかし、本家のマスグローヴ夫妻が、この話に乗ってきた。マスグローヴ夫人は、バースに昔の知り合いがいるので、会ってみたいと言い出したのだ。ついでにヘンリエッタもいっしょに行けば、姉妹の花嫁衣装を買うのに、よい機会だということになった。結局、マスグローヴ夫人の一行という名目になったので、ハーヴィル大佐も気軽に目的が果たせる。

そういうわけで、いろいろと都合も考え合わせて、チャールズとメアリもメンバー

2　鳥の狩りをするシーズンは、九月はじめから一月終わりまでと定められていた。田舎の紳士階級の人々の間では、シーズン外に鳥を殺すことは、タブーとされた。

に加わることになったわけだった。一行は昨夜遅くバースに到着した。つまり、ハーヴィル夫人と子供たち、ベンウィック大佐は、本家のマスグローヴ氏とルイーザとともに、アパークロス屋敷にとどまることになったのである。

アンが驚いたのは、ヘンリエッタの花嫁衣装のことが話題に出るほど、この縁談が前進したということだった。財産上の問題があって、結婚がすぐに実現するのは難しい状況だったのではないかと想像していたのである。ところが、チャールズから聞いた話によれば、ごく最近——メアリからアンへの最後の手紙以降のことだが——チャールズ・ヘイターが、知り合いに頼まれて、成人するまであと数年ほどある若者に代わって、それまで牧師職を預かることになったのである。こうして、現在の収入の問題が解決し、加えて、任期切れとなるまでには、もっと永続性のあるポストが得られる見込みが確実にありそうだということで、両家は、チャールズ・ヘイターとヘンリエッタの結婚に同意した。婚礼の日取りは、数か月先で、ルイーザの結婚とほぼ同時期であるとのことだった。チャールズはこう続けた。

「しかも、とてもいいポストでね、アパークロスから四十キロしか離れていないという近さで、いい場所[3]なんですよ。ドーセットシャー州の眺めのいい場所でね。イギリスでも最高の禁猟地の真ん中にあって、大地主が三人いて、お互いにしっかり見張り合っていて。三人のうち少なくとも二人からは、チャールズ・ヘイターは特別に紹介してもらえることになると思いますよ。といっても、チャールズ・ヘイターは、あんまりありがたがらないでしょうけれどもね。あいつは、狩りのことでは、冷めた男でね。それが、あいつのいちばんの欠点かな」

「私もとっても嬉しいわ」アンは大声で言った。「ヘンリエッタさんの結婚が決まって、本当によかったわ。妹さんたちお二人とも、どちらも幸せになって当然だし、いつもあれだけ仲のいい姉妹なんだから、片方だけうまくいって、もう一方はうまくいかないなんてことにならなくて、よかったわ。二人揃って、裕福で不自由のない生活ができるのも、けっこうなことね。ご両親も、さぞお喜びでしょう」

「ええ、まあね。父は、婿たちがもっと金持ちなら、喜んだでしょうが、別に文句があるわけでもないので。金がかかりますからね――なんせ、娘を二人同時に嫁にやるんですから――父にとってもなかなかたいへんで。持参金やらいろいろと物入りでね。もちろん、そうしてもらう権利が妹たちにないなんて、ぼくは言いませんよ。娘として、嫁入り支度をしてもらうのは、当然のことです。ぼくにも、ずいぶん気前よくし

3　禁猟地（preserve）は、狩りをするために動物が育てられている区域。

てくれた、よい父親ですからね。メアリは、ヘンリエッタの結婚にあまり賛成していないんです。いいことを言ったためしがないんですよ。どうもメアリは、チャールズ・ヘイターに対して公平じゃないし、ウィンスロップの土地のことも見くびっているんですよ。いくらウィンスロップの価値を話して聞かせても、認めようとしない。いまどきとしては、実にすばらしい縁組ですよ。ぼくはチャールズ・ヘイターのことがずっと好きだったし、これからもその気持ちは変わりませんね」

「マスグローヴご夫妻のような立派なご両親でしたら、お嬢様方のご結婚を、さぞ喜んでおられることでしょうね」アンは叫んだ。「我が子の幸せのためなら、どんなことでもなさるでしょう。親御さんがああいう方たちで、本当に恵まれていますよね。いまでは、老いも若きも、やたら野心に駆られて、誤った行為に走ったり、不幸のもとになるようなことをしたりしてしまいがちですけれども、あなたのご両親には、そういうところがまったくないのですものね！　ところで、ルイーザさんは、もう完全に回復したんでしょうか？」

チャールズはちょっとためらいがちに答えた。「ええ、そうだと思います。すっかり回復したと。ただ、ルイーザはずいぶん変わってしまいましてね。前みたいに走り回ったり、飛び回ったり、笑ったり踊ったりってことが、なくなってしまって。人が変わったみたいなんです。誰かがちょっとドアをバタンと閉めたぐらいのことでも、水の中の雛鳥みたいに、はっと驚いたり、身を震わせたりするんですよ。ベンウィックがルイーザのそばに座って、一日中、詩を読んで聞かせたり、小声で話しかけたりしていますよ」

アンは思わず笑ってしまった。「あまり、あなたの趣味には合わないかもしれませんね」彼女は言った。「でも、ベンウィック大佐は、立派な青年だと思いますわ」

「そりゃあそうですよ。そのことを疑う者はいません。男なら誰でも、自分と同じ目的や楽しみを持つべきだというほど、心の狭い人間だとは思われたくないなあ。ぼくは、ベンウィックのことを、高く買っていますよ。いったん彼に話をさせれば、ずいぶん話せる男なんですよ。読書しているからっていっても、別に害はありません。読書するだけじゃなくて、戦闘の経験もありますから。勇敢な男ですよ。この前の月曜日に、彼のことがよくわかりました。父のところの大納屋で、午前中かけてねずみ狩りをしたんですが、彼は大活躍しましてね。それ以来、彼のことが好きになりましたよ」

ここで、二人の会話は遮(さえぎ)られた。チャールズも、部屋の鏡や陶器をいっしょに褒めに来るようにと、呼び出されたからである。しかしアンは、これでアパークロスの現状がじゅうぶん把握できたので、一家の喜びをともに分かち合うことができた。他人のことを喜びつつ、思わずため息が出てしまったが、嫉妬するような敵意はまったく交じっていなかった。彼らの幸福に拍手したいような気持ちだったことは確かで、その幸福が減ればよいなどとは思わなかった。

この訪問の間中、みなご機嫌だった。メアリも元気いっぱいで、気分転換を陽気に楽しんだ。義母の四頭立ての馬車で旅行してきたことにも満足していたし、自分がカムデン・プレイスの実家から完全に独立しているということも、気分がよかった。だからメアリは、褒めるべきものは何でも褒めようという気になっていて、父と姉が家の調度品について自慢げに説明するのを聞くと、自分もいっしょになって感心していたのである。メアリとしては、父と姉に何も要求することはできなかったが、その立派な客間のおかげで、自分までが偉くなったような気がしていた。

エリザベスはしばらく苦しい思いをした。マスグローヴ夫人とその連れたちを、ディナーに招待すべきだとは思いつつも、以前とは生活スタイルが変わってしまい、使用人が減ってしまったことなどを、ケリンチ屋敷のエリオット家よりもいままで格が下だった人たちの目に晒すのは、嫌だと感じたのである。それは、礼儀正しく振舞うことと、虚栄心との戦いだった。しかし、結局虚栄心のほうが勝ったので、エリザベスはまた気楽になった。彼女は心のなかで、自分にこう言い聞かせたのである。

「もういまじゃ、ディナーに招待するなんて、古臭いやり方だし、田舎っぽいもてなしだから、そんなこと言い出さなくたっていいわ。バースでは、そんなことする人は、めったにいないもの。レディー・アリーシアだって、やっていないわ。レディー・アリーシアの妹さんの家族がバースに一か月滞在したときだって、ディナーに招待なんかしなかったのだもの。それにマスグローヴ夫人にとっても、わざわざ来るのは、迷惑だと思うわ。ここで私たちといっしょに過ごすのは窮屈だから、きっと来たくないはず。夕食後の夜の集まりにみんなを呼ぶことにすればいい。そのほうがずっといいし、しゃれていて、いいもてなしになるわ。あの人たち、二間続きの客間なんて、見たこともないだろうから。明日の夜にでも呼べば、喜んで来るわ。規模は小さくても、とても上品な、正式なパーティーにしよう」

エリザベスは、この考えに満足して、目の前にいるチャールズとメアリを招待し、ほかの三人も招待すると約束した。するとメアリも大いに満足した。メアリは、ぜひウィリアム・エリオットに会うようにと言われ、幸いちょうど来ることになっているレディー・ダルリンプルとミス・カータレットにも紹介してあげると、エリザベスに言ってもらったのだ。メアリとしては、これほど身に余る光栄はなかった。エリザベスは、翌朝の午前中にマスグローヴ夫人に挨拶しに行くことを約束した。アンはすぐに、チャールズとメアリといっしょに歩いて出かけ、マスグローヴ夫人とヘンリエッタに会いに行った。

レディー・ラッセルを訪問するというアンの計画は、いまは果たせなくなってしまった。三人でリヴァーズ・ストリートのレディー・ラッセルの宿に立ち寄ったが、それは数分間、挨拶した程度だった。打ち明けることにしていた例の話は、一日ぐらい先延ばしにしても、特に問題はないだろうと、アンは思った。とにかくいまはホワイト・ハート亭へと急いで、去年の秋をともに過ごした、懐かしい知り合いたちに会いたいという思いでいっぱいだったのだ。

宿にいたのは、マスグローヴ夫人とヘンリエッタだけだったが、アンはこの二人から、大喜びで迎え入れられた。ヘンリエッタは、最近、明るい前途が開けて幸せになったところだったので、前から好意を持っていた相手なら、誰でも大歓迎といった気分だった。マスグローヴ夫人のほうも、以前自分たちが困っていたときに助けてくれたアンに対して、心からの愛情を抱いていた。アンは、このような温かい誠実な真心が、ひとしお嬉しかった。自分自身の家庭では、悲しいかな、そうしたものが得られなかったからである。アンは二人から、できるだけたびたび訪ねてきてほしい、毎日でも、一日中でもいっしょに過ごして、家族の一員になってほしいぐらいだとまで、頼まれた。

お返しにアンのほうも、いつもどおりの気遣いをしたり、手助けをしたりした。チャールズが女性たちを残して出かけると、アンは、マスグローヴ夫人がルイーザの話をするのにつき合った。また、ヘンリエッタが自分のことを話し出すと、聞き役になったり、結婚の支度について相談に乗ったり、買い物をするのにいい店を紹介したりした。その合間には、メアリの頼み事を聞いてやった。リボンを交換したり、使ったお金の精算をしたり、鍵を探したり、装身具の取り合わせを考えたり、あげくは、メアリは誰からも除け者にされたりしていないと言い聞かせることまで、面倒をみなければならなかった。メアリは窓際の席に座って、ポンプ・ルーム[4]の入口を見下ろすことができて、けっこう楽しんではいるのだが、時々、自分が除け者にされているような気がしてきて、それを口にせずにはいられなかったのだ。

午前中は、相当部屋が混み合うことが予想された。宿に大勢で滞在しているので、いろいろと出入りがあって、なかなか落ち着かないものだ。五分経つと手紙は届くし、

4 ポンプ・ルームは薬効のある鉱水を飲める場所で、社交の場でもあった。

また五分経つと、荷物が届く。アンが来てから三十分も経たないうちに、ダイニングルームは、けっこう広いにもかかわらず、半分人で埋め尽くされてしまった。マスグローヴ夫人の昔馴染みの知り合いたちが、彼女を取り囲んでいたし、チャールズが、ハーヴィル大佐とウェントワース大佐を連れて戻ってきたのだ。

ウェントワース大佐の姿を見て、アンは一瞬驚いただけだった。互いの共通の知り合いがバースに来たことによって、いずれウェントワース大佐と会う機会ができるだろうということを、アンはすでに予想していたのだ。最後に会ったさいは、ウェントワース大佐が自分の心を開く有意義な機会になった。おかげでアンは、喜ばしい確信を引き出すことができたのだ。しかし、ウェントワース大佐の表情を見ると、彼はコンサートからそそくさと立ち去ったときと同じ悲観的な思いに、いまだ支配されているように、アンには感じられた。彼はアンに近寄ろうとせず、話をする気もなさそうだった。

アンは落ち着いて、成り行きにまかせようとした。理性に従って、自分にこう言い聞かせたのだ。「お互いに相手のことを想い続けているのなら、いつかはきっとわかり合えるはず。二人とももう子供ではないのだから、あら探しをしていらついたり、ちょっとした勘違いぐらいで誤解したり、自分たちの幸せを気まぐれに軽んじるようなことはすべきではない」と。しかし、また数分すると、アンは、いまのような状態のままいっしょにいたのでは、勘違いや誤解に身を晒して、二人の関係が取り返しのつかないものになってしまうのではないかと、不安になってきた。

窓辺にいたメアリが、大声で言った。「アン、列柱の下のところにクレイ夫人がいるわよ。誰か紳士と話をしているわ。ちょうどバース・ストリートの角を曲がったところよ。二人でずいぶん話し込んでいるわね。誰かしら？　ちょっと来て、教えてちょうだい。あら、思い出したわ。ウィリアム・エリオットさんじゃないの」

「そんなことないわ」アンはさっと答えた。「ウィリアムさんのはずがないわ。あの人は、今朝九時に、バースを発つことになっていたんだから、明日まで戻って来ないわ」

こう言っているとき、アンはウェントワース大佐が自分のほうを見ているのを感じていた。その意識に苦しめられ、当惑してしまったアンは、たったあれだけのことでも、自分がウィリアムについて言い過ぎたのではないかと後悔した。

メアリは、自分が従兄のことをよく知らないと思われたことに、気を悪くした。彼女は、エリオット家の顔立ちについて、猛烈に話し始め、あれは確かにウィリアムだったと声を大にして主張し、アンに向かって、こっちに来て自分の目で確かめるようにと呼んだ。しかし、アンは身動きしようとせず、冷静な態度で無関心を装った。しかし、二、三人の女性客が微笑んで、意味ありげな目配せを交わし、アンとウィリアムの関係を知っていると言わんばかりのような様子を示したことで、アンはまた不安になった。二人に関する噂が広がっていることは、確かだった。さらに沈黙が続いたことにより、噂がさらに広がることが確実になったように思えた。

「来てよ、アン」メアリは叫んだ。「ここに来て、自分の目で見てよ。すぐに来なきゃ、もう見えなくなってしまうわよ。いま別れの挨拶をして、握手している。ウィリアムさんは、あっちへ行こうとしているわ。私がウィリアムさんを知らないだなんて、聞いて呆れるわ！　ライムであったことを、お姉さんは全部忘れちゃったみたいね」

メアリをなだめ、自分自身の当惑も隠すために、アンは静かに窓のほうへ歩いていった。（信じられなかったのだが）本当にそれがウィリアムだということを確かめるのにちょうど間に合った。ウィリアムは一方へ姿を消し、クレイ夫人は別のほうへと急いで歩み去ったところだった。利害の対立する二人の人物が、親しげに話し込んでいたことは、アンには意外だったが、なんとか驚きを隠して、穏やかに言った。

「そうね、たしかにウィリアムさんね。出発の時刻を変更しただけなのでしょう。それとも、私の勘違いだったのかもしれないわ。私、よく聞いていなかったのかもしれないし」こう言うと、アンは自分の席に戻って、落ち着いた態度を続け、自分でもうまく振る舞えたようで、ほっとした。

マスグローヴ夫人の客たちが帰っていくと、チャールズは丁重に見送ったあと、顔をしかめて、迷惑な客だなあと言った。そして、こう話し始めた。

「お母さん、ぼくは、お母さんが喜びそうなことをしたんですよ。劇場へ行って、明日の夜のボックス席を確保してきたんです。ぼく、気が利くでしょ？　お母さんが芝居好きだってこと、知っていますからね。ぼくたち全員座れますよ。九人まで座れるんです。ウェントワース大佐とは、もう約束しました。アンさんも、きっと参加してくれますよね。ぼくたちみんな、芝居好きなんですよ。ぼく、うまくやったでしょ？」

マスグローヴ夫人が、もしヘンリエッタもほかの人たちもみな行くのなら、自分もぜひ行きたいと大喜びで言い始めると、メアリが慌てて大声で遮った。

「とんでもないわ、チャールズ！　あなた、何を考えているの？　明日の夜、ボックス席を取ったのですって！　明日の夜は、カムデン・プレイスでパーティーの約束があることを、あなた、忘れていたの？　私たち、レディー・ダルリンプルとご令嬢、それにウィリアムさんにぜひお会いするようにって、言われているのよ。エリオット家の大事な親戚が集まって、わざわざ紹介してもらうことになっているのよ。どうしてあなたって、そんなに忘れっぽいの？」

「ふん！　イーヴニング・パーティーが何だっていうんだよ？」チャールズは答えた。「覚えておくほどのことでもないだろ？　ぼくたちに会いたいのなら、きみのお父さんは、ディナーに招待すべきだよ。きみは好きなようにすればいいが、ぼくは芝居に行くからね」

「まあ、チャールズ、それはまずいわよ！　行くって、約束したのに」

「いや、ぼくは約束なんかしていないよ。ぼくはただ、にやにやしてお辞儀して、『どうも』って言っただけだよ。約束した覚えはない」

「行かなきゃ駄目よ、チャールズ。行かないわけにはいかないの。紹介するために、招待されているんだもの。ダルリンプル家とエリオット家とは、ずっと大切な親戚関係だったのよ。どちらかに何かあれば、すぐに連絡し合ってきた仲なのよ。すごく親密な親戚なの。特にウィリアム・エリオットさんとは、知り合いになっておかなければならないのよ！　ウィリアムさんとは、懇意にしておくべきだわ。考えてもみてよ！　父の跡継ぎで、ゆくゆくはエリオット家を代表して准男爵になる人なのよ」

「ぼくに向かって、跡継ぎとか、エリオット家代表なんていう話は、やめてくれ」チャールズは叫んだ。「ぼくは、いまの准男爵を無視して、次の准男爵に頭を下げるようなことをする人間じゃない。君の父上サー・ウォルターのために行くのではなく、その跡継ぎのために行くなんて、もってのほかだよ。ぼくにとって、ウィリアム・エリオット氏が何だって言うんだ？」

チャールズが最後に言った何げない言葉が、アンに活気を与えた。アンは、ウェントワース大佐が、それまでチャールズのほうを見ながら、全神経を集中してその発言を聞いていることに気づいていた。そして、この最後の言葉を聞くと、ウェントワース大佐は、チャールズから目を移して、アンのほうへ問いかけるような視線を投げかけてきたのだった。

チャールズとメアリは、同じような調子で言い合いを続けていた。チャールズのほうは、半ば本気、半ば冗談で、計画どおり芝居に行くと言い、メアリのほうはずっと真剣な調子で、何が何でも反対しようとしていた。そして、自分は絶対にカムデン・プレイスに行くつもりだが、みんなが自分抜きで芝居に行くのなら、自分が仲間外れにされたと思うだろうということも、忘れずに付け加えた。とうとうマスグローヴ夫人が仲裁に入った。

「私たちの芝居行きは延期したほうがいいわ、チャールズ。劇場に戻って、火曜日のボックス席に交換してきてちょうだい。みんなの行き先が二手に分かれるのは、残念だわ。それに、お父様のお宅でパーティーがあるのだったら、アンさんに私たちの仲間に加わっていただけなくなってしまうもの。私もヘンリエッタも、アンさんといっしょできないのなら、芝居には行きたくないわ」

アンは、マスグローヴ夫人の親切な申し出に、心から感謝した。さらにありがたかったのは、この機会に自分の考えをはっきり言うことができたことだった。

「奥様、もし私の意向だけに関わることでしたら、家でのパーティーの件は——メアリの都合を別とすれば——私はちっともかまいません。私はああいう集まりは好きではありませんし、できればお芝居を理由に予定を変更してごいっしょさせていただければ、そのほうがずっと嬉しいです。でも、そうしないほうがよろしいでしょうか」

アンはこう言ってしまったあとで、身体が震えた。ウェントワース大佐に聞かせるつもりで言った言葉だったが、彼が聞いていることを意識しつつも、それが彼に及ぼした効果を目で確かめる勇気はなかった。

みんなが、芝居見物は火曜日にしようと言い出し、結局そのように決まった。チャールズは、まだ妻をじらして楽しみたかったので、「ほかの誰も行かないのなら、明日はぼくひとりで芝居に行く」と言い張っていた。

ウェントワース大佐は席を立って、暖炉のほうへ歩み寄った。いきなりアンのところへ行くのはあからさまなので、いったん暖炉に行ってから、そのあと彼女のそばの椅子に腰掛けたのだ。

「あなたはバースに来てから、まだあまり経っていないから、ここのイーヴニング・パーティーを楽しめないのでしょうかね」ウェントワース大佐は言った。

「いいえ、私はもともとイーヴニング・パーティーというものが、好きじゃないんです。私はトランプもしませんから」

「以前のあなたは、そうでしたね。あなたはトランプをするのが、好きではなかった。でも、時が経てば、いろいろと変わるものでしょ？」

「私はそんなに変わっていません」アンは大きな声で言ったあとで、言葉を切った。どんな誤解をされるかわからないと感じたのだ。しばらく経ってから、ウェントワース大佐は言った——まるで、こみ上げてくる思いを吐き出すように。「ずいぶん経ちましたね！　もう八年半ですからね！」[5]

　ウェントワース大佐がこのあと何か言うつもりだったのかどうかは、アンはあとで独りになったとき、じっくり想像してみるしかなかった。彼の言葉の余韻を味わって

5　★ウェントワース大佐がアンに向かって、二人の過去について初めて触れた箇所。

いたとき、ヘンリエッタの声で、アンははっとしたからである。ヘンリエッタは、いま時間の余裕があるうちに外出したくなり、ほかの客が来る前に出かけようと、みんなに呼びかけたのである。

みなやむをえず席を立った。アンも、自分は都合がいいと言って、誘いに乗った。しかし内心では、外出の準備のために、いまこの席を立たなければならないことが、私にとってどんなに残念でたまらないかを知ったら、ヘンリエッタもきっと同情してくれるだろうに、と思った。ヘンリエッタは、チャールズ・ヘイターという想う相手がいるのだし、彼の愛を確保しているのだから。

しかし、一同の出かける準備は中断された。またもや、来客のせいでざわついたのである。訪問客の足音が近づいて、ドアが開かれると、サー・ウォルターとエリザベスが姿を現した。このお出ましによって、一同は凍りついた。アンは急に圧迫感を覚え、見回すと、みな同じ反応を示していた。部屋のなかのなごやかさや、自由で陽気な雰囲気は、止んでしまい、冷めた落ち着きと、押し黙った静けさ、気の抜けた会話が、形骸的な優雅さを備えたサー・ウォルターとエリザベスを迎えた。アンは、そんな迎え方しかされない自分の家族のことを、恥じずにはいられなかった。

そんななかでも、アンがじっと見ていると、嬉しいことがひとつあった。ウェントワース大佐が、父と姉にまた認められたことだ。特にエリザベスは、前よりも丁重な態度を示し、ウェントワース大佐に一度話しかけ、彼のほうを何度か見たほどだった。実はエリザベスは、ある計画を頭のなかで巡らせていたことが、そのあとの彼女の言動から、明らかになった。無意味なお愛想の言葉を交わして、数分間無駄遣いしたあとで、彼女はマスグローヴ家の人々全員を家に招待したいと言い出したのである。「明日の夜、何人か知り合いも呼んでいますので、正式なパーティーではありませんが、どうぞお越しください」と非常に優雅に告げると、エリザベスは、「ミス・エリオットがお待ちしています」と書かれた名刺を、もったいぶった微笑みを投げかけながら、テーブルの上に置いた。[6] ウェントワース大佐には、特別に微笑みかけながら、名刺を渡した。エリザベスも、長い間バースに滞在していたので、ウェントワース大佐のような見栄えがして存在感のある男性を招待することの重要性が、わかってきたわけである。過去はどうでもいいことで、現在のウェントワース大佐が、エリザベスの客間に花を添えてくれればいいのだ。こうして、名刺はたしかに手渡され、サー・ウォルターとエリザベスは立ち去った。

6　エリザベスが名刺を配るということは、彼女が女主人として招待することを意味する。

なんとも言えず息苦しい中断だったが、すぐに終わり、二人が立ち去ってドアが閉まると、また安らぎと活気が戻った。しかし、アンだけはほっとした気持ちになれなかった。ウェントワース大佐が招待されるのを目撃して驚いたため、アンはそのことで頭がいっぱいになっていた。そして、ウェントワース大佐が、名刺を受け取って、どういう意味かと首をかしげ、嬉しいというよりも驚いたというふうで、招待を承諾したというよりもただ丁寧にお礼を言っただけ、といった態度を示していることが、アンは気がかりだったのである。アンには、ウェントワース大佐の気持ちがわかった。彼の目に軽蔑が浮かぶのを、彼女は見た。過去に犯した無礼の数々をこれで償おうと言わんばかりの、こんな申し出を彼が受け入れる気になるとは、アンにはとても思えなかった。彼女の気持ちは沈んだ。二人が立ち去ったあとも、ウェントワース大佐は名刺を持ったまま、考え込んでいるようだった。

「エリザベス姉さんは、みんなを招いたのね！」メアリは、はっきり聞こえるような声で囁いた。「ウェントワース大佐は、きっと嬉しいんだわ！　手にしっかり名刺を持ったままよ」

アンはウェントワース大佐と目が合い、彼の頬が赤らみ、一瞬口が歪んで軽蔑の表情が浮かぶのを見て、思わず目を逸らした。これ以上、辛いことを見ることも聞くこともしたくなかったのだ。

一行は二組に分かれた。男性たちには、自分たちだけの楽しみがあり、女性たちにも用事があったので、アンがいる間に、男女がいっしょになることはなかった。アンは、外出のあと、また戻ってディナーに参加し、いっしょに過ごしてほしいと、熱心に請われたが、もう神経が疲れきっていた。いまは身動きさえできず、ただ家に帰って、できるだけ静かに時を過ごしたかった。

翌日の午前中はずっとみんなといっしょに過ごすことを約束して、アンはともかくこれ以上疲れないようにと、足を引きずるようにしてカムデン・プレイスへと帰っていった。夜には家で、エリザベスとクレイ夫人が、慌ただしく明日のパーティーの準備について相談しているのを、ずっと聞かされるはめになった。二人は、招待客を何度も数え直したり、バースで最も優雅な会にしようと、たえず装飾品を調え直したりしていた。

その間じゅうアンは、ウェントワース大佐が来るかどうか、密かに問い続けながら、頭を悩ませていた。エリザベスとクレイ夫人は、ウェントワース大佐が来るものと決めてかかっていたが、アンにとっては心配でたまらない問題だったので、五分として気の休まる間がなかった。ふつうに考えれば、来るのが当然だとは思った。しかし、この場合は特別で、義務感や思慮分別だけで積極的に来る気にはなれないのではないか、それとは逆の気持ちが生じるのをこらえきれないのではないか、とも感じた。アンはくよくよ悩むのはやめようと思った。そこで、ウィリアムがバースを発って三時間ほど発ったかと思っていたころに、彼がクレイ夫人といっしょにいるところを見かけたという話を持ち出してみた。ウィリアムと会ったことを、クレイ夫人本人が口にするだろうと思っていたら、なかなか言い出さないので、アンのほうから話題にしたのだ。それを聞いたクレイ夫人の顔に、後ろ暗い表情が浮かぶのを、アンは見たように思った。それは一瞬だけで、すぐに消えた。しかしアンは、策略家同士の複雑な駆け引きがあったのか、あるいはウィリアムが権威を振りかざして高圧的に迫ったのかもしれないが、クレイ夫人は、サー・ウォルターに接近しないようにと、ウィリアムから（おそらくは半時間ばかり）言い聞かされるはめになったのだということを、その表情から読み取ったと思った。しかしクレイ夫人は、自然さを装ってうまく取り繕った。

「ええ、そうなんですよ！　アンさん、本当に驚きましたわ、バース・ストリートでばったりウィリアムさんにお会いしましたの。あんなにびっくりしたことは、ありませんでしたわ。ウィリアムさんは引き返してこられて、ポンプ・ルームの前までいっしょに歩いていったんです。ソーンベリーへ出発しようとしていたところ、何か差し障りができたとのことでしたが、理由が何だったかは忘れました。私、急いでいたものので、よく聞いていなかったんです。でも、帰りは必ず遅れないようにするとおっしゃっていたことは、確かですわ。明日は何時ごろにうかがえばいいかって、尋ねておられました。とにかく、『明日』のことばっかり言っておられましたわ。私も明日のパーティーのことで頭がいっぱいだったので、ここへ戻ってきてから、お客様が増えたこととか、その後起きたこととか、いろいろお話をうかがっているうちに、ウィリアムさんにお会いしたことを、すっかり忘れてしまっていまして」

第23章

アンがスミス夫人と話をしてから、まだ丸一日経っただけだった。しかし、その後もっと興味を引きつけられる出来事が続いたので、ウィリアムの振る舞いについては、どうでもよくなってきていた。ただ、レディー・ラッセルにその話をしたらどういう影響があるか、ということだけが気になっていたのだが、翌日リヴァーズ・ストリートを訪ねて話す予定だったのが、さらに延期ということになってしまった。マスグローヴ家の人々と、朝食からディナーまでの時間、いっしょに過ごす約束をしたからだ。しっかり約束したのだから、果たさねばならない。こうしてウィリアムの評判は、スルタンの妻シェヘラザードの首[1]のように、もう一日生き延びることになった。

しかし、アンは約束の時間を守ることができなかった。天候が悪かったため、この雨ではみんなもたいへんだろうと思ったり、自分もこれでは出かけられないと、残念がったりしていた。ようやく小降りになってきたので、なんとかして出かけた。ホワイト・ハート亭に着いて、一行の部屋へ向かってみると、大幅に遅刻してしまっただけではなく、もう先客もいることがわかった。マスグローヴ夫人は、クロフト夫人と話をしていたし、ハーヴィル大佐はウェントワース大佐と会話していたのだ。アンがすぐにマスグローヴ夫人から聞かされたところでは、メアリとヘンリエッタは待ちきれず、雨が止むとすぐに出かけてしまったが、すぐに戻るので、自分たちが帰ってくるまで絶対にアンを引き止めておくようにと言われたとのことだった。

アンは言われたとおりにしようと腰を下ろし、表面は落ち着いた態度を装っていたが、内心では、自分が動揺のただ中へ放り込まれることを意識していた。午前中いっぱいやきもきさせられることになるのでは、と彼女は予想した。先に延ばすこともできないし、時間つぶしもできない。突如としてアンは、こんなにも苦しい幸せ、あるいは、こんなにも幸せな苦しみのなかに投げ込まれたのだ。彼女が部屋に入ってから二分ほど経つと、ウェントワース大佐が言った。

「ハーヴィル、さっき言っていた手紙を、ぼくはいま書くよ。書く道具があればね」

---

1 『アラビアン・ナイト』で、シェヘラザードは、毎晩、スルタン（イスラム教国君主）に語り聞かせる物語をサスペンス（先がどうなるかという緊張感・好奇心によって興味を高める効果のある状態）で終えることによって、処刑されるのを先延ばしにし続けた。

ペンと便箋が、離れたところにあるテーブルに置いてあったので、ウェントワース大佐はそちらへ行き、みなに背を向けて、手紙を書き始めた。

マスグローヴ夫人は、クロフト夫人に向かって、長女ヘンリエッタの婚約の経緯を話して聞かせていたが、本人はひそひそと話しているつもりでも、全部筒抜けになるような大きな声だった。アンは、会話に加わっているつもりはなかったが、ハーヴィル大佐は何か考え込んでいて、あまり話をしたくなさそうな様子だったので、聞くべきではないと思いつつも、ついマスグローヴ夫人の話の詳細が耳に入ってきてしまうのだった。

「うちの主人が、義兄のヘイターと何度も会ってこういう話をしましてね、ある日義兄のヘイターがこんなことを言いましてね、その翌日主人がこれこれの提案をしましてね、姉のヘイター夫人がこういうことになって、若い当人たちがこうしたいって言うものですから、私も最初はこうこうの理由で賛成できないって言ったのですが、結局そのあと、まあいいかなってことになりましてね」といった調子で、洗いざらい話していたのだった。このような立ち入った話は、そもそも内輪の者しか興味のないものなので、かなり洗練された巧みな話術をもってしても、なかなか面白く話すのは難しいものだが、マスグローヴ夫人にはそういう才がなかった。それでもクロフト夫人は、楽しそうに耳を傾けて、時々口をはさむときには、気の利いた話しぶりだった。アンは、ウェントワース大佐もハーヴィル大佐も、この話し声が邪魔にならず集中できればよいが、と願った。

「奥様、そういうわけで、いろいろと考えましてね」マスグローヴ夫人は力強い囁き声で言った。「親としましては、もっと別の願いもあったのですが、これ以上反対するのもどうかしらと思いまして。チャールズ・ヘイターは、とにかく結婚したがっていますし、ヘンリエッタも後に引かないものですから。もうこうなったら、すぐに結婚させるのがいいと思ったんですよ。自分たちで頑張らせてみようと。みんなそうしていますし。とにかく、長い間婚約を続けるよりはましだと、私は言ったのです」

「私もちょうどそう言おうと思っていたところなんです」クロフト夫人は大声で言った。「若い人たちは、収入が少なくてもいいからすぐに結婚して、苦労をともにするほうがいいのですわ。長い間婚約したままでいるよりは。私はいつも思うんですけれども、お互いに思っていても――」

「ええ、そうですとも」マスグローヴ夫人は相手が話し終えるのを待ちきれずに叫んだ。「若い人たちが長い間婚約しているのって、私、大反対なんです。自分の子供たちには、絶対そういうことはさせないって、いつも言っているんです。半年か一年で必ず結婚できるってわかっているのならともかく、若い人たちが長期間婚約するのは、絶対に駄目だって！」

「そうですわね、奥様」クロフト夫人は言った。「それから、不確かな婚約っていうのもね。そういう婚約は、長引くことになりかねませんので。収入の当てもなしに結婚生活を始めるのは、危なっかしくて、賢明ではありません。親はそういう結婚を止めるべきだと、私は思いますわ」

アンは予期せず、この言葉に気を取られた。自分のことを言われているのかと思って、どきっとしたのだ。[2] 思わず、離れたテーブルのほうに目をやると、ウェントワース大佐のペンも動きが止まっていた。手紙から顔を上げて、じっとしたまま耳をすまし、次の瞬間振り返って、素早くアンを見つめた。

二人の夫人たちは、延々その話を続けて、自分たちがともに到達した真実を強調し、長い間婚約していたために不幸になった例を、知っている範囲のなかから挙げて力説し合っていた。アンには言葉がはっきり聞き取れなくなり、耳のなかで音が鳴っているだけのようになって、頭が混乱した。

ハーヴィル大佐は、実はこの会話をそれまで聞いていなかった。彼はそのとき席を立って、窓のほうへ近づいた。アンは、ぼんやりしたまま、何となくハーヴィル大佐のほうを見てはいたのだが、このとき彼が窓のほうへ来るようにと誘っていることに気づいた。ハーヴィル大佐は微笑みながらアンのほうを見ていて、その頭の微かな動きが、「ちょっとお話がありますので、こちらへ来てください」と言っているようだった。それは、実際よりも前からの知り合いであったかのような親しみのこもった、気さくで自然な動作だったので、アンもつい誘いに引き寄せられ、席を立って彼のほうへ歩いていった。

ハーヴィル大佐の立っている窓辺は、マスグローヴ夫人とクロフト夫人が座っている場所とは、部屋の反対側にあり、ウェントワース大佐のいるテーブルのほうに近かったが、少し離れていた。アンがそばに行くと、ハーヴィル大佐の顔は真面目な考え深い表情になったが、もともとの性格が顔に出ただけのことだった。

「これをご覧ください」ハーヴィル大佐は手にした包みを開けながら言った。なかからは小さな細密画の肖像が出てきた。「誰の絵かわかりますか?」

「もちろん、ベンウィック大佐ですね」

2　★アンはかつて、収入の当てのないウェントワースと結婚すべきではないと、レディー・ラッセルから説得されたが、それと同じ考え方を、ほかならぬウェントワースの姉が口にするのを聞いて、刺激されたものと推測できる。

「ええ、これが誰のものになるか、おわかりですよね？　でもね、（声を低めて）これは、その女性[3]のために描かれたものではなかったんですよ。ミス・エリオット、ライムでごいっしょに散歩しながら、ベンウィックのことを心配したときのことを、覚えておられますか？　そのときには、こんなことになるとは、考えてもみませんでしたよね――まあ、それはいいのですが。これは、喜望峰で描かれたものなんです。ベンウィックは、喜望峰で腕のいい若いドイツ人の絵描きに出会って、ぼくの妹との約束を果たすために、肖像画を描いてもらって、妹に渡そうと持ち帰ったのですよ。それがいまでは、その肖像画を別の女性のために額に収める役を引き受けることになってしまったんです！　そんなことを頼まれるとはね！　しかし、ほかに任せられる人がいなかったんだから、しかたないですね。まあ、ぼくとしては、別の人に頼めばいいわけですから。そこで、あの男に頼んだんですよ――（ウェントワース大佐のほうに目配せしながら）。彼はいまその件で、手紙を書いてくれているんです」そして、唇を震わせながらこう付け加えた。「可哀想なファニー！　妹だったら、こんなにも早くベンウィックのことを忘れたりしなかっただろうに！」

「そうでしょうとも」アンは低い声で心をこめて言った。「私には、よくわかります」

「妹の性質からすると、忘れるなんて、考えられません。ベンウィックのことを心から愛していましたからね」

「本当に愛していたのなら、女性なら誰だって、忘れることなんてできませんわ」ハーヴィル大佐は微笑みながら、「それは女性にだけ言えることだと、おっしゃるんですか？」と言いたげだったので、アンも微笑みながら答えた。

「ええ、女性はそんなにすぐには忘れませんわ。男性が女性のことを忘れてしまうみたいには。たぶんそれは、女性の取り柄というよりは、むしろ宿命みたいなものなんでしょうけれど。自分では、どうしようもないことなんですもの。私たち女性は、家で静かにこもって生きていますから、自分の気持ちに蝕（むしば）まれてしまうのです。あなた方男性は、活動しなければなりませんものね。男性には、職業だとか、仕事だとか、いろいろとすることがあって、すぐに世の中へ戻っていけますから、それに没頭して変化しているうちに、気持ちが弱まってしまうんですよね」

「かりに、あなたのおっしゃるとおり、世の中のせいで男たちがすぐに忘れるとしても――ぼくはその説を認めていませんがね――それは、ベンウィックには当てはまり

3 ★「その女性」とは、ルイーザを指す。ここで声を低めているハーヴィル大佐は、妹に取って代わった女性を名指すことに、ためらいを感じているのだろう。

ませんよ。彼は激しい活動を強いられていませんでしたから。ちょうど戦争が終わって、陸に上がっていましたし、それからずっとぼくたち家族といっしょに、狭いところで暮らしていたのですよ」

「そうでしたわね、そのことを忘れていましたわ」アンは言った。「じゃあ、どう言えばいいのでしょう？　外の状況から起きた変化でないとするならば、内側からの心変わりなんでしょう。ベンウィック大佐の場合、男性の本性によるものだってことになりますわね」

「とんでもない、それは男の本性なんかじゃありませんよ。移り気で、愛している人や愛していた人のことをすぐに忘れてしまうのが、女よりも男の本性だなんて、ぼくは認めません。その逆でしょう。身体の構造と心の構造は似ていると思いますよ。われわれ男は身体が頑丈だから、心も頑丈なんです。手荒な扱いにも耐えて、厳しい天候でも乗り越えていくことができますからね」

「男性の心は強いかもしれませんけれども」アンは答えた。「同じ類似の法則から言わせていただくなら、私たち女性は身体も心もしなやかなんです[4]。男性は女性よりも頑丈かもしれませんが、寿命が短いじゃないですか。ちょうど同じことが、愛情の性質に関しても言えるんです。というか、そうでなければ、男の方たちにとっては、辛すぎますよね。男性は苦労して、不自由な思いをして、危険と戦わなければなりません。いつもさんざん働いて、危険や苦労に晒されていますものね。家庭も故国も友人のこともあきらめて。時間も健康も命も、自分のものとは言えないのですから。本当に辛すぎるでしょう」（口ごもりながら）「そのうえ愛情まで女性と同じくらい長持ちするとすれば」

「どうやらこの問題では、ぼくたちは平行線のようですね」とハーヴィル大佐が言いかけたとき、それまで静かだったウェントワース大佐のいる場所のほうで微かな音がしたので、二人はそちらへ注意を引かれた。それは、ウェントワース大佐のペンが落ちた音にすぎなかったが、アンは、思っていたよりも彼が近くにいるのに気づいて、はっとした。もしかしたら、ウェントワース大佐は私たちの話に耳をそばだてていたために、うっかりペンを落としてしまったのではないかと、ちらっと思ったが、彼に

4　★アンは、男性と女性の心の性質を比較し、前者を〝the strongest〟後者を〝the most tender〟と表現している。本作品の結びの段落にも、「アンは優しさ（tenderness）そのものだった」（↓第24章489頁）という一文があるため、〝tender〟（柔らかい）には、「優しい」「繊細な」という意味も含まれていると解釈できるが、この箇所では、脆さや傷つきやすさよりも、むしろしなやかさが強調されていると考えられる。

話が聞こえたはずがないという気もした。

「もう手紙は書き終わったかい？」ハーヴィル大佐が尋ねた。

「いや、あともう二、三行だけ。五分で書き終わるよ」

「ぼくのほうは別に急がないからね。きみのほうで準備ができたら、いつでもいいよ。いま、ここで錨を下ろしているからね」（アンに微笑みかけながら）「居心地よくて、万事整っている。出発の合図はまだいいよ。さて、ミス・エリオット」（声を落として）「さっきも言いかけたんですが、この点に関して、ぼくらは意見が一致しそうにありませんね。たぶん男と女とでは、意見の一致は無理なのでしょう。言わせていただきますが、すべての歴史はあなたのご意見には不利ですよ。散文の物語でも韻文の物語でもね。もしぼくにベンウィックほどの記憶力があれば、ぼくの議論に有利な例を、すぐさま作品のなかから五十ほど引用できるんですが。本を開いたら、必ずといっていいほど、女性の移り気に関することが何かそこに書かれていると思いますよ。歌でもことわざでもみんな、女性は気紛れだって言っているじゃないですか。まあ、たぶんあなたは、それを書いたのは、みんな男だって、おっしゃるんでしょうけれどもね」

「ええ、そのとおりです。だから、本から例を挙げるのは、やめておきましょうよ。

男性が男性のことを物語にするんですから、女性よりも有利に決まっています。これまで男性のほうが教育レベルも高くて、ペンを執ってきたのも男性なのですからね。本なんて、何も証明できませんよ」[6]

「じゃあ、どうやって証明すればいいのですか？」

「証明なんてしなくていいのです。こういう問題については、何も証明できるはずがありません。これは考え方の相違ですから、証明されたと認めるのは無理です。私たち、お互いに、ちょっとばかり自分の性別に偏った見方をして、それに乗っかって、自分の側に都合のいい例を、自分の知っている範囲から引いてきて組み立てようとしているのですもの。そういう例というのは——たぶん、いちばん説得力のあるものほどそうだと思いますが——個人の秘密を漏らさなければ出せないような話だと思います。それか、言ってはいけないことを言わざるをえなくなるような例でしょうから」

5 ハーヴィル大佐は、自分の状況を船に譬（たと）えている。本作品に登場する海軍軍人たちの口調には、しばしばこのような職業的特徴が表れている。

6 文学の歴史は、それまで主として男性によって形成されてきたという意味。この場面でウェントワース大佐がペンを落としたことは、彼が言葉の力を失っていることを象徴している。

「ああ！」ハーヴィル大佐は強い感情をこめた口調で叫んだ。「あなたにわかってもらえたらなあ。男が、妻と子供たちと最後に別れて、家族を乗せたボートが遠くに消えていくまで見送り、それから背を向けて、『もう二度と会えないかもしれない！』とつぶやくときの気持ちを。それから、これもあなたにお伝えしたいですよ。また家族に会えたとき、男の胸がどんなに熱くなるかをね。一年ぶりに帰ることになったのに、別の港に立ち寄らざるをえず、家族が迎えに来るまで何日かかるだろうかと、計算するわけですよ。わざと数え間違って、『その日までには、来られないだろうな』なんてつぶやく。そのくせ、家族が半日早く着けばいいのに、なんて思ってしまう。いよいよ家族の姿を見ると、天に翼をもらって何時間も早く着いたみたいに喜ぶんですよ！　こういうことをすべて、あなたにわかってもらえたらなあ。自分の宝である家族のためならば、男はどんなことにも耐えて、何でも喜んでできるってことをね！もちろんこれは、心豊かな男の話ですけどね！」こう言って、ハーヴィル大佐は胸がいっぱいになった。

「ええ！」アンは感動して叫んだ。「あなたや、あなたに似た男の方たちのお気持ちは、ちゃんとわかっているつもりです。同じ人間として、そういう熱い誠実な想いを見くびるなんて、とんでもないことですわ。真実の愛情や変わらぬ想いが、女にしかわからないなんて言ったりしたら、ばかにされても当然だってことになります。私だって、男性は結婚生活のなかでは、すばらしいことや立派なことが何でもできるって、思っていますわ。外でも重要な活動ができるし、家庭でもいろいろな困難に耐えていけるって。ただそれは——こう言わせていただくなら——愛情の対象がある場合だけじゃないですか？　つまり、あなたの愛する女性が生きていて、あなたのために生きているかぎり、男性はそれができるってことではないでしょうか？　女性の特権は——といっても、それは羨ましがられるようなものではないので、そんなもの、欲しいと思う必要はないでしょうけれど——いつまでも愛し続けることです。たとえ相手が死んでも、希望が消えてしまったとしても」

ここまで言うと、アンはもうひと言も言えなくなってしまった。胸がいっぱいで、息が詰まってしまったのだ。

「あなたはいい人だ」ハーヴィル大佐は、アンの腕に優しく手を重ねて言った。「あなたとは、言い争いができません。でも、ベンウィックのことを考えると、何も言えなくなってしまうんですよ」

ここで二人の注意は、ほかの人たちのほうへ向けられた。クロフト夫人が帰ろうとしているところだった。

「じゃあ、フレデリック、ここでお別れね」クロフト夫人は言った。「私は家に帰るけど、あなたはお友達と約束があるんだったわね。今晩は、お宅のパーティーでみんなとお会いするのが楽しみですわ」（アンのほうを向いて）「あなたのお姉様から、昨日名刺をいただきまして。フレデリックもいただいたようなんです。まだ見ていませんが。フレデリック、あなたもほかの約束はないんでしょ？」

ウェントワース大佐は大急ぎで手紙を折りたたんでいたので、まともに答えなかった。

「はい、そうです」ウェントワース大佐は言った。「ここでお別れです。でも、ハーヴィルといっしょに、ぼくもすぐに失礼しますよ。ハーヴィル、きみがよければ、ぼくはあと三十秒で出られる。もう失礼してもいいだろ？　あと三十秒で終わるから」

クロフト夫人が立ち去ると、ウェントワース大佐は大急ぎで手紙に封をして、部屋を出る準備をし、そわそわした。さも一刻も早く出て行きたがっているようで、アンには、訳がわからなかった。ハーヴィル大佐は、「では、ごきげんよう」とアンに優しく挨拶してくれたが、ウェントワース大佐はひと言もなく、彼女のほうを見もしなかった。アンのほうを見ようともせず、部屋から出ていってしまったのだ！

ウェントワース大佐が手紙を書いていたテーブルのほうへ、アンが近寄るとすぐ、引き返してくる足音が聞こえ、ドアが開いた。ウェントワース大佐だった。「すみませんが、手袋を忘れましたので」と断ると、彼はすぐに部屋を横切って、書き物机のところへ行き、マスグローヴ夫人に背を向けて立ち、散らばっていた書類の下から一通の手紙を引き出し、アンの目の前に置いて、懇願するように目を輝かせて、一瞬彼女を見つめた。そのあと大急ぎで手袋を手にして、また部屋から出ていった。マスグローヴ夫人が、彼が来たということに気づく暇もないほどの、一瞬の早わざだった！

この一瞬がアンにもたらしたのは、言葉では表せないほどの大事件だった。判読できるのがやっとの「ミス・A・Eへ」という宛名の書かれた手紙は、まさに彼が急いで折りたたんでいた手紙だったのだ。ベンウィック大佐のために書いていたものと思っていたが、なんと、アン宛ての手紙も書いていたのだ！　この手紙の内容に、私にとってのこの世のすべてがかかっているのだ！　どうなってもかまわない、何があっても平気だが、ただ宙ぶらりんだけは耐えられない。マスグローヴ夫人は、自分のテーブルで何か片付けていた。いまのうちなら大丈夫と、アンはウェントワース大佐が座っていた椅子に腰を下ろし、彼が身をかがめて手紙を書いていたのとまさに同じテーブルで、貪るように次の言葉を読んだ。

もうこれ以上、黙って聞いていられません。いまぼくにできる範囲のやり方で、あなたに言わずにはいられません。あなたはぼくの心を突き刺しました。ぼくの心は、苦しみと希望の半々に引き裂かれています。今さら遅すぎるとは言わないでください。そんなに大切な気持ちが、もう永遠に消えてしまったなんて、言わないでください。ぼくはもう一度、あなたに自分を捧げます。八年半前に、あなたはぼくの心を壊してしまいましたが、そのときよりももっと、心のすべてをあなたに捧げます。男のほうが女よりもすぐに忘れてしまうなんて、言わないでください。男の愛のほうが先に死んでしまうなんて。ぼくはあなたしか愛したことがありません。ぼくは正しくなかったかもしれない。弱くて、恨みがましかったかもしれない。でも、心変わりはしませんでした。あなたがいたからこそ、ぼくはバースに来たのです。ひたすらあなたのことだけを考えて、計画したのです。あなたには、それがわかりませんでしたか？　ぼくの願いがわかっていただけなかったのでしょうか？　あなたには、ぼくの気持ちが見抜けたはずですから、あなたの気持ちさえわかれば、ぼくは十日も待つ必要はなかったのです。もうこれ以上書いていられません。一瞬一瞬あなたの言葉が耳に入ってきて、ぼくを圧倒してしまいます。声を低めていても、ぼくには全部聞こえているんですよ。ほかの人には、聞き取れないかもしれないけれど。本当にいい人ですね、あなたは。

ぼくらのことをちゃんとわかってくださっているんですね。男にも、真実の愛や変わらない気持ちがあるってことを、あなたは信じてくださっている。ぼくの熱烈な想いと、変わらぬ誠実さを信じてください。

F・Wより

ぼくは、自分の運命がどうなるかわからないまま、行かなければなりません。でも、できるだけ早くここに戻るか、あなた方のあとから行くつもりです。ひと言声をかけていただくか、ひと目ぼくのほうを見ていただくだけで、けっこうです。それによって、ぼくは今晩、お父上の家にうかがうか、うかがわないかを決めることにします。

こんな手紙を読んだあと、すぐに元どおりに戻れるものではない。半時間ほど独りだけになって、じっくり考えれば、心が鎮まるかもしれないが。しかし、たった十分で、邪魔が入ってしまった。その十分間さえも、マスグローヴ夫人と同席しているという拘束があったため、アンの心は鎮まる間がなかった。一瞬ごとに、新たに心が揺れ動いた。幸せすぎて、どうにかなってしまいそうだった。最初に押し寄せてきた感動の波を越える前に、チャールズとメアリ、ヘンリエッタが部屋に入ってきた。

自分らしくしていなければと、アンは必死にもがいたが、しばらくすると続かなくなった。みんなが何を言っているのか、言葉が理解できなくなってしまった。そこで、気分がよくないと言い訳せざるをえなくなった。みんなは、アンの顔色がずいぶん悪いことに気づいて、びっくりして心配し、彼女を絶対にひとりにしておくわけにはいかないと言い出した。これは、まずい！　みんなが出ていってくれさえすれば、この部屋で独りきりになって静かに過ごし、気分も治るはずなのに。みんなして総立ちになって、周りでぐずぐずされると、気が変になりそうだった。アンは、家に帰ると、必死で言った。

「ぜひ、そうなさいませ」マスグローヴ夫人は大声で言った。「すぐにお家へ帰って、お大事になさってください。夜にはパーティーに出られるように。使用人のセアラがここにいたら、看病できたのですが、私にはそういった方面がまったく駄目なものですから。チャールズ、呼び鈴を鳴らして、椅子かごを準備させてちょうだい。アンさんは歩けないでしょうから」

椅子かごは駄目、最悪だと、アンは思った。ひとりで静かに町へ歩いていけば、途中でウェントワース大佐に会えて、二言くらいは言葉を交わせるだろうに――アンは、きっと彼に会えるはずだと思っていた——椅子かごに乗ったためにその機会を失うなんて、耐えがたかった。椅子かごはけっこうですと、アンは本心から断った。体調不良と言えば、ルイーザの例しか頭に浮かばなかったマスグローヴ夫人は、アンの場合は、高いところから落ちたわけではないから、大丈夫だろうと思い返した。アンが、最近、滑り落ちて頭を打ったわけでもないし、どこからも落ちたことはないと確認すると、マスグローヴ夫人は、心配な気持ちはまだ残っていたものの、朗らかに別れを告げ、今晩にはまた元気になったアンの姿を見られるだろうと思った。

アンは慎重を期しておきたかったので、思い切ってこう言った。

「奥様、今晩のパーティーのことが、皆さんに確実に伝わっているとよろしいのですが。今晩は、全員にお越しいただきたいと思っていますので、ほかの男性の方々にも、そのことをお伝えいただけるでしょうか？　何か手違いがあると、いけませんので。特に、ハーヴィル大佐、それからウェントワース大佐には、お揃いでお会いしたいと、念のためお伝えいただきたいのですが」

「あら、ちゃんと伝わっていますから、大丈夫ですよ。ハーヴィル大佐は、今夜のパーティーに行くことで、頭がいっぱいですから」

「そうでしょうか？　でも、私、心配なんです。もし来ていただけなかったら、すごく残念だわ！　お会いになられたら、そのことを必ずお伝えいただけないでしょうか？　午前中のうちに、お二人両方に、またお会いになるんですよね？　ぜひお願いしますわ」

「では、そうしますわ、お望みでしたら。チャールズ、ハーヴィル大佐をどこかで見かけたら、アンさんの言葉をお伝えしてね。でも、本当は、心配する必要なんかないのですよ。ハーヴィル大佐が約束したつもりになっていることは、確かなんですから。ウェントワース大佐も、きっとそうでしょう」

アンとしては、これ以上言いようがなかった。至福の完成を阻むようなことが運悪く何か起こりはしないかと、不吉な予感がした。だとしても、それがずっと続くわけではない。ウェントワース大佐がカムデン・プレイスに来なかったとしても、ひと言、自分の気持ちを伝える手紙を書いて、ハーヴィル大佐から渡してもらうことぐらいはできる。

次の瞬間には、また悩ましいことが起きた。親切なチャールズが、本気で心配して、アンを家まで送ると言い出したのだ。どうしても、ということで、アンは断りきれなかった。ありがた迷惑としか言いようがない。しかし、好意を受け入れざるをえなかった。チャールズは、鉄砲鍛冶の店で約束があったのに、アンのために、それさえも犠牲にしようというのだから、後に引くはずがない。そこでアンは、感謝以外の気持ちは表に出さないようにして、チャールズといっしょに出かけた。

アンとチャールズがユニオン・ストリートまで出ると、背後から近づいてくる足音が聞こえた。聞き慣れた足音だったので、アンはウェントワース大佐と顔を合わせる前に、即座に心の準備をした。ウェントワース大佐は追いついたが、いっしょに歩こうか、通り過ぎようかと決めかねている様子で、黙ったままだった。彼はただ、アンのほうを見ていた。アンは落ち着いてその視線を受け止め、拒みはしなかった。すると、それまで青ざめていたウェントワース大佐の頬が赤らみ、ためらいがちだった動作はきびきびとしたものに変わった。彼はアンと並んで歩いた。間もなく、チャールズが急に何かを思いついたように言った。

「ウェントワース大佐、あなたはどっちへ行きますか？　ゲイ・ストリートのほう？それとももっと先の町まで？」

「さあ、どっちかな」ウェントワース大佐は、驚いて答えた。

「ベルモントまで行きますか？　カムデン・プレイスの近くまでは？　というのは、もしそちらへ行くんだったら、ぼくの代わりにアンの腕を取って、家まで送り届けてもらえたら、ありがたいので。アンは今朝、疲れを出してしまって、手を貸してあげないと、ひとりでは帰れないんです。実はぼくは、市場の例の店で、用事があって。店主がすばらしい銃を持っているんだけど、発送する前に、ぼくに見せてくれるっていう約束で。ぼくが見られるように、ぎりぎりまで荷造りしないまま置いといてくれるって言うんですよ。いま引き返さなければ、もうチャンスがなくなってしまう。彼の話だと、ぼくの持っている二連発銃の二番目に大きいやつと、よく似たものらしい。ウィンスロップ辺りで、あなたもあれで撃ったことがあったでしょ？」

これに反対を唱えるはずがない。チャールズの頼みは、見るからに大歓迎といったように、快く引き受けられた。ウェントワース大佐は微笑みをこらえるのがやっとで、密かに湧き上がる歓喜に、心が躍っていた。チャールズはすぐさまユニオン・ストリートの先へ戻っていき、アンとウェントワース大佐はいっしょに歩き続けた。間もなく二人の間で会話が交わされ、ちょっと静かな町外れの砂利道のほうへ歩いていこうということになった。そこで心ゆくまで話し合えば、二人にとってまさに至福の時間になるだろうと思ったのだ。そのひと時は、二人の人生において最も幸せな思い出として、忘れがたいものとなるだろう。

砂利道を歩きながら、二人はお互いの思いを確かめ合い、結婚の約束をした。かつてこれと同じことをしたときには、すべてが手に入ったように思えたが、その後何年間にもわたり、別れと疎遠とが続いたのだった。ふたたび過去に戻って、二人の心は結びついたが、初めてのときよりももっと強烈な幸せを感じていた。あのときよりも、もっと優しくなり、もっと試練に耐え、お互いの性格や誠実さ、愛情深さをもっと確実に知り、もっと行動力ができ、もっと正しく振る舞えるようになっていた。

二人はなだらかな坂道をゆっくり歩いた。周りに誰がいようとも、気には留めなかった。散歩している政治家たち、忙しそうな家政婦たち、ふざけ合っている少女たち、子守女や子供たちなどが辺りにいても、目もくれなかった。二人は夢中で思い出に耽り、ともに過去を確認し合った。とりわけ、ここに至る直前に、胸にこたえることや興味津々のことがいろいろあったが、それがどういう事情だったのかなど、説明しだすときりがなかった。先週にあった小さな出来事を振り返り、昨日と今日の出来事に及ぶと、話は尽きなかった。

アンが思っていたとおりだった。ウィリアムに対する嫉妬が、ウェントワース大佐の行動を鈍らせる重しとなり、疑惑や苦悩を生み出す元となっていたのだ。バースで最初にアンに会った時点から、嫉妬は始まった。いったん止んでいた嫉妬は、コンサートのさいにまた戻り、さんざんな目に遭った。嫉妬に振り回されたことが、この二十四時間、ウェントワース大佐の言動すべてに影響を与えたし、言えなかったり行動できなかったりしたことも、そのせいだった。嫉妬は次第に希望へと変わっていった。アンの眼差しや言葉、行動によって、時々希望が芽生えたのである。さっきアンとハーヴィル大佐が話しているのを聞き、アンの気持ちと口調が伝わってきて、ついに嫉妬は潰えた。そして、たまらない気持ちになって、衝動的に紙をつかみ、自分のありったけの思いを綴ったのだった。

手紙に書いたことに関しては、取り消すことも修正することも何もない。アン以外には誰も愛したことがないと、ウェントワース大佐は繰り返し言った。アンに取って代わるような女性はいなかった。アンに匹敵するような女性には、会ったことがない。しかし、このことをウェントワース大佐は認めなければならなかった――アンに変わらぬ愛を抱き続けたのは、無意識で、いや、自分の意志に反して、そうしてしまったにすぎないのだと。実はアンのことを忘れようとして、忘れることができると思っていたのだと。ウェントワース大佐はアンに対して怒っていたので、彼女について無関心になったつもりでいた。アンに美点があるということを、彼はちゃんと認めようとはしなかった。その美点ゆえに自分が苦しめられたからである。

アンの人柄は、いまでは彼の心には完璧なものとなり、不屈の精神と優しさの基となる最高の資質を備えたものに思える。しかし、アンのことを正当に評価できるようになったのは、アパークロスにいたときのことだったこと、そして、ライムでやっと、自分の本当の気持ちがわかるようになったのだということを、ウェントワース大佐は正直に認めざるをえなかった。

ライムにいたとき、ウェントワース大佐は、いろいろなことを学んだ。ウィリアム・エリオット氏がすれ違いざまにアンを称賛の眼差しで見たことで、ウェントワース大佐の目は覚めた。そして、石堤での事件や、ハーヴィル大佐の家での出来事によって、アンがいかに優れた人かということが、はっきりわかった。

その前にルイーザ・マスグローヴと親しくなろうとしたことについては――あれは、怒りによるプライドから、そうしてしまったのだが――自分にはどうしても無理だと思ったと、ウェントワース大佐は主張した。ルイーザのことは愛していなかったし、愛することはできなかった。

ただ、あの日までは、そして、あの日のあとじっくり考える時間ができるまでは、アンの心がどれほど優れているかということを、自分は理解していなかった。そのすばらしさは、ルイーザの心なんかとは比べ物にもならなかったのに。アンの優れた心に、自分の心がすっかり捕らえられてしまっていることに、気づいていなかった。そこで初めてウェントワース大佐は、信念をしっかり貫くことと、片意地を張ってそれを頑固に押し通すこととの違いを学んだ。向こう見ずに大胆な行動を取ることと、冷静に決然と判断することとは別なのだということを。その場で彼は、自分が失ってしまった女性がどんなに尊敬すべき人であるかを、見極めたのだった。そして、アンが目の前にいるのに、もう一度彼女を取り戻そうともしない自分の愚かなプライドや、執念深い怒りを、悔いるようになったのだ。

その時期から、ウェントワース大佐は苦しい立場に追い込まれるようになった。ルイーザの事故のあと、最初の数日が経って、恐怖と自責の念から解放され、やっと生きた心地を取り戻せたと思ったら、自分が自由の身ではないということに気づき始めたのだった。

「なんとぼくは、自分がハーヴィルから、もうルイーザさんと婚約していると思われていたことを知ったのです！」ウェントワース大佐は言った。「ハーヴィルも彼の奥さんも、ぼくらが互いに愛し合っていることは、疑いようがないと思っていたのです。ぼくは驚いて、ショックを受けました。それはありえないと、すぐに否定することが、ある程度はできました。しかし、ほかの人たちも同じように考えているのかもしれないという気がしてきました。ルイーザさんのご家族や、ルイーザさん本人もそう思っているのなら、もうぼくにはどうしようもない。もしルイーザさんが望むなら、ぼくは名誉にかけて彼女と結婚しなければならない状態でした。ぼくはそれまで、それまで、あまりにも無防備だったのです。この問題について、真剣に考えたことが、それまでになかったのです。親しくなりすぎると、いろいろとまずいことになるだろうなんて、考えてもみませんでした。マスグローヴ家の二人のお嬢さんのうちどちらかを好きになれるかどうか、試してみるなんていう資格が自分にはないということも、頭にはありませんでした。たいした害はないとしても、そんなことをすれば、よくない噂が立ってしまう危険もあっただろうに」

つまりウェントワース大佐は、自分がすっかりがんじがらめになっていることに、いまさら手遅れというときになって、初めて気づいたのだ。ルイーザのことをまったく愛していないと確信した、まさにそのとき、もし彼女の気持ちが、ハーヴィル夫妻が思っているとおりのものであったなら、自分は彼女と結婚する義務で縛り付けられているのだということを、知ったのである。

そこでウェントワース大佐は、ライムを立ち去って、別の場所で、ルイーザの全快を待とうと決意した。自分に関してほかの人たちが感じたり、推測したりしているかもしれないことを、何らかの方法で弱めたいと思ったのである。そういうわけで、取りあえずマンクフォードに住む兄エドワードのところへ行き、しばらくしたらケリンチ屋敷の姉のところへ戻って、状況に応じて行動しようと考えていたのだ。

「兄のエドワードの家には、六週間いました」ウェントワース大佐は言った。「兄が幸せそうで、ぼくは何よりも嬉しかったです。ぼくには、もうほかに楽しみはありませんでしたから。エドワードは、あなたのことを詳しく聞きたがっていましたよ。あなたの見た目が変わったかどうかなんてことまで、聞いてきました。ぼくの目にはあなたの姿は決して変わることがないのだということなど、思ってもみなかったのでしょうね」

アンは微笑み、黙ってやり過ごした。ウェントワース大佐の言っていることは正確ではなかったけれども、快い間違いなので、咎める気にはなれなかった。二十八歳になる女性にとって、若いころの魅力が失われてはいないと言われることは、すごく嬉しいことだった。「ずいぶん変わってしまったので、会ってもわからなかった」[7]という前言があっただけに、いまこんなふうに褒められたことがひとしお嬉しかった。アンの容貌が前と変わらないから彼の愛が蘇ったのではなく、愛が蘇った結果、彼がアンの容貌を褒めてくれたのだと思うと、その言葉の値打ちが増したように感じられたのだ。

シュロプシャー州にとどまったまま、ウェントワース大佐は、自分のプライドがいかに無分別で、自分の計算がいかに甘かったかを、嘆いていた。すると、ルイーザがベンウィック大佐と婚約したという驚くほど幸運な知らせが届き、突然彼女から解放されることになったのである。

「このとき、ぼくの最悪の状態は終わりました」ウェントワース大佐は言った。「いまやっと、ぼくは幸せになろうとすることができるようになったのです。幸せになろうとし、幸せになるために、何かができるようになったわけです。こんなにも長い間、何も行動しないまま、ただ待機しているなんて、しかも、望みもしない結婚を待つなんて、本当に恐ろしいことでした。解放されて五分も経たないうちに、ぼくは、『水曜日にバースに行こう』と自らに言い、そのとおりにしたのです。ぼくには来るだけの価値があると思ったし、ある程度希望を抱いてやって来たのですが、いけないことだったでしょうか？　あなたはまだ独身ですし、あなたもぼくと同様、昔と同じ気持ちのままの可能性があると思ったので。それに、ぼくに励ましを与えてくれることが、ひとつありました。ぼくとの婚約を破棄したあと、きっとあなたはほかの誰かから愛され、求婚されるだろうとは思っていましたが、少なくともひとりの男性の求婚を、

7　↓第7章123頁。

あなたが断ったという事実を、ぼくは確かに知ったのです。ぼくよりも条件のいい相手だったのに。[8]『ぼくのために断ったんじゃないか?』って、何度も思わずにはいられませんでした」

バースで最初に出会ったミルソム・ストリートでの出来事についても、話すことはいろいろあったが、コンサートに関しては、もっとたくさんあった。あの夜には、えも言われぬ瞬間が何度かあった。オクタゴン・ルームでアンが歩み寄ってきて話をしてくれた瞬間。ウィリアム・エリオットが姿を現し、アンを引き離していったかと思うと、その次の瞬間には、希望が戻り、また次の瞬間には失望が増したこと。そうしたことを、ウェントワース大佐はひとつひとつ熱く語った。

「あなたは、ぼくのことをよく思っていない人たちに取り囲まれていたのですよ!」ウェントワース大佐は叫んだ。「あなたの従兄のウィリアム・エリオット氏があなたに寄り添って、にこにこしながらしゃべっていたのですよ! あなた方二人が、さもお似合いのカップルのように見えて、ぎょっとしましたよ! あなたに影響力のある人たちがみんな、その縁組を心から望んでいるなんて、考えただけでもぞっとしました! たとえあなた自身にはその気がないとしても、ウィリアム・エリオット氏には、強力な味方がついていますからね! それを考えただけでも、ぼくがそこにいるのは、ばかみたいじゃないですか！　苦しまずにあなたを見ていられたと思いますか？　しかも、あなたの後ろに座っていたのは、あの人だったのですよ。昔のあの出来事を思い出させる人。あなたに大きな影響力がある人だってことを、ぼくは知っている。その人に説得されてどういう結果になったかは、ぼくの心から絶対に消えることはない。どう考えても、すべてがぼくに不利だったのではないでしょうか？」

「昔といまは違うということを、考えてくだされればよかったのに」アンは答えた。「いまの私を疑わないでいただきたかったわ。事情も違えば、年も違うんですよ。以前、私がレディー・ラッセルの説得に従ったのが間違っていたとしても、危険を冒すようにという説得ではなくて、安全の側に立つ説得に従ったのだということを、思い出していただきたいわ。私は義務に従うつもりで、折れたのです。でも、相手がウィリアム・エリオットさんの場合、義務の助けを借りる必要はありません。私にとってどうでもいい男性と結婚なんかしたら、危険なだけで、義務にも背くことになりま

8　★かつてチャールズ・マスグローヴがアンに求婚したことを、ルイーザから聞き知ったとき、ウェントワース大佐は一瞬間を置いて、思いに耽った（→第10章177頁）。チャールズは、かなりの地所を相続することになっていて、経済的に安定しているし、彼と結婚すれば、アンは実家の近くに住めるので、結婚相手としては条件がよい。

す」

「そういうふうに自分に言い聞かせるべきだったのかもしれませんが」ウェントワース大佐は答えた。「ぼくには、そんなことはできませんでした。最近ライムであなたの人柄がわかったはずでしたが、その知識を役立てることまではできなかったのです。活用することまではね。何年間も苦しい思いをしてきたので、昔の感情に負けてしまって、埋もれて、かき消されてしまったのですね。ぼくはあなたのことを、説得に屈して、ぼくのことを棄てて、ぼくよりも他人の影響を受けるような人だとしか思えなかったのです。コンサートのときに、あなたはまさにその人といっしょにいたのですよ。あの不幸が起きた年に、あなたを導いたレディー・ラッセルと。彼女の影響力が弱まっていると考える理由は、ぼくにはありませんでした。習慣の力は、もっと強力になっているかもしれない」

「あなたに対する私の態度を見れば、おわかりいただけるかと思ったのですが」アンは言った。「そんなふうに考える必要はさらさらないと」

「いや、そうはいかない！　別の男と婚約しているからこそ、あなたはそういう自然な態度が取れるのかもしれない。そう思って、ぼくはコンサート会場を去りましたが、もう一度あなたにお会いしようと、心に決めていました。翌朝になると、また元気が出てきて、バースにとどまるだけの理由がまだあるような気がしたのです」

ようやくアンは、カムデン・プレイスの家に着いた。この家の誰にも思い及ばないほど、幸せいっぱいだった。驚きも宙ぶらりんの状態も、そのほか午前中に味わったさまざまな辛い思いもすべて、ウェントワース大佐との会話によって解消した。家に入っていったときには、幸せすぎて、こんな幸せが続くはずがないと、ふと不安に駆られてしまうほどだった。幸福でのぼせ上がっているときに、危険を避ける最善の方法は、その合間に、真摯な態度で感謝しながら瞑想に耽ることだろう。そこで、アンは自分の部屋へ行き、感謝しながら喜びをかみしめているうちに、心が落ち着いてきて、不安が収まった。

夜が訪れ、客間には明るい火が灯され、客たちがみな集まった。パーティーではトランプ遊びが中心で、初対面の人同士も、顔馴染みの人同士も交じっていた。ありきたりのパーティーで、親しくするには大勢すぎるし、バラエティーを持たせるには、少人数すぎた。しかしアンにとって、これほどあっという間に過ぎてしまった夜はなかった。感性豊かで幸せいっぱいのアンは、輝くように美しく、予想もしなかったほどみんなから称賛を受けて、周りのすべての人に対して、朗らかで寛容な気持ちになれた。ウィリアムの姿も、そこにはあった。アンは彼を避けたが、哀れむことはできた。ウォリス夫妻もいた。この人たちのことを思うと、面白かった。レディー・ダルリンプルと令嬢カータレット。この母娘は、アンにとってはすぐに無害な親戚となるだろう。クレイ夫人のことも気にかけるほどのことはなかったし、父と姉の人前での振る舞いに、恥ずかしい思いをすることもなかった。マスグローヴ家の人たちとは、くつろいで、楽しいおしゃべりをすることができた。ハーヴィル大佐とは、兄と妹との間柄のように、親しく接することができた。

レディー・ラッセルとの会話は、ウェントワース大佐と結婚するという甘い思いから、短く切り詰めるようにした。クロフト提督夫妻には、これから身内になるという特別の親しみを感じ、興味でいっぱいだったが、同じ甘い思いから、それを押し隠そうとした。ウェントワース大佐とは、たびたび話すきっかけがあったが、そのたびにもっと話したいと思い、そばにいられることを実感したのだった！

温室植物の見事な飾りつけを感心しながら眺めるふりをしながら、ウェントワース大佐と束の間いっしょにいたとき、アンはこう言った。

「私、過去のことを考えていたんです。自分が正しかったのか間違っていたのか、公平に判断してみようと。自分のしたことのせいでずいぶん苦しみましたが、私は自分が正しかったのだと思います。レディー・ラッセルの言うとおりにしたことは、完全に正しかったのだと、思わずにはいられません。あなたも、そのうちあの人のことが好きになると思いますわ。私にとっては、母親代わりだった人なのです。でも、勘違いしないでくださいね。私はレディー・ラッセルの忠告に間違いがなかったとは、言っていません。たぶんこの場合、忠告が正しかったかどうかは、結果によってしか判断できなかったのだと思います。私なら、これと似たような状況で、そんな忠告をしないということだけは、確かですが。私が言いたいのは、レディー・ラッセルに従うのが、正しかったということです。もし逆らって婚約を続けていたとすれば、婚約をあきらめるよりももっと苦しかったでしょう。だって、良心が咎めたでしょうから。いまは、私、良心の咎めをいっさい感じません。人間がそう思うことを許されるならばですが。もしこう言ってよければ、強い義務感というのは、女性の財産としてけっこう大切なものだと、私は思っているのです」

ウェントワース大佐はアンを見つめ、レディー・ラッセルを見つめてから、もう一度アンの方を見て、冷静に考え込む様子で答えた。

「いまはまだ、なんとも言えませんね。でもそのうち、あの人を許せるときが来るかもしれません。もうすぐあの人に対して、寛大になれるような気がします。ぼくも過去のことをいろいろ考えましたが、そのときある疑問が生じてきたのです。レディー・ラッセル以外にも敵だった人間がひとりいるのではないかと。それは、ぼく自身ですよ。ぼくが、数千ポンドの財産を作って、一八〇八年にイギリスに帰ってきて、ラコニア号の艦長になったとき、もしぼくがあなたに手紙を書いたとしたら、あなたは返事をくださいましたか？　つまり、そのときなら、改めて婚約してくれましたか？」

「私が？」としかアンは答えなかったが、はっきり「はい」と言っているような口調だった。

「なんてことだろう！」ウェントワース大佐は叫んだ。「あなたは同意してくれるところだったのですか！　ぼくもそのことを考えなかったわけではないし、ぼくの成功の最後を飾るために、あなたと結婚することを、望まなかったわけではない。でも、ぼくのプライドが許さなかったのです。一度断られたのに、また求婚するなんて。ぼくには、あなたの気持ちがわからなかった。ぼくは目を閉ざして、あなたを理解しようともせず、あなたに正当に振る舞おうともしなかった。そのことを思い出すと、自分以外の誰でも、許せそうな気がしてくるんです。ぼくさえまともだったら、ぼくらは六年間[9]も別れ別れのまま、苦しまずにすんだかもしれない。そう思うと、いまも辛くなってきます。ぼくは、自分の成功は自分で獲得してきたんだと、自己満足していました。名誉ある苦労を積んできたのだから、報われて当然なのだと、自分をかいかぶってきました。まるで、逆境のもとにいる英雄気取りでした」彼は微笑みながら、付け加えた。「ぼくは、自分の運命に対して、もっと謙虚になろうとしなければなりませんね。自分だけの力で幸せになれるものではないということを、学ばなければね」

9 ウェントワースがラコニア号の艦長になった一八〇八年は、アンと別れた二年後（二人は一八〇六年の夏に出会い、数か月間で別れた）。それから物語の冒頭の一八一四年夏までに約六年間経過している。

第24章

　このあとどうなったかは、誰でも想像がつくだろう。若い二人がいったん結婚する気になったら、なんとしても目的達成に向けて奮闘するはずだ。たとえ二人が貧しくても、無分別でも、そして、お互いが究極の幸せのために必要な存在ではなさそうであっても。これは、最後の締め括りの教訓としてはいただけないが、真実だと思う。そして、そういう人たちであっても成し遂げられるのなら、ウェントワース大佐とアン・エリオットにそれができないはずはない、と言いたい。この二人には、心の成熟と、自分たちは正当なことをしているという意識、自立できる財産があったのだから、これだけの利点が揃えば、どんな反対も押し切れないはずがない。

　実際、この二人なら、もっと多くの反対でも押し切れたはずだが、あまり反対もされなかった。周囲の人間に優しさや温かさといった態度が欠如していたこと以外には、心を悩まされるようなことはほとんどなかった。サー・ウォルターは反対しなかったし、エリザベスも、冷たい無関心そうな目で見ただけで、それ以上は嫌がらせをしなかった。ウェントワース大佐には二万五千ポンドの財産があり、職業上も、功績と働きに見合った高い地位にあり、もはや何者でもないとは言えなかった。彼はいまや、愚かな浪費家の准男爵の令嬢に求婚するだけの価値ある人間として、尊重されたのである。その准男爵のほうはと言えば、信念も分別もじゅうぶん持ち合わせていなかったために、せっかく神意によって授けられた地位を維持することもままならず、いずれ娘のものになるはずの一万ポンドのうち、その一部しかいまは与えられないという始末だった。

実のところサー・ウォルターは、アンに対してまったく愛情を抱いていなかったし、特に虚栄心が満足させられるわけでもないので、この程度のことを喜んだりはしなかったが、アンにとってさほど悪い縁談だとも思わなかった。それどころか、ウェントワース大佐を何回も見て、日の光に当たっているところでよくよく観察してみると、なかなかの男前であることに感銘を受けたのである。ウェントワース大佐の見た目が優れていることは、准男爵令嬢というアンの身分の高さと、釣り合わなくもないように、サー・ウォルターには思えてきたのだ。そのうえ、ウェントワースという名前の響きもなかなかよかったので[1]、ついにサー・ウォルターは、かの『准男爵名鑑』に結婚に関する記録を書き込もうと、もったいぶった態度でペンを執る心構えができたのである。

反対されたらどうしようかと、いちばん気になる相手は、レディー・ラッセルだった。アンには、レディー・ラッセルが、いまさぞ辛い思いをしているだろうということがわかっていた。ウィリアムの本性を知って、彼のことをあきらめざるをえなくなったレディー・ラッセルは、今度はなんとかしてウェントワース大佐と親しくなり、彼に対して正しい態度を取ろうと、努力しているはずなのだから。

しかしそれは、いまのレディー・ラッセルには、避けて通れないことだった。彼女はウェントワース大佐とウィリアムの両方を誤解していたことを、思い知らされた。いずれに対しても、表面に惑わされて見誤ってしまったのだ。ウェントワース大佐の態度が、自分の理想に合わなかったからといって、それが危なっかしい性急さを示すものと、早合点してしまった。一方、ウィリアムの態度が折り目正しく上品で、自分の好みにぴったり合うからといって、そうしたマナーが、正しい考え方や節度ある心を反映しているものと、性急に判断してしまったのである。レディー・ラッセルとしては、自分が完全に間違っていたことを認めて、新しい考え方、新しい希望を持つしかなかった。

人はさまざまで、直感力の鋭い者もいれば、人間を見る目のある者や、洞察力に秀でた者もいる。ほかの人間がいくら経験を積んでも、そういう力には及ばない場合もある。そしてレディー・ラッセルは、こうした理解力という点で、アンよりも劣っていた。しかし、彼女は善良な女性でもあった。レディー・ラッセルにとっては、アンが幸せになるのを見ることこそ、第一の目的であって、分別を持って正しく判断するということは、二の次だったのである。彼女は、自分自身の力を大切に思う以上に、アンのことを愛していた。いったん最初の気まずさを乗り越えてしまうと、あとは楽だった。我が子のように可愛いアンを幸せにしてくれる男性として、当然ウェントワース大佐に対しても母のように振る舞えるようになったのである。

家族のなかで、この結婚をいちばんに喜んだのは、おそらくメアリだっただろう。姉が結婚するというのは、名誉なことだ。アンが秋にアパークロスでいっしょに過ごすことになったのは、自分のおかげなのだから、二人を引き合わせるという大きな役割を果たしたのは、この自分なのだと思って、メアリは得意になっていた。それに、

1 すでに述べられているとおり、サー・ウォルターは、十七〜十八世紀の著名人でウェントワース姓を名乗ったストラフォード伯爵を連想しているらしい（↓第3章51頁、および注6）。

自分の姉のほうが、夫の妹たちよりも上でなければならないと思っていたので、アンの夫となるウェントワース大佐が、ルイーザの夫ベンウィック大佐や、ヘンリエッタの夫チャールズ・ヘイターよりも金持ちであることは、メアリにとって望ましいことだった。

とはいえ、結婚後につき合うことになったとき、アンが年長の既婚夫人として自分よりも上座に座ったり、洒落た小型ランドー馬車[2]を乗り回したりしているのを見るのは、嫌だろうなあとも思った。しかし、長い目で見れば、自分の将来のほうが安泰だと思って慰められた。アンには、この先、私のようにアパークロス屋敷があるわけではない。地所も手に入らず、夫が家督を継ぐわけでもない。ウェントワース大佐が功績を立てて准男爵に昇格するということさえなければ、アンと立場を交換したいとは思わない、とメアリは感じた。

長女エリザベスも、アンと立場を交換することはありえなかったので、同様に自分の地位に満足していられたらよかったのだが、そうもいかなかった。間もなくウィリアム・エリオット氏が引き下がっていくのを見て、エリザベスは屈辱を覚えた。しかるべき地位の男性が、その後も現れなかったので、もとはといえば根拠のない希望だったとはいえ、ウィリアムとともに芽生え、沈んでいった希望が、ふたたび頭をもたげてくることはなかった。

従妹のアンが婚約したという知らせは、ウィリアムにとっては寝耳に水だった。そのせいで、家庭の幸せを得るという彼の最上の計画は狂ってしまった。義理の息子としての権限を確保して、サー・ウォルターを独身のままにさせておくよう監視するという、彼の最上の希望も失われてしまった。しかし、挫折し失望はしたものの、自分の利益と享楽のために、彼にはまだできることがあった。ウィリアムはすぐにバースを去った。そして、その後を追うようにしてクレイ夫人もバースを去り、その後の噂によれば、ロンドンでウィリアムに囲われる身になっているとのことだった。これによって、ウィリアムがそれまで表裏のある行動を取っていたこと、少なくとも、狡猾(こうかつ)な女に出し抜かれないようにするつもりだったことが、明らかになった。

クレイ夫人の愛の力は、私利私欲に打ち勝った。[3]准男爵サー・ウォルターを勝ち取る企みを投げ捨てて、ウィリアムという若い男のもとに走ったのだ。しかし、クレイ夫人には愛だけではなく、才覚もあった。ウィリアムの悪賢さと、クレイ夫人の狡猾

---

2 屋根が折りたたみ式で、無蓋にも屋根付きにもできる小型の馬車。前の御者席以外の席では操れず、通常、女性用の馬車として用いられた。

さのどちらが最後に勝つのかは、いまはまだわからない。ウィリアムは、クレイ夫人が准男爵サー・ウォルターの妻になることを邪魔したものの、結局はクレイ夫人の口車に乗せられて、彼女を准男爵サー・ウィリアムの妻にしてしまわないともかぎらないからだ。

サー・ウォルターとエリザベスは、お供を失ったことに衝撃を受け、屈辱感を味わうとともに、これまで彼女に騙されていたということに気づいた。二人には、レディー・ダルリンプルと令嬢カータレットという偉い親戚がいるから、もちろん慰めを得られはする。しかし、誰からもへつらわれず付き従われずに、ほかの人たちにへつらい付き従っているのは、楽しみが半減してしまうということを、実感し続けなければならなかった。

アンは、レディー・ラッセルが、早速ウェントワース大佐を愛そうと努めてくれているさまを見て、こんなに嬉しいことはないと思った。ただひとつ、その幸せを曇らせるものがあるとすれば、それは、良識のある人が価値を認めるような親戚が、自分の側にはひとりもいないということだった。その点で、アンは大いに引け目を感じた。財産が釣り合わないということは、どうでもよかった。それは少しも残念には思わない。しかし、ウェントワース大佐をきちんと受け入れて評価できる家族がいないことは、辛かった。ウェントワース大佐の姉兄たちが、アンを喜んで迎え入れて、立派な態度を示してくれるのに引き換え、自分の側の家族は、立派な態度はおろか、協調性も善意も見せようとはしないのだから、本来ならば幸せいっぱいの状況にありながら、感じやすいアンの心は苦痛に苛まれた。

ウェントワース大佐を新しい知り合いとして歓迎してくれそうな人は、自分には、この世にレディー・ラッセルとスミス夫人の二人しかいないと、アンは思った。しかし、この二人に対して、ウェントワース大佐は自分から進んで親しくつき合おうとした。レディー・ラッセルは、過去にひどいことをしたけれども、いまは心から大切な知り合いだと、彼は思っていた。以前レディー・ラッセルが、アンと自分とを引き裂いたことが正しかったとまで言う気にはなれなかったが、それ以外のことではほとんど何でも、レディー・ラッセルに味方できた。そして、スミス夫人のほうは、ウェン

3 ★クレイ夫人の狡猾さを考え合わせると、この語りのコメントが皮肉であることは明らかである。しかし、いったんウィリアムの情婦となれば、クレイ夫人の社会的地位は失墜し、彼女の父シェパード氏も、エリオット家の弁護士としての地位を失う可能性がある。したがって、もしウィリアムとの正式な結婚に漕ぎ着けられなかった場合、クレイ夫人にとって打撃は大きく、この行為がかなりの危険を伴うものであることは、確かである。

トワース大佐から早速にも、そしていつまでも、何かと親切にしてもらえるだけの権利があった。

スミス夫人には、アンにウィリアムの正体を知らせるという役割を最近果たしただけでも、相当な功績があった。アンとウェントワース大佐が結婚したことによって、スミス夫人は、ひとりの友を失うどころか、夫婦まとめて二人の友人を得ることになったのだ。スミス夫人は、二人が新居に落ち着いたとき、訪ねていった最初の知り合いでもあった。ウェントワース大佐は、スミス夫人が西インド諸島での夫の財産を取り戻せるように便宜をはかり、彼女に代わって書類を書いたり、代理で出向いたりして、厄介な手続きをすべて片付けてやった。固い友情から、怯まずそうした行動をとることによって、ウェントワース大佐は、妻アンに対してスミス夫人がしてくれたこと、あるいはしてくれようとしたことに対して、じゅうぶんな恩返しをしたのである。

こうしてスミス夫人の収入は増えたが、今度は贅沢をしすぎるようなことはなかった。健康もいくぶん回復し、たびたび行き来できる友人もできたし、なんといっても彼女は、いつも陽気で心が活発だったからだ。こういう最も大切な資質を持ち合わせているかぎり、もっと世俗的に繁栄することがあっても、もう誘惑に負けはしないだろう。大金持ちになり、健康が完全に回復しても、幸せをふいにするようなことはあるまい。

スミス夫人の幸せの源泉が、心の活発さにあったとすれば、アンの幸せの源泉は、心の温かさにあった。アンは優しさそのものだった。ウェントワース大佐に愛されることによって、その優しさはじゅうぶん報いられた。ただ、海軍軍人という彼の職業のことを考えると、そこまで優しくないほうがいいのではないかと、心配する者も、彼女の周囲にはいた。この先戦争が起こるかもしれないという不安だけが、アンの心を曇らせる唯一の原因だった。[4] アンは、海軍軍人の妻であることに誇りを持っていたが、夫の職業柄、戦争の情報に敏感にならざるをえないという代価を支払わなければならなかった。できれば、国家的大事よりも、私的な家庭生活で妻としての才覚を発揮したかったのだけれども。

4 ナポレオンは一八一五年六月にワーテルローの戦いで敗北して、セント・ヘレナ島へ流刑になる。オースティンが『説得』の執筆を始めたのは、ちょうどそのころで、執筆を終えたのは一八一六年夏ごろ。したがってオースティンは、この歴史的成り行きを知っていたが、物語の結末の時点（一八一五年はじめ）では、まだ予断を許さぬ状態だった（↓解説497～498頁参照）。

解説

廣野 由美子

作家の人生と執筆事情

ジェイン・オースティンは、一七七五年十二月、イングランド南部のハンプシャー州のスティーヴントン村で、牧師の娘として生まれた。八人きょうだいの七番目で、二歳年上のカサンドラ以外は、すべて男の兄弟だった。オースティン家は子沢山で経済的余裕がなかったため、父ジョージは、牧師職のかたわら学校経営もしていた。

ジェインは七歳のとき、姉カサンドラとともに、オクスフォードの寄宿学校に入学した。のちにサウサンプトンへ移転となった学校では、チフスが流行し、姉妹ともに感染したため、家に連れ戻される。一年後、姉妹はレディングの寄宿学校アビー・スクールに入学する。しかし、ここではダンスのたしなみ程度のことしか教えていなかったため、授業料の無駄と考えた父により、結局娘たちは家に呼び戻された。

こうしてジェインは十一歳で帰郷して以降、生涯、家庭で過ごすことになる。オースティン家の書斎は古典から新作まで蔵書が充実していて、ジェインはそれらの本を自由に読み、家族とともに朗読したり本について語り合ったり、戯曲を上演したりしながら、教養を育んだ。彼女は十一～十二歳のころから小説の習作として、笑劇や茶番劇、パロディーなど、独創的な作品を書き始める。

二十代前半には、『エリナとメアリアン』『第一印象』『スーザン』(のちに、それぞれ『分別と多感』『高慢と偏見』『ノーサンガー・アビー』として発表されることになる作品の草稿)の執筆に取り組んだ。しかし、『第一印象』は、父ジョージがロンドンの出版社へ手紙を書き送って出版を依頼したが断られ、『スーザン』の原稿は売れたものの、出版されるには至らなかった。

一八〇一年、ジェインが二十五歳のとき、ジョージは牧師職を長男ジェイムズに継がせて引退し、妻と娘たちを連れて温泉保養地バースへ引っ越すことにする。バースは『ノーサンガー・アビー』と『説得』の舞台としても描かれているような社交場であり、ジョージの移転計画のなかには、年頃の娘たちに結婚の機会を与えようという思惑も含まれていたのかもしれない。この時期にジェインは、未完作品『ワトソン家の人々』を書いている（一八七一年に、甥オースティン＝リーにより、この題名をつけて出版された）。しかし、バース滞在期間中、ジェインの創作活動は振るわず、落ち着きのない生活を送っていたものと推測される。

一八〇五年に父が亡くなったあと、母と娘たちはバースを離れて親戚の家々を転々とし、一時期、港町サウサンプトンに住んだこともあった。一八〇九年、ジェインの三番目の兄で、上流階級の養子として育った裕福なエドワードが、所有していた家のひとつを提供したため、母と娘たちは、チョートン村に引っ越す。ジェインはこのコテージに落ち着いて、本格的な創作活動に集中することになった。それまでに書きためていた原稿を大幅に修正して、『分別と多感』（一八一一年）と『高慢と偏見』（一八一三年）を出版し、続いて『マンスフィールド・パーク』（一八一四年）、『エマ』（一八一五年）を執筆して出版していったのである。

四十歳を過ぎたころから、ジェインの健康状態は次第に衰えていった。病名は不明だが、現在ではアジソン病と呼ばれる病気に冒されていたらしい。そのようななか、ジェインは『説得』の執筆に取りかかり、一八一六年七月十八日にいったん書き終えたあと、結末二章を書き換えて、八月六日に完成。そのころには病状がかなり悪化していたにもかかわらず、翌一八一七年、ジェインは次作『サンディトン』の執筆に取りかかる。しかし、医者の勧めにより、療養のためにウィンチェスターに引っ越して、未完のまま執筆を断念した。そして、一八一七年七月十八日——『説得』の草稿を完成させた日から、ちょうど一年後に——ウィンチェスターで亡くなった。一八一七年末、ジェインの四兄ヘンリーは、『ノーサンガー・アビー』、および自分の書いた妹についての短い伝記的注（作者が誰であるかを初めて公表）とともに『説得』を出版した。

ジェイン・オースティンの小説は、すべて結婚がテーマとなっているが、彼女自身は生涯独身だった。一八〇二年、彼女はスティーヴントン村の長兄ジェイムズの家に滞在していたとき、オースティン家の古くからの知り合いであったビッグ＝ウィザー家の息子で、五歳年下のハリスから求婚された。いったんは承諾したジェインだったが、翌朝には断り、姉カサンドラとともにその地を去ったという。

そのほかにもいくつかロマンスがあったらしい。一七九五年、二十歳になって間もないころジェインは、ダブリンの大学を卒業してロンドンで法律の勉強を始める前に親戚を訪ねてスティーヴントンに来ていたアイルランド出身の若者トム・ルフロイに舞踏会で三度会ったことがあり、彼に好意を抱いたようだ。しかし、彼は、財産のない聖職者の娘との結婚を望まなかった家族の手により、連れ戻されていったのだった。

また、一八〇一年の夏、海岸地シドマスで保養中に、ひとりの若い紳士に会い、恋に落ちたという話も伝えられている。カサンドラは、その男性がジェインに今度会ったら求婚すると思っていたようだが、二人は再会することなく、彼が亡くなったという知らせを、ジェインはその秋に受け取ったという。

いずれも密かな束の間のエピソードで、ジェイン自身の想いがいかなるものであったかを知るための、確たる証拠は残されていない。ジェイン・オースティンは生前、匿名で作品を発表し、同時代の文壇の人々との交流がなかったため、その伝記資料の大部分は、家族と交わした手紙に依拠している。しかも、姉カサンドラが、ジェインの死後、検閲して多くの手紙を焼き捨ててしまった結果、ジェインの人生については、限られた部分しか知ることができない。

背景となる時代・社会

『説得』は、オースティンの小説のなかで、時代性が最も明確に表れた作品である。それまでの作品では、十八世紀終わりから十九世紀初頭ごろの比較的安定した上流社会が舞台となっていた。しかし、『説得』では、物語の冒頭が「一八一四年の夏」であると語られ、絶対年代が明示されている。つまり、ナポレオン戦争直後におけるイングランド南西部に舞台が設定されているのである。物語は、田舎とバースでの社交生活を中心に展開するが、その背景にナポレオン戦争の政治的影響が及んでいることが、自ずと意識される。

そこで、ナポレオン戦争とイギリスの関連について、ざっと整理しておこう。一八〇四年にナポレオンが皇帝に即位して以降、フランスは対外戦争を次々と展開していったが、イギリスとの戦いは難航した。一八〇五年十月、ジブラルタル海峡の北西にあるスペインのトラファルガー岬沖で、フランス＝スペイン連合艦隊は、ネルソン率いるイギリス艦隊と戦い、敗北する（トラファルガーの戦い）。英仏の艦隊の衝突はその後も続き、一八〇六年二月、アメリカのスペイン領植民地でフランスによって占領されていたサントドミンゴの南岸で戦闘が勃発し、フランス軍は、海軍中将サー・ジョン・トマス・ダックワース率いるイギリス海軍に敗北（サントドミンゴの戦い）。これによって、英仏間の海上での艦隊による交戦は幕を閉じる。

海上制覇とイギリス本土侵攻の野望が挫折したナポレオンは、一八〇六年、大陸封鎖令を発布し、イギリスとの貿易を禁止して、イギリスを経済的な困窮へと追い込む策に出る。しかし、ナポレオン軍は、一八一二年にロシア遠征に失敗し、一八一三年には、「ライプチヒの戦い」で、反ナポレオン連合軍と衝突して敗北。一八一四年五月、ナポレオンはエルバ島に流される。

『説得』のフレデリック・ウェントワースは、上記の「サントドミンゴの戦い」で中佐になる。その後すぐに乗る船がなかったため、失業して故国に戻り、アン・エリオットと出会って恋に落ちる。婚約が破棄され、アンと別れたあと、ウェントワースはアスプ号の艦長となって西インド諸島に赴き、功を立てる。一八〇八年には、大佐に昇進し、ラコニア号艦長となる。

ナポレオンがエルバ島に流された三か月後、上記のような過去の経緯を背景として、物語の冒頭は設定されている。弁護士シェパード氏が、エリオット家のケリンチ屋敷の借り手を探すさい、「このたびの和平によって、わが英国海軍の裕福な将校たちは、みな陸(おか)に戻ってまいります」「戦争中に、相当な財産を築いた将校も、大勢おります」(第3章)と言っているのは、そのような時勢を指しているのである。新興勢力を蔑むサー・ウォルター・エリオットの傲慢な物言いに対して、おとなしい娘アンはたまりかねたように、こう言う。「私たちの国のためにあんなに大きな功績を果たしてくださった海軍の方たちには、家がもたらすどんな快適さだって特権だって、持つ資格が誰にも劣らずあると思いますわ」。アンが口にしたこの言葉は、フランスの侵攻から故国を守ってくれた海軍に対する、当時のイギリス国民一般の感情を代表していたと言えるだろう。オースティン自身、兄フランシスと弟チャールズが海軍軍人としてナポレオン戦争に従軍したため、海軍をめぐる事情に精通していて、関心が高かったのだろう。

物語の開始とともに賑々(にぎにぎ)しく登場してくる海軍士官たちには、平和時のイギリスの繁栄の中心をなすような存在感がある。それに対して、上流階級の末端をなす准男爵サー・ウォルターは、社会の役に立たない愚かな人物として、辛辣に諷刺される。零落した彼の経済問題が物語のプロットを動かす発端となるからにすぎない。

物語は、昔の恋人同士が八年ぶりに再会してから、数か月間の出来事の展開を扱い、一八一五年はじめごろに幕を閉じる。歴史上は、このすぐあと三月に、ナポレオンがエルバ島を脱出してフランスに上陸し、ふたたび皇帝の座に就くという流れへとつながる。結局、同年六月に、ナポレオンはワーテルローの戦いで敗北して、セント・ヘレナ島に流刑となった。オースティンが『説得』を書き終えたのは、その翌年の七月であったため、彼女はその成り行きを当然知っていたことになる。しかし、その後のイギリスの情勢がどうなるかということまでは、彼女にも確実には見通すことができなかっただろう。

そのせいか、物語を締め括る最後の一節には、一抹の不穏な雰囲気が漂っている。二人が結ばれたハッピー・エンディングのあとに、「この先戦争が起こるかもしれないという不安だけが、アンの心を曇らせる唯一の原因だった。アンは、海軍軍人の妻であることに誇りを持っていたが、夫の職業柄、戦争の情報に敏感にならざるをえないという代価を支払わねばならなかった。できれば、国家的大事よりも、私的な家庭生活で妻としての才覚を発揮したかったのだけれども」（第24章）という但し書きが添えられるのである。心優しいアンの今後の生活も、海風に晒されて日焼けしたクロフト提督夫人のように、夫とともに船に乗るといったたくましい側面に彩られていく可能性があることが、暗示されているようにも読める。その未来には、夫の事故死や戦死という最悪の事態が含まれうることも、完全には否定できない。個人的価値観と公的価値観とが、いつ何時崩れないともかぎらない危ういバランスを保ちつつも道徳的に調和することを祈るような響きが、この結末の文章からは聞き取れるようだ。

ただし、「海軍軍人の妻であること」へのアンの誇りは、階級意識とは無縁のものであり、作者は、今後の世の中で、海軍が上流社会に取って代わって社会的力の中心になるだろうと結論づけているわけではない。しかし、自己中心的なサー・ウォルターやエリザベス、メアリ、ウィリアム・エリオットといったエリオット一族の凄まじいエゴイズムや虚栄心をえぐり出しながら、上流社会の腐敗と衰退を描いたこの作品の諷刺の調子は、一段と厳しい。それに対して、作品に登場する海軍軍人たちは、より健全な道徳や社会秩序を体現する新たな階層として、希望を託して肯定的に描かれているように見える。

オースティンの変化の兆し

『説得』は、オースティンの長編小説のなかで、最も短い作品である。それまでの小説は、『ノーサンガー・アビー』を除くと、三巻本構成となっていたが、『説得』は二巻本構成である。したがって、外形的には、プロットの展開が他の小説よりも単純であるように見える。『ノーサンガー・アビー』は、オースティンが作家として成熟度が低い若いころに書いた作品であるため、二巻本構成であっても頷ける。しかし、『説得』は、最晩年の円熟期の作品であるため、オースティンに何らかの変化の兆しが表れたのではないかと、考えさせられる。

変化の理由として、オースティンが病気で弱っていたせいだとする批評家もいる。体力と気力が衰えていたために、じゅうぶんに磨きをかける余裕がなかったというわけだ。しかし、それは、あまりにも短絡的な見方と言わざるをえないだろう。というのは、オースティンは『説得』を完成させたあとに、早速『サンディトン』の執筆に取りかかっているからだ。それは、次なる作品の創作へと取り組む計画と旺盛な意欲が、オースティンの内にまだあったことの証しにほかならない。

また、『説得』は、オースティンの作品のなかでも、『高慢と偏見』に次いで人気のある作品のひとつであることにも注目したい。『説得』には独特の魅力があるため、この作品が特に好きだという読者も少なくない。何といっても、『説得』はそれまでのオースティンの小説とは、さまざまな面で趣の異なる作品であるのだから、単純な優劣の比較は無意味であると言えるだろう。

すでに指摘したとおり、背景となる時代や社会が変化していて、オースティンがそうした流れを感じ取っていただろうということも、変化の要素のひとつである。作品の主筋は、これまでのオースティンの小説と同様、恋愛物語であるが、その展開の仕方がかなり異なる。二十七歳のアン・エリオットと、いまや大佐に昇進したウェントワースは、過去に婚約していたが、アンの亡き母の友人であるレディー・ラッセルの説得にアンが応じたことにより、破談となった。八年が経過し、運命の巡り合わせによって昔の恋人同士が再会することになり、その後の出来事の展開とともに、彼らの情熱が蘇る過程を辿る物語なのである。これは、新たに出会った男女の恋愛が最後に結実する『分別と多感』『高慢と偏見』『ノーサンガー・アビー』とも、長年兄のように慕っていた男性との結婚に至る『マンスフィールド・パーク』や『エマ』とも異なる。過去に悲劇があり、それがいかに試練を経て蘇るかという異質なテーマを扱った作品なのだ。女主人公が最後に幸せな結婚に至るという点では、他作品と共通するが、アンが過ちを犯したのは過去のことであり、彼女は変わらぬ思いを再認識するだけで、特に新しい発見はない。主だった出来事と言えば、二つの転落事故——甥が木から落ち、ルイーザが海辺の石堤から落ちる——くらいしかない。こうした地味な物語ではあるが、そこにはかつての作品にはなかった哀愁が漂っている。評論家ジュリア・カヴァノーは、アンについての描写は、「愛されない女性の静かな苦悩を描いた最初の本物の描写」であると言っている。

また、ヒロインが二十代後半であるという年齢の設定においても、本作品は異例である。「二、三年前には、アン・エリオットはとても美しい娘だったのだが、いまや彼女の花盛りは早くも過ぎていた」（第1章）という語りに始まり、恋人と別れたあとの執着と後悔のせいで、「彼女の青春のいっさいの喜びにかげり」が差し、「美貌の輝きや若々しい生気を早々と失うことになってしまった」（第4章）という事情が説明される。再会した元恋人からも「あの人はずいぶん変わってしまったので、会ってもわからなかった」（第7章）と言われたことを耳にし、激しく心が傷つくアン。このような苦い屈辱を味わうよう定められたヒロインは、オースティンの作品にかぎらず、従来の小説のなかにはほとんどいなかったと言ってよい。

したがってこの作品は、結婚を断念し、一生独身で生きなければならないかと思い始める年齢に達した女性が、どのような心持ちで生きていたかを、当時の社会的コンテクストのなかで描くというテーマに重点を置いているようにも見える。また、人生の斜陽の時期と、一年の後半の「秋」という季節が重ね合わされていて、オースティンとしては珍しく自然に対する思い入れの強い作品となっている。故郷を去るアンは、「ケリンチの秋の甘美で悲しげな趣を味わえないのは辛かった」（第5章）と思い、アパークロスの一行と散歩に出かけたときにも、「一年最後の季節の景色を眺めたり、秋を歌った詩をいくつかそっと口ずさんでみたりする」（第10章）のを楽しむ――とはいえ、結局、散歩中に耳にしたウェントワースとルイーザの会話に気を取られてしまい、秋の甘美な風景を楽しんでいられなくなるという運びではあるが。

『分別と多感』では、メアリアンが落ち葉を見ながら熱狂したことを嘲笑し、ロマン主義的な女主人公を諷刺したオースティンだったが、『説得』において女主人公が「季節の衰え」に喜びを示すさいには、作者の批判的態度は見られない。語り手は、アンについてこう言う――「彼女は若いときに分別を無理強いされたが、年齢を重ねるにつれてロマンスを学んだのである。不自然から始まって、自然な結果に至ったわけだ」（第4章）と。物語の大部分が女主人公の目を通して描かれているため、これまでの作品に比べ、事実よりも情感を帯びた観察が占める割合が大きくなり、語りがメランコリックな調子を帯びている。それゆえ、オースティンは晩年に至ってロマン主義に傾斜したのだと指摘する批評家もいる。

語り手は、ときおり女主人公の視点をとおして描くことを中断して、客観的な全知の視点からコメントを差し挟む場合もある。他の作品では、女主人公の弱点や誤解、過ちといった原因により、彼女の意識と作者の意識との間に差異があり、そのギャップからアイロニーが生じるという仕組みになっている。しかし、『説得』では、女主人公と作者の意識のギャップが比較的少ない。これに近い例としては、『分別と多感』のエリナや『マンスフィールド・パーク』のファニーの場合があるが、正しいものの見方をする知的なヒロインではあるものの、彼女たちにはアンほど全体が見えているわけではない。他方、アンは悲しい別離という過去の経験ゆえに成熟し、知恵と自制心を育んでいるため、彼女の分析はたいてい正しい。アンが誤りから目覚めたのは過去のことであるため、現在の彼女の視点からもたらされる情報は、大方信頼できるのである。

　ウェントワース大佐の扱い方も、他の作品の男性たちとはいささか異なる。彼は、オースティン作品のなかで最も理解しやすい男性とも言える。オースティンは、自分の経験によって知っていることしか書かないという主義の作家であるため、作品では男性だけの場面を描かない。加えて、男性の思考内容を詳しく書くこと自体も、彼女は避ける傾向がある。したがって読者は、男性の心理や思考に関しては、物語途中の段階では、彼らの外的な振る舞いから察せられることしか把握できない。たいていは、結末で女主人公との結婚に至ったとき初めて、男性が過去を振り返りながら自分の感情を語るというパターンがとられるのである。

　しかし、『説得』では、男性の描き方に、このような制限がない。女主人公アンが、再会したウェントワースを観察し続け、出来事についての彼の反応や動機を推測し、それが克明に語られるためである。結末では、他の作品と同様、ウェントワースのそれまでの感情が要約されるが、その内容は、それまでにアンによってもたらされた情報とほぼ一致している。終盤近い第23章で、ウェントワースはアンに宛てて手紙を書く。彼女のいる部屋で走り書きされ、慌てて渡されたその手紙は、推敲されることのないまま、激しい情熱のほとばしりを露わにしている。恋する男性の想いが、これほど直接的な言葉で生々しく語られた例は、これまでのオースティン作品には見られなかった。

ヴァージニア・ウルフは、評論集『コモン・リーダー』において、『説得』を取り上げ、オースティンの変化の兆しに言及している。『説得』の特徴は、「独特の美しさと気だるさ」にあり、「この気だるさは、しばしば過渡期に見られる特徴だ」とウルフは言う。オースティンが亡くなった四十代はじめというのは、「作家のキャリアのなかでは、最も興味深い変化が表れがちな最終段階である」という点にウルフは着目する。「オースティンがもっと生きていたら、彼女を取り巻く状況はもっと変化していただろう。オースティンはロンドンに住み、食事会にも頻繁に出て、有名人とも会い、新しい知り合いもできて、読書や旅行などもして、静かな田舎の生活に戻ってきて、見聞きしたことの宝庫を満喫していただろう。そうしたら、オースティンの書かれざる未来の六冊の小説はどんなものになっていたか？」と想像を繰り広げつつ、ウルフは述べる。「人々が言うことだけではなく、言わないことをも伝えるために、そして人々のことだけではなく人生についても伝えるために、明快で落ち着いたやり方ではあっても、より深い暗示的な方法を考察していただろう」。そして「ヘンリー・ジェイムズやプルーストの先駆者になったのでは？」……と、オースティンの未来の成長の可能性に思いを馳せるのだ。

ウルフが予想した傾向は、『説得』においてすでに表れていると見ることもできる。だから、オースティンがもっと長生きしていたら、人間性のより微妙で複雑な要素に取り組むことになっただろうという予想は、いくぶんかは当たっているかもしれない。他方、「オースティンの諷刺は荒削りになり、喜劇が雑になっている。彼女は、慣れ親しんだ対象に飽きかけていて、日常生活の面白さを、前ほど新鮮に感じられなくなった」ともウルフは言っているが、筆者はこの見解には賛同できない。オースティンが『説得』の次に取り組んだ未完作『サンディトン』は、より喜劇的で諷刺的な方向へと戻っている。そもそもオースティンが諷刺の精神を失うとは考えられないし、彼女からたくましい笑いが消えたら、それはもうオースティンではないと言っても過言ではないだろう。

いずれにせよ、『説得』は、さまざまな批評の余地があるという点で、豊かな領域を含んだ作品であることは、間違いない。

「説得」というテーマ

タイトルにも掲げられている『説得』は、この小説のキーワードである。テキストには、persuasion（説得）はじめ、persuade（説得する）、persuaded（説得された）、persuasive（説得力のある）、persuadable（説得できる）などの関連語が、随所にちりばめられている。

物語の鍵となるのは、「かつてアンがレディー・ラッセルの説得に屈して、ウェントワースと別れたことは正しかったのか？」という問いである。現代的観点から見ると、若い女性の結婚問題に関して年上の女性が干渉して指図するのは、不適切な介入であるようにも思える。アンには自分の愛する男性と結婚する権利があるのだから、自分の気持ちに正直になって、自分自身で決断すべきだったという見方もあるだろう。

しかし、この作品が書かれた十九世紀はじめごろの時代・社会は、現在とは異なるということも、もちろん考慮に入れなければならない。作品終盤でのアンとハーヴィル大佐の会話では、男女の比較をめぐる長い議論が展開される。「私たち女性は、家で静かにこもって生きていますから、自分の気持ちに蝕まれてしまうのです。あなた方男性は、活動しなければなりませんものね」（第23章）とアンも述べているとおり、当時、女性の領域はあくまでも家庭内にあったのである。この作品で職業を持つ女性といえば、アンの旧友スミス夫人の付き添いとしてほんのわずかだけ登場する看護師ルック夫人くらいしかいない。十九世紀前半ごろの上流・中流階級の女性は、結婚によって将来の社会的・経済的立場が決定されるように運命づけられていて、職業によって自らの道を切り開くことは困難だったのである。そのような時代性、そして、女性は従順たるべきという当時の道徳規範に照らすならば、周囲の反対を押し切って結婚に突き進むことは、大きな危険を含んでいたであろうことが推測できる。

たとえば、『マンスフィールド・パーク』の女主人公ファニーの母フランシスのことを思い起こしてみよう。ウォード家の三姉妹の末娘だったフランシスは、かつて家族の反対を押し切って、海軍軍人プライスと結婚した。いまや退役軍人となった夫と、子沢山の家庭を抱えて、フランシス（プライス夫人）は狭苦しく不潔で騒々しい環境のなかで、品位に欠け、やつれた中年女性になり果てている。かたや、准男爵サー・トマス・バートラムと結婚したウォード家の次女マライア（レディー・バートラム）は、豊かで優雅な生活を送り、もともと容貌や性格は妹に似ていたにもかかわらず、怠惰ながらもおっとりとした気品のある性質を保っている。そのバートラム家に引き取られて育ったプライス家の長女ファニーは、初めて里帰りしたとき、母親に失望し、伯母レディー・バートラムを懐かしむのである。もしアンが八年前にウェントワースと結婚し、彼が出世できなかった場合には、どうなっていただろうか？　アンならプライス夫人よりもっと有能な主婦として才覚を発揮していただろうが、落ちぶれた貧しい生活に汲々とせざるをえなかっただろうことは想像できる。その貧困な家庭生活を誇張した図が、ファニーの実家の風景であるというようにも考えられなくはない。

では、時代性を脇へ置いて、先の問いをいま一度見直してみることとしよう。それは、「善意に基づく警告に耳を傾けるのが正しかったのか、危険を冒してでも、自分の心が命じるままに従うべきだったのか？」という普遍的な問いへと読み替えられる同じ問いは、ルイーザ・マスグローヴのライムの断崖での墜落事件に当てはめてみることもできる。ルイーザが危うく命を落としかけたこの事故は、人の忠告を無視して本能のまま好き勝手に振る舞うことが、いかに恥ずべき愚行であるかを如実に示している。ウェントワースは、この出来事をきっかけに、「信念をしっかり貫くことと、片意地を張ってそれを頑固に押し通すこととの違い」「向こう見ずに大胆な行動を取ることと、冷静に決然と判断することとは別なのだということ」（第23章）を学んだのだった。後になって、「自分はルイーザを愛していなかった」とアンに告白するウェントワースだったが、たとえ好意を抱いていたとしても、彼の気を引くために大胆な飛び降りを繰り返すルイーザのたしなみに欠けた幼稚な態度には、興ざめしていたことだろう。

かたやアンは、レディー・ラッセルの忠告どおり、ウェントワースとの結婚を断念することによって経済的な不安定から身を守った。しかし、それゆえにアンは、ウェントワースがほかの女性と結婚してしまうのを傍観しながら、独身女性として苦しい後悔の日々を送り続けるという代償を払わなければならなかったやもしれないのだ。かりにアンが運よくウェントワースと結ばれるというハッピー・エンディングに至らなかったとしても、やはり彼女は正しかったと言いきれるのだろうか？

作者は、アンの決断を肯定的に描こうとしているように見える。レディー・ラッセルが初登場したさい、全知の語り手は「レディー・ラッセルは心が優しく、思いやり深い善良な女性で、愛情も豊かだった……教養もあり、全般的に筋が通っていて、考えが一貫していると言えた」（第2章）と解説し、彼女がアンのことを誰よりも愛し、尊重していたことを強調する。その後語り手は、レディー・ラッセルの欠点にしばしば触れることになるが、導入部で好意的な扱いをしていることは、読者の印象を操作するうえで大きな効果を発揮する。というのは、アンがウェントワースに対して結婚を断った経緯について、「レディー・ラッセルは、アンがこれまでずっと愛し、信頼してきた人だったから、そういう人からはっきりとした見解を、優しい態度でこんこんと説かれては、耳を傾けないわけにはいかなかった」（第4章）と述べられるとき、読者はこの説明にいちおう納得せざるをえなくなるからである。

最後にアンはウェントワースに向かって、「私、過去のことを考えていたんです。自分が正しかったのか間違っていたのか、公平に判断してみようと……ずいぶん苦しみましたが、私は自分が正しかったのだと思います。レディー・ラッセルの言うとおりにしたことは、完全に正しかったのだと、思わずにはいられません」（第23章）と言う。これに続いてアンが述べているのは、レディー・ラッセルの忠告自体が正しかったかどうかは別として、大切な人の忠告に従った自分は、良心と義務感という点で正しかったにちがいないという主旨である。

しかし、ウェントワースからふたたび求婚されたあとで到達したこの結論は、どうしても結果論のように響いて、いまひとつ説得力を欠くのではないかという疑念が拭いきれない。かりに二度と愛を回復することができなくても、自分は正しかったというところにまで、アンは踏み込んでいないからだ。彼女の信念は、幸福な報いに支えられた論理のように思われ、その正しさが、果たして永遠に回復されざる愛の代償になりえたのかどうかという問いへの答えは、この作品にはない。それゆえ、作品の結末に至っても、いまだ明確な答えが出ていないような微かな疑問が、余韻として残るのである。

二つの結末とアダプテーション

オースティンはいったん『説得』を書き上げたあと、最終の二章を書き直して、差し替えた。厳密に言うと、オリジナル版の第二巻第10章と第11章を書き換え、そのうち第二巻第10章が改訂版の第10章と第11章（通し番号で第22章と第23章）に分割され、第二巻第11章が改訂版の第12章（通し番号で第24章）となったのである。最終の第24章に関しては、わずかに言葉を置き換えたり、句読点やダッシュの入れ方、改段落の仕方を変えたりするなど、表記上の変更にとどめられ、内容的にはまったく変わっていない。しかし、第22章・第23章は、オリジナル版と改訂版とでは、大幅に内容が異なる。

前章の第21章では、アンがスミス夫人からウィリアム・エリオットの正体を暴露される場面が描かれる。それに続いて、現行の改訂版第22章では、チャールズ、メアリ、マスグローヴ夫人、ヘンリエッタ、ハーヴィル大佐がバースにやって来て、エリオット家と合流するという話が展開する。アンはマスグローヴ家が滞在している宿を訪ね、そこでウェントワース大佐やハーヴィル大佐とも再会する。引き続き第23章では、アンとハーヴィル大佐が男女の愛の違いについて議論し合い、その近くで二人の対話を盗み聞きしていたウェントワース大佐が、アンに愛を告白する手紙を書いてその場を去り、それを読んだアンがウェントワースを追いかけて求婚に応じ、二人で互いにこれまでの経緯を振り返るという筋書きである。詳しくは本書を読んでいただくことにして、内容紹介は以上にとどめておく。

次に、オリジナル版の内容について詳しく紹介しておこう（以下、ケンブリッジ全集版の付録を参照）。第21章でスミス夫人からウィリアムの正体を聞かされ、ショックを受けたアンは、未来のケリンチ屋敷の行く末を憂えたり、ウィリアムへの信頼を裏切られたレディー・ラッセルのために嘆いたり、今後自分は彼に対していかに振る舞うべきかを考えたり等々、千々に乱れる思いに浸りながら、バースの通りを歩く。その途中で彼女は、クロフト提督にばったり出会う。

クロフト提督は、アンをケリンチ屋敷に招き、妻に会わせたいと言う。アンは、ウェントワースが家にいるのではないかと思ってためらったが、婦人服の寸法合わせに来ている洋裁師以外には妻しかいないと提督に言われて、強引に招き入れられる。提督はアンに向かって、自分はこれから用事で出かけるが、妻が用事を済ませて上階から降りてくるまで腰掛けて待っているようにと述べ、いよいよドアが開いたあとになって、「フレデリック以外には誰もいない」と言い添える。

こうして次の瞬間、アンとフレデリック・ウェントワースは予期せず同室で鉢合わせになり、気まずい思いをする。提督は、出かける間際にウェントワースをドアまで呼び出し、何かを伝えようとする。ドアの向こうで、提督がウェントワースに言っている言葉が、切れ切れにアンの耳に届く。アンについての話題のようで、ケリンチ屋敷の名が繰り返され、アンはウェントワースが戻ってこないのではないかと不安になる。「賃貸契約について」「はっきりさせておきたい」「ソフィーも同じ考え」というような提督の言葉。それに対するウェントワースの「自分は御免被りたい」という抗議の言葉。「きみが言わないなら、ぼくが言う」「では、わかりましたよ」という会話のあと、提督はその場を去る。

こうして、ついにアンとウェントワースは二人きりになる。ウェントワースは少しためらったあと、アンのいるテーブルのところへまっすぐやって来て言う。「提督は今朝、エリオット氏とあなたとの結婚が取り決められたという情報とともに、新婚のお二人がケリンチ屋敷に住むだろうという噂を耳にしました。それが誤報であったとしても、お二人がケリンチ屋敷に住むことがご一家の願いであるならば、提督夫妻はこの家を出て、ほかで家を探してもよいと申しています。ついては、わずかな言葉だけでいいので、お答えを聞かせていただきたい」。アンの答え次第で、クロフト提督からサー・ウォルターにケリンチ屋敷賃貸契約キャンセルについて一筆書くというわけである。

これに対してアンは、クロフト提督は完全に誤解している、その情報は間違いだと答える。そのあと二人は、初めて見つめ合う。ウェントワースはアンをじっと見つめて、本当に誤報なのかと問い返し、アンはそのとおりだと答える。静かな会話を交わしたあと、ウェントワースは、「アン、ぼくの愛するアン！」と叫ぶ。こうして、二人の心はふたたび結ばれる。

部屋へ入ってきたクロフト夫人は、二人の様子を見て、事情を察する。クロフト提督が帰宅したときには雨が降っていて、アンは夕食に引き止められ、夜十時までクロフト家で過ごす。夫妻が席を外したあと、アンとウェントワースは過去を振り返って話し、すべての不安を洗い流す。その夜別れるまでに、アンは幸福の絶頂へと至る。

ウェントワースが過去の経緯（ルイーザとのつき合い、事故のあとの心境、ルイーザとベンウィック大佐の婚約を知ってバースに来たこと、コンサートで感じたこと、エリオット氏とアンの関係に嫉妬したことなど）を語る部分は、改訂版の第23章の内容とほぼ同じである。レディー・ラッセルの説得に応じた過去といまとでは自分は違うと、アンが答える部分も同じである。ただし、アンは、現行版のように、「過去の自分は正しかった」とまでは言っていない。

アンにとって大きな変化があった一日が終わり、アンは疲れ切るが、同時に幸せな思いでいっぱいになり、眠れぬ夜を過ごすという一節で、第23章は結ばれる。

以上のように、オリジナル版では、アンとウェントワース大佐が二人きりになるという劇的場面の設定に工夫が凝らされていた。アンとウィリアムとの結婚が決まったという噂を耳にしたウェントワースが、彼女と気詰まりな対面をし、本人から直接誤報であることを聞かされるというドラマの展開に、力点が置かれていたのである。では、改訂版によって、この作品はどのように変わったのだろうか。マスグローヴ家の人々とのバースでの合流という出来事が加えられたことによって、アンはハーヴィル大佐にも再会する運びとなる。それは、亡き妹の婚約者ベンウィック大佐のルイーザへの心変わりを嘆くハーヴィル大佐とアンとが、男女の愛の相違に関して長い会話を交わす部分を、作者が書き加えたかったからではないだろうか。とはいえ、オースティンは、自身の観念を読者に披露する目的で、こういう形をとったというふうには思えない。女主人公アンが、第三者に向けて一般論を語るという方法をとおして、自分の愛が不滅であることを、そばにいるウェントワースに向けて訴えかけるという大胆な行動に出ること。そして、それを聞いていたウェントワースがたまりかねて、愛の告白の手紙をアン宛てに書かずにはいられなくなるという展開。これらを描き込むことにこそ、作者の眼目があったのではないだろうか。

先にも述べたとおり、作中の男性がこれほど愛を激しく吐露した例は、オースティンのこれまでの作品にはなかった。女主人公が、男性よりも先に自分の思いを告げるという形の作品もなかった。愛の結実については語り手がさらりと述べて、恋人たち自身の愛の告白を、語りの奥へ隠すというこれまでの手法を、オースティンは打ち破ったのである。恋人たちに心の思いを直接吐露させることが、オースティンの改訂の第一のねらいだったのではないだろうか。したがって、オースティンは結末を書き換えることによって、この作品の恋愛小説としての特質をより強く押し出したのだと言えるだろう。

『説得』には、ドラマ・映画などさまざまなアダプテーションがあるが、代表的な作品を二つ挙げておこう。

ひとつは、一九九五年にロジャー・ミッシェル監督によりBBCドラマとして制作され、イギリスで放映されたのち、アメリカの映画会社との合作により映画化された翻案である。この作品は、原作の筋にかなり忠実にそっている。アン役のアマンダ・ルートの演技は、婚期を逸しかけた女性の哀愁漂う雰囲気をよく出している。映画のバックには、アンの回想や繊細な思いを表現するかのようにショパンのピアノ曲が流れる。結末は、原作のオリジナル版と改訂版の両方を混合した形になっている。ウェントワース大佐がバースのエリオット家を訪ねてきて、「アンがエリオット氏と結婚するという噂を聞いたので、ケリンチ屋敷を引き渡す」というクロフト提督のメッセージを伝えるという部分は、オリジナル版に近いものである。しかし、そのあとは現行版どおり、ハーヴィル大佐とアンが語り合い、その会話を漏れ聞いたウェントワースがアンに手紙を書いて渡すという内容になっている。最後は、アンがウェントワースとともに船に乗り、海軍軍人の妻として生きる姿を描いて閉じられる。

もうひとつは、二〇〇七年にイギリスで制作されたエイドリアン・シェアゴールド監督によるテレビ映画である。アンが日記を書いて、自分の思いを綴っているという形式が取られ、アンを演じるサリー・ホーキンスは、女主人公の心の激しい揺れ動きをよく表現している。この翻案では、原作と異なる筋書きに変更されている箇所がいくつかある。たとえば、原作では、アンはメアリからの手紙で、ルイーザとベンウィック大佐の結婚という驚くべき知らせを受け取ることになる。他方、テレビ映画では、アンがチャールズから手紙を受け取り、「ルイーザの結婚が決まった」という知らせのみを知り、相手がウェントワースだと思い込んで、激しく悲嘆に暮れるシーンが映し出される。その後クロフト提督夫妻がバースに到着し、彼らからルイーザの結婚の話を聞くうちに、その相手がベンウィック大佐と知って驚くというような話へと変わり、サスペンスを伴う劇的効果が生じている。

結末も、現行版の原作とは異なった筋書きになっている。ウェントワース大佐が、バースのエリオット家を訪ねてきて、「アンがエリオット氏と結婚するという噂を聞いたので、ケリンチ屋敷を引き渡す」というクロフト提督のメッセージを伝える。アンは、その話は誤りだと言うが、ウェントワースは立ち去る。アンは、ウェントワースのあとを追っていくが、途中、いろいろな人たちに出くわす。走る道々、スミス夫人から引き止められ、エリオット氏の正体（クレイ夫人がサー・ウォルターと再婚するのを防ぐために、彼女をロンドンで囲っていることなど）を聞かされる。アンは走り続けたあげく、チャールズとウェントワースに突き当たる。チャールズが用事で立ち去ったあと、アンは息をきらしながら、ウェントワースと見つめ合い、接吻を交わす。最後は、二人が馬車に乗っていて、ウェントワースがアンを降ろし、彼女の目隠しを取ってケリンチ屋敷を見せ、二人で踊るシーンで閉じられる。

以上のように、二〇〇七年のほうの翻案では、オースティンの改訂版の結末を敢えてカットして、独自の方法でまとめ上げようと試みている。おそらく監督は、アンが最後に何としてもウェントワースを取り戻そうと必死になって行動する部分を強調し、二人が結ばれるかどうかというスリルが生じるような劇的展開にしたかったのだろう。そこでは、アンがハーヴィル大佐への会話をとおしてウェントワースへの思いを言葉にし、ウェントワースがアンに手紙で本心を打ち明けるという重要な言語的要素が省かれている。これは、小説テキストと映像作品の性質が元来大きく異なることの表れの一端を示しているとも言えるだろう。

ちなみに、二〇二二年には、キャリー・クラックネル監督による映画がアメリカで制作されているが、古典作品の現代化を試みたこのヴァージョンは、多くの批評家から失敗作として酷評されたという。

豊饒な言語テキストによって成り立つオースティンの小説は、やはり翻案化が難しいようだ。ことに『説得』は、テキストに埋め込まれた「失われた時」を求めて、女主人公の心理を掘り起こす試みへと読者を誘う作品である。まずは、小説として読み味わう楽しみを満喫したい。

参考文献

Jane Austen. *Persuasion*. Edited by Janet Todd and Antje Blank. Cambridge UP, 2006.

Julian Cowley. *Persuasion*. York Notes Advanced series. York Press, 1999.

Patrica Meyer Spacks (ed.). *Persuasion: Authoritative Text, Backgrounds and Contexts, Criticism*. Second edition. W. W. Norton, 2013.

David M. Shapard. *The Annotated Persuasion*. Anchor Books, 2010.

Virginia Woolf. *The Common Reader: First Series*. Hogarth Press, 1968.

廣野由美子『深読みジェイン・オースティン』ＮＨＫ出版、二〇一七年。

[DVD] *Persuasion*, directed by Roger Michell, screenplay by Nick Dear, produced by Fiona Finlay, 1995.

[DVD] *Persuasion*, directed by Adrian Shergold, screenplay by Simon Burke, produced by David Snodin, 2007.

オースティン年譜

※同文庫『高慢と偏見』収録の年譜に改訂を施した。

一七七五年

一二月一六日、イギリス、ハンプシャー州スティーヴントン村で、牧師の家に生まれる。六男二女の第七子。

一七八二年　六歳

ファニー・バーニー『シシーリア』出版。『高慢と偏見』という題名はこの作品の一節からとられた。

一七八三年　七歳

姉カサンドラとともにオクスフォードの寄宿学校に送られる。

一七八五年　九歳

姉カサンドラとともにレディングの寄宿学校アビー・スクールに送られる。翌年帰宅。

一七八七年　一一歳

この頃から習作を書き始める（一七九三年頃まで）。

一七八八年　一二歳

姉カサンドラとともに社交界に〈デビュー〉するために、両親と姉とともにケント州の親戚宅へ旅行。いとこのフィラデルフィア・ウォルターによると、カサンドラは「とても綺麗」だが、ジェインは「全然可愛くなくて、取り澄ましていて、一二歳の女の子らしくなかった」という。

一七八九年　一三歳
フランス革命が起こる。

一七九二年　一六歳
メアリ・ウルストンクラフト『女性の権利の擁護』出版。

一七九三年　一七歳
イギリスは、ヨーロッパで勢力を拡大しようとするフランスと対立。この対立はのちのナポレオン戦争（一八〇三～一五年）へと繋がっていく。

一七九四年　一八歳
アン・ラドクリフのゴシック小説『ユドルフォーの秘密』出版。

一七九五年　一九歳
『エリナとメアリアン』（のちの『分別と多感』）を起稿。
一二月、アッシュ村の牧師館に滞在しているトム・ルフロイと舞踏会で会い、淡い恋愛を経験。「例のアイルランドの友人〔トム・ルフロイ〕と私がどんな振る舞いをしたかは、書き辛いです。ダンスをしたり、いっしょに座って話し込んだり、ずいぶんはしたないことばかりしてしまったものと、想像してください。〔中略〕彼はとても紳士的で、ハンサムで、感じのよい若者です。でも、この三回の舞踏会以外に会ったことがあるかどうかについては、なんとも言えません」（一七九六年一月九日付

けの手紙）

一七九六年　二〇歳

一月、トム・ルフロイがアッシュ村の牧師館を去る。

一〇月、『第一印象』（のちの『高慢と偏見』）を起稿。

一七九七年　二一歳

八月、『第一印象』を完成し、その後、『エリナとメアリアン』を『分別と多感』と改題して執筆再開。

姉カサンドラの婚約者トム・ファウルが西インド諸島で熱病のため死去。カサンドラはその後結婚することはなかった。

一七九八年　二二歳

『スーザン』（のちの『ノーサンガー・アビー』）を起稿。

このころ、オースティン家の近隣に居住していた、作家メアリ・ラッセル・ミットフォードの母親は、「ジェインは綺麗で、軽薄で、わざとらしい夫漁りの蝶々だった」と述べている。

一八〇〇年　二四歳

父ジョージが牧師職を長男ジェイムズに譲ってバースへ転居することを決意。ジェインはショックで失神したと言われる。

一八〇一年　二五歳

両親と姉カサンドラとともにバースに転居（一八〇六年まで）。

夏、デヴォンシャー州の海辺の町へ家族旅行。ここで淡い恋愛を経験したとも言われる。

一八〇二年　二六歳
一家と旧知のビッグ＝ウィザー家の長男ハリスがジェインに求婚。いったん承諾するが、翌朝取り消す。

一八〇五年　二九歳
父ジョージ死去。

一八〇六年　三〇歳
バースを去り、ハンプシャー州の港町サウサンプトンに転居。のちにジェインは「バースからやっと逃げ出すことができて、本当に幸せでした！」（一八〇八年六月三〇日付けの手紙）と述べている。

一八〇九年　三三歳
七月、裕福なナイト家の養子となった三兄エドワードからの申し出により、生まれ故郷のスティーヴントン村まで二〇キロほどのハンプシャー州チョートンに母、姉とともに転居。八年間の転居生活の後、ようやく生まれ故郷の近くに落ち着くことができたジェインは創作意欲を取り戻し、死ぬまでの八年間、ここで精力的に執筆活動を行う。

一八一一年　三五歳
二月、『マンスフィールド・パーク』を起稿。
一〇月、『分別と多感』（*Sense and Sensibility*）出版。

一八一三年　三七歳
一月、『高慢と偏見』（*Pride and Prejudice*）出版。好評を博し、年内に再版決定。

「エリザベスは、これまで書物に現れた人物のなかで最も魅力的な人間です。少なくとも、彼女のことを気に入らない人がいたら、私は我慢ならないでしょう」（一月二九日付けの手紙）

一八一四年　三八歳

一月、『エマ』を起稿。

五月、『マンスフィールド・パーク』（*Mansfield Park*）出版。

このころ、姪のファニー・ナイトから恋愛と結婚に関する相談を受けたさいにジェインはつぎのような言葉を送っている。「あなたが彼のことを本当に好きではないのなら、どうかこれ以上彼とは関わりを持たず、彼のことを受け入れないでください。愛のない結婚をするくらいなら、何をしてもずっとましだし、耐えられるでしょう」（一一月一八〜二〇日付けの手紙）

一八一五年　三九歳

八月、『説得』を起稿。

一二月、『エマ』（*Emma*）出版。ときの摂政皇太子（後のジョージ四世）が、ジェインの小説の愛読者であったため、周囲の働きかけにより、皇太子への献辞つきとなった。

一八一六年　四〇歳

春、体調を崩す。

三月、詩人・歴史小説家として名声を博していたウォルター・スコットによる『エマ』の書評が「クォータリー・

レヴュー」に掲載される。

一八一七年

一月、『サンディトン』を起稿するが、体調不良のため三月に断念。

「独身女性には往々にして貧乏になるという恐ろしい運命が待ち受けています。それこそ、女性が結婚したがる大きな理由なのです」（三月一三日付けの手紙）

四月、遺言状を準備。

七月一八日、死去。享年四一。

この年に『高慢と偏見』の第三版刊行。

一二月、『ノーサンガー・アビー』（*Northanger Abbey*）と『説得』（*Persuasion*）が合本として出版（扉には「一八一八年出版」と記されている）。表向きはこれまでどおり「匿名」だが、四兄ヘンリーによる「著者略歴」が付され、初めて著者名が公表された。

チョートン・コテージは現在オースティン博物館になっている。

訳者あとがき

本書の訳出にあたっては、原書テキストとして、Jane Austen, *Persuasion*, Edited with an Introduction and Notes by Gillian Beer（Penguin, 1998）を使用し、ケンブリッジ全集版（Edited by Janet Todd and Antje Blank, Cambridge UP, 2006）、ノートン・クリティカル版（Edited by Patricia Meyer Spacks, Second edition, W. W. Norton, 2013）、David M. Shapard, *The Annotated Persuasion*（Anchor Books, 2010）などを随時参照した。

*

これまで長らく、ジェイン・オースティンの原書を読む日々を送ってきた。私は二か月後に京都大学大学院人間・環境学研究科で定年を迎えるが、二十数年にわたる勤務期間中、担当してきた授業「英米文芸構造論」で、ほぼ毎年オースティンの作品を取り上げてきたからだ。ジョージ・エリオットの『ミドルマーチ』やエリザベス・ギャスケルの『北と南』、ジョージ・ヒューズの小説論などを取り上げた年もあったが、それらを除けば、オースティンの六つの小説を毎年一冊ずつ取り上げて、三巡ほど繰り返してきたことになる。こうして、毎週、授業の予習をすることを自らに課してきたため、私はつねにオースティンの原書を精読し続けてきたことになるわけである。

オースティンの小説は、制限された小世界のなかですべての登場人物がリアルに描写され、諷刺の精神に富んだアイロニーや人間観察に基づく深い洞察が隅々まで行き渡った、第一級の芸術的テキストである。この大学院授業の受講生にはイギリス小説専門の学生もいれば、専門外の学生もいたのだが、いずれにせよ、研究者の卵である彼らに、テキストの「語り」の読み込み方を教えるにあたって、オースティンの作品ほど絶好の教材はないように、私にはつねに思えたのである。毎回二章ずつ進み、各章それぞれ一名ずつの担当者が、準備した資料にそって着眼点を二、三点取り上げて論じ、二十分ずつ発表する(時間をストップウォッチで計り、研究発表の練習も兼ねる形式)。そのあと私がコメントを加え、その章の読み方について補足説明し、クラスで討論する、というようなスタイルが、長年のうちに定着してきた。いつも時間帯を二時限目に設定していたので、終了時刻の正午を過ぎても討論が続き、昼休みに食い込むこともしばしばあった。

はじめのころは誤読したり読みの浅かったりした学生も、回を重ねるうちに、だんだん読みが深まり、分析が鋭くなっていく。テキストに含意されているオースティンのさまざまなアイロニーに気づかなかった学生も、自分が作者の手玉に取られて、嘲笑の対象のなかに交えられさえしていたことに気づくようになる。オースティンのテキストはどこまでも掘り下げることができるから、さまざまな観点から切り込んでいける。教える側の私も驚くほどの新解釈が、学生から出されることもあった。

というわけで、オースティンの小説は私にとって、主として、繰り返し読んで「口承」するためのテキストだった。多くの既訳書が出されているため、いまさら私が翻訳書を出すのはおこがましいようにも思えた。ところが、転機は新型コロナの感染流行がきっかけで訪れたのである。パンデミック襲来後間もない二〇二〇年度には、『説得』をテキストに選んでいたのだが、対面授業が中止となってしまい、なんとかオンラインで続けていく方法を模索するしかなかった。「ズーム」という新しい方法になかなか馴染めなかった私は、前期の間は、学生に毎週二章ずつテキストを読んで着眼点をまとめたレポートを提出させ、私のほうからは、自分で注釈とポイントをまとめた解説資料を作成して配信し続けた。後期からようやくズーム授業に切り替えることができた次第である。

しかし、私の手元には、かなりの労力をかけて作成した前半の解説資料が残り、できればそれを使って何かの形にできないものかと考えるようになった。そのころ、光文社古典新訳文庫からジョージ・エリオットの『ミドルマーチ』の翻訳の最終巻を出し終えたタイミングで、編集部の小都一郎氏から、何か次に翻訳したい作品があるかと尋ねていただいた。その瞬間、「解釈注を含めた『説得』を出したい！」というアイデアが、咄嗟にひらめいたのである。こうして、オースティンの翻訳書を世に出すという晴れがましい機会を得ることができた。貴重な機会を与えてくださった小都氏には、深く感謝している。

オースティンといえば、名作『高慢と偏見』の人気が絶大だが、一味違う『説得』の魅力を知っていただくことに本書がお役に立てれば、訳者としては望外の喜びである。

二〇二四年一月　　　廣野由美子

いま、息をしている言葉で、もういちど古典を

長い年月をかけて世界中で読み継がれてきたのが古典です。奥の深い味わいある作品ばかりがそろっており、この「古典の森」に分け入ることは人生のもっとも大きな喜びであることに異論のある人はいないはずです。しかしながら、こんなに豊饒で魅力に満ちた古典を、なぜわたしたちはこれほどまで疎んじてきたのでしょうか。

ひとつには古臭い教養主義からの逃走だったのかもしれません。真面目に文学や思想を論じることは、ある種の権威化であるという思いから、その呪縛から逃れるために、教養そのものを否定しすぎてしまったのではないでしょうか。

いま、時代は大きな転換期を迎えています。まれに見るスピードで歴史が動いていくのを多くの人々が実感していると思います。

こんな時わたしたちを支え、導いてくれるものが古典なのです。「いま、息をしている言葉で」——光文社の古典新訳文庫は、さまよえる現代人の心の奥底まで届くような言葉で、古典を現代に蘇らせることを意図して創刊されました。気取らず、自由に、心の赴くままに、気軽に手に取って楽しめる古典作品を、新訳という光のもとに読者に届けていくこと。それがこの文庫の使命だとわたしたちは考えています。

このシリーズについてのご意見、ご感想、ご要望をハガキ、手紙、メール等で翻訳編集部までお寄せください。今後の企画の参考にさせていただきます。
メール　info@kotensinyaku.jp

説得（せっとく）

著者　オースティン
訳者　廣野由美子（ひろのゆみこ）

2024年4月20日　初版第1刷発行

発行者　三宅貴久
印刷　新藤慶昌堂
製本　ナショナル製本

発行所　株式会社光文社
〒112-8011東京都文京区音羽1-16-6
電話　03（5395）8162（編集部）
03（5395）8116（書籍販売部）
03（5395）8125（制作部）
www.kobunsha.com

ISBN978-4-334-10286-9 Printed in Japan

★続刊

オブローモフの夢　ゴンチャロフ／安岡治子・訳

徹底的な怠惰と無気力で無為に空しく日々を過ごす青年オブローモフ。その彼がうつらうつら微睡むうちに見る夢を詩情豊かに綴った「オブローモフの夢」。長編小説『オブローモフ』の中核であり、先駆けて独立して発表された。

黒馬物語　アンナ・シューウェル／三辺律子・訳

毛並みの美しいブラックビューティは仲間の馬たちや優しい厩務員たちと平和に暮らしていたが、やがて売られた先で扱き使われ、厳しい現実を目の当たりにする……。馬の視点から語られた名作。小学校高学年以上対象。挿絵60点以上。

血の涙　李人稙／波田野節子・訳

日清戦争のさなか、平壌で家族と離れ離れになった少女オンリョン。渡りゆく先は日本、そしてアメリカ。故郷から離れた土地では、思いがけぬ出会いがあり……。運命に翻弄される人間の姿を描く、「朝鮮最初の小説家」と称される著者の代表作。